Nuova Narrativa Newton
1475

I personaggi e gli eventi descritti in questo libro sono di fantasia oppure sono usati in modo fittizio. Qualunque somiglianza con persone reali, viventi o defunte, è puramente casuale e non riflette l'intenzione dell'autrice.

Titolo originale: *That's Not My Name*

This edition published by arrangement
through Piergiorgio Nicolazzini Literary Agency (PNLA)

Traduzione dalla lingua inglese di Leonarda Grazioso
Prima edizione: luglio 2025

ISBN 978-88-227-9064-4

www.newtoncompton.com

Realizzazione a cura di Pàgina
Stampato nel luglio 2025 da Puntoweb s.r.l., Ariccia (Roma)

Megan Lally

Io non ho ucciso

Newton Compton editori

Al mio papà.
Saresti stato il più entusiasta del mondo per questo libro,
mi manchi in ogni istante.

Capitolo 1
Una ragazza

Giorno 1

Credo che forse potrei essere morta.

Cerco di orientarmi, di capire dove sono, ma non vedo nulla. Non sento nulla. Nemmeno il mio stesso corpo. L'assenza di qualsiasi percezione, il modo in cui il silenzio mi avvolge in un abbraccio e mi stringe forte è... snervante. Voglio che finisca...

...finché non arriva il dolore.

Mi colpisce come un pugno sferrato con la massima violenza. La mia mente si affanna per cercare di capire cos'è che mi fa male, ma la verità è che provo dolore ovunque.

La mano, scossa da un fremito, urta qualcosa di graffiante sotto di me. Sono riversa a terra, a pancia in giù, e c'è qualcosa di appuntito che mi preme sulle costole. Muovo il mento e lo zigomo struscia sul terriccio umido. Puzza di marciume e di foglie morte.

Il terrore mi fa battere il cuore a mille.

Sono all'aperto? Come diamine ci sono arrivata? Cerco di guardarmi intorno, ma le palpebre mi graffiano gli occhi come se avessi le ciglia fatte di cocci di vetro e chiodi. Si richiudono da sole, di scatto, prima che io riesca a vedere alcunché.

All'improvviso sento riecheggiare il rombo di un motore e mi irrigidisco, avvertendo subito una fitta di dolore alle braccia. I capelli mi sferzano il viso mentre il veicolo mi sfreccia accanto, dopodiché ritorna il silenzio.

Mi trovo sul ciglio di una strada, dunque. E il conducente? Mi ha vista? Perché non si è fermato? Mi cimento in un altro disperato tentativo di guardarmi intorno. Questa volta mi si riempiono gli occhi di lacrime. Sbatto le palpebre per cercare di mandarle via e scuoto la testa per scostare i capelli dalla faccia.

Porca miseria. È buio totale.

Niente lampioni, niente case. Nel cielo non si vede nemmeno una stella.

Piano piano i miei occhi si adattano. Non c'è da stupirsi che la macchina non si sia fermata. Sono finita sul fondo di un lungo fosso, sprofondata tra foglie e felci. Rametti di rovi si protendono verso l'alto come artigli contorti. Il fosso si estende lungo il margine di una stradina stretta e sterrata, che prosegue in linea retta davanti a me per poi dissolversi in una macchia indistinta di alberi.

Il panico mi attanaglia la gola e la mia mente si riempie di ulteriori domande a cui non sono in grado di dare una risposta.

Dove caspita sono?

Come sono arrivata fin qui?

Sono in pericolo?

Perché mi fa tutto così male?

Devo alzarmi. Non so dove dirigermi, ma andarmene mi sembra più prudente che restare distesa qui. Affondo le dita nel terreno e nel frattempo tento di issarmi sulle ginocchia. Ed è proprio in questo momento che, per la prima volta, mi accorgo di quanto ho freddo. Quasi non sento i polpastrelli.

Le braccia minacciano di cedere, ma alla fine riesco a mettermi in piedi.

Capisco di essere piena di lividi e mi sfugge un gemito di dolore. Per un attimo dimentico persino come si fa a respirare. Il dolore è dappertutto. Il battito martellante del mio stesso cuore mi rimbomba nelle orecchie e conto perlomeno una decina di *tum-tum* prima di riuscire a riprendere fiato.

Le lacrime mi rigano il volto, pungendomi le guance. Mi porto le dita al naso, fredde come ghiaccioli. Lo sento caldo. Gonfio. Le allontano e le vedo scure e bagnate. Avverto un improvviso sapore di sangue.

Cazzo. Forse ho il naso rotto.

Devo proprio andarmene da qui.

La strada mi sembra uguale anche quando guardo nell'altra direzione: nient'altro che terra e alberi. Piano piano riesco a uscire dal fosso, con i rovi che mi graffiano le braccia nude. Mi chino per passare sotto il ramo di un albero e alcuni rametti più piccoli mi trattengono, quasi come se fossero delle mani.

Di colpo, senza il minimo preavviso, un'immagine mi affiora alla mente. Una serie di sportellini quadrati, dotati di fori per le chiavi, in un'unica costruzione lungo la strada. Un casellario postale, forse? E poi… un lampione fulminato. Due grandi mani che si protendono verso di me.

Indietreggio e incespico nel mezzo della carreggiata.

Il cuore mi batte così forte contro la cassa toracica che cominciano a dolermi i muscoli del petto.

Ma porca miseria, cosa cavolo è successo?

Possibile che qualcuno mi abbia rapita?

Sono domande semplici, eppure il mio cervello non è in grado di fornirmi alcun dettaglio in risposta. Non riesce a fare altro che pulsare. Come se ci fosse un muro tra me e la capacità di comprendere cosa stia accadendo. Stringo i denti e mi sforzo di avanzare di un altro passo. Ho bisogno di aiuto. Magari passerà un'altra macchina, oppure scorgerò una casa. L'importante è che continui a muovermi.

Non so per quanto tempo proseguo arrancando, ma mi sembrano ore. Ho la sensazione di avere smarrito e poi recuperato la lucidità così tante volte che mi chiedo se non sia sul punto di perdere i sensi.

O forse è già successo. Forse tutti questi progressi non sono altro che il frutto della mia immaginazione e in realtà sono ancora distesa in quel fosso. O, peggio ancora, magari sono davvero morta e questo è l'inferno. Anzi, un purgatorio di infinito dolore e solitudine nel quale sono condannata a vagare fino alla fine dei tempi, in cerca di un aiuto che non arriverà mai.

Lampi di luce rossa e blu si accendono alle mie spalle, inondando la strada di colore. Il fischio della sirena di una volante della polizia per poco non mi fa stramazzare al suolo dallo spavento, ma alla fine prevale una sensazione di puro sollievo che mi permette di rimanere in piedi. È arrivato qualcuno ad aiutarmi. Riecheggia uno scricchiolio di pneumatici mentre la vettura si ferma; le luci alle mie spalle disegnano sul terreno una sagoma con la mia stessa forma. Comincio a voltarmi…

«Ferma lì! Mani in alto!», sbraita un uomo.

L'istinto mi porta subito a obbedire e, un attimo dopo, sento sbattere una portiera.

Ma che è successo? Ho fatto qualcosa di sbagliato? È così che sono finita in questo posto? Stavo scappando dalla polizia?

Dovrei fuggire anche adesso?

«Si volti!».

Obbedisco ancora, strizzando gli occhi per schermarli dalla luce abbagliante dei fari della volante. Scorgo un agente in piedi accanto all'auto, con il volto in ombra e una mano sulla pistola riposta nella fondina. Mi sento impallidire, non da ultimo perché non appena abbasso gli occhi per darmi una controllata, adesso che c'è un po' di luce, non vedo altro che sporcizia e sangue.

Troppo sangue.

«Cristo, ma sei solo una ragazzina», esclama allora il poliziotto, allontanando la mano dalla pistola. Si avvicina piano, esitante. «Che ti è successo? È stato qualcuno a ridurti così?».

Apro la bocca per rispondere, ma mi cedono le ginocchia e cado. Lui cerca di afferrarmi al volo, però finiamo entrambi per sbattere violentemente a terra.

L'agente allora si volta verso la radiolina che ha sulla spalla, ma il ronzio assordante che mi rimbomba nelle orecchie e l'animale in trappola che si dimena nella mia gabbia toracica mi impediscono di sentire anche solo una parola di quello che dice. Mi fisso le mani, i leggings di jeans, il davanti della maglietta grigio chiaro: è tutto ricoperto di chiazze di fango ormai secco e rivoli di sangue scuro.

Sento due mani afferrarmi per le spalle e a quel punto alzo lo sguardo verso il poliziotto. Le sue parole riescono a far breccia nella nebbia che mi offusca la mente.

«Mi senti? Stanno arrivando i paramedici, ma ho bisogno di sapere chi sei», insiste. «Come ti chiami?».

Come mi chiamo?

Lo guardo sbattendo le palpebre, in cerca di una risposta.

Eppure, nonostante tutti i miei sforzi, non faccio altro che scontrarmi con quel muro invisibile che ha messo radici nella mia mente. Come mi chiamo? Insomma, non è mica una domanda difficile. Cerco di respirare, ma non ce la faccio. Vado in iperventilazione. Mi si riempiono gli occhi di una nuova ondata di lacrime.

«Come ti chiami?», ripete.

Mi afferro la testa fra le mani, in preda a un dolore pulsante. «Non lo so!».

Capitolo 2
Una ragazza

Giorno 1

Le pareti grigie della stazione di polizia sono spente e cupe, proprio come mi sento io.

Il poliziotto che mi ha trovata, l'agente Bowman, è seduto di fronte a me, dall'altro lato di una scrivania. Ci troviamo in una specie di sala riunioni, o forse è una di quelle stanze che usano per gli interrogatori. C'è una finestra soltanto, ma affaccia sulla parte interna della stazione ed è oscurata. L'agente ha lasciato la porta aperta, però, quindi non credo di essere una persona che preferirebbero vedere rinchiusa dietro le sbarre. Direi che è un bene, quantomeno.

Bowman non ha smesso di mordicchiarsi il labbro con aria inquieta sin da quando ho rifiutato di ricevere cure mediche.

Potrò anche non sapere chi sono, ma so per certo che nessuno può costringermi ad andare all'ospedale contro la mia volontà. Luci accecanti e rumori frastornanti, altri volti che non riconosco, nessuna possibilità di riuscire a distinguere chi è una minaccia e chi no… Non ci penso neanche per l'anticamera del cervello, grazie.

Qualche ora fa i paramedici mi hanno ripulito la pelle da ogni traccia di sangue, constatando che, a quanto pareva, proveniva tutto dal naso. È solo contuso, non rotto, eppure mi fa comunque un male cane. E poi ho anche un bernoccolo sulla parte laterale della testa. Mi è stato raccomandato di prestare attenzione all'eventuale comparsa di sintomi da commozione cerebrale nei prossimi giorni. Il resto delle mie ferite sono state dichiarate superficiali e mi hanno fasciato quello che hanno potuto.

«Non mi sembri in condizioni di salute ottimali», era stato il commento dell'agente Bowman dopo l'ennesimo tentativo fallito da parte dei paramedici di convincermi ad andare all'ospedale. «C'è una procedura in questi casi, un iter che dobbiamo seguire. Dovresti farti visitare da un medico. Sottoporti agli accertamenti necessari per escludere possibili aggressioni sessuali…».

A quelle parole avevo spento il cervello. Ci sono scenari che non sono proprio in grado di prendere in considerazione. Di certo non oggi. Forse mai. E questo è uno di quelli.

Dopo essersi resi conto che non c'era verso di convincermi ad andare al pronto soccorso, sia i paramedici che Bowman si erano scambiati un'occhiatina d'intesa e mi avevano lasciata per qualche attimo da sola, sulla barella all'interno dell'ambulanza, per mettersi fuori in disparte a parlare. Tuttavia, se la loro intenzione era quella di non farmi sentire i loro discorsi, allora forse avrebbero dovuto sussurrare. Quella stradina da brividi era avvolta in un silenzio così tombale che aveva solo finito per amplificare le loro voci, facendole fluttuare fino alle mie orecchie.

«Sembrano tutte ferite fresche. Deve essersele procurate nell'ultimo paio d'ore, secondo me. I lividi, il gonfiore… sono recenti», aveva osservato il paramedico alto e robusto. «E, insieme alle lesioni riportate al volto, lasciano supporre che si sia verificata una qualche tipologia di impatto traumatico. Forse un incidente d'auto. Non c'è traccia di ferite imputabili a una cintura di sicurezza, ma la contusione al naso potrebbe essere stata provocata da un airbag o dal volante. E a giudicare dal bernoccolo sul lato sinistro della testa, è possibile che abbia urtato il finestrino del lato guida. Le mie sono solo ipotesi, però. Comunque sia, i parametri vitali sono a posto. Non corre alcun pericolo immediato dal punto di vista medico».

Avevo subito deciso di prendere per buona quella versione dei fatti, stringendo fra i pugni i lembi del lenzuolino di carta della barella. Un incidente d'auto era senz'altro preferibile rispetto ad altri – ben più oscuri – scenari. E soprattutto non richiedeva accertamenti antistupro.

Mentre Bowman era impegnato a prendere appunti, il paramedico alto e robusto era risalito sull'ambulanza per porgermi un nuovo sacchetto di ghiaccio sintetico. «Buona fortuna», mi aveva augurato poi, aiutandomi a scendere.

Adesso quello stesso sacchetto di ghiaccio sintetico è appoggiato sulla scrivania tra me e l'agente Bowman, sebbene ormai abbia smesso di essere freddo già da un po'. Del resto, sono qui da ore. Lui mi fissa con gli occhi ridotti a fessure, come se si aspettasse di vedermi urlare o perdere la testa da un momento all'altro. E chissà, magari lo farò. Voglio dire, sembro quasi un personaggio uscito da un film horror per adolescenti.

Ricoperta di sangue? Sì.

Piena zeppa di lividi? Pure.

Vagavo terrorizzata nel cuore della notte? Eccome.

Accanto al sacchetto di ghiaccio ormai a temperatura ambiente c'è una tazza fumante di cioccolata calda, ma non la prendo. Non mi muovo di un millimetro. Non proferisco parola. Avvolta nella coperta ruvida e pruriginosa che l'agente Bowman mi ha adagiato sulle spalle, cerco di non pensare. Perché l'alternativa significherebbe dover affrontare i buchi della mia memoria, e proprio non riesco a sopportare il pensiero di mettermi a scavare in quel poco che ricordo più di quanto non abbia già fatto.

La sedia dell'agente Bowman scricchiola non appena lui si sporge in avanti. È abbastanza giovane… diciamo. Avrà ventisei, forse ventisette anni. Con quel volto fanciullesco e gli occhi azzurri e impazienti, sembra quasi un lemure dotato di distintivo. «Dovresti berla», mi dice, indicando la cioccolata calda con un cenno del capo. «Potresti essere sotto shock».

Faccio spallucce.

Da quando i paramedici se ne sono andati, Bowman ha subito cambiato atteggiamento, all'apparenza determinato a fare qualunque cosa in suo potere pur di farmi sentire meglio. Per prima cosa mi ha portata al distretto, anche se non ricordo molto del tragitto. Poi, non appena si è accorto delle mie scarpe a dir poco malconce – non so di che colore fossero in origine, ma nel frattempo si erano imbrattate di una disgustosa sfumatura di sangue secco misto a fango – ha preso un paio di calzini neri puliti e una felpa dal suo borsone da lavoro e me li ha dati. La felpa è blu scuro e, in alto a destra, reca la scritta "Dipartimento di Polizia di Alton". Mi sta enorme, ma il tessuto è morbido e caldo.

Una volta asciutta, mi ha sorriso. «Va meglio?».

E in effetti sì, mi sentivo proprio meglio. O almeno, fino a quando non ho visto il mio riflesso nel vetro scuro della finestra e non ho riconosciuto la persona che mi stava fissando. E ora non voglio parlare. Mai più. Tanto comunque non avrei nulla da dirgli. Sono una nullità senza nome e con il volto di un'estranea.

«Signorina?», mi chiama lui. «Mi senti?».

Annuisco.

«Sul serio, dovresti bere qualcosa. E vorrei tanto che ti lasciassi accompagnare all'ospedale. Sei pallidissima».

Il solo pensiero del pronto soccorso mi scatena una nuova scarica d'ansia in tutto il corpo. Il pallore è l'ultima delle mie preoccupazioni. Scuoto la testa.

Il poliziotto sospira. «Signorina…».

Mi volto a guardarlo in cagnesco. «La smetta di chiamarmi "signorina"».

Lui torna ad appoggiarsi allo schienale della sedia, che scricchiola ancora una volta. «D'accordo. Come posso chiamarti, allora?».

Bella domanda del cavolo. «Non lo so. Ma non mi chiami così».

La mia voce sembra riecheggiare come a mille chilometri di distanza. Sarà uno di quei sintomi da commozione cerebrale che aveva menzionato il paramedico? Avrei dovuto prestargli più attenzione.

L'agente Bowman mi avvicina la tazza. «Facciamo un patto. Se bevi un po' di cioccolata e cerchi di aiutarmi a capire da dove vieni, smetterò di chiamarti "signorina" e di insistere sull'idea di portarti in ospedale. Per ora».

Lo guardo fisso.

«Hai un brutto bernoccolo in testa, ma sei vigile e reagisci agli stimoli. Riesci a camminare da sola senza problemi e le luci qui dentro non sembrano darti fastidio. Se però dovessi iniziare a farfugliare, a perdere l'equilibrio, a vomitare, se dovessi perdere conoscenza o manifestare altri potenziali sintomi da commozione cerebrale, sappi che andiamo dritti al pronto soccorso. Ma fino ad allora, posso portarti un altro sacchetto di ghiaccio e possiamo parlare. Ci stai?».

Non che abbia molta scelta... Perciò annuisco e bevo un sorso di cioccolata.

Non lo ammetto, ma la bevanda calda mi dà sollievo alla gola e mi si deposita nello stomaco come un sasso che precipita in fondo a una pozzanghera, il che mi fa pensare che era da un po' che non mangiavo.

Il poliziotto esce dalla stanza e io mi sistemo meglio la coperta sulle spalle. La lana mi fa prudere il collo, ma non riesco a racimolare abbastanza energie per ovviare all'inconveniente. Tra la coperta e la felpa sono riuscita a creare un bozzolo di calore tutt'intorno a me, eppure non riesco comunque a smettere di tremare.

Bowman fa ritorno con un nuovo sacchetto di ghiaccio sintetico. Con cautela, me lo appoggio sulla fronte, all'attaccatura dei capelli. Brucia, ma perlomeno attutisce il dolore pulsante.

Lui tira fuori dalla tasca il suo taccuino e si siede. «Bene, ora parliamo. Ci tengo a sottolineare che non sei in nessun genere di guaio. Voglio solo capire cosa ti è successo là fuori».

Come fa a sapere se sono nei guai o no, dal momento che nessuno di noi due ha la più pallida idea di cosa mi sia successo? Potrei aver accoltellato qualcuno in piena faccia e lui potrebbe esserne del tutto ignaro. «Siamo in due, allora».

Gli si increspa la fronte. «Non hai proprio nessun ricordo? Niente di niente, prima di risvegliarti nel fosso?».

Scuoto la testa. «Mi è sembrato di vedere due mani che cercavano di acciuffarmi, ma è probabile che mi sia solo fatta spaventare dal buio».

Scrive qualcosa sul suo blocchetto. «Sai quanti anni hai?»

«No».

«E che mi dici della tua famiglia? Sapresti dirmi chi sono i tuoi genitori?».

Fisso l'orologio sulla parete, focalizzandomi sul ticchettio della lancetta dei secondi. «No».

«Va bene. Mi sembri piuttosto giovane, abbastanza da andare ancora a scuola. Ti ricordi come si chiama il tuo istituto? O magari qual è la mascotte? Oppure un numero di telefono che potremmo chiamare? Qualunque cosa?».

Faccio di nuovo spallucce. «Non saprei».

«Sei scappata di casa?»

«Non so nemmeno questo».

«Può essere che tu abbia avuto un incidente d'auto?».

Lascio andare il sospiro più melodrammatico del mondo. Quante altre volte mi toccherà ripetermi prima che questo tizio capisca il significato di "non me lo ricordo"?

Quando non rispondo, lui aggrotta le sopracciglia e si picchietta il mento con la penna. «D'accordo. Nuovo piano. Torno subito». Sparisce nell'ufficio principale e riappare un minuto dopo con un portatile. «A essere sincero, il tuo è un caso che va ben oltre le mie mansioni ordinarie. Di solito la maggior parte del mio lavoro consiste nell'emettere multe per eccesso di velocità. Ho provato a telefonare al mio capo, ma con ogni probabilità non darà segni di vita prima di domani mattina, quando riaprirà il distretto, e non voglio aspettare così tanto per farti avere delle risposte».

Be', siamo in due.

«Perciò nel frattempo ci accontenteremo di fare quel che possiamo. Visto che non hai un documento d'identità, cominceremo dal consultare le varie denunce di persone scomparse, prima quelle sporte qui in città e poi espanderemo il nostro raggio di ricerca. Qualcuno deve pur essersi accorto della tua scomparsa... il tuo volto potrebbe essere qui, nel database, insieme a un nome e ai recapiti della tua famiglia. Potrebbe volerci un po' di tempo, ma capire chi sei è il primo passo per ricostruire cosa ti è successo. Per cui vediamo cosa riusciamo a scoprire, d'accordo?».

Annuisco e lui inizia a digitare qualcosa sulla tastiera.

Trascorriamo l'ora successiva a passare in rassegna una sfilza di pratiche. Finiamo quasi subito di esaminare quelle del posto: risulta soltanto una denuncia di scomparsa qui in zona, un vecchietto che ricorda un po' Babbo Natale e che a quanto pare è "sparito" mentre gozzovigliava di pub in pub. Bowman fa qualche commento su come gli tocchi rintracciare quel tizio un mese sì e uno no, dopodiché passa all'elenco delle persone scomparse in tutta la contea. Scopro che Alton si trova più o meno a metà della costa dell'Oregon.

Aspetto che mi si accenda una lampadina, che questo dettaglio mi risulti familiare, ma non succede. Non sono nemmeno in grado di dirgli se vivo in questo Stato. Quanto cavolo è assurdo?

Me ne sto perlopiù seduta a sorseggiare la mia cioccolata calda. Lui mi convince a berne un'altra tazza e alla fine mi offre anche il panino che si era portato per far fronte alle lunghe ore di lavoro notturno.

«Be', di certo non hai undici anni, quindi direi che questa non sei tu», borbotta Bowman verso l'una e mezza di notte. Clicca sul fascicolo di un'altra denuncia e scruta lo schermo.

Mi chiedo per quanto tempo continueremo così. A un certo punto dovrò pure andarmene da questa stazione di polizia, giusto? Ma il solo pensiero mi getta nel panico. Dove potrei andare?

«Che cosa succede se non riusciamo a capire chi sono?», domando.

Lui alza lo sguardo, con quegli occhi da lemure gentili. «Sei vestita bene… macchie di sangue a parte. E anche le scarpe che indossi sono di marca. Sei in buona salute. Non hai l'aria di una che vive per strada. Ci sarà qualcuno che ti vuole bene, che si prende cura di te. E lo troveremo, o magari sarà quel qualcuno a trovare te. Forse però domani mattina dovremo cedere il caso a un altro distretto più attrezzato. Questa è una stazione di polizia molto piccola, al servizio di una cittadina altrettanto minuscola. Non abbiamo le stesse risorse degli uffici più grandi. Qui sono costretto a passare in rassegna le pratiche una per volta, tant'è che sono riuscito a esaminare a stento la metà delle denunce di persone scomparse. E ti parlo soltanto di quelle sporte all'interno di questa contea, figuriamoci in tutto lo Stato o a livello federale».

Annuisco. Ha senso. L'intera stazione di polizia in pratica

consiste in un unico ufficio open space con due scrivanie, la sala riunioni in cui ci troviamo, un breve corridoio con i bagni, una specie di saletta ristoro con una fotocopiatrice e una cella di sicurezza provvisoria.

All'improvviso riecheggia un botto fortissimo dall'entrata del distretto. Io balzo giù dalla sedia e mi rifugio in un angolo della stanza.

L'agente Bowman si affaccia verso il corridoio e poi si volta di nuovo verso di me, con le mani in alto e i palmi rivolti all'infuori: un gesto palesemente volto a tranquillizzare l'animale spaventato che si ritrova di fronte. Era soltanto qualcuno che bussava al portone d'ingresso. «Sei al sicuro. Nessuno ti farà del male qui».

Annuisco. Mi pulsa la testa per la velocità con cui sono schizzata in piedi; il battito del mio cuore ha un ritmo incalzante, degno di un ritornello di Lizzo.

Ehi, ma guarda un po'. A quanto pare di Lizzo sì che mi ricordo. Se tutto il resto dovesse finire in malo modo, perlomeno so di avere ottimi gusti in fatto di musica.

«Resta qui. Torno subito», mi dice l'agente Bowman. Si allontana e, dopo qualche attimo, sento il cigolio metallico del portone d'ingresso che si apre. «Posso aiutarla?».

Non lo vedo più, non da questa angolazione. Mi stringo più forte la coperta intorno al corpo e a passo felpato mi avvicino all'uscio della stanza, curiosa di sapere chi mai potrebbe presentarsi in una stazione di polizia chiusa a quest'ora della notte.

«Oh, Dio, spero proprio di sì», risponde un uomo. La sua voce è molto più profonda di quella di Bowman, ma anche molto più sommessa. Mi tocca fare capolino con la testa per sentire il seguito. «Mia figlia adolescente è sparita. Non riesco a rintracciarla al cellulare; è da ore che guido in lungo e in largo nel tentativo di trovarla. Credo sia arrivato il momento di denunciarne ufficialmente la scomparsa».

Porca miseria. Una figlia scomparsa? Ma allora aveva ragione Bowman? I miei cari mi hanno trovata?

Mi sporgo in avanti fino a quando non riesco a vedere l'entrata del distretto. L'agente Bowman è in piedi davanti al portone d'ingresso, ma l'ha aperto solo di uno spiraglio e il suo corpo mi copre tutta la visuale. Non riesco nemmeno a intravedere l'uomo che ha di fronte.

«Le dispiacerebbe dirmi come si chiama, signore?», chiede il poliziotto.

«Wayne Boone».

«Bene, signor Boone. Quanti anni ha sua figlia? Mi descriverebbe il suo aspetto fisico?»

«Ha diciassette anni, capelli corti e castani, lentiggini e occhi verdi. È alta circa un metro e sessantacinque».

Bowman si lancia una rapida occhiata alle spalle e incrocia il mio sguardo. I suoi occhi guizzano verso la sala riunioni e così, seppur malvolentieri, faccio marcia indietro e mi dileguo all'interno della stanza, cercando di resistere all'impulso di controllarmi il naso gonfio nel riflesso del vetro in cerca di eventuali lentiggini.

«Entri, prego. Avrò bisogno di vedere un documento di identità».

La porta si apre cigolando e un attimo dopo la sento chiudersi con uno scatto secco. «Ma certo», risponde la voce profonda, adesso più vicina. «Ho anche delle foto di lei, se dovessero servire per la denuncia».

«A dire il vero, c'è una ragazza qui che corrisponde alla sua descrizione, e…».

«È qui?», grida il tizio. «Mary è qui?».

Mary? Il mio battito cardiaco già in stile Lizzo accelera ancora di più. Sarei io?

Sbircio di nuovo da dietro l'angolo. I due uomini sono ancora fermi all'ingresso, in piedi accanto a una lunga panca di legno. Il signor Boone ha un fisico abbastanza scolpito, anche se ha le braccia un pelino più corte di quanto dovrebbero essere rispetto alla sua altezza. Sembra che i suoi capelli stiano riflettendo sull'idea di diventare grigi, ma senza essersi del tutto decisi ad accettare il cambiamento. Ha qualche ciuffo argenteo un po' sparato vicino alle orecchie, ma la maggior parte della chioma, ancora perlopiù scura, è pettinata all'indietro. Però non è fissata con un prodotto… è più come se ci avesse passato le mani per tanto di quel tempo che i capelli non hanno avuto altra scelta se non quella di obbedire. Indossa un maglione nero e jeans scuri.

Non mi dà la sensazione di averlo mai visto prima.

Ma in fondo, visto come stanno le cose, che cosa ne posso sapere io?

«Come le stavo dicendo, abbiamo una ragazza qui...», riprende in tono cauto l'agente Bowman.

Il signor Boone si mette a braccia conserte, con aria impaziente, e quando i suoi occhi cominciano a passare in rassegna la stazione di polizia, mi becca mentre lo sto fissando. Le braccia gli ricadono lungo i fianchi e gli si illumina il volto per il sollievo. «Mary?».

Io resto come paralizzata.

Lui cerca di venirmi incontro, ma Bowman lo ferma subito, mettendogli una mano sul petto. «Oddio. È da ore che ti cerco. Stai bene? Che ti è successo al viso?», mi chiede tutto d'un fiato. Ogni sua parola suona più impaurita della precedente e io rabbrividisco, perché capisco benissimo la sensazione.

Anche per me è stato uno shock vedermi ridotta in queste condizioni. Ho l'aria di una che le ha prese di santa ragione.

Lo guardo e aspetto... cosa? Un barlume di consapevolezza? Che una lampadina gigante si accenda, squarciando questa nebbia che mi offusca il cervello, e mi sveli chi sono? Che il suo volto mi sblocchi un ricordo? Non succede nulla. È ancora un estraneo.

«Sta bene, anche se è un po' ammaccata. Potrebbe avere una commozione cerebrale», lo informa l'agente Bowman, continuando a bloccargli la strada. «Ora però ho bisogno che le dia un po' di spazio mentre controllo il suo documento e verifico la sua identità».

L'uomo guarda Bowman e alla fine fa un passo indietro. «Che cosa intende dire? Mary è proprio qui. Può dirle lei chi sono». Dopodiché mi guarda come se proprio non riuscisse a capire perché non gli sia ancora corsa incontro.

«La ragazza non ricorda nulla, signor Boone. Perciò la prego di sedersi mentre risolviamo la questione».

Il signor Boone mi guarda di nuovo e la sua confusione si trasforma in malessere. «Davvero non ti ricordi di me?».

Non so cosa dirgli. Com'è possibile che l'uomo che dovrebbe essere mio padre sia proprio di fronte a me e che nonostante tutto io ancora non riesca a ricordarmi di lui?

«Te lo dimostrerò», insiste. «Posso dimostrare chi sono. Ho un sacco di foto sul cellulare».

Foto? Avanzo a passetti microscopici fino a uscire dalla sala riunioni. La promessa di ulteriori indizi mi attira nella sua direzione. Il signor Boone prende il telefono dalla tasca e fa scorrere il dito sullo schermo un paio di volte. Io mi fermo appena dietro l'agente Bowman mentre l'uomo gira il cellulare per mostrarci lo schermo.

E in effetti, proprio come ha detto, eccomi lì. La stessa estranea di cui ho visto il riflesso, la stessa ragazza che ha descritto sulla soglia della stazione di polizia. Capelli castano scuro che arrivano all'altezza del mento, occhi verdi, naso ricoperto di lentiggini… anche se, il mio viso ha senz'altro tutto un altro aspetto quando non è gonfio e pieno di lividi come adesso. Nella foto sono seduta su dei gradini di mattoni e guardo l'obiettivo sorridendo, sfoggiando una linguaccia. L'uomo passa alla foto successiva, che mi ritrae con un gruppo di ragazzi della mia età sul pontile di un lago o di un fiume. Sfoglia ancora una foto e mi rivedo più piccola, seduta in un ristorante, attorniata da confezioni regalo riempite di carta velina rosa. Davanti a me c'è una torta di compleanno ricoperta di zuccherini arcobaleno con una candelina e un numero quindici gigantesco che gocciola cera rosa. Sorrido in direzione della macchina fotografica, seduta accanto all'uomo che adesso mi sta di fronte. Nella foto sorride anche Wayne, per quello che vale.

Solo che nulla in queste foto ha un'aria familiare… tranne forse le candeline? Ma la verità è che non riesco a capire se c'è *davvero* qualcosa di familiare in ciò che ho visto o se sono così disperata e smaniosa di trovare un collegamento che il mio cervello se lo sta inventando di sana pianta.

Però è innegabile che sono proprio io quella raffigurata nelle foto. Su questo non ci piove.

«Davvero non ricordi nulla?», mi domanda l'uomo.

Ha un'espressione così sconvolta che vorrei quasi fingere

il contrario, ma capisco che non sarebbe d'aiuto a nessuno. Quando non dico nulla, lui scuote la testa. La sua tristezza piano piano svanisce, rimpiazzata da qualcosa che sembra... determinazione?

Mi porge la mano. «Sono Wayne Boone», esclama. «E tu sei mia figlia, Mary Boone. Hai diciassette anni. Ti voglio tanto, tanto bene e... sono così felice di averti ritrovata, finalmente».

Mi volto verso l'agente Bowman. Lui annuisce, e così allungo un braccio e con fare esitante stringo la mano di Wayne. Ha la pelle morbida e la sua mano è calda rispetto alla mia, che sembra fatta di ghiaccio.

«Che ne dite di accomodarci un attimo nella sala riunioni e chiarire la questione?», suggerisce Bowman, frapponendosi di nuovo tra me e Wayne con un gesto studiato, ma disinvolto.

Io annuisco e torno alla mia sedia. Wayne prende posto di fronte a me, dall'altra parte della scrivania, mentre Bowman si accomoda alla mia sinistra. Ora che ce l'ho davanti, osservo attentamente Wayne. Ha un aspetto provato, segnato dal tempo. La pelle delle sue guance è aspra e rugosa, come se fosse stata screpolata dal vento in maniera permanente, però è ben rasato. I suoi lineamenti sono tutti affilati: gli zigomi, il profilo del naso, l'angolo della mascella. Sembra quasi che qualcuno l'abbia scolpito nel granito e che si sia dimenticato di smussare gli spigoli.

Mi sorride e un po' di quella durezza si dissolve.

«Partiamo dall'inizio», esclama l'agente Bowman, picchiettando la penna sul taccuino. «Come si è accorto della sparizione di sua figlia?».

Wayne si sporge in avanti, appoggiando gli avambracci sulla scrivania. «Casa nostra è in fase di ristrutturazione. Stiamo facendo sostituire tutti i pavimenti. Quindi, piuttosto che camminare per tutto il tempo in punta di piedi tra massetti esposti, attrezzi, mobili ammassati e polvere, io e Mary avevamo deciso di andare a stare nella mia baita in montagna per qualche settimana, in attesa che i lavori venissero completati. Io avevo caricato la mia roba sul furgone, lei aveva caricato la sua auto ed eravamo rimasti che ci saremmo visti direttamente lì. Solo che non è mai arrivata».

Lo fisso. Non mi torna nulla di quello che dice, ma allo stesso tempo la sua versione dei fatti non sembra inverosimile.

«E questo quando è stato?», gli chiede l'agente Bowman.

«Siamo partiti da casa nostra verso le quattro di oggi pomeriggio. Il tragitto è di circa un'ora in auto. Viviamo a McMinnville. Io sono arrivato per primo, ovviamente, ma poi quando ho visto che si erano fatte le cinque e mezza e ormai era quasi buio ho cominciato a preoccuparmi. L'ho chiamata al cellulare, ma non rispondeva. E così mi sono messo in macchina per cercarla».

«Dove si trova questa baita?», domanda Bowman.

«Su Ridge Road. Salendo su per la montagna da qui».

Il poliziotto annuisce, come se avesse capito l'ubicazione esatta dell'abitazione. «È vicino a dove l'ho trovata, mentre scendeva a piedi dalla montagna».

Mi tornano in mente gli alberi. L'oscurità, i rami simili ad artigli che mi afferravano... Abbasso lo sguardo sulle mie mani graffiate. Vorrei solo che tutto questo finisse.

«L'ha trovata mentre scendeva *a piedi* dalla montagna in queste condizioni?». La preoccupazione che traspare dalla voce di Wayne è palpabile. Indica con un cenno la mia faccia malconcia. «Qualcuno ha visto cosa le è successo? Dov'è finita la sua auto?»

«Nessuno ha segnalato veicoli abbandonati. Era a piedi ed era anche già ferita quando l'ho trovata». Wayne sembra sul punto di fare altre domande, ma Bowman alza un dito. «Aspetti un momento. Vediamo di concludere la sua dichiarazione, prima di perdere il filo del discorso. Che cosa è successo dopo che è uscito dalla baita per cercare sua figlia?».

Wayne si divincola sulla sedia, visibilmente contrariato dal non poter fare altre domande. «Ho ripercorso tutto il tragitto a ritroso, prima intorno alla montagna e poi fino a McMinnville. Ho controllato ogni svincolo, ogni minimarket e ogni stazione di servizio lungo la strada. Ho chiamato gli ospedali, ma non l'aveva ricoverata nessuno. Ho persino telefonato a voi qui al distretto. Due volte. Ma non mi ha risposto anima viva. Adesso sono qui solo perché mi sono accorto che c'era la luce accesa. Avrò attraversato le vie del paese un milione di volte stanotte».

L'agente Bowman si acciglia. «Mi dispiace molto per questo.

Purtroppo, la nostra è una stazione di polizia molto piccola, troppo periferica per essere presidiata ventiquattro ore su ventiquattro. Di solito l'edificio chiude alle sei del pomeriggio e il turno di notte consiste solo in operazioni di pattuglia. Io stesso sono qui solo per lei», spiega, voltandosi verso di me con un sorriso. «Avrebbe dovuto chiamare il 911. Le avrebbero inviato qualcuno per aiutarla, oppure mi avrebbero telefonato e convocato qui al distretto».

Wayne sospira. «Sì, avrei dovuto fare così». Scuote la testa. «È solo che non stavo ragionando in maniera molto lucida».

Ha un'espressione davvero... afflitta.

«Probabilmente non sarebbe cambiato nulla», commento a bassa voce, e a quel punto entrambi si girano a guardarmi. «Chiunque lui avesse chiamato, io ero priva di sensi in mezzo agli alberi. Se ha guidato su e giù per la montagna e non mi ha vista, che cosa avrebbe potuto fare di diverso la polizia? Tanto sarei comunque tornata verso la strada solo dopo aver ripreso conoscenza. Nessuno avrebbe potuto impedire che le cose andassero come sono andate...». Mi sfioro la pelle gonfia sotto gli occhi.

Wayne mi guarda. «Sì. Sì, forse hai ragione».

Bowman si schiarisce la voce. «È in grado di spiegare le condizioni di sua figlia, signor Boone? Ha parecchie ferite».

Lo sguardo preoccupato di Wayne non mi si schioda di dosso. «Stava bene l'ultima volta che l'ho vista. Se era a piedi quando lei l'ha trovata, a mio avviso l'ipotesi più probabile è che abbia avuto un incidente con l'auto. È l'unica cosa che spiegherebbe perché non è più arrivata alla baita. Negli ultimi tempi il servosterzo le ha dato qualche problemino, ma non credevo potesse essere così grave da causare un incidente. Forse ha smesso di funzionare e lei ha perso il controllo del mezzo. Queste strade di montagna sono piene di curve e tornanti».

Mentre parla, io immagino le stradine tortuose e il volante che si blocca. Immagino di schiantarmi contro un albero. La mia faccia che sbatte contro un airbag. Il mio corpo che urta gli interni dell'auto. La mia testa che colpisce il finestrino.

Mi sento attraversare da un brivido di sollievo. Forse allora si è trattato davvero di un incidente.

«Che modello di macchina era?», chiede Bowman.

«Una Oldsmobile station wagon del '96. Un bestione grigio-azzurro, con i coprisedili rosa. Qualcuno deve averla trovata ormai. E magari avrà anche inviato una segnalazione?».

Bowman scuote la testa mentre annota tutto. «Non che io sappia, ma posso indagare».

«Lo apprezzerei molto». Wayne si accorge che lo sto fissando e mi fa l'occhiolino.

Una scossa di familiarità mi investe come una folata di aria calda e appoggio le spalle allo schienale della sedia.

Forse mi ricordo di lui.

Wayne guarda l'orologio. «Mi scusi, ma saprebbe dirmi quanto tempo ci vorrà ancora?».

Bowman inarca un sopracciglio. «Mi serviranno ancora un bel po' di informazioni da parte sua. Ha fretta?».

Wayne si passa una mano sul volto. «No, certo che no. Ma è davvero molto tardi, e...». Mi indica con un cenno della mano, come se la mia faccia dovesse completare la frase al suo posto. «Ne ha passate tante stasera e vorrei portarla a casa per farla riposare».

«Capisco, signor Boone. Mi creda, la capisco eccome. Ma non posso affidare una minorenne, soprattutto una che ha subìto un trauma simile, alla custodia di un estraneo».

Wayne chiude gli occhi. Gli si contrae la mascella e gli si irrigidiscono le spalle. «Non sono un estraneo. Sono suo padre».

«Può dimostrarlo?». L'agente Bowman mi guarda, poi si volta verso il mio presunto padre. «Ha una copia della patente di guida di sua figlia o qualche altro documento che ne attesti l'identità? Perché vede, devo accertarmi non solo di chi è lei, ma anche dell'identità di questa ragazza. Per la sicurezza di tutti».

Wayne si rabbuia. «La patente l'avrà avuta con sé in macchina, di sicuro nel portafoglio. Io non ce l'ho, se non ce l'ha nessuno di voi due. E ha iniziato a studiare a casa da privatista da quando era al primo anno delle superiori, quindi non ha un tesserino scolastico in corso di validità». A quel punto tira fuori il portafoglio dalla tasca. «Credo di avere ancora quello di quando era in terza media, però... Lo perdeva di continuo, quel maledetto coso, perciò glielo tenevo io».

Fa scivolare verso di noi una sorta di bigliettino di carta plastificato senza grandi pretese. Un volto mi fissa da un tesserino emesso dalla scuola secondaria di McMinnville. Capelli castani lunghi fino al mento. Occhi verdi. Sorriso allegro. Maglietta rosa... be', il rosa sembra essere un tema ricorrente, a quanto pare. È la stessa estranea delle foto sul suo telefono, anche se è un po' più piccola. Più rotondetta, più paffuta. Molto meno ammaccata.

E lì, stampato a caratteri cubitali accanto al mio viso: Mary Boone.

Mormoro il nome, lasciando che le sillabe prendano forma sulle mie labbra.

Mary Boone.

Potrò anche non ricordare nulla di quello che è successo stanotte e potrò anche essere in preda a un dolore infernale, ma adesso almeno ho un nome. E un genitore che si ricorda tutto quello di cui io invece non ho memoria. È molto più di quanto non avessi un'ora fa.

Wayne continua: «Ho il suo certificato di nascita e la tessera con il codice fiscale su alla baita. Posso portare tutto qui, o se preferisce può venire con noi. Può dare un'occhiata alla casa e a tutti i documenti che vuole per assicurarsi che sia tutto in regola. Firmerò qualsiasi cosa sia necessario firmare. Mi dica cosa devo fare per dimostrare che è mia figlia».

L'agente Bowman ha uno sguardo incerto. «Be'... direi che così potrebbe funzionare», conclude. «Se riesce a fornire la documentazione necessaria a comprovare l'identità della ragazza, posso affidarla alla sua custodia. Tuttavia, accetto comunque la sua offerta di venire a vedere la baita. E mi aspetto di ricevere un aggiornamento domani mattina sulle sue condizioni di salute. Già che ci siamo, signor Boone, prima di andarsene dovrà anche rilasciare una dichiarazione completa a proposito dell'incidente e del veicolo scomparso. Avremo bisogno dei suoi recapiti, del suo indirizzo e anche dei dati relativi al suo, di veicolo».

Wayne annuisce con vigore. «Certo. Qualsiasi cosa vi serva».

Entrambi si voltano a guardarmi. E così tutt'a un tratto spetta a me decidere?

«Posso rivedere quelle foto?», chiedo a Wayne.

Lui mi passa il telefono. «Eccome».

Aspettano in silenzio mentre le sfoglio, soffermandomi su ogni scatto. Ce ne sono centinaia, alcuni risalenti a più di otto anni fa. In certe immagini la ragazzina è così piccola che sembra quasi un'altra persona. A mano a mano che scorro, lei piano piano cresce e si trasforma in me. È una sensazione stranissima quella di non riconoscere il proprio volto. Ma la prova è proprio sotto il mio naso. Il volto di quella ragazzina è il mio volto. Nella maggior parte delle foto in cui compare anche lui, Wayne mi sorride, o mi cinge le spalle con un braccio, oppure ride sullo sfondo.

Mi coglie un senso di inappellabilità. Questa sono io.

Questo è mio padre. Il mio posto è insieme a lui e questa è la mia vita.

Io sono Mary Boone.

Capitolo 3
Drew

La vita diventa una vera merda quando tutti pensano che tu abbia ucciso la tua ragazza.

Sullo schermo lampeggia un altro messaggio di errore e io sferro un calcio alla base della fotocopiatrice. Il tonfo della mia scarpa sul metallo riecheggia in tutta la biblioteca e uno dei volontari più anziani della comunità mi lancia un'occhiataccia infastidita dalla sezione viaggi. Però insomma, quanti cavolo di errori può dare questo aggeggio nel giro di dieci minuti?

Indico la fotocopiatrice con un'espressione che significa: "Embè, questa macchina è una porcheria e lo sa benissimo anche lei". Il vecchietto scuote la testa e torna a rimettere in ordine le guide di viaggio, facendo finta che io non esista.

Proprio come tutti gli altri.

Continuo a sbattere con violenza l'indice sul touch screen impallato finché non mi appare il comando "copia", che mi chiede di quante stampe ho bisogno.

Finalmente.

Recupero un foglietto di carta piegato dalla tasca posteriore dei pantaloni e lo appiattisco sul bordo della macchina. Il volto di lei mi fissa e, di punto in bianco, mi sembra che faccia un caldo boia in questa stupida biblioteca. Cerco di lisciare con un dito la piega che le attraversa gli occhi e aggrotto le sopracciglia. Non avrei dovuto piegarlo, il volantino, ma non volevo rischiare di perderlo mentre ero a scuola e, se avessi cercato di sbrigare questa commissione stamattina, prima dell'inizio delle lezioni, sarei arrivato in ritardo. Di nuovo.

Con lo sceriffo che mi fa uscire prima da scuola un giorno

sì e uno no per tartassarmi sempre con le stesse maledette domande, non posso permettermi di saltare altre lezioni. Il mio avvocato sembra aver messo un freno a tutto questo, però ormai il danno è fatto. Il mio diploma è appeso a un filo molto sottile, ma i miei genitori sono gli unici a cui importa ancora qualcosa.

Perché quando la tua ragazza sparisce nel nulla senza lasciare traccia, all'improvviso tu diventi subito il primo indiziato che deve per forza aver avuto qualcosa a che fare con la sua scomparsa. Almeno agli occhi dell'opinione pubblica. E forse lo diventeresti anche agli occhi di un giudice vero e proprio, se lo sceriffo Roane fosse chiamato a dire la sua al riguardo.

La rabbia mi divampa su per il collo e mi rimbomba nelle orecchie, ma perdere le staffe di certo non servirà a nulla di buono. Di sicuro non convincerà i genitori di Lola, gli abitanti o la polizia di questa cittadina insignificante che non sono io il motivo per cui non è più tornata a casa.

Sistemo il volantino sul vetro della fotocopiatrice e schiaccio una serie di tasti finché il display non indica duecento copie. Esito un momento e controllo quanti contanti ho nel portafoglio. Riduco il numero di copie a settantacinque e inserisco le banconote nell'apposito vano, maledicendo la stampante di casa per aver esaurito l'inchiostro.

Già che ci sono, maledico anche la gente del posto che si ferma a indicarmi ogni volta che mi vede per strada.

E i poliziotti, che non stanno facendo il loro lavoro come dovrebbero.

Ma, soprattutto, maledico il mondo intero che continua ad andare avanti con la propria vita come se il fatto che lei sia sparita non avesse alcuna importanza.

La fotocopiatrice prende vita con un ronzio meccanico e il bellissimo volto di Lola comincia a moltiplicarsi più e più volte nel vassoio laterale, con il gigantesco titolo "SCOMPARSA" stampato in cima ai fogli. Scommetto che sono state proprio quelle lettere abnormi a far fuori la cartuccia della mia stampante.

Qualcuno mi dà un colpetto sulla spalla e io salto in aria dallo spavento, sbattendo dritto contro il lato della fotocopiatrice. Mi giro di scatto, aspettandomi di trovarmi di fronte il volontario della biblioteca, ma invece si tratta di mio cugino.

Max solleva entrambe le mani a mezz'aria e fa un passo indietro. «Ehi, Drew, tranquillo».

Mi copro il viso con le mani e poi me le lascio scivolare fin sotto il mento. «Porca miseria. Non mi puoi piombare alle spalle così, di soppiatto».

«Guarda che non ho fatto proprio un bel niente di soppiatto. Ti ho chiamato per nome per ben due volte». Si scosta i riccioli neri dalla fronte. Sono sparati in ogni direzione, alcuni più lunghi di altri, e mi domando se mia zia abbia provato a tagliarglieli di nuovo. Non è mai stata brava come crede con le forbici, ma a Max non sembra importare più di tanto. Mi mette una mano sulla spalla. «Stai bene?».

Faccio spallucce per scrollarmela di dosso. «Sì, certo. Benissimo».

Max si infila i pollici nelle tasche dei jeans e mi lancia la sua classica occhiatina che significa: "Lo so che stai dicendo un sacco di stronzate". Lo ignoro e prendo i miei volantini. La foto di Lola – uno scatto realizzato da mio padre che la ritrae sorridente, sul portico davanti casa sua, prima dell'annuale grigliata del 4 luglio organizzata dalla sua famiglia – occupa la maggior parte della pagina. In basso ho riportato le sue generalità e alcune altre informazioni cruciali nel modo più semplice possibile.

Nome: Lola Elizabeth Scott
Età: 17 anni
Capelli: castano scuro
Occhi: verdi
Ultimo avvistamento: 29 settembre, ore 22:55, nei pressi del pontile sul fiume Willamette a Washington City.

E, subito dopo, in grassetto: «Se vedete questa ragazza o avete qualsiasi informazione su dove possa trovarsi, siete pregati di contattare...» e il mio numero di telefono. Perché in questi ultimi tempi la polizia di Washington City sembra aver smesso di indagare sulle varie piste possibili. O perlomeno, sembra aver mollato il colpo da quando ha stabilito il suo principale sospettato.

Il sottoscritto.

Max fa capolino da dietro la mia spalla. «Altri volantini?».

Sbatto la pila di fogli sul coperchio della fotocopiatrice per allinearli per bene e mi dirigo verso la porta. La volontaria al bancone principale non alza nemmeno lo sguardo al mio passaggio, un po' come io evito di rispondere alla pseudo-domanda di Max.

Non che l'essere ignorato basti a farlo desistere. Max è molte cose… ma non è certo uno che si arrende, quello stecchino tenace.

Spalanco la porta con uno spintone e la sento riaprirsi dopo circa due secondi. Mi stringo i lacci della felpa per impedire alla gelida aria novembrina di scendermi lungo il collo, preparandomi ad affrontare la predica di mio cugino e i successivi sensi di colpa.

«Aspetta!», mi urla dietro Max, mettendosi a correre per raggiungermi. «Guarda che sto solo cercando di starti vicino. Di sapere come stai».

Continuo a camminare. Il mio SUV è parcheggiato proprio dietro l'angolo. Questa parte della città è piena di alberi racchiusi in aiuole circolari incastonate nel bel mezzo dei marciapiedi e murales dipinti dai ragazzini delle scuole medie. Persino nel pieno dell'autunno, è così viva e colorata che risulta stucchevole. Piuttosto, mi concentro sui miei piedi e sull'asfalto usurato.

«I tuoi papà sono preoccupatissimi per te, Drew».

Ah, eccoli qui. I sensi di colpa. Mi fermo e lascio ricadere la testa all'indietro fino ad avere il mento rivolto verso il cielo ormai quasi scuro. Lascio andare un respiro che mi pesava sui polmoni come un blocco di cemento. «Lo so».

«Allora fermati per un secondo e parliamone, amico. Stiamo solo cercando di aiutarti».

Abbasso il mento. «Qui tutti quanti non vogliono fare altro che parlare. Ma io mi sono stufato, Max. Parlare non la riporterà indietro». Mi volto, brandendo i volantini nella sua direzione. «La polizia ormai non la cerca quasi più. Questi sono l'unica cosa che mi viene in mente per provare a riportarla a casa. Nessuno mi permette di fare altro».

Max si morde il labbro e io mi calmo un po'.

E va bene, lo ammetto. I volantini non si sono dimostrati granché utili. È da settimane che li affiggo in giro e finora ho ricevuto soltanto dieci chiamate. Né più né meno. Di cui nove erano stupidi scherzi telefonici e una era da parte di una signora anziana che mi diceva solo che dovevo vergognarmi. Ma non so cos'altro fare.

Gli occhi castani e gentili di Max si riempiono di tristezza e tutto quanto il suo volto si incupisce. «Ormai è scomparsa da parecchio tempo, Drew...».

«Scusa, ma cosa vorresti dire con questo? Pensi che dovrei arrendermi?»

«Che? No, certo che no. Ma forse ti toccherà rassegnarti al fatto che...».

«Ti prego, smettila. Ti voglio bene e so che stai cercando di aiutarmi, ma non ce la faccio. Non posso smettere di cercare. Perché altrimenti vorrebbe dire che Lola potrebbe anche non tornare mai più a casa, ed è...».

"...tutta colpa mia", penso.

«...Ed è cosa?», chiede Max, avvicinandosi.

Un miscuglio ingestibile di sensi di colpa, angoscia e collera mi preme sul petto, soffocandomi. «Un pensiero insostenibile», riesco a dire con voce strozzata.

Lui mi abbraccia. Vorrei allontanarmi, essere lasciato da solo, ma capisco che questo abbraccio serve a lui, non a me.

Quando lo scioglie, mi dà una pacca sulla spalla e mi sorride. «Coraggio, andiamo a casa tua. Sono tutti diretti lì per una cena di famiglia. I tuoi papà stanno preparando l'*hilachas*. Che te ne pare?».

Mi pare un'altra di quelle cose che una volta mi rendevano felice e che ora mi sembrano un incubo. Ma decido di non dirlo.

La mia famiglia è... impegnativa. Bianca da parte di un papà e guatemalteca da parte dell'altro, adorano stare tutti insieme. I miei padri mi hanno adottato tre settimane prima del mio terzo compleanno – a essere sincero non mi ricordo nulla prima di loro – e da allora la mia vita è stata un susseguirsi di questi momenti di grande aggregazione. Tutti a chiacchierare, felici e contenti, immischiandosi gli uni negli affari degli altri... proprio come fa Max. Il che in fin dei conti andava ancora bene quando mi assillavano affinché chiedessi a Lola di venire con me al ballo del primo anno delle superiori, o quando facevano a gara per mostrarle le foto di me sdentato, all'asilo, dopo una partita di palla prigioniera, visto che la mia ragazza era diventata una presenza abituale alle nostre cene di famiglia. Solo che adesso invece queste cene equivalgono a sorrisi forzati e al non parlare dell'unica cosa che mi consuma. Tutti vorrebbero aiutare, ma la verità è che non possono fare nulla.

E, dal momento che non dico niente, Max mi rivolge un sorriso ancora più ampio e luminoso, come se il mio silenzio l'avesse portato a credere che io stia per dirgli di sì.

«Mi dispiace, Max. Verrò alla prossima, va bene? Oggi non riesco. Ho già un altro impegno».

Il suo sorriso si spegne, ma mio cugino annuisce. «Okay. Va bene».

«Potresti avvisare i miei che torno a casa appena ho finito?», aggiungo, allontanandomi con i volantini in mano.

Il suo sospiro riecheggia sul marciapiede dietro di me. «Stai andando al fiume, non è vero?».

Mi fermo e mi volto a guardarlo. «Perché dovrei andare al fiume?».

Sembra che gli occhi siano sul punto di schizzargli fuori dalle orbite. «No, ehm, scusa, intendevo in gelateria. Per il loro... fiume di frullati».

Sa bene che non sono più stato al fiume dalla notte in cui Lola è scomparsa, quindi perché dovrei andarci oggi? A meno che... non ci sia un motivo ben preciso.

«Che succede oggi al fiume, Max?», gli domando a denti stretti. «Me lo dici tu o devo andare a vedere di persona?».

Un'ondata di panico si impossessa del suo volto. Di sicuro deve aver ricevuto istruzioni mirate a impedirmi di fare proprio quello. Sarà stata opera dei miei papà? Di sua mamma? Di tutti quanti?

«Se te lo dico, mi prometti di stare alla larga da lì?».

Lo fulmino con lo sguardo.

«E va bene, ho capito. D'accordo, ascoltami bene... Potrebbe essere stata inviata un'altra squadra di ricerca lì oggi, e i tuoi genitori volevano che mi assicurassi che tu non interferissi con il loro operato. Ma sono certo che a quest'ora avranno già finito ormai, quindi non avrebbe alcun senso provare ad andare laggiù. Ma che sia chiaro, tu non hai saputo nulla di tutto questo da me».

Gli ingranaggi del mio cervello girano a vuoto mentre mi sforzo di capire. «Ma non ha senso. Perché rimettersi a cercare vicino al fiume se hanno già setacciato i boschi lì intorno una decina di volte? Settimane fa, per giunta».

«Non ne ho proprio idea». Mio cugino alza le braccia al cielo. «Non sono a conoscenza dei dettagli. Perciò facciamo finta di non aver mai sfiorato l'argomento e andiamo a mangiare qualcosa a casa tua. Sto morendo di fame».

All'improvviso mi frullano per la testa decine di pensieri tutti in una volta sola. Lola è sparita da cinque settimane, giorno più giorno meno, e in questo lasso di tempo ho visto le indagini evolvere dalla semplice preoccupazione che fosse scappata di casa a una vera e propria operazione di ricerca a tappeto di minore scomparsa in stile Allerta AMBER. La polizia ha agito come da manuale. Ha istituito posti di blocco in tutta la contea, ha inviato una sua foto a tutte le emittenti locali e l'ha pubblicata su tutti i social media. Ha perlustrato ovunque, a partire dal pontile dove è stata vista per l'ultima volta, espandendo il raggio di ricerca in base alle segnalazioni e ai potenziali avvistamenti fino a quando, alla fine, ogni pista li ha condotti a un vicolo cieco.

Ma quindi adesso a che pro tornare al punto di partenza con una squadra di ricerca? Non ha alcun senso. Voglio dire, credono forse che tutt'a un tratto Lola abbia deciso di andarsene in cerca di cibo vicino al fiume aspettando solo di essere trovata? Della serie: «Oh, ciao ragazzi, grazie per essere venuti, mi stavo davvero stufando di nutrirmi di cortecce di alberi e di bere acqua aromatizzata alle alghe».

L'unica eventualità in cui potrebbe trovarsi ancora al fiume sarebbe se...

Faccio un passo indietro.

Non stanno cercando *Lola*.
Stanno cercando i suoi resti.
Mi sento come se i volantini che ho in mano stessero per prendere fuoco.
«...e poi è una giornata perfetta per l'*hilachas*, non ti pare?».
Sbatto le palpebre. Mio cugino non ha smesso di parlare per tutto questo tempo. «Come, scusa?».
Max si lamenta. «Ma che sorpresa, non mi stavi ascoltando. Comunque sia... forza, torniamo a casa tua insieme, va bene? Tanto in ogni caso non ci puoi andare laggiù, perciò l'unica alternativa che hai è mangiare. Andiamo».
«Non ho fame».
Max agita le mani in maniera concitata. «È una pessima, pessima idea».
Mi fiondo dritto verso la macchina e faccio finta di non sentirlo. Salgo sulla mia Isuzu Trooper bianca e ammaccata e scaravento i volantini sul sedile del passeggero. Non hanno più la stessa importanza di dieci minuti fa. Ho una nuova missione.
Metto in moto la Trooper proprio mentre la portiera del lato passeggero si spalanca di botto. Max salta su, facendo oscillare l'intero SUV per via del suo fisico alto e allampanato, dopodiché sbatte la portiera.
«Sei impazzito? Stavo per premere l'acceleratore!», gli urlo contro.
«Bene. Vuol dire che sono arrivato appena in tempo, allora». Si allaccia la cintura e si scosta i riccioli dalla fronte. «Non ti lascerò andare lì da solo. Qualcuno dovrà pur impedire allo scemo che sei di farsi sbattere in galera».
Mi chiedo quanto sarebbe difficile buttarlo fuori dalla macchina, ma l'espressione decisa sul suo volto e la forza con cui stringe la maniglia di sicurezza sopra il finestrino mi dicono che è pronto a resistere a un attacco a sorpresa.
«Non riuscirai a liberarti di me», aggiunge. «Se proprio vuoi andare lì a spiare, allora spierò anch'io. Facciamolo».
«Sei una seccatura, lo sai?». Mi giro di nuovo a guardare la strada e parto, onde evitare di dargli un pugno. Mia zia mi prenderebbe a calci nel sedere se torcessi anche un solo capello alla preziosa testolina di suo figlio, e lui lo sa.

Ci vogliono davvero pochi minuti per arrivare ai margini della città, dove si trova l'imbarcadero con il pontile, ma il tragitto mi sembra infinito. Non sono più stato a meno di due chilometri di distanza dal fiume da quando Lola è scomparsa, e più mi avvicino più mi sembra di sprofondare in un buco nero di dolore e ricordi terribili.

Seguo la curva della strada e, quando torna rettilinea, intravedo il pontile.

Il fiume circonda Washington City come un braccio che cinge la spalla di un vecchio amico, ma l'unico punto della riva abbastanza basso da permettere alle barche di raggiungere l'acqua è qui. L'imbarcadero consiste in uno stretto parcheggio incastonato tra gli alberi e il pontile non è altro che un lastrone di cemento che scende nel fiume Willamette, le cui acque sono fredde come il ghiaccio. Di solito in questo periodo dell'anno la zona è deserta, ma oggi sembra di essere nel pieno della stagione nautica. Tutti e dieci i posti auto sono occupati, tranne uno, e ci sono veicoli parcheggiati che costeggiano la strada su entrambi i lati. Appartengono ai solerti abitanti della città, che si sono radunati qui nel tentativo di trovare risposte in grado di chiudere una volta per tutte il caso della povera Lola e dare pace alla sua famiglia.

Dovrebbero essere in giro per il mondo a cercare *lei*, non qui a cercare ossa.

Il solo pensiero mi fa venire il voltastomaco. Anzi, è proprio questo posto a darmi la nausea. Il parcheggio, l'acqua, il tramonto novembrino che si intravede fra i pini. Detesto ogni dettaglio. Detesto tutto ciò che è successo qui e le ripercussioni che ha avuto su di me. Le ripercussioni che ha avuto su Lola.

Parcheggio anch'io sul ciglio della strada, dietro un'altra auto, e spengo il motore. Poi appoggio le braccia sul volante e mi sporgo in avanti. Sembra che le ricerche si stiano concludendo. Qualcuno spunta fuori dalla boscaglia sul lato opposto del parcheggio e raggiunge il capannello di persone che aspettano vicino agli alberi. Tra loro ci sono anche un paio di poliziotti, intenti a chiacchierare. Dello sceriffo neanche l'ombra.

Ho parcheggiato troppo vicino. All'improvviso decine di

occhi sfrecciano in direzione della mia auto, lanciandomi sguardi truci attraverso il parabrezza. A volte penso che questa macchina sia malfamata quanto me. Se solo ci avessi riflettuto un momento in più, avrei potuto chiedere a Max di guidare. La sua auto è dello stesso colore degli alberi e si sarebbe mimetizzata meglio.

Ho fatto l'ennesima cazzata.

Una vecchietta minuta con in mano una cartellina mi guarda in cagnesco e non posso fare a meno di chiedermi se non sia stata proprio lei a lasciarmi quel messaggio in segreteria: «Dovresti solo vergognarti».

"Be', signora, fiato sprecato", penso. Mi vergogno già abbastanza di mio.

«Allora, Drew, qual è il piano?». Max fa leva con le lunghissime gambe contro il pianale, si tira fuori la pila di volantini da sotto il sedere e li scarica sul sedile posteriore. «C'è un motivo valido per cui ci stiamo imbucando a questa baracconata?».

Continuo a fissare la vecchietta per un altro minuto e lei mi mostra il dito medio.

Dato che ancora non rispondo, mio cugino riprende: «Voglio dire, non è che puoi scendere e unirti a loro come se niente fosse. Sarebbero capaci di arrestarti per stalking o per qualsiasi altra stronzata in dieci minuti netti».

Emetto un verso di disgusto che mi resta bloccato in gola, poi appoggio di nuovo la schiena contro il sedile. Ha ragione. Roane o i suoi agenti non esiterebbero a mettermi le manette ai polsi se mi avvicinassi anche solo di mezzo passo a quel drappello di buoni samaritani. Soprattutto visto il modo in cui lo sceriffo mi ha tenuto sotto torchio negli ultimi giorni, ossessionato dal timore che il caso di una ragazza scomparsa nella sua area di giurisdizione gli vada a rotoli proprio sotto il naso. Diamine, l'unico motivo per cui Roane non mi ha ancora rinchiuso dietro le sbarre è che sono un ragazzo *bianco* con una buona reputazione, proveniente da una famiglia che gode di una stabilità economica tale da potersi permettere la parcella di un avvocato. Se i miei connotati fossero stati più simili a quelli di Papito e del resto della famiglia Diaz, non escludo che le cose sarebbero potute andare in maniera molto diversa.

Ah, e poi di sicuro aiuta anche il fatto che Roane non ha nessuna prova concreta contro di me e che tutta la sua indagine sembra dipendere da una mia eventuale confessione. Comunque sia, sono consapevole che sto sfidando la sorte presentandomi qui.

«Non ho nessuna intenzione di unirmi a loro. Non avrebbe senso. Lola non è lì».

Sento lo sguardo di mio cugino perforarmi il lato destro del viso. «E tu questo lo sai perché…?»

«Non cominciare. Non so dove sia, ma so che Lola non è in quella boscaglia. Non è morta».

«Ma come fai a saperlo? Con così tanta certezza?»

«Perché non può esserlo. È… impossibile». Mi passo le dita tra i capelli. «Magari è scappata, o forse è stata rapita, oppure… non lo so. Ma non può essere morta. Tutta questa gente si sbaglia, e io lo dimostrerò».

Max si divincola sul sedile, poi si sporge in avanti con una smorfia. «Se lo dici tu… Ma allora che ci facciamo qui, se non hai intenzione di scatenare drammi?»

«Bella domanda». Mi volto verso il parcheggio e i miei occhi si soffermano sull'unico posto auto vuoto. Sede dell'altarino commemorativo in onore di Lola.

Ha un'aria dimessa e trasandata persino a guardarlo da qui. Fiori secchi e lumini quasi consumati, foto incorniciate di Lola pescate dal suo profilo Instagram, ormai intrise d'acqua e dimenticate. Un'uniforme scolastica blu e oro abbandonata sull'asfalto, per metà ricoperta di foglie. Fino alla settimana scorsa ce n'era una identica anche accanto al suo armadietto, finché qualcuno del personale non l'ha messa via.

Pegni, manifestazioni d'affetto da parte di compagni di classe che si sono mostrati fuori di sé dalla preoccupazione quando Lola è scomparsa, ma che presto hanno perso interesse quando lo shock per la sua sparizione è scemato e le attenzioni derivate dal fingere di sentire la sua mancanza si sono esaurite. Un po' come i volontari che oggi si sono uniti alle ricerche: gente che sarebbe ben felice di imbattersi in un cadavere nel bosco pur di farla finita con questa storia.

«Volevo solo vedere chi c'era», dico. «Credo che mi sarei

sentito molto meglio se non ci fossero state tutte queste macchine. Avrebbe significato che tutti considerano questa iniziativa inutile come la ritengo io».

«Non vedo né il signore né la signora Scott. È un buon segno, no?».

Forse.

Passo di nuovo in rassegna le varie auto e lancio un'occhiataccia a una vecchia Volkswagen ammaccata dall'altra parte della strada. Autumn dev'essere qui da qualche parte. D'altronde, cosa sarebbe una squadra di ricerca senza una migliore amica in preda ai singhiozzi? Immagino che questo spieghi perché non c'era oggi a scuola.

Max ha ragione, comunque. Non vedo né la Wrangler del signor Scott né la berlina della signora Scott. Un brivido di speranza mi attraversa. Forse non si sono arresi nemmeno loro?

O forse erano solo dietro gli agenti e non sono ancora usciti dal bosco…

«Dovremmo andarcene da qui prima che qualcuno chiami Roane», osserva Max.

So che ha ragione, ma non riesco a distogliere lo sguardo dalla linea degli alberi. Continua a spuntare sempre più gente. Ormai ci saranno quasi una cinquantina di persone e dalla boscaglia continuano a venirne fuori ancora di più.

"Vi prego, non siate qui con questa gente", penso.

Le mie dita tamburellano sul volante con un ritmo angosciato.

«Drew? Coraggio, andiamocene. Non dobbiamo tornare per forza a casa per la cena di famiglia, possiamo andare dove ti pare. Ti offro un gelato. Qualsiasi cosa pur di trascinarti via di qui. Mi fai questo favore?».

Io sospiro e allungo un braccio per mettere in moto, ma proprio allora la folla si divide e una sagoma imponente emerge dagli alberi. La vista di quell'uomo mi fa rabbrividire come una secchiata d'acqua gelida lungo la schiena.

E ora ho la nausea.

«Oh, merda», sussurra Max. «C'è anche sua madre».

Li guardo raggiungere gli altri. Si direbbe che al signor Scott si siano ingrigiti metà dei capelli da settembre a oggi, mentre sua moglie è dimagrita così tanto che la brezza proveniente dal fiume sembrerebbe in grado di portarsela via. La donna si stringe il cappotto nero all'altezza del collo e si scosta i lunghi capelli scuri dal viso. Quando qualcuno gli dice qualcosa, il signor Scott si gira e mi lancia un'occhiataccia minacciosa. Come uno scheletro vivente che promette di perseguitarmi fino al giorno della mia morte.

Mi brucia il viso per la vergogna. Quest'uomo mi conosceva bene quasi quanto i miei genitori, eppure alla fine mi ha comunque voltato le spalle, come tutti gli altri.

Metto in moto la Trooper, faccio inversione di marcia e me ne vado.

Non avrebbe dovuto essere qui. Né lui né la moglie avrebbero dovuto essere qui.

Chi è che sta ancora cercando Lola?

«Stai bene?», mi chiede Max in modo cauto. Come se ci avesse messo molto tempo a scegliere le parole adatte.

Scuoto la testa, imboccando la curva a una velocità eccessiva. «Avevi ragione. Non sarei dovuto venire qui».

Capitolo 4
Drew

Riporto Max in biblioteca. Lui non spiccica neanche mezza parola per l'intera durata del tragitto, impresa che deve aver richiesto uno sforzo enorme da parte sua, ma quando mi fermo in doppia fila accanto alla sua Liberty e lui ancora non muove un muscolo, capisco che sta per arrivare una delle sue solite prediche.

Lo esorto con un cenno della mano. «Avanti, sputa fuori quello che stai pensando prima che mi facciano una multa».

Mio cugino si mette a giocherellare con la cintura di sicurezza, attorcigliandosela tra le mani come una rondella di liquirizia. Quando la lascia andare, la cintura viene risucchiata nel supporto con uno schiocco metallico. «Lo sai che ti voglio un gran bene, e non intendo darti l'impressione di non essere dalla tua parte, perché lo sono. Ma presentarti al pontile come hai fatto ti fa sembrare colpevole. Te ne rendi conto, vero?».

Vorrei controbattere, ma non ci riesco. Perciò non dico nulla.

«I colpevoli tornano sempre sulla scena del crimine, e questa è l'unica cosa che tutta quella gente avrà pensato nel vederti arrivare. Drew il colpevole. Per non parlare del fatto che i tuoi andranno su tutte le furie quando verranno a sapere che sei stato lì, e io avrò i giorni contati non appena mia madre scoprirà che ho spifferato tutto. Insomma, nel complesso direi che è stata una mossa tutt'altro che intelligente».

Faccio scorrere il pollice sullo stemmino del volante. Detesto che Max abbia ragione. «Lo so. Non ne parlerò con nessuno, se non lo farai neanche tu».

Lui lascia andare un sospiro marcato e scuote la testa. «Per quanto mi riguarda, siamo stati in gelateria a prenderci un frullato. Ed è quello che dirò a chiunque me lo chieda. Ma, amico, devi darti una regolata».

Annuisco, con lo stomaco inacidito dai rimpianti. «Ho solo bisogno che qualcuno la trovi».

«È quello che vorremmo tutti quanti. Ma non è questo il modo giusto di procedere. Sfrutta quel cervellone che ti ritrovi e fatti venire in mente un'altra strategia. Le ricerche di oggi non significano nulla. Ormai è scomparsa da parecchio tempo. E le persone si stanno affannando a cercare risposte come meglio possono».

«Ma stanno solo perdendo tempo, Max! Ogni ora passata in quei boschi è un'ora sprecata senza avvicinarsi neanche lontanamente a lei!».

«Allora da' a Roane meno motivi per preoccuparsi di te e più motivi per cercare altrove». Indica con il pollice il caos che regna sul sedile posteriore. «Credi che quei volantini servano davvero ad aiutare Lola? Non sei l'unico che ha bisogno che lei torni a casa sana e salva. Siamo tutti in difficoltà e non possiamo perdere anche te».

Scende e sbatte la portiera dell'auto. Nel silenzio improvviso, vorrei quasi che tornasse indietro.

Quasi, però.

Max esce dal parcheggio davanti a me e io resto a guardare la sua auto sparire lungo Main Street. Dovrei seguirlo a ruota. Dovrei tornare a casa per la cena di famiglia, perché è la cosa giusta da fare e renderebbe tutti felici. Ma preferirei ingurgitare fino all'ultimo volantino piuttosto che affrontare la mia famiglia in questo momento.

Perciò imbocco la strada che costeggia il perimetro della città, stando attento a tenermi alla larga dal fiume. Parcheggio in una zona che si trova da tutt'altra parte rispetto a casa mia e raccatto i volantini dal sedile posteriore.

È ora di far arrabbiare qualche comitato di quartiere.

Perché Max ha ragione solo a metà. D'accordo, magari i volantini non mi condurranno da Lola, però sono pur sempre qualcosa. Sono la prova che non ho mai smesso di cercarla. E, quando Lola tornerà a casa e vedrà una foto della sua faccia con sotto il mio numero di telefono ovunque andrà, allora saprà che non mi sono mai arreso. Il che, per il momento, è l'unica cosa che posso darle.

Prendo lo zaino e la sparachiodi dal sedile posteriore e mi metto all'opera, continuando ad affiggere il suo volto a ogni palo telefonico e a ogni segnale di Stop che incrocio fino a quando sopra di me non si accende un lampione. Alzo lo sguardo, sorpreso. Si è fatto buio in fretta.

Guardo la strada alla mia destra e alla mia sinistra. Senza rendermene conto, camminando come uno zombie, sono arrivato nel bel mezzo del quartiere di Lola. Anzi, a voler essere precisi, il vicolo cieco da cui si accede a casa sua è appena un isolato più avanti.

All'improvviso il mucchietto sempre più esiguo di volantini che ho tra le mani sembra diventare di piombo.

Non dovrei avvicinarmi più di così. Lo so. La sua famiglia sta già soffrendo abbastanza. Non è il caso di sottoporli alla mia vista due volte in un giorno. Ficco i volantini nello zaino, ma i miei piedi si dirigono da soli verso l'imboccatura del vicolo di casa di Lola. Mi tratterrò un minuto soltanto.

La grande villa grigia degli Scott si trova a una casa di distanza. Le luci del pianterreno riversano un bagliore caldo sull'ampio portico e sul prato perfetto. Non si muove nulla al di là dei vetri e il vialetto è vuoto, così mi avvicino di qualche passo.

Ripenso alla prima volta che ho visto questa casa. Quando Lola mi ha presentato i suoi genitori. Sembrava così imponente con queste grandi finestre, il dondolo bianco lucido nel portico e le siepi curate. Adesso invece sembra tutt'altro che imponente. Sembra solo triste. Come se persino i muri sentissero la mancanza della ragazza che dormiva nella camera da letto ad angolo, proprio come la sento io.

Vedere la luce della sua stanza mi apre una voragine familiare nel petto. Lola l'aveva lasciata accesa la notte in cui è scomparsa e i suoi genitori non l'hanno mai toccata da allora. È come se non riuscissero a sopportare il pensiero di lasciar sprofondare nell'oscurità ciò che resta di lei. Lo capisco e mi fa stare male allo stesso tempo. Nemmeno io sarei in grado di spegnere la luce, ma vedere quella finestra illuminata al primo piano mi scombussola ogni santa volta. Mi illude che magari Lola sia tornata, che sia lì dentro a parlare con Autumn di quanto mi sia comportato da idiota o del compito in classe di storia.

Ma Lola non è lì, il mio minuto è scaduto e stare qui mi fa solo sentire fuori posto. Questa città è piena di luoghi in cui ormai mi sento un pesce fuor d'acqua.

Mi volto e vedo una Wrangler rossa ferma in mezzo alla strada dietro di me. Ogni fibra del mio essere si trasforma in pietra quando lo sguardo del signor Scott, seduto al volante, incrocia il mio.

Per un folle attimo mi chiedo se abbia intenzione di investirmi e porre fine alle sofferenze di entrambi. Poi, però, la Jeep mi passa davanti ed entra nel vialetto. Il signor Scott parcheggia, scende e attraversa il prato a grandi passi.

Mi preparo ad affrontare la sua collera, ma lui si ferma sul marciapiede e in pratica mi sussurra: «Vieni qui».

Per qualche strano motivo, il fatto che non abbia gridato mi incute il doppio del terrore che avrei provato se mi avesse sbraitato in faccia. Avvicinarmi è l'ultima cosa che vorrei fare. Non riesco nemmeno a incrociare il suo sguardo… come dovrei fare a parlargli?

Avanzo a passi lenti, trasudando paura da ogni parte del corpo, fino a fermarmi di fronte a lui.

«Che cosa ci fai qui?». Il suo tono non è furioso come mi aspettavo. È come se fosse… assente. Ha gli occhi arrossati e le guance smunte. Indossa una camicia, ma l'uomo-scheletro nascosto sotto il tessuto sembra quasi voler scomparire, proprio come la figlia. La portiera del lato passeggero della Jeep si chiude sbattendo e sua moglie si ferma accanto al bagagliaio. Guarda nella mia direzione, ma è come se non mi vedesse.

I sensi di colpa mi stringono la gola in una morsa di ferro. «Affiggo volantini», rispondo con voce strozzata.

«Perché non ci lasci in pace? Non hai già fatto abbastanza?».

Sì.

Mi assale una necessità stranissima e impellente di difendermi. Rispetto da morire quest'uomo. L'ho sempre fatto. Non voglio che mi guardi come tutti gli altri. «Sto solo cercando di trovarla. Come lei. Signor Scott, ho pranzato e cenato a casa sua un milione di volte. Le nostre famiglie sono andate in campeggio insieme l'estate scorsa. È venuto a tutte le mie gare di nuoto. Mi conosce. Sa che non farei mai del male a Lola. Mai e poi mai».

Il suo sguardo torvo mi trafigge e penso che forse si sarà pentito di non avermi investito quando gli si è presentata l'occasione. «Il ragazzo che conoscevo non l'avrebbe mai lasciata da sola di notte. Non avrebbe aspettato il giorno dopo per chiamarla e assicurarsi che fosse tornata a casa sana e salva. Non avrebbe mai smesso di collaborare con la polizia. Io non ti conosco affatto».

La verità delle sue parole mi colpisce e stringe ancora di più la morsa che i sensi di colpa hanno sulla mia gola. Non riuscirei a parlare nemmeno se ci provassi.

Fa un respiro lungo e misurato, ma prima che possa aggiungere altro la signora Scott appare alle sue spalle, stringendo le dita intorno al braccio del marito come se avesse bisogno di un sostegno per reggersi in piedi. I suoi grandi occhi verdi mi fissano. «Dicci solo cosa hai fatto, va bene? Dicci dov'è e fa' in modo che tutto questo finisca. Io… noi… non ce la facciamo… ho bisogno che tu mi dica cos'è successo», mi supplica. «Lo sceriffo dice che ci sono pochissime speranze dopo tutto questo tempo. Stanno cercando un cadavere, ma noi non sappiamo se è la decisione giusta. Ogni briciolo del nostro essere ci grida di continuare a cercarla. Ma tu sei l'unico che ha le risposte».

Cristo. Avrebbero dovuto investirmi con la macchina. Sarebbe stato meno doloroso.

Non riesco a formulare neppure una parola. Non ho risposte. Non so cosa dirle. Non so nemmeno come respirare.

La signora Scott soffoca un singhiozzo. «Per l'amor di Dio, Drew. È la mia bambina, cazzo! Dimmi dov'è e finiamola qui!».

«Giuro che non le ho fatto niente di male. Lo giuro sulla mia vita!». La bile mi sale fino in gola. «Mi dispiace di essere venuto qui. Non volevo far soffrire nessuno, men che meno lei e la sua famiglia».

Una lacrima le sfugge dall'angolo dell'occhio e la signora Scott se la asciuga con il dorso della mano.

Il marito le cinge le spalle con un braccio e mi guarda scuotendo la testa. «Vattene via, Drew. E non tornare».

Aiuta la moglie a salire i gradini del portico e scompare dentro casa, sbattendosi la porta d'ingresso alle spalle.

Non saprei dire per quanto tempo rimango lì, ma a un certo punto inizia a piovere. Mi trascino dall'altra parte della strada. Il fatto che l'intera città mi odi è terribile, ma le parole del signor Scott sono un attizzatoio rovente che mi perfora le viscere. Oggi non faccio altro che ritrovarmi in posti in cui non dovrei essere.

«Ehi, stronzo».

Sussulto e mi giro di scatto verso la voce.

Autumn è seduta sul marciapiede di fronte a me, poco oltre il lampione. E mi fissa.

Un moto di irritazione inizia a ribollirmi dentro, ma sono così esausto che si estingue nel giro di pochi istanti. Nel corso delle ultime settimane, questa ragazza è stata la mia seconda ombra. Ovunque andassi lei era sempre lì, sullo sfondo, a guardarmi in cagnesco come se sperasse che io potessi prendere fuoco e che lei potesse godersi lo spettacolo di me consumato dalle fiamme.

«Che cosa ci fai qui? Hai ricominciato a seguirmi?». La mia intenzione era quella di usare un tono aspro, ma purtroppo mi viene fuori soltanto un mormorio strozzato.

Lei si alza e si toglie il cappuccio della felpa argentata e sbrilluccicante. Sembra una palla da discoteca furibonda quando si ferma sotto la luce del lampione. Le lunghe onde di capelli rossi, prima rimboccate sotto il cappuccio, le ricadono sulle spalle. «Come osi venire a casa sua? Hai una bella faccia tosta anche solo a mettere piede in questo quartiere, dopo quello che hai fatto».

«Cristo santo, Autumn. Non ho fatto proprio niente».

«Sappiamo entrambi che non è vero», ribatte lei, infilandosi le mani nelle tasche della felpa. «Lola era la mia migliore amica, e che mi venga un accidente se ti permetterò di passarla liscia».

«È».

«Come hai detto?»

«È. Lola *è* la tua migliore amica. Al presente, cazzo», sbraito, facendo un passo verso di lei.

Autumn si ritrae, con il volto annebbiato dalla paura. Indietreggia e lancia un'occhiata fugace verso casa sua, in fondo alla strada, pronta a mettere in atto una rapida via di fuga dal brutto lupo cattivo… ovvero, il sottoscritto.

Scuoto la testa. Non riesco proprio ad abituarmi al fatto che gente che mi conosce da tutta la vita mi tratti come se fossi un mostro. Cavolo, conoscevo Autumn da molto tempo prima che io e Lola ci mettessimo insieme, eppure, come per molti altri, la cosa non le ha affatto impedito di voltarmi le spalle.

Però non voglio che abbia paura di me, a prescindere da quanto possa essere arrabbiato con lei. Così mi tengo a distanza. «Non ho fatto del male a Lola. Non mi permetterei mai, e non farei mai del male nemmeno a te. Quindi perché non la smetti di pedinarmi e vai a dire a tuo padre di fare il suo lavoro e ritrovarla?».

Lei si mette a braccia conserte, recuperando un po' della sua solita spavalderia. «Mio padre è lo sceriffo. Interrogare i sospettati è una sua prerogativa. Lo sta facendo eccome, il suo lavoro. L'unico modo in cui potrebbe farlo meglio è se sbattesse la tua brutta faccia da stronzo dietro le sbarre».

«Come vuoi tu, Autumn. Ma sappi che se impiegassi la metà delle energie che sprechi a tormentare me per cercare Lola, a quest'ora lei sarebbe già a casa da un pezzo e tutti quanti saremmo molto meno infelici».

Detto ciò, mi allontano a grandi passi verso la mia auto.

«Non me la bevo questa sceneggiata del fidanzato irreprensibile», mi urla dietro lei. «Le hai fatto qualcosa, e prima o poi tutti quanti scopriranno la verità».

Le sue parole mi colpiscono come uno schiaffo. Mi volto, stentando a riconoscere quella persona così ostile che mi fissa in malo modo. «Lo sai qual è la cosa più assurda in tutto questo? È che, a parti invertite, non ci sarebbe persona al mondo capace di convincermi che tu sia in grado di fare del male a qualcuno. Ti difenderei a spada tratta fino alla fine, Autumn. E quando Lola tornerà a casa, non voglio sentire neanche una parola su quanto ti dispiace di avermi pugnalato alle spalle. Ho chiuso con te, cazzo».

Una lacrima di rimorso le scende lungo il viso, ma lei se la asciuga in fretta. «Credi che mi abbia fatto piacere scoprire che il mio amico è un mostro? Avrei tanto voluto difenderti, ma il passato può contare solo fino a un certo punto. Lo so che è tutta colpa tua. Lo so da settimane».

«E questo che diamine significa?»

«Significa che magari non so cosa le hai fatto di preciso, ma so che è successo tutto a causa tua». Se ne torna verso casa pestando i piedi e, una volta girato l'angolo, mi lascia lì da solo con un nodo allo stomaco.

Perché ha pienamente ragione.

È vero. È tutta colpa mia.

Piano piano si mette a piovere sempre più forte, culminando in un vero e proprio acquazzone prima che io riesca a raggiungere la Trooper. L'acqua si insinua sotto tutti gli strati che indosso, inzuppandomi fino alle ossa. Tremo per l'intera durata del tragitto di ritorno verso casa, ma non mi prendo la briga di accendere l'aria calda.

Una specie di penitenza, se vogliamo.

Parcheggio davanti casa e rimango sorpreso nel vedere soltanto due macchine nel vialetto: le Volvo gemelle grigio metallizzato dei miei genitori. Il resto della famiglia deve essersene già andato.

Grazie a Dio.

La porta d'ingresso è chiusa, ma non a chiave, e una volta dentro non mi scomodo a salutare nessuno. Non ho voglia di parlare. Voglio solo farmi una doccia calda e dormire. Appendo le chiavi al gancio vicino alla porta, così i miei sapranno che sono a casa, e mi trascino al piano di sopra. Mi fermo un attimo nel corridoio giusto per buttare la felpa gocciolante nell'asciugatrice, poi mi infilo nella mia stanza, chiudendomi la porta alle spalle. Do uno schiaffo all'interruttore accanto alla porta e la lampada della mia scrivania si accende.

Sospiro. Persino la mia camera da letto non mi sembra più mia.

Una collezione di trofei vinti con la squadra di nuoto e vari poster di gruppi grunge decorano le pareti. Videogiochi e libri di scuola sono sparpagliati su tutta la moquette. Ma lei ha toccato ogni cosa che c'è qua dentro. È venuta a ogni gara di nuoto e a ogni concerto, anche se avrebbe di gran lunga preferito vedere Taylor Swift. Ha studiato qui con me ogni giorno dopo le lezioni. Si lamentava dei videogiochi, però poi restava comunque a guardarmi giocare. Ha persino scelto lei il mio piumone. Diceva che l'azzurro della fantasia scozzese si intonava a quello dei miei occhi.

Ora sono tutti reperti della mia vecchia vita. Mi è stato chiesto di rinunciare alle gare di nuoto per questa stagione, di dimettermi dal mio ruolo di capitano… e nessuno della squadra mi rivolge più la parola. È da settimane che non ascolto musica né prendo in mano un controller. È tutto fermo in attesa che arrivi lei. Ho bisogno che Lola torni a casa, solo così potrò riappropriarmi di una vita che non sia fatta soltanto di volantini di gente scomparsa e sensi di colpa.

Mi tolgo le scarpe con un calcio, mi infilo un paio di pantaloni della tuta e mi lascio sprofondare sulla sedia della scrivania. Forse in fin dei conti non ho le forze per farmi una doccia.

Nonostante la stanchezza, stacco la lavagna dalla parete sopra la scrivania e la giro al rovescio, rivelando l'unica cosa di cui mi importa davvero in questi giorni. Il retro della lavagna, infatti, nasconde tutta la mia patetica indagine. Post-it, una cartina di Washington City che ho stampato e su cui ho segnato tutti i luoghi dove è stata Lola il giorno in cui è scomparsa, alcune sue foto. Anzi, tante sue foto. Ne sfioro con il pollice una che ci ritrae al pontile. Il fiume scuro sullo sfondo è illuminato a malapena dal flash. Sorridiamo entrambi come due idioti, del tutto ignari di ciò che sarebbe successo di lì a poco.

È l'ultima foto che ho di noi due.

Scattata la stessa sera in cui poi lei è sparita.

Questa semplice raccolta di un metro per un metro e venti rappresenta tutto ciò che so sulle sue ultime ventiquattro ore… che non è molto. Osservo la linea di successione degli eventi, scarabocchiata sul retro di alcuni vecchi compiti, che illustra tutto ciò che è accaduto quel giorno dal momento in cui sono passato a prenderla di primo mattino per andare a scuola. Le lezioni, l'allenamento pomeridiano con la squadra, la litigata con i suoi genitori, io che passo a prenderla a casa poco dopo le ventidue, il pontile, la capatina fatta al minimarket poco prima di mezzanotte e per finire il ritrovamento del suo cellulare sul ciglio della strada da parte dei poliziotti la mattina dopo.

Non ho altre informazioni da aggiungere. Come ieri e come l'altro ieri. Giro la lavagna e la riappendo alla parete, in preda alla frustrazione. Max aveva ragione. I volantini non stanno servendo a niente, ma non so cos'altro fare. Ho bisogno di nuove informazioni, di un indizio, di un punto di partenza. Il cellulare inerte sulla mia scrivania si fa beffe di me. Ho bisogno che qualcuno mi dica qualcosa che ancora non so.

Anzi, no, ho detto una bugia. Ho bisogno che Lola mi chiami. Dopo tutte queste settimane, mi aspetto ancora di veder apparire il suo nome sullo schermo ogni volta che mi squilla il telefono. A ogni trillo di un messaggio penso che possa essere lei. E ogni volta che non lo è, sprofondo di nuovo in una spirale infinita e soffocante: quella della speranza che si trasforma in orrore.

Mentre mi risiedo, il mio gomito sfiora la tastiera del portatile e lo schermo si illumina. Sullo sfondo c'è un'altra foto di me e Lola. Risale all'ultima volta che siamo andati in spiaggia con Autumn e Max, anche se quel giorno nessuno di loro due è stato così stupido da entrare nell'acqua. Io ho un braccio teso per scattare la foto mentre entrambi ci abbracciamo e sorridiamo. Siamo immersi fino al polpaccio nell'acqua insopportabilmente gelida dell'oceano, con i jeans arrotolati fino alle ginocchia e lei che si stringe nel giacchino di jeans a fiori per ripararsi dal vento. Guardare questa foto mi fa sentire come se il karma mi stesse prendendo a pugni in faccia.

Lola è ovunque e da nessuna parte allo stesso tempo.

Chiudo il portatile con un colpo secco e mi appoggio i gomiti sulle ginocchia, lanciando un'occhiata al cestino accanto alla scrivania nel caso in cui quel poco che ho mangiato oggi dovesse decidere di farsi rivedere.

Come ho potuto comportarmi così? Come ho potuto permettere che accadesse tutto questo?

Qualcuno bussa alla porta della mia stanza e, non appena si apre cigolando, alzo lo sguardo. Sono i miei padri, spalla a spalla, e restano fermi sulla soglia. C'è qualcosa che non va. Sorridono, ma non con sorrisi sinceri. Sono sorrisini di circostanza. Sorrisi che hanno tutta l'aria di voler dire: «Okay, Drew, niente panico».

Papà si gratta una chiazza di capelli per metà biondi e per metà brizzolati vicino all'orecchio e decide di abbandonare la sceneggiata. Fa una smorfia. «Ehi, tesoro. Hai un minuto?».

Papito si toglie gli occhiali e gli lancia un'occhiatina di rimprovero. «Quello che tuo padre voleva dire è: "Com'è andata la giornata?"»

«Bene», rispondo in maniera meccanica. «Cosa c'è che non va?».

Papito entra e si siede sul bordo del letto. Papà lo segue. Le molle del materasso cigolano sotto il loro peso e sembra che entrambi siano a dir poco angosciati all'idea di affrontare questa conversazione.

Sarà successo qualcosa?

Li avrà chiamati lo sceriffo? Qualcuno li avrà informati che ero al fiume?

«Ci sei mancato alla cena di famiglia stasera», esordisce Papà. «Erano tutti desiderosi di vederti».

Annuisco. «Lo so. Mi dispiace, avrei dovuto mandare un messaggio. Ma avevo una faccenda da sbrigare».

«Altri volantini?».

Annuisco di nuovo, sorpreso che non abbiano ancora menzionato il mio tentativo di imbucarmi alle ricerche. Forse non ne sanno nulla? «Ma non credo che siate venuti qui dentro per parlare di volantini. Che succede?».

I loro sguardi si incrociano per un attimo, come se si stessero dando coraggio a vicenda prima di strappare un cerotto. La nausea ritorna. Forse non sono nei guai. Forse è peggio di così.

Dietro gli occhiali, Papito ha gli occhi arrossati, come se avesse pianto.

Forse in fin dei conti lo sceriffo non c'entra niente.

Papà si china in avanti e fa un respiro profondo. «Tesoro, ha chiamato l'avvocato. Lui… riteneva che dovessimo sapere… riteneva che dovessimo dirti…».

Papito gli dà una strizzatina al ginocchio pallido e tutto il mio corpo si irrigidisce.

"Lola ha chiamato da… dalla California, dalla Florida, da

Las Vegas, da qualsiasi parte. È scappata e non tornerà mai più a casa".

"Lola è in ospedale".

"I rapitori di Lola si sono fatti vivi e hanno chiesto un riscatto".

Gli occhi arrossati di Papito si posano sui miei. «*Hijito*, hanno trovato un corpo».

Mi giro e vomito nel cestino della spazzatura.

Capitolo 5
Mary

Giorno 1

Un'ora dopo, Wayne mi tiene ferma la porta della stazione di polizia e io esco all'aria aperta per la prima volta dopo quelli che mi sembrano giorni. Ha piovuto un po' da quando l'agente Bowman mi ha portato qui: l'acqua ha rivestito il parcheggio di una patina scintillante. L'aria fredda e appesantita dall'umidità mi pizzica la pelle delle braccia nude e mi pento di aver restituito a Bowman la sua felpa.

Il paesino sembra morto e sepolto, dimenticato dal mondo. Il minuscolo centro commerciale dall'altra parte della strada è buio e diversi lampioni sono fulminati. Guardo la strada a destra e a sinistra, ma le uniche cose illuminate che vedo sono una stazione di servizio con un'insegna lampeggiante che reca la scritta "aperti ventiquattr'ore su ventiquattro" e un motel deserto.

Wayne mi aggira e si dirige verso l'unica auto presente nel parcheggio che non sia una volante della polizia: un furgone commerciale grigio costellato di macchie di ruggine e chiazze di vernice scrostata. Apre la portiera del lato passeggero e sorride. «Ti serve qualcosa prima di proseguire verso la baita?».

Scuoto la testa e mi fermo di fianco a lui per dare un'occhiata dentro il furgone. Considerando quanto è ammaccato e malridotto all'esterno, gli interni in confronto sembrano quasi nuovi. Tuttavia, il pensiero di salire su un furgone con un estraneo mi fa comunque scattare un campanello d'allarme, anche se si tratta di mio padre.

Lui resta fermo lì, con una mano sulla portiera. «Sei sicura?

Dovremmo procurarci dell'ibuprofene, o magari qualche confezione di ghiaccio sintetico... non so bene cosa ci sia alla baita. Forse anche garza e cerotti, nel caso in cui le tue ferite abbiano bisogno di essere medicate di nuovo...».

«Va bene, va bene», lo interrompo. «Qualsiasi cosa ritieni necessaria».

«Mi dispiace». Si acciglia, guardandosi i piedi. «Non prenderla male. So che un cerotto e una doccia non risolveranno le cose, ma ho tutte le intenzioni di starti accanto mentre rimetti insieme i pezzi. Possiamo superare qualsiasi cosa. Persino questo».

Un miscuglio di emozioni mi annoda lo stomaco. Gli sono riconoscente, ma sono anche terrorizzata. Sono sollevata, eppure confusa. Sono felice e al tempo stesso disorientata... Insomma, non so proprio che pesci pigliare. Mi rendo conto che sta cercando di confortarmi, ma non so nemmeno come chiamarlo. Wayne? Papà?

È già tanto se riesco a dargli del tu.

«Ti dispiace se ti chiamo Wayne?»

«Non mi va di dirti una bugia, mi fa un effetto un po' strano. Ma se ti fa sentire meglio, puoi chiamarmi come ti pare». Sorride, sebbene sia un qualcosa di fragile e appena accennato.

Mi indica con un cenno la portiera aperta. «Pronta?».

L'agente Bowman esce dal distretto alle mie spalle, chiude il portone e si infila le chiavi in tasca. «Un momento. Finché non avremo verificato se tutto quadra, lei rimane con me». Mi guarda negli occhi e mi sorride. «Seguiremo il signor Boone fino alla baita».

Mi volto a osservare prima il furgone e poi la volante. Una parte di me desidererebbe sentirsi a suo agio con Wayne e chiuderla lì, ma in realtà sono contenta che venga anche Bowman. La sua presenza mi lascia un po' più di tempo per abituarmi allo stato delle cose.

«Va benissimo», risponde Wayne, riportandomi di colpo alla conversazione. «Come ho già detto, sono disposto a fare tutto il necessario. Dovresti almeno metterti una giacca, però. Si gela qua fuori». Si allunga verso lo spazio tra i sedili anteriori e mi porge qualcosa.

È una giacca di jeans, con bottoni color oro rosa e maniche floreali dai toni pastello: pervinca, orchidea e lilla, che spiccano su un tessuto bianco con un motivo vintage di foglie. Combatto l'impulso di aggrottare le sopracciglia. A quanto pare sono un'amante dei fiori?

A ogni modo, mi infilo il giacchino come se lo stile non mi lasciasse perplessa. Non riesco nemmeno a indossare una giacca senza provare sentimenti contrastanti. «Grazie».

«Ma figurati».

«Saremo appena dietro di lei, signor Boone», conclude Bowman, appoggiandomi una mano sulla spalla per esortarmi ad andare.

Rivolgo a Wayne un piccolo cenno di saluto con la mano.

«Ci vediamo tra poco, piccolina».

Sembra una promessa.

Saliamo a bordo della volante, dove mi accomodo sul sedile anteriore, e la prima cosa che Bowman fa è accendere il riscaldamento alla massima potenza. Il calore mi regala una sensazione piacevole sul viso.

«Non preoccuparti per tutta questa trafila», mi dice, indicando prima il distretto e poi il furgone di Wayne. «Stiamo solo seguendo la prassi in maniera scrupolosa. Gli ho fatto compilare un resoconto preliminare. Ho controllato la patente e il libretto. Nel sistema non risultano né precedenti né mandati d'arresto. Verificherò i documenti che ha in casa, ma non è facile falsificare un certificato di nascita. Non me ne andrò se qualcosa sembra fuori posto. Te lo prometto».

Fra tutte le persone che avrebbero potuto trovarmi, sono felice che sia stata una gentile come lui. «Grazie di avermi aiutata».

Mi rivolge un profondo cenno di assenso. «Pronta ad andare?».

Mi aggancio la cintura di sicurezza e ne stringo forte il nastro. Tutti quanti non fanno altro che chiedermi se sono pronta. Si può mai essere pronti per una giornata come questa? Mi sento come se mi stessero chiedendo di "collaudare" mio padre.

Quando annuisco, Bowman esce dal parcheggio.

Imbocchiamo la strada principale deserta, con i fari che illuminano il retro del furgone di Wayne davanti a noi. Svoltiamo a destra vicino al piccolo motel ai margini del paesino e seguiamo Wayne su per la montagna, percorrendo una mezza dozzina di strade tortuose che assomigliano tutte a quella in cui mi sono risvegliata. Wayne guida con prudenza, azionando la freccia prima di ogni svolta e senza mai superare il limite di velocità, ma non so se sia perché lo sta seguendo un poliziotto o se è sempre così cauto.

Dopo circa un quarto d'ora di stradine dissestate, Wayne svolta in un breve vialetto e parcheggia davanti a una baita di legno. Accostiamo dietro il suo furgone e io mi sporgo in avanti.

Una serie di gradini conduce a una piccola veranda sulla parte anteriore della casa. Ai lati della porta ci sono due grandi finestre con le tende chiuse, ma non riesco a vedere molto altro. Il furgone ostruisce metà dei fari della volante e, su questa montagna, quando è buio è proprio buio pesto. Non riesco nemmeno a vedere i margini del vialetto.

È inquietante.

Bowman si allunga verso la maniglia della portiera. «Aspettami qui mentre do un'occhiata alla casa, intesi? Nel frattempo chiudo le portiere a chiave. Non si sa mai».

Lancio un'occhiata impaurita verso l'oscurità che incombe fuori dal finestrino e mi attorciglio il nastro della cintura di sicurezza tra le mani. «In che senso non si sa mai?».

Wayne aveva il mio tesserino scolastico e tutte quelle foto sul cellulare. Prove sufficienti a farci venire fin qui. Che cosa potrebbe succedere adesso secondo Bowman lì dentro?

«È la prassi», aggiunge, e mi chiedo se abbia notato il panico sul mio volto. «La mia priorità è la tua sicurezza».

Mi rendo conto che in realtà sono seduta in una volante della polizia, ma nella mia mente i rami degli alberi si protendono verso di me con dita minacciose. Stringo più forte la cintura di sicurezza e lo guardo dritto negli occhi. «Ti prego, non lasciarmi qui al buio. Non voglio rimanere da sola».

Lui sostiene il mio sguardo per qualche secondo, poi lancia una rapida occhiata alla casa e sospira. «E va bene, ma dovrai restare incollata al mio fianco».

Annuisco e scendiamo, ma sono ancora più tesa di quanto non fossi un minuto fa. Wayne oltrepassa la parte anteriore del furgone mentre noi ancora iniziamo a costeggiarlo. Sulla porta della baita si accende una lucina azionata da un sensore di movimento, che illumina sia noi che il vialetto. L'oscurità retrocede fino alla linea degli alberi e resta lì in agguato come un essere vivente.

«Benvenuta a casa», esclama Wayne sorridendo.

Cerco di ricambiare il sorriso, ma la "casa" qui presente ha un aspetto a dir poco sinistro alle tre di notte.

Wayne sale i gradini, apre la porta d'ingresso e scompare all'interno. Io aspetto che l'agente Bowman entri per primo, ma poi lo seguo all'istante. Wayne fa un giro per il soggiorno accendendo varie luci e in pochi secondi l'ambiente è illuminato a giorno. Mi rilasso un po'.

Arrivato in cucina, incrocia il mio sguardo. «Immaginavo che non ti saresti sentita a tuo agio in stanze buie, stasera».

Gli rivolgo un sorriso riconoscente e mi attardo sulla soglia mentre l'agente Bowman curiosa in giro. L'ambiente principale è un piccolo open space che presenta una zona giorno vicino alla porta d'ingresso e una cucina in fondo. È tutto giallo, dai divani a fantasia scozzese alla coperta a maglia in stile afgano adagiata su uno degli schienali, ma c'è un buon odore. Di caramello, forse, o comunque di qualcosa di dolce. Dentro è molto meno inquietante che fuori.

L'angolo alla mia sinistra è occupato da una stufa a legna posizionata su una piccola piattaforma di mattoni rialzata, che ospita anche un contenitore per i ceppi e uno di quei portattrezzi con attizzatoio e paletta.

Sulla parete alla mia destra, invece, si susseguono quattro porte, di cui tre sono aperte. La prima sembra dare su una camera da letto, dove si intravede un materasso a due piazze senza lenzuola che poggia su una struttura di tronchi. La seconda è quella di un bagno. Non riesco a vedere bene cosa ci sia dietro la terza, mentre l'ultima è chiusa a chiave con tanto di catenaccio.

«E questa cos'è?», domanda Bowman, bussando sulla porta in questione.

«Da lì si accede allo scantinato», risponde Wayne. «La chiave è al piano di sotto, ma possiamo entrare anche dalla porta sul retro che c'è fuori, se vuole dare una controllata».

«Sì, darò un'occhiata prima di andarmene», stabilisce Bowman prima di riprendere il suo giro di perlustrazione.

Wayne appoggia le chiavi sul ripiano di legno dell'isola, allargando le braccia. «Non sarà il massimo, ma direi che possiamo arrangiarci mentre mettono a posto i pavimenti nuovi, no?».

Ancora una volta, vengo investita da un senso di familiarità. Non so se sia lui o questa baita, ma c'è qualcosa che mi sembra... normale in tutto questo, e i miei nervi si calmano un po' di più.

«Sì, può andare», rispondo.

«Quella è la mia camera», riprende lui, indicando con un cenno del capo la stanza con il materasso spoglio. «Questa invece è la tua». Si avvicina alla terza porta e accende la luce.

Guardo Bowman e lui annuisce, così mi dirigo verso la stanza. Mi appoggio allo stipite della porta e sbircio all'interno. È un ambiente molto piccolo, ma non ai livelli di un ripostiglio. In un angolo scorgo un lettino singolo. Wayne è in piedi accanto a una scrivania di legno ricoperta di vecchi libri. Si tratta perlopiù di volumi logori di narrativa di ispirazione cristiana e di guide spirituali. Non credo che siano miei.

Accanto al letto c'è un comodino con una lampada solitaria. Sulla parete sopra la testiera invece è appeso un poster motivazionale che raffigura una spiaggia e che, a lettere cubitali rosa, recita: "*Don't Worry, Be Happy...*".

"Oh, mamma, questo verrà giù al più presto", penso.

«Che te ne pare?», mi chiede Wayne, spazzando via un po' di polvere dal dorso dei libri. «Tanto non staremo qui per sempre».

Faccio spallucce. È pur sempre una stanza con un letto, e fino a un paio d'ore fa ero convinta che mi sarebbe toccato dormire in una stazione di polizia. Perciò non ho alcuna lamentela. «Mi sembra a posto».

Wayne allora ci invita a uscire facendo un cenno verso la cucina. Una volta tornati nell'ambiente principale, si rivolge a Bowman. «Che ne dice se vado a prendere quel certificato di nascita e concludiamo la faccenda? La poverina mi sembra sul punto di crollare».

Bowman mi studia. «D'accordo. Dove sono i documenti?»

«Li ho proprio qui». Entra nella prima camera da letto e fa

ritorno con una cartellina a soffietto. La appoggia sul ripiano dell'isola e tira fuori un foglio di carta.

Eccolo lì, nero su bianco. Mary Ellen Boone. Nata alle 10:56 del mattino dell'undici ottobre, a Newberg, Oregon. Con tanto di timbro ufficiale dello Stato. Porge a Bowman anche la tessera con il mio codice fiscale.

Bowman esamina i documenti e tutti i muscoli delle sue spalle si rilassano. Riesco quasi a vedere nei suoi occhi la trasformazione di Wayne da possibile criminale a padre collaborativo. Mi guarda.

«Tutto a posto?», chiedo.

Annuisce. «Devo giusto verificare queste informazioni nel sistema, ma posso farlo dalla volante. Preferisci aspettare qui o venire con me?».

Mi lascio sprofondare sul divano e ogni cellula del mio corpo si affloscia. Dio, sono così stanca. «Qui, per favore».

«Va bene. Torniamo subito. Signor Boone?».

Wayne mi fa l'occhiolino e si avvia fuori per primo. I due scompaiono oltre la porta d'ingresso.

Riesco a rimanere seduta composta a stento per un minuto prima che il mento cominci a cadermi sul petto. Entro in uno stato di dormiveglia così profondo che non saprei dire per quanto tempo i due uomini restano fuori, ma poi a un certo punto la porta d'ingresso si riapre e Wayne torna in casa sfoggiando un sorriso a trentadue denti. «Tutto risolto, tesorino».

Bowman lo segue dentro. «È tutto in regola, Mary. Questi documenti sono autentici e credo di poter affermare con certezza che siamo riusciti ad appurare chi sei. Mi sento a mio agio all'idea di affidarti alle cure di tuo padre… se lo sei anche tu».

Mi guardo intorno, osservando la baita accogliente. Wayne potrà ancora sembrarmi un estraneo, ma la parte più razionale del mio cervello mi dice che non lo è. Le prove a suo favore sono schiaccianti. Oltretutto, sono abbastanza convinta che le alternative siano o l'ospedale oppure l'affidamento temporaneo in qualche struttura statale, quindi in realtà non mi restano opzioni migliori.

Sorrido. «Sì, sono a posto così. Non voglio andare da nessun'altra parte stasera».

«Nemmeno io», interviene Wayne. «Adesso però hai bisogno di riposare, e magari anche di mangiare qualcosina, sempre se te la senti...».

La porta del bagno mi chiama. «A dire il vero, vorrei soltanto farmi una doccia e andare a dormire».

«Ma certo. Gli asciugamani sono sulla mensola sopra il gabinetto. Mi dispiace che non abbiamo nessuno dei tuoi vestiti». Indica con un cenno del capo gli abiti sporchi e malridotti che indosso. «Erano tutti nella tua macchina, quindi dovrò trovare qualcos'altro da farti indossare».

«Sì, non c'è problema. Mi sembra perfetto».

Bowman allunga un braccio e posa un biglietto da visita sul bracciolo del divano. «D'accordo, a questo punto allora vi lascio liberi di sistemarvi. Signor Boone, mi farò risentire quando troveremo l'auto. E Mary, chiamami se hai bisogno di qualcosa, capito? Ripasserò presto a trovarvi».

Sorrido e prendo il biglietto. «Va bene».

Bowman stringe la mano a Wayne e se ne va.

Un attimo dopo sento il rumore della volante che esce dal vialetto, con gli pneumatici che scricchiolano sul pietrisco. Per qualche strano motivo, avverto un nodo allo stomaco. Bowman non se ne sarebbe andato se gli fosse rimasto il benché minimo dubbio. Me l'aveva promesso. Eppure stringo forte il suo biglietto da visita fra le dita.

Wayne si dirige verso la cucina. Apre il frigorifero e scuote la testa. «Perché non entri in doccia e ti riscaldi un po'? Io intanto faccio un salto in paese per prendere qualcosa da mangiare e tutto il materiale di primo soccorso che riesco a trovare in quel minimarket».

Mi sembra una splendida idea. Anche se dubito che riuscirò a resistere fino all'arrivo del cibo. Già solo per alzarmi dal divano mi tocca far leva sulla maggior parte delle forze che mi rimangono. «Ottimo piano».

Wayne sorride e prende le chiavi dal ripiano dell'isola. «Vuoi che chiuda la porta a chiave mentre sono fuori?»

«Sì, per favore», rispondo, mentre un brivido mi scende lungo tutta la schiena.

«Benissimo. Oh e, Mary?».

Mi fermo a metà del tragitto verso il bagno e mi volto a guardarlo.

«Sono davvero felice di riaverti a casa, piccolina».

La sincerità che permea la sua voce mi strappa un sorriso puro e autentico. «Anch'io sono contenta».

Mi sfilo la giacca di jeans, la appoggio sullo schienale del divano e mi tolgo le scarpe sudicie con un calcio prima di entrare nel bagno, che assomiglia molto al resto della casa. Tinte artificiali sgargianti e tonalità legnose dappertutto. Ci sono un lavandino a colonna, un gabinetto e una di quelle vasche riconvertite in doccia, oltre a una piccola finestra. Poso il biglietto da visita di Bowman sul davanzale.

Mi tolgo gli altri vestiti sporchi e faccio quella che, con ogni probabilità, è la doccia più bella della mia vita. L'acqua calda mi scroscia sulla pelle e, per la prima volta oggi, mi sento di nuovo viva. Come se stessi ricominciando a respirare a pieni polmoni invece di trattenere il fiato. Aumento la temperatura al massimo mentre l'acqua bollente lava via il sangue, la sporcizia e le parti peggiori di questa giornata insopportabile.

Immagino tutto il caos vorticare giù nello scarico.

Be', forse non proprio tutto.

Cerco di non guardare i lividi che mi costellano le ginocchia e le braccia, spettri blu e viola che disegnano una mappa del dolore che mi attanaglia i muscoli, dolore che nemmeno l'acqua calda riesce a lenire.

Gli incidenti d'auto sono un vero schifo.

Resto a corto di acqua calda molto prima di finire di liberarmi di tutto il caos. Ho quasi terminato di asciugarmi quando mi rendo conto di non avere vestiti puliti. Ma non appena faccio capolino da dietro la porta del bagno, trovo un paio di pantaloni della tuta troppo grandi e una gigantesca maglietta nera appesi all'altro lato della maniglia. E anche un paio di calzini puliti. La mia giacca, invece, è stata spostata e appesa all'attaccapanni vicino alla porta. Le mie scarpe macchiate di sangue sono sparite.

Deve essersene occupato Wayne prima di andarsene… Mi sento così riconoscente che mi viene da piangere. Mi infilo tutto, infischiandomene del fatto che non ci sia niente della mia taglia. Sono tutti indumenti puliti, e per stasera è l'unica cosa che desidero.

Prima di appendere l'asciugamano, senza quasi rendermene conto, lo uso per eliminare il vapore che si è formato sullo specchio – una vecchia abitudine, forse? – e, ancora una volta, il mio riflesso mi induce a fermarmi.

Questo è il mio volto. È lo stesso che avevo intravisto al distretto, anche se in questa versione è più pulito. Le guance sono più rosee. La raccapricciante vista di non uno, bensì due occhi neri è alquanto pesante da digerire, ma non è questo l'aspetto che più mi lascia sconcertata. È l'intero volto in sé per sé. Ancora non lo riconosco.

Com'è possibile che non riesca a riconoscere la mia stessa faccia?

Mi si rivolta lo stomaco.

Distolgo lo sguardo dallo specchio per prendere i miei vestiti sporchi e il biglietto da visita. Wayne non è ancora tornato. Mi dirigo verso la mia stanza, dove scopro che mi ha anche rifatto il letto. Il materasso è ricoperto da lenzuola di jersey di una morbidezza incredibile e da un enorme piumone bianco che pesa una tonnellata e profuma di una splendida nottata di sonno ristoratore. La premurosità di questi semplici gesti per poco non manda in pezzi quel che resta di me. Abbandono i vestiti sporchi vicino alla porta, appoggio il biglietto da visita di Bowman alla base della lampada a fiori e uso i miei ultimi brandelli di energia per sprofondare nel letto.

Nel mio letto.

Il letto di Mary.

Chiudo gli occhi e scoppio in lacrime. Sgorgano come un torrente. Non importa quanto mi sia raggomitolata al riparo delle coperte, o per quanto tempo sia rimasta sotto la doccia, o quante serrature ci siano sulla porta d'ingresso: senza i miei ricordi, mi sento vulnerabile e indifesa. Non riesco a prendere confidenza né con il mio nome né con il mio volto.

«Sono Mary Ellen Boone», sussurro all'oscurità. «Mary. Il mio nome è Mary».

Poi piango fino a addormentarmi.

Capitolo 6
Mary

Giorno 2

Mi sveglio mezzo secondo prima di cominciare a vedere immagini intermittenti di un fosso lungo e buio. Il panico mi travolge e i miei occhi indolenziti si spalancano di colpo… ma non sono affatto al buio. Sbatto le palpebre e scorgo i tronchi lisci che rivestono il soffitto. I raggi del sole che filtrano da una finestra mettono in risalto quel maledetto poster della spiaggia con la scritta "*Don't Worry, Be Happy*".

Mi tiro su a fatica e gli avvenimenti di ieri sera mi riaffiorano alla mente come un inquietante riassunto di una trasmissione televisiva di cui avrei fatto volentieri a meno. Una nuova ondata di lacrime mi pizzica gli occhi, ma faccio un respiro profondo per impormi di smettere. L'ultima cosa di cui ho bisogno è un secondo round della sagra dell'autocommiserazione.

No. Devo smetterla di piangere. Ho una vita da ricomporre.

Tiro giù le gambe dal letto e mi sgranchisco. Le mie articolazioni si muovono come cerniere arrugginite, ma lo stretching mi aiuta. Mi alzo e mi rendo conto di non provare dolori lancinanti. Si tratta più che altro di un indolenzimento persistente che, purtroppo, interessa quasi ogni centimetro del mio corpo.

Direi che non è molto meglio.

Un inconfondibile profumo di colazione si spande nella stanza dalla fessura sotto la porta e il mio stomaco risponde con un brontolio. Così apro la porta e sorrido. La baita profuma di pietanze di cui vorrei ingozzarmi il più in fretta possibile: uova strapazzate, salsicce, sciroppo d'acero, burro e pane tostato.

Nella stufa a legna, nell'angolino, scoppiettano fiamme vivaci, di sicuro alimentate di recente, che sprigionano un calore che mi rilassa all'istante.

Wayne mi guarda dall'isola della cucina e sorride. Sta affettando un vassoietto di fragole, ma gliene mancano ancora metà. «Accidenti. Volevo che fosse tutto pronto prima che ti svegliassi».

Guardo il ripiano. Un piatto di uova strapazzate attende di fianco a una montagna disordinata di terrine e gusci d'uovo. In una padella in ghisa sul fornello sfrigolano medaglioni di salsiccia al finocchio che trasudano grasso.

Mi viene l'acquolina in bocca. Mi siedo sullo sgabello di fronte a lui. «Bel fuoco».

Wayne annuisce e si rimette a tagliare. «So quanto odi il freddo. E poi in questo posto capita spesso che ci sia qualche spiffero».

Sistema la ciotolina di fragole fresche accanto alle uova.

La normalità di questa scena domestica ha un effetto confortante. Come se non mi fossi risvegliata in un fosso più o meno una decina di ore fa.

«Hai fame?», mi chiede Wayne.

«Da morire, a essere sincera». Il mio stomaco produce un suono simile a quello di un cane che piagnucola.

Lui ride e si volta di nuovo verso i fornelli, mescolando quella che ha tutta l'aria di essere una pastella per pancake in un grande recipiente graduato. «Prendi tutto quello che ti va. I pancake saranno pronti tra un attimo».

Non me lo faccio ripetere due volte. Mi riempio il piatto con una montagna di uova e salsicce. Assaggio prima le salsicce e… Oh. Mio. Dio. È come se fino a ora avessi dimenticato il sapore del cibo. Le divoro in meno di un minuto.

«Non stavi scherzando», commenta, girandosi a guardarmi prima di versare la pastella dei pancake su una padella pulita. «Ti è tornato l'appetito. È un buon segno».

«Grazie per aver preparato tutta questa roba».

Lui indica la distesa di pietanze con la spatola. «La colazione è la nostra tradizione preferita. Non potevo perdere l'occasione di offrirti una piccola dose di normalità, anche se questa cucina non è moderna come quella di casa».

"La colazione è la nostra tradizione preferita"? Dovrei approfondire il discorso, perché potrebbe aiutarmi a far luce sulla mia vita, ma sono troppo impegnata a ingozzarmi di uova. Mi metto nel piatto anche un po' di fragole. Sono un tantino acquose, ma non ho certo intenzione di lamentarmi.

Wayne appoggia un piatto di pancake sull'isola e si serve un po' di cibo. «Ti senti meglio?».

Annuisco, perché a questo punto non c'è niente al mondo che riuscirebbe a farmi smettere di abbuffarmi. Prendo un paio di pancake e, avvertendo una sensazione di prurito al collo, mi gratto.

«Perfetto. Pensavo che per oggi potremmo restare qui. Puoi guardare un po' di televisione e riposare. Non abbiamo impegni particolari da nessuna parte ed è importante che tu abbia il tempo di riprenderti. Che ne pensi?».

Faccio per rispondere, ma sento qualcosa che mi si blocca in gola.

Eppure no. Non c'è niente.

Cerco di schiarirmi la voce, di scacciare via questa sensazione, ma lei invece persiste. Un prurito strisciante mi fa formicolare la bocca e poi prosegue giù per il collo. Inizio a raschiarmi la pelle a tutta forza con le unghie.

Che cosa mi sta succedendo?

Mi schiarisco di nuovo la voce mentre il prurito si diffonde lungo le braccia. Abbasso lo sguardo e resto pietrificata. Ho gli avambracci ricoperti di puntini rossi irritati e appena formati.

Wayne sgrana gli occhi e mi prende un braccio. Esamina il mio improvviso sfogo cutaneo, con la faccia bianca come un lenzuolo, dopodiché passa in rassegna i cibi sul ripiano. «Hai mangiato le uova?».

Annuisco.

A quel punto Wayne non cammina, ma *sfreccia* verso un sacchetto di carta marroncino lasciato accanto alla porta d'ingresso e ne rovescia tutto il contenuto sul pavimento: garze, antiacidi, Pepto Bismol, tamponi, ibuprofene, Midol, acqua ossigenata, bastoncini cotonati, cerotti analgesici, una pomata con triplo antibiotico, un unguento per le punture di insetto. Sembra che abbia svaligiato l'intera corsia dedicata ai prodotti di primo soccorso. Afferra una scatolina da terra e si precipita di nuovo verso di me, brandendo il Benadryl liquido extra-forte come se fosse il Sacro Graal.

Bevo subito la dose di sciroppo che mi porge. La sensazione di prurito intanto assomiglia più a tante piccole punture di spillo su tutte le pareti interne della bocca e questo sfogo cutaneo mi sta facendo venir voglia di strapparmi la carne dalle ossa.

Wayne mi porta un bicchiere d'acqua e mi massaggia un punto a metà fra le scapole. Sbatto le palpebre più e più volte, facendo respiri superficiali finché le sue parole non tornano ad avere un senso.

«Mi dispiace tanto. Avrei dovuto prestare maggiore attenzione», lo sento dire. Ha un'espressione affranta. «Ho preparato la colazione con il pilota automatico inserito. Le uova erano per me, non mi è saltato in mente nemmeno per un secondo che magari non ti saresti ricordata che non le puoi mangiare. Mi dispiace da morire».

Le uova. Quindi sono allergica alle uova.

D'accordo, perciò... il lato negativo è che le reazioni allergiche sono una tortura. Il lato positivo è che ho scoperto una cosa in più su di me.

Wayne mi sposta sul divano e dopo un po', alla fine, il farmaco inizia a fare effetto. Il prurito alla gola comincia a diminuire, ma è un processo lento. L'eruzione cutanea smette di espandersi, ma ancora non scompare. Nel corso dell'ora successiva il prurito si affievolisce sempre di più, fino a smettere di tormentare ogni mio pensiero, ma presto arrivano anche una sonnolenza e un senso di disprezzo nei confronti di me stessa che non mi aspettavo.

Qual è la mia utilità in questa vita se non riesco nemmeno a ricordarmi a cosa sono allergica?

Wayne continua a gironzolarmi intorno, portandomi acqua e panni freddi e chiedendomi di cosa ho bisogno ogni due minuti, fino a quando a un certo punto non gli chiedo di sedersi e rilassarsi, perché così mi sta solo facendo sentire peggio. Non è colpa sua, è colpa mia. Non è mica stato lui a imboccarmi con la forza e a scatenarmi questa reazione allergica.

Lui si siede sul tavolino di fronte a me e le sue spalle si afflosciano. «Starò più attento, te lo prometto».

«È sempre così? Quante volte mi è capitato di avere reazioni allergiche?», gracchio.

Lui distoglie lo sguardo. «Non saprei. Forse quattro o cinque, prima che io e tua madre ti facessimo fare le analisi. Eri piccola».

Osservo lo sfogo che ho sul braccio. «Mi serve una EpiPen?».

Sembra sorpreso dalla domanda. «Ehm, no. Non che io ricordi. Hai sempre avuto prurito e fastidi, ma non si sono mai manifestati con sintomi che potessero metterti in pericolo di vita».

Vorrei chiedergli di più, ma mi si chiudono gli occhi. In men che non si dica, il sole irrompe dalle finestre con un'angolazione diversa. Guardo l'orologio. Ho perso un'ora.

Scorgo Wayne in cucina, intento a impiattare qualche fetta di pane tostato. «Non preoccuparti, con queste non corri nessun rischio», mi dice. «Perché non ne mangi un po' e poi ti rimetti a letto? Ti concedi un sonnellino ristoratore?».

Mi aiuta ad alzarmi, dopodiché mi dà il piatto, anche se mangiare è l'ultima cosa che vorrei fare in questo momento. «Grazie».

Mi accascio sul letto e lui con delicatezza mi chiude la porta. Crollo prima di avere modo di riflettere sulla rapidità con cui questa mattinata ha preso una pessima piega.

Vaffanculo alla mia memoria danneggiata. E anche a quelle uova.

Mi sveglio diverse ore dopo e, con mia grande sorpresa, ho la sensazione che la mia bocca sia quasi tornata alla normalità. Di sicuro non mi sembra più piena di spilli pruriginosi. Però sono esausta.

Sono già le tre del pomeriggio. Non voglio stravolgere i miei ritmi e rischiare di rimanere sveglia tutta la notte, così mi costringo ad alzarmi dal letto. Mi aspetto quasi di trovare Wayne accampato fuori dalla porta della mia stanza, ma invece la baita è deserta. Tutte le tapparelle sono abbassate. Butto le fette di pane tostato che non ho mangiato nella spazzatura e adocchio un bigliettino sul ripiano dell'isola, tenuto fermo da una penna a sfera in ottone.

Ciao piccolina,

Se ti svegli prima del mio ritorno, sappi che sono andato a sbrigare alcune commissioni e a informarmi al distretto per la tua auto. Torno presto. Tu intanto guarda pure un po' di Netflix e resta in casa al calduccio: il telecomando è sul tavolino. Ah, e tranquilla, ho chiuso la porta a chiave.

Papà

Metto giù il bigliettino e faccio un respiro profondo. Forse Wayne tornerà e mi dirà che hanno trovato la macchina e tutte le mie cose. Almeno così avrei dei vestiti della mia taglia. Se continuo a pensare positivo, me la caverò.

Apro il frigorifero e trovo un contenitore pieno di salsicce avanzate. Non mi prendo nemmeno la briga di riscaldarle. Non ho chissà quanta fame, desidero solo potermi godere di nuovo qualcosa, visto che quelle uova hanno spazzato via tutto il mio entusiasmo. Queste salsicce sono la parte migliore della mia giornata.

E va bene così.

Domani lo sarà qualcos'altro.

L'importante è *avere* un domani. Sapere chi sono. Il resto verrà da sé.

Mi affloscio sul divano mentre mangio, ma non riesco a trovare nulla da guardare in televisione. Più che altro perché tutti i servizi di streaming mi mandano in crisi. Non riesco a ricordare cosa ho già visto e cosa no.

Quando ho finito le salsicce, butto il contenitore nel lavello. Cosa faccio di solito per passare il tempo? Veniamo spesso in questa baita, anche quando casa nostra non è in fase di ristrutturazione? Cosa farei in genere qui?

Tiro su la tapparella di una delle grandi finestre che affacciano sul vialetto e guardo fuori.

È molto meno inquietante alla luce del giorno. Anzi, in realtà non lo è affatto.

Il sentiero di ghiaia è delimitato da fioriere ricavate da barili di legno tagliati a metà, vuote. Perché è novembre ed è tutto morto. Tra le nuvole filtra qualche tenue raggio di sole che illumina a chiazze il giardinetto laterale, e di punto in bianco mi viene voglia di uscire dalla baita e di darmi un'occhiata intorno.

Lancio uno sguardo alla mia giacca di jeans, appesa vicino alla porta in tutto il suo splendore variopinto e floreale, e al suo posto decido di prendere la coperta gialla in stile afgano dal divano e me la avvolgo intorno alle spalle. Puzza di polvere, ma chi se ne frega. Mi terrà al caldo ed è meno… fiorata. Mi infilo un paio di stivali da pioggia in gomma che trovo vicino alla porta – e che non sono neanche lontanamente del mio numero – e tolgo il chiavistello. All'inizio la porta non si smuove, ma poi mi rendo conto di aver dimenticato di ruotare il pomello di sblocco della serratura.

Non appena la apro, una folata di aria frizzante mi scuote di dosso un po' di stanchezza. Esco sulla veranda avvertendo un tantino di energia in più rispetto a prima.

I gradini gemono sotto il mio peso; il legno vecchio scricchiola a contatto con le viti altrettanto vecchie. Aggiro la facciata della baita e mi blocco di colpo. Dietro la casa, un fiume bellissimo mi scintilla davanti. Come ho fatto a non accorgermi che c'era un fiume qui dietro? D'altro canto, a pensarci bene, quando eravamo al distretto Wayne aveva menzionato solo una baita in montagna…

Mi avvicino all'acqua color ardesia. Il giardinetto laterale è ampio più o meno quanto la casa, ma non si sviluppa tutto sullo stesso livello. Oltre il vialetto, il terreno è in pendenza e digrada fino a raggiungere il livello delle fondamenta, dove scorgo una porta di metallo grigia. Dev'essere l'ingresso dello scantinato. Il lato sinistro del giardino è tutto alberi, con un'enorme catasta di legna protetta da un telone verde. Il terreno si inclina di nuovo dopo la casa, scendendo fino alla sponda del fiume. L'erba, perlopiù secca, piano piano cede il passo a sterpaglie e foglie cadute lungo la riva.

Mi fermo appena prima di rischiare di bagnare gli stivali che ho preso in prestito. Se pensavo che la vista del fiume fosse bella vicino alla baita, qui è mozzafiato. L'acqua luccica mentre scivola a valle; i rami di alcuni alberi dalle chiome basse si lasciano accarezzare dalla corrente. Una brezza che sa di terra bagnata e di autunno inoltrato mi sussurra sul viso. Le catene di un'altalena di legno con un ampio sedile a mo' di dondolo cigolano, appese a una trave fissata a due alberi vicino all'acqua. Ha un'aria vissuta. Forse potrebbe anche reggere il mio peso, ma di sicuro mi lascerebbe qualche scheggia. Mi avvicino.

Credo che mi piacciano dondoli e altalene.

Faccio pressione sul sedile con entrambe le mani per testare la resistenza delle catene. Una volta constatato che non si rompe nulla, mi siedo e… mi limito a esistere. Mi stringo la coperta intorno alle spalle e osservo gli uccelli che scendono in picchiata per catturare pesciolini minuscoli dalle acque del fiume. Sorrido e rimango a respirare l'aria fresca per un lasso di tempo che mi sembra lunghissimo.

Tanto da spaventare Wayne, a quanto pare.

«Mary?». La sua voce riecheggia nel giardino, intrisa di preoccupazione.

Mi sporgo un po' in avanti, ma non riesco a vederlo. C'è la catasta di legna che si frappone tra me e la casa. Perciò mi porto le mani ai lati della bocca e grido: «Quaggiù, vicino al fiume!».

Pochi istanti dopo, eccolo apparire. Gli si afflosciano le spalle per il sollievo. «Che ci fai qui fuori? Dovresti essere in casa».

«Perché? È bellissimo qui fuori».

Wayne si avvicina e si ferma accanto a uno degli alberi. Sorride e guarda l'acqua. «Già, in effetti direi proprio di sì. Adesso mi siedo qui con te, ma solo per qualche minuto. Fa freddo, e ammalarti è l'ultima cosa di cui hai bisogno, considerando tutto quello che hai già passato».

Non ha tutti i torti. Mi faccio più in là per lasciargli un po' di spazio e lui si siede accanto a me, in silenzio. Però non c'è più la stessa sensazione di pace di poco fa ora che c'è un'altra persona qui. All'improvviso il silenzio mi sembra pesante.

«Allora», esordisco. «Come sono andate le tue commissioni?».

Lui si stringe nelle spalle. «Bene. Ho trovato quasi tutto

quello che mi serviva. Della tua auto però non c'è ancora traccia. L'agente Bowman dice che stanno continuando a cercarla».

Come non detto, sogno svanito. Mi sa che per il momento dovrò accontentarmi dei vestiti di Wayne.

«Sono sicura che la troveranno, prima o poi». Nel frattempo, tuttavia, mi domando come sarà rovistare tra gli scatoloni con le mie cose. Le sentirò mie? O sarà tutto come con quella giacca a fiori e finirà solo per farmi sentire ancora più disorientata?

«Vuoi farmi qualche domanda?», mi chiede Wayne dopo un po'. «Mentre siamo seduti qui, intendo. A proposito della nostra vita? C'è qualcosa che vuoi sapere?».

Inarco un sopracciglio. «Fammi capire… stai chiedendo, a una persona che non si ricorda nulla, di farti domande… su una vita di cui non ha memoria?».

Lui scoppia a ridere. «Scusa, hai ragione. E se ti raccontassi i dettagli principali? Così proviamo a rinfrescare la tua memoria?».

Faccio spallucce. «Certo, perché no».

«D'accordo allora, vediamo un po'». Si appoggia allo schienale dell'altalena e comincia a farla dondolare al mio posto, consentendomi dunque di tirar su i piedi da terra e sedermi a gambe incrociate. «Sei all'ultimo anno delle superiori. Una studentessa eccellente. Un po' riservata e pantofolaia, direi, di sicuro niente affatto festaiola o cose del genere. E passi molto tempo a leggere. Ci sono un sacco di libri nella tua auto. Tutti libri decorosi, s'intende, nulla di indecente».

"Nulla di indecente? Che caspita vorrebbe dire?", mi chiedo. Immagino che questo spieghi l'assortimento di volumi presente nella mia stanza.

Ci dà un'altra spinta con i piedi e dondoliamo un po' più in alto. «Io lavoro principalmente da casa. E questo finora è stato un grande vantaggio per la tua istruzione da privatista, perché significa che di solito sono sempre pronto ad aiutarti se hai bisogno di qualcosa, anche se non capita quasi mai. Sei figlia unica, ma non per nostra scelta. Io e tua madre avremmo tanto voluto altri figli, ma purtroppo non è andata così».

«E lei dov'è? Mia madre?».

Wayne si acciglia e abbassa lo sguardo verso terra. «Ci ha lasciati da un po' di tempo. Siamo rimasti solo noi due. I tuoi nonni sono mancati tutti prima che tu nascessi, quindi siamo una famiglia un po' più piccola della norma. Ma ce la caviamo».

Riporto lo sguardo sulla superficie dell'acqua. Insomma, è una situazione tristissima. E pure incasinata, visto che adesso sento la mancanza di persone defunte che non riesco nemmeno a ricordare. «Come è morta?»

«In un incidente d'auto. Quando avevi nove anni. È per questo che ieri sera ero così scosso. Mi hai spaventato a morte. Pensavo di aver perso anche te».

Ancora una volta mi sento la gola ostruita, solo che stavolta non è colpa di un'allergia. «Mi dispiace tanto».

Lui allunga un braccio e mi dà una leggera strizzatina al ginocchio. «Non è colpa tua. È a me che dispiace da morire per quello che stai passando. Non riesco neppure a immaginare quanto debba essere difficile non avere ricordi della propria vita, e vorrei prendermi a schiaffi da solo per averti lasciato guidare quel rottame di macchina. Appena torniamo a casa ti comprerò qualcosa di meglio. Te lo prometto».

Annuisco, ma in realtà l'idea di avere una macchina nuova non mi interessa più di tanto. Non so neanche se mi ricordo come si guida.

Rimaniamo a fissare il fiume in un silenzio che, ormai, è molto meno imbarazzante. Penso alla madre defunta della quale non riesco a evocare nemmeno un'immagine.

Se non altro, suppongo di poter aggiungere quest'informazione alla lista dei dati che ho collezionato finora su di me: Mary Ellen Boone. Diciassette anni. Studentessa modello. Ultimo anno. Fan di Lizzo. Allergica alle uova. Giacca fiorata. Orfana di madre.

Quest'ultima voce è deprimente quasi quanto la necessità di compilare una lista come questa.

«Chissà quanto tempo abbiamo», commenta di punto in bianco Wayne.

Io lo guardo con gli occhi sgranati. «In che senso?»

«Prima che ti torni la memoria».

«Ah. Ci ho pensato anch'io. Mi chiedo se tornerà a spizzichi e bocconi oppure tutta in una volta. Forse non riuscirò mai…». Non ce la faccio a finire la frase. Non riesco a immaginare di vivere così per sempre, senza mai sapere cosa c'è stato prima di questo.

«Tornerà. È solo questione di tempo», afferma lui, dopodiché si alza. «Ma ora vieni, torniamo dentro. Tra poco devo iniziare a preparare la cena e ho una sorpresa per te».

Non sono dell'umore adatto per altre sorprese, ma siccome in effetti comincio a sentire freddo, lo seguo fin dentro casa.

Una volta entrati, Wayne recupera un sacchetto di carta marroncino dal divano e me lo porge con un sorriso a trentadue denti. «Ti ho trovato qualcosina nel negozietto che c'è in paese. Leggings e qualche maglietta. Ho pensato che potesse farti piacere avere qualcosa di davvero tuo, nell'attesa di ritrovare tutto il resto».

Abbasso lo sguardo sul malloppo di indumenti di cotone contenuto nel sacchetto e ancora una volta le lacrime mi pizzicano gli occhi. Non ho nemmeno dovuto chiedergli di accompagnarmi a comprare qualcosa di mio. Ci ha già pensato lui, di sua spontanea volontà. «Grazie, Wayne. È fantastico».

«Qualsiasi cosa per te, mia piccola Mary», risponde.

Allunga un braccio dietro le mie spalle e ci chiude dentro.

Capitolo 7
Drew

Il professor Moore non la smette più di *blaterare* di non so quali tizi ormai morti e sepolti che hanno fatto non so cosa di importante in non so quale momento storico.

Io invece non riesco a smettere di fissare il banco vuoto di Lola accanto al mio. Sembra quasi un buco nero.

Scommetto che le sue impronte digitali sono ancora lì. Impresse nella parte inferiore dei braccioli della sedia, intorno ai quali stringeva le dita prima di scattare in piedi ogni volta che suonava la campanella. Si stiracchiava sempre la schiena prima di chinarsi a prendere la sua solita tracolla color oro rosa da terra e gettarsela su una spalla.

Io mi offrivo di portarla al posto suo e lei rifiutava, dicendo che era forte quanto me, e a quel punto io facevo qualche commento stupido sul fatto che tanto avrei finito comunque per portargliela io quando lei si sarebbe stancata. Solo che lei se la sarebbe trascinata dietro, piuttosto che lasciarmela e ammettere che avevo ragione.

Questo quando le cose erano ancora normali.

Prima che io rovinassi tutto.

Il professor Moore si siede alla cattedra e apre un libro di testo. Il resto della classe segue il suo esempio, ma io non mi scomodo affatto. Non riesco a pensare ad altro che al cadavere nel bosco.

Alla fine si è scoperto che apparteneva a un'escursionista precipitata in un burrone. Ne hanno parlato stamattina al telegiornale. Si trattava di una studentessa dell'Università dell'Oregon, che è stata rinvenuta da un altro escursionista. Da tutt'altra parte rispetto al pontile dell'imbarcadero.

Non era Lola. Ma avrebbe potuto esserlo.

Dove cavolo è?

Qualcuno si schiarisce la gola e io alzo gli occhi di scatto, sussultando. Il professor Moore si avvicina e si china sul bordo del banco di fronte a me. Il resto dell'aula è vuoto. Mi sa che non ho sentito la campanella.

«Che ti passa per la testa, Drew?».

Il professor Moore è piuttosto giovane. È quel genere di persona che pubblica video di balletti sui social media e che si rade la testa di proposito. Che indossa maglioni a gilet solo perché li trova ironici, per poi abbinarli a occhiali da sole a goccia in stile aviatore. Perché lui è uno di quei professori simpatici, alla mano. O che so io.

«Mi scusi, mi ero distratto per qualche minuto».

Raccolgo le mie cose il più in fretta possibile. Per oggi ne ho avuto abbastanza della scuola. Tanto comunque non riuscirei a concludere niente, non quando continuo a immaginare il cadavere straziato di Lola che giace da qualche parte in fondo a un burrone.

Rabbrividisco mentre sguscio via, oltrepassando il professor Moore.

Sono quasi sulla porta quando mi dice: «Forse dovresti riconsiderare la possibilità di collaborare con la polizia. Tutti quanti abbiamo bisogno che questa faccenda giunga a una conclusione. Di un po' di pace, sai?».

Mi fermo di colpo.

«Come, scusi?». Mi volto a guardarlo in faccia. L'indignazione mi fa bruciare il petto e fa sì che la mia domanda venga fuori a un volume più alto di quanto intendessi. «Che cosa vorrebbe dire con questo?».

Lui si mette a braccia conserte. «Nulla di diverso da quello che mi hai appena sentito dire. Tutti quanti abbiamo bisogno di un po' di pace, soprattutto i suoi genitori, e tu faresti una gentilezza a tutta la città se raccontassi la verità su quello che è successo».

Già, proprio come pensavo. «Scusi tanto, ma non è che per

caso mi sono perso il giorno in cui lei ha ottenuto un incarico al dipartimento di polizia? Credevo che il suo ruolo fosse quello di sostenere gli studenti, non di spingerli a false confessioni». Eppure, persino mentre pronuncio questa frase, capisco che sto superando una certa linea di confine. Il professor Moore in effetti sta cercando di essere di supporto ai suoi studenti... agli *altri* suoi studenti. E a Lola. Loro sono tutti dalla stessa parte in questa tremenda tragedia, mentre io sono dall'altra.

Scuoto la testa. «Sa cosa le dico? Perché non va a fare un altro dei suoi inutili video con quei balletti del cazzo e mi lascia in pace, per una buona volta?».

Il signor Moore indietreggia, con gli occhi sgranati, come se questa fosse l'ultima reazione che si sarebbe aspettato da me, sebbene sia l'unica che merita. Esco dall'aula prima che possa farmi una ramanzina sulle parolacce. O che possa darmi una punizione.

Se prima pensavo di averne avuto abbastanza della scuola per oggi, adesso ne ho molto più che abbastanza.

Mi incammino verso il corridoio sul retro dell'edificio, passando davanti a file di armadietti che si alternano tra l'oro e il blu elettrico, dopodiché lancio uno sguardo fulminante al grande murales dei pellicani che campeggia sulla parete accanto alla mensa. I pellicani di Washington City. Che mascotte stupida. Lola li ha sempre odiati, quegli uccellacci inquietanti.

Li odia. Li odia *tuttora*. Al presente.

Supero la parete a vetri che incornicia il laboratorio di arte e avverto subito degli occhi che mi trafiggono da parte a parte. Mi aspetto quasi di vedere l'intera classe che mi fissa.

E invece è solo Autumn, miss occhio di falco.

A quest'ora il laboratorio di arte viene utilizzato per un corso di fashion design. Lei è seduta alla sua piccola macchina da cucire, tra i banchi della prima fila, insieme a un'altra decina di persone, tutte intente a mutilare delle tende. Be', tutte tranne lei, a dire il vero. La creazione di Autumn è bellissima. Floreale e sgargiante, con gli orli impreziositi da striscioline di pizzo.

Mi guarda in cagnesco dalla sua postazione di lavoro e, facendo una "V" con le dita, accenna un movimento che va dai suoi occhi a me. "Ti tengo d'occhio", significa. O, nel caso di

Autumn: "Ti tengo d'occhio, gigantesco pezzo di merda. Vieni qui, così ti cucio la mano a questa tenda".

Penso quasi di mandarla a quel paese con un gestaccio, ma per quanto mi faccia incazzare, so che anche lei sta soffrendo.

Il portone d'ingresso secondario si staglia davanti ai miei occhi, e sto giusto cercando di farmi venire in mente qualcosa da dire ai miei se la scuola dovesse chiamarli e informarli che me la sono svignata, quando di punto in bianco un dettaglio attira la mia attenzione e mi spinge a fermarmi di scatto.

Il mio armadietto si trova proprio nel tratto di parete compreso tra l'ingresso secondario e la mensa, ma soltanto adesso mi accorgo che è invaso dai miei volantini con la foto di Lola. È stato tappezzato da cima a fondo, coprendo ogni millimetro del metallo blu sottostante. E qualcuno ci ha pure scritto sopra "assassino" a caratteri cubitali, grandi almeno quanto la mia faccia.

Maledetta Autumn. Nessun altro avrebbe avuto il fegato di fare una cosa del genere.

Mi fiondo lì e li strappo via, riducendo ogni singolo volantino in brandelli microscopici che si sparpagliano sul linoleum. Spalanco i battenti del portone d'ingresso secondario con un po' troppa forza, facendoli sbattere contro il muro esterno dell'edificio. Tutti i ragazzi impegnati a far finta di giocare a baseball nel cortile esterno durante l'ora di educazione fisica si girano a guardarmi, ma io me ne infischio. Procedo a passo spedito verso il parcheggio, maledicendo Autumn tra me e me.

Che diavolo di problemi ha quella ragazza?

Tutti danno per scontato che la figlia dello sceriffo sia al corrente di tutte le informazioni riservate sul caso, il che significa che ogni volta che lei fa una stronzata di questo genere, la mia vita viene bombardata da un milione di accuse. Non ho idea di quanto tempo siano rimasti sul mio armadietto quei volantini, ma quel che è certo è che presto l'intera scuola ricomincerà a guardarmi come se volesse incenerirmi. Ed ecco spiegato anche il tentativo del professor Moore di convincermi a confessare. Altri riflettori dove non dovrebbero essercene, cosa che mette Lola ancora più in pericolo.

Un nodo mi serra la gola. Spero proprio che a Autumn si impiglino i capelli in quella maledetta macchina da cucire.

Rivedo Lola nella mia mente. Mentre percorreva questo stesso tragitto per arrivare alla mia auto dopo le lezioni. Con il braccio stretto intorno al mio. A sorridere alle battute stupide di Max. A prendermi in giro per quanto ero stressato per un compito in classe di metà trimestre.

Mi sento quasi come se stessi camminando con un fantasma.

E se non tornasse mai più a casa?

Mi si rivolta lo stomaco e mi viene voglia di vomitare proprio qui sul marciapiede. Tiro fuori il cellulare dalla tasca, alla disperata ricerca di un frammento qualsiasi della versione vera, viva, di lei. Quando ancora non era una sedia vuota, o un altarino commemorativo, o un volto su un volantino.

Scorro fino a trovare il suo nome e apro gli ultimi messaggi che mi aveva inviato.

Gli ultimi messaggi che aveva inviato a chicchessia.

21:10

LOLA: Mi puoi venire a prendere? I miei si stanno comportando da stronzi. Non li sopporto.

IO: Certo. Dammi giusto un po' di tempo. Possiamo anche andare a mangiare qualcosa, se ti va.

LOLA: Grazie. Dove vuoi mangiare?

IO: Non saprei. Ovunque.

E poi, dopo aver continuato a giocare ai videogiochi per altri trentacinque minuti, perché sono un coglione:

21:46

LOLA: Sei ancora intenzionato a venire?

IO: Sì. Arrivo tra un quarto d'ora.

LOLA: Okay. Ti amo.

Un lampo di quello che è successo dopo mi fa tremare le mani. Quell'immagine di lei felice nella mia mente è rimpiazzata da lacrime e da una collera incontenibile quando sbatte la portiera del lato passeggero e se ne va via come una furia. Mi premo il dorso delle mani sugli occhi fino a farmi male pur di concentrarmi sul dolore e non sull'espressione del suo viso in quel momento.

Tutt'a un tratto, però, uno stridio di pneumatici riporta la mia attenzione al presente. Mi accorgo di essermi fermato nel bel mezzo del vialetto di accesso alla scuola. Balzo di nuovo sul marciapiede proprio mentre una donna alla guida di un minivan mi manca per un soffio. La signora non si ferma nemmeno. Sfreccia fuori dal parcheggio come se temesse di essere arrestata per aver quasi investito uno studente.

O forse mirava proprio a me. Oggi sarei capace di credere a qualsiasi cosa.

Affretto il passo verso la mia auto prima che possa sopraggiungere qualcuno. A investirmi, o peggio: a costringermi a rientrare in classe. Alla fine però arrivo sano e salvo nel punto in cui avevo parcheggiato stamattina e faccio un giro su me stesso.

Il mio SUV non c'è. Mi guardo intorno, nella speranza magari di non aver prestato attenzione al posto esatto in cui l'avevo lasciato, ma niente da fare. Non è qui.

Sblocco il cellulare per chiamare i miei papà e trovo diversi messaggi da parte loro nella nostra chat di gruppo. Nell'affannoso impeto di colpevolizzarmi per via del passato, non mi ero neanche accorto dell'arrivo di nuove notifiche. Scorro una dozzina di messaggi in cui si alternano tasselli della stessa storia e ne intuisco subito il succo. Stamattina lo sceriffo ha emesso un mandato di perquisizione per la mia auto. E così se la sono portata via.

Entrambi i miei padri si offrono di venirmi a prendere, ma io sono così disgustato che a stento riesco a leggere i loro messaggi.

Perché mai lo sceriffo ha deciso di fare una cosa del genere? Perché adesso? Non capisco. Ho passato cinque settimane tra interrogatori e avvocati, ma nessuno aveva mai chiesto di perquisire la mia auto prima d'ora. O casa mia. Il che con ogni probabilità significa che non avevano alcuna base per ottenere un mandato… perciò cos'è cambiato da allora? Cos'hanno adesso che non avevano cinque settimane fa?

Una vampata di calore mi risale lungo il collo e mi infiamma il viso.

Mi incammino lungo il vialetto della scuola con un'andatura furiosa e invio un messaggio ai miei genitori avvisandoli che preferisco andare a piedi e di non preoccuparsi. Del resto, nessuno dei due staccherà dal lavoro prima di un altro paio d'ore.

Una volta arrivato in fondo alla strada, mi fermo. Sia alla mia destra che alla mia sinistra si estende Main Street. Se la attraversassi e proseguissi per il quartiere oltre l'incrocio, a un certo punto arriverei a casa, ma qualcosa mi frena.

Se svoltassi a sinistra e continuassi a camminare per qualche chilometro, finirei al fiume. Un altro posto in cui non dovrei essere. Soprattutto dopo ieri. Ma è molto probabile che la presenza di Autumn in classe significhi che oggi non ci sarà nessuna squadra di ricerca.

Non voglio stare a casa da solo. In realtà non desidero nemmeno andare nel luogo che ha fatto da sfondo ai miei ricordi peggiori, ma la verità è che ho bisogno di farmi una bella camminata per smaltire la rabbia. E poi, il pontile dell'imbarcadero era il nostro posto. L'ultimo posto in cui ho provato un briciolo di pace, serenità, felicità e quiete. Voglio ritrovare quelle sensazioni, anche se non so come riuscirci.

D'impulso giro a sinistra, senza sapere se la mia decisione sia più una forma di punizione o una ricerca di assoluzione.

Riesco a mettere a malapena un chilometro e mezzo tra me e la scuola prima di essere affiancato da una volante della polizia.

Capitolo 8
Drew

Non ho bisogno di alzare lo sguardo per sapere chi è. Lascio andare un brontolio non appena il finestrino del conducente inizia ad abbassarsi, ma non smetto di camminare. La volante continua a starmi al passo.

«Dove sei diretto, giovanotto?», mi urla lo sceriffo Roane dalla corsia opposta.

La sua voce graffiante mi fa irrigidire le spalle. Mi costringo a sorridere. «A fare una passeggiata. Dicono che gli adolescenti di oggi non praticano abbastanza attività fisica, perciò… ho scelto di fare qualcosa di salutare». Lancio a lui e al suo pancione da birra un'occhiataccia tagliente. «Magari potrebbe provare anche lei a parcheggiare quell'auto e a seguire il mio esempio».

Lui mi guarda storto. «Sei proprio un saputello, eh?»

«Già. Allora, che cosa la porta da queste parti, sceriffo Roane? È venuto a confiscarmi anche le scarpe?»

«Forse».

«Può anche prendersele, le mie Adidas, ma non potrà mai prendersi la mia libertà».

La sua bocca si contorce in un'espressione indispettita. «Stai zitto e sali in macchina. Sappiamo entrambi dove stavi andando. E credo proprio che tu abbia fatto abbastanza attività fisica per oggi».

La volante accelera e sterza a sinistra, tagliandomi la strada. Roane si sporge di lato e spalanca la portiera del lato passeggero. Perlomeno non ha in programma di farmi sedere dietro, stavolta.

Soppeso i pro e i contro della situazione. Voglio dire, potrei chiamare i miei e informarli che lo sceriffo sta cercando di interrogarmi senza di loro. Senza il mio avvocato. Anche solo far presente la cosa ad alta voce potrebbe bastare a convincerlo a lasciarmi in pace. Ha già funzionato in passato.

Ma Roane si è preso la mia Trooper. Il che presuppone che la polizia debba essere in possesso di nuove prove. Se salgo in macchina con lui, forse potrei riuscire a scoprire di cosa si tratta e anticipare le loro prossime mosse.

«Prima che faccia notte, Drew».

Sospiro e salgo in auto.

Se non altro, non posso fare nulla per indurre Roane a credermi ancora più colpevole di quanto non mi ritenga già. E poi, è così che si dimostra di essere disposti a collaborare, no? È quello che tutti quanti vogliono da me.

Non appena chiudo la portiera, lui fa inversione di marcia e riparte, diretto verso la periferia della città. Non dice nulla, e nemmeno io. Non ha neppure la radio accesa… cavolo, gli interni delle volanti della polizia sono davvero silenziosi. Sento addirittura l'aria che gli sibila nelle narici e la cosa mi mette un po' i brividi.

Ci vogliono non più di cinque minuti per arrivare al fiume. Roane prosegue dritto per la sua strada come se niente fosse. Perché per lui in effetti è solo *una* strada, non la strada dove tutto è cambiato.

Non c'è nessuno oggi all'imbarcadero. Il mio sguardo passa in rassegna i dieci posti auto vuoti, soffermandosi sul penultimo. Il nostro posto. Quello in cui parcheggiavamo ogni volta che venivamo qui. Un albero gigantesco lo sovrasta, con i rami pieni di foglie arancioni.

Come se lo sapesse, Roane parcheggia proprio lì e spegne il motore.

Per un attimo, ho come la sensazione di abbandonare il mio corpo. Lei si trovava proprio qui, solo che il sedile del passeggero era quello della *mia* auto. Sorrideva. Mi fissava con quei suoi splendidi occhioni verdi e fiduciosi. Le lentiggini sul suo naso facevano capolino da sotto il trucco.

«Drew?».

Torno di scatto alla realtà e l'immagine del viso di Lola svanisce dalla mia mente. Il volto grassoccio di Roane mi fissa e io reagisco con una smorfia. «Che c'è?»

«Hai un colorito un po' verdognolo. C'è qualcosa che vorresti dirmi?»

«Per l'ultima volta, sceriffo, non ho fatto alcun male a Lola. È solo che... è difficile stare qui».

Guardo il primo posto auto, alle sue spalle, e quel che resta dell'altarino commemorativo di Lola. Ogni giorno che passa ha un'aria sempre più triste, ma c'è un nuovo vaso di gigli freschi di un bel rosa acceso che ieri non c'era. Di sicuro lasciato dai suoi genitori. Il resto è un ammasso confuso di roba fradicia dopo la pioggia della scorsa notte.

Lo sceriffo sposta lo sguardo sulle mie mani strette a pugno. «Se è così difficile per te stare qui, perché hai cercato di imbucarti alle ricerche?».

Mi stringo nelle spalle. «Volevo solo vedere chi era così stupido da rinunciare a lei».

«E oggi? Perché te ne sei andato via prima da scuola?»

«Non avevo voglia di tornare a casa, e le mie opzioni erano alquanto limitate visto che non avevo più la mia macchina», rispondo, piccato. «Quindi mi sono detto che prima o poi avrei dovuto confrontarmi con questo posto».

«E non c'è momento migliore del presente, giusto?». Roane cambia posizione sul sedile e si gira a guardarmi. «Posso farti un paio di domande mentre siamo qui fuori?».

Oh, fantastico, oggi ha deciso di recitare la parte dello sceriffo accomodante. Fra poco mi dirà che sarebbe del tutto comprensibile se in effetti fosse successo davvero qualcosa a Lola, perché tutti a volte perdiamo le staffe... e magari concluderà addirittura dandomi di gomito con un'occhiatina complice.

«Dipende. Posso riavere la mia macchina?».

Roane scuote la testa. «Non fino a quando non avremo finito».

Assumo la sua stessa postura, mettendomi a braccia conserte. «Finito di fare cosa? L'unica informazione che scoprirete dalla mia auto è che Lola ci è salita a bordo. Cosa che sapete già. L'ho accompagnata da casa a scuola e viceversa ogni giorno negli ultimi due anni. Il sedile del lato passeggero sarà pieno di suoi capelli e scommetto persino che ci saranno alcuni assorbenti nel vano portaoggetti. Quindi cosa cavolo vi aspettate di trovare?»

«Sangue».

Sento ogni goccia del mio raggelarsi. «*Sangue*? Perché?».

Non risponde.

«Avete motivo di credere che... possa essere ferita?». Il volume della mia voce aumenta di parola in parola, finché in pratica non mi ritrovo a gridare. E non riesco nemmeno a fermarmi, perché adesso, invece che sul fondo di un burrone, me la immagino riversa a terra lungo le sponde di questo fiume, in lenta decomposizione, e... «State dicendo che è...?».

Lui alza le mani al cielo. «Basta. Ora smettila».

Non riesco a respirare. «No! State... state dicendo di averla trovata...?».

Roane si sporge verso di me e spalanca la portiera. L'ondata di aria fresca mi colpisce in pieno volto e faccio un bel respiro.

«Ancora non sappiamo nulla», grida, sforzandosi di sovrastare il mio panico. «Ascoltami bene. Stavamo cercando un qualsiasi segno in grado di suggerire che potesse essere ferita. E dato che tu sei stato l'ultimo a vederla, quello di cercare nella tua auto è stato un passaggio logico. Quasi obbligato. Se c'era del sangue nella tua Trooper, era un'informazione che dovevamo sapere».

Faccio un altro respiro profondo. Però mi sembra che l'aria entri ed esca in un baleno. «Ma non ce n'è!».

«Lo so. Ho ricevuto l'esito delle analisi venti minuti fa».

La mia mente si affanna per rimettersi in pari. Dunque lo sceriffo era già al corrente del fatto che non c'era nessuna traccia di sangue nella mia auto prima ancora di farmi salire sulla volante.

«Quindi prima vi siete presi la mia macchina e, dato che non avete scoperto nulla, adesso lei sta cercando di spingermi ad ammettere che ho fatto del male a Lola sfruttando un simile momento di shock? Perché sta perdendo tempo a incasinarmi il cervello quando dovrebbe essere da tutt'altra parte a cercare Lola?»

«Guarda che sto proprio tentando di trovarla, e speravo che tu potessi aiutarmi in questo. Ma mi servono più informazioni. Finora le tue dichiarazioni sono state a dir poco vaghe. Che cosa è successo davvero quella notte? Perché eravate qui, tanto per cominciare?».

Sospiro e lascio ricadere la testa all'indietro. Le mie dichiarazioni non sono state vaghe… non del tutto, almeno. Non sui dettagli che contano. Roane sta cercando una falla, una sbavatura nella mia versione dei fatti, ma io procedo comunque a raccontargli di nuovo tutto, perché tanto deluderlo è l'unico scopo della mia vita.

«Lola mi aveva mandato un messaggio poco dopo le nove di sera. Aveva litigato con i suoi genitori e mi chiedeva di andare a prenderla. Negli ultimi mesi litigavano molto spesso, quindi ormai questa era diventata una routine. Io ero passato a prenderla poco dopo le dieci. Ci eravamo fermati al Dairy Queen ed eravamo venuti qui con il cibo preso da asporto. Eravamo rimasti a parlare per un po', poi lei aveva detto di voler tornare a casa a piedi e così era scesa dall'auto e si era incamminata verso casa sua. Quante volte ancora mi toccherà ripeterglielo?»

«Tutte quelle che riterrò necessarie. Perché litigavano così tanto negli ultimi tempi?»

«I genitori di Lola sono fantastici, ma spesso vivono in un mondo tutto loro. Volevano che lei imparasse a essere indipendente, a cavarsela da sola in qualsiasi situazione, ma agli occhi di Lola questo atteggiamento risultava solo menefreghista. Come se lei non avesse alcuna importanza per loro. E così aveva cominciato a comportarsi come se nemmeno le loro regole avessero importanza. All'improvviso litigavano per qualunque cosa. I suoi voti a scuola, la squadra, il coprifuoco, il volume a cui ascoltava la musica, quando potevo andare a casa sua, quanto tempo poteva passare lei a casa mia…».

Annuisce, e allora mi chiedo se anche i genitori di Lola gli abbiano raccontato tutto questo. «E quella sera? Perché avevano litigato? Perché Lola desiderava così tanto andarsene da casa sua?».

Cerco di non alzare gli occhi al cielo, perché abbiamo già

affrontato questo argomento più e più volte. Sento che è alla ricerca di una qualche incongruenza. Ma non ne troverà. «Lola vorrebbe una macchina tutta sua. Ha la patente da circa un anno, ma non ha un'auto da guidare, e questo l'ha sempre fatta sentire... ingabbiata. Aveva provato a proporre un accordo ai suoi genitori: se avesse rispettato tutte le regole e avesse ricominciato a prendere voti alti, loro sarebbero stati disposti a integrare l'importo che lei aveva risparmiato in modo da potersi comprare un'auto entro la fine del semestre? Ma i suoi genitori le avevano detto di no. E gliel'avevano ripetuto più volte. Dicevano che era importante che riuscisse a farsi strada da sola nel mondo, o qualche altra stronzata del genere, e in più sua madre sosteneva che ancora non se la meritava una macchina. Lola a quel punto era andata su tutte le furie e tutti quanti avevano cominciato a urlarsi contro. Mi aveva detto che non ce la faceva più a stare lì e che mi avrebbe aspettato sul portico davanti casa».

Roane annuisce, come se stesse metabolizzando nuove informazioni. Ma questi particolari ce li ha già tutti scritti per filo e per segno da qualche parte, forse negli appunti dell'interrogatorio numero uno, due, cinque...

«Perché sta sprecando di nuovo tempo con questa storia invece di darsi da fare là fuori», sbotto, puntando un dito verso la città, «e scoprire dove è andata Lola quando se n'è scappata da qui?»

«Perché sta diventando sempre più chiaro che lasciare la città non è stata una sua idea, Drew. Abbiamo già escluso chiunque altro potesse avere avuto contatti con lei. La sua famiglia, il commesso del minimarket, la gente con cui ha avuto conflitti a scuola, persino gli ospiti degli alberghi della zona. Abbiamo parlato con tutti, e tu sei l'ultimo sospettato rimasto. Peraltro, e non potrò mai sottolinearlo abbastanza, io *non* ti credo. Tu continui a dire che Lola è semplicemente scesa dall'auto e basta, ma perché mai avrebbe dovuto decidere di tornarsene a casa a piedi da quaggiù? Ci sono quasi cinque chilometri di strada per arrivare fino a casa sua. Per quale motivo avresti permesso alla ragazza che ami di tornarsene a casa a piedi da sola nel cuore della notte?».

Mi si secca la bocca. Quel genere di secchezza che mi paralizza tutto il corpo.

Non dico nulla.

Roane sorride come se avesse vinto, poi si volta a guardare l'altarino commemorativo. «Ho motivo di credere che tu abbia avuto qualcosa a che fare con tutto questo. Ho avuto questa sensazione fin dal primo giorno, ma allora c'era ancora la speranza che Lola avesse solo sentito il bisogno di una tregua da tutti i litigi familiari e fosse scappata di casa, e che presto l'avremmo ritrovata viva e vegeta. Come il tuo avvocato non fa altro che ripetermi, tu sei un ragazzo perbene e "senza alcun movente". Per questo abbiamo esplorato qualsiasi altra ipotesi prima di focalizzarci sullo studente modello nonché capitano della squadra di nuoto. Adesso, però, finalmente, ho le prove che mi servono per dimostrare che sei coinvolto nella scomparsa di Lola».

Ma che cavolo? Che genere di prove?

«Magari non sarò in grado di dimostrare che le hai fatto del male, non ancora, perlomeno, ma sappiamo entrambi che è tutta colpa tua».

Quel "non ancora" non smette di riecheggiarmi nel cervello. Ma per una volta io e Roane siamo d'accordo.

È tutta colpa mia.

Mi sgancio la cintura di sicurezza. Lo scatto produce un rumore stridente nell'abitacolo della volante. «Lola non è sparita nel nulla, e non è nemmeno scappata di casa. È scesa dalla mia macchina e... le è successo qualcosa. Qualcosa che non c'entra niente con me o con la mia auto. La storia di Lola non finisce davanti a questo pontile, e non dovrebbe farlo nemmeno la vostra indagine».

Roane allora assume un'espressione da poliziotto impassibile. «Perché ha deciso di tornarsene a casa a piedi, Drew? Cos'è che l'ha spinta a scendere dalla tua macchina?».

"La mia stupidità colossale", penso. Ma non lo dico.

«Mi faccia un favore: da ora in poi eviti di parlarmi se non sono presenti i miei padri o il mio avvocato. Se davvero sono il suo ultimo sospettato plausibile, si comporti di conseguenza. Interpellare un minore in assenza di un tutore o di un rappresentante legale è vietato, non è vero? Ma d'altra parte, lei non è mai stato bravo a fare il suo lavoro finora, quindi perché iniziare proprio adesso?».

Roane ride, e allora io scendo dalla volante e gli sbatto la portiera in quella faccia da imbecille che si ritrova. Il suono della sua risata derisoria si propaga dal finestrino aperto e riecheggia nel parcheggio vuoto.

È uno sghignazzo che sembra dire: "Aspetta e vedrai, brutto saputello che non sei altro. Te la farò pagare per quello che hai fatto".

E, con ogni probabilità, ha ragione.

Capitolo 9
Mary

Giorno 3

È incredibile quanto una bella nottata di sonno e un pasto privo di uova siano in grado di risollevare il morale di una persona. Abbasso lo sguardo sulla mia colazione quasi finita: una fettina di pane tostato con una spolverata di cannella e una banana tagliata a rondelle. Sorrido prima di addentare l'ultimo pezzetto di pane tostato.

Wayne è seduto accanto a me, sta leggendo un giornale e finendo la sua terza tazza di caffè. Mi piace questa atmosfera, questo starsene seduti insieme e godersi la mattinata.

Mi trasmette una sensazione di familiarità e, senza una replica della catastrofe di ieri, mi fa sentire proprio bene.

Mi stiracchio la schiena, scrollando via ogni residuo di sonnolenza dai miei muscoli stanchi.

Alla fine ieri sera sono andata a letto molto presto. Wayne ha preparato la cena – pollo e patate con pezzettini d'aglio croccanti – e mangiare ha consumato le mie ultime energie. Ero già sotto le coperte prima ancora che lui finisse di lavare i piatti. Stamattina mi aspettavo di entrare in cucina come uno zombie, e invece mi sono svegliata sentendomi più leggera, più lucida e più efficiente di quanto non fossi più stata da dopo il mio risveglio in quel purgatorio di fosso.

Finisco la mia fetta di pane tostato, a eccezione della crosta, mentre Wayne ridacchia tra sé e sé e ripiega il quotidiano. «I titoli dei giornali mi fanno morire», esclama.

«Perché?».

Lui posa il quotidiano sull'isola e mi indica la scritta a caratteri cubitali in cima alla pagina: "Uomo mangia i propri calzini in tribunale per avvalorare la dichiarazione di infermità mentale".

«Bleah, che schifo. E ha funzionato?»

«No. Gli hanno dato da dieci a quindici anni per violazione di domicilio. Almeno è stato creativo, però».

«Suppongo che "creativo" sia un modo per definirlo. Un altro sarebbe "disgustoso". Tra uno o due giorni rimpiangerà questa mossa con tutto sé stesso. Io credo che mi limiterò al pane tostato».

Butto le croste nella spazzatura e metto il piatto nel lavandino. Dalla finestra, il fiume attira la mia attenzione. È davvero incantevole al mattino, con il riverbero del sole che lo illumina. Resto a guardarlo per un attimo prima di voltarmi di nuovo verso Wayne. «Ti serve il bagno?», gli chiedo. «Vorrei farmi una doccia».

Lui mi guarda da dietro l'orlo della sua tazzona di caffè. «No. Sono a posto così».

Prendo il sacchetto con i vestiti nuovi dalla mia stanza e mi infilo in bagno. Non vedo l'ora di indossare qualcosa che mi stia davvero bene. In un certo senso, questi indumenti nuovi li sento più miei di qualsiasi altro oggetto, perché sono in grado di ricordare tutta la loro, seppur breve, vita insieme a me. Non posso dire lo stesso di nient'altro.

Anche stavolta l'acqua calda si rivela altrettanto rilassante e, quando esco dalla doccia, persino i miei lividi mi sembrano migliorati. I cerchi bluastri che ho sotto gli occhi necessitano ancora di un po' di tempo per guarire e i tagli sul cuoio capelluto bruciano da morire ogni volta che entrano in contatto con lo shampoo, ma mi sento come se ogni cellula del mio corpo si unisse in un respiro profondo e collettivo.

Mi asciugo e rovisto nel sacchetto per decidere cosa indossare. Scelgo un paio di leggings e una canottiera blu. Mi infilo la canotta dalla testa e sento subito che mi stringe sotto le ascelle, rifiutandosi di scendere oltre. C'è qualcosa che non va. Me la tolgo a fatica, tirandola su di un centimetro alla volta finché non riesco a liberarmi, dopodiché la tendo davanti a me.

È *minuscola*. Così tanto che fa quasi ridere. Com'è possibile che Wayne l'abbia guardata e abbia pensato che la taglia mi sarebbe andata bene? Controllo l'etichetta dei leggings, ma sono ancora più piccoli delle magliette. Sembrano adatti a una ragazzina delle medie. Mi siedo per terra con i vestiti tra le mani e lascio andare un lento sospiro, trattenendo un'ondata di lacrime inaspettate.

Perdere le prime e uniche cose in questa baita che credevo sarebbero state tutte mie è un colpo durissimo. Ma mi sento ridicola al pensiero di essere finita sull'orlo delle lacrime per un paio di leggings qualsiasi.

Cosa c'è di sbagliato in me? Si tratta di un piccolo errore commesso in buona fede. Presto ritroveranno la mia auto, oppure andremo a cambiare questi vestiti con altri della mia taglia. Non è la fine del mondo. Devo solo aspettare un altro po'.

Faccio un bel respiro profondo, butto di nuovo tutto nel sacchetto e mi rimetto i vestiti con cui ho dormito ieri sera: l'ennesimo paio di pantaloni della tuta grigio chiaro con i cordoncini tirati così tanto che mi penzolano fino alle cosce e una maglietta grigia con Homer Simpson stampato sul davanti.

Lascio il sacchetto di vestiti in camera mia e torno in cucina, tamponandomi i capelli con un asciugamano. Wayne accartoccia il giornale e lo butta in una cesta accanto al caminetto, insieme ad altri cartoni e materiali da bruciare. «Bene, per ora basta con le notizie. Cosa c'è in programma per oggi?».

Mi appoggio con la schiena rivolta verso il lavandino e mi mordicchio il labbro. Se ha notato che non mi sono cambiata, non ha detto nulla. Esito, restia all'idea di arrecargli un dispiacere quando sta facendo così tanto per cercare di aiutarmi, al che lui aggrotta le sopracciglia.

«Tutto bene?», mi chiede.

«Ehm… sì, va tutto bene. Ma… mi chiedevo se potessimo fare un salto in città, oggi».

Lui si china in avanti, appoggiando le braccia conserte sull'isola. «Per caso hai sbattuto la testa, o qualcosa del genere?»

«Eh?»

«Tu odi andare a zonzo», risponde. «Cioè, detesti proprio

uscire di casa. Se vogliamo essere precisi, in buona sostanza mi tocca trascinarti fuori con la forza ogni volta che abbiamo qualche commissione da sbrigare».

Oh, giusto. Sono una pantofolaia. E mi piace leggere… ma nulla di indecente.

Eppure, a essere sincera, sento che preferirei scendere da questa montagna a piedi da sola, se servisse a liberarmi di questo abbigliamento. «Mi sa che forse per stavolta la necessità di avere dei vestiti che mi vadano bene prevale sul desiderio di restare a casa».

«E i vestiti che ti ho comprato?».

Faccio una smorfia ripensando al fagotto di indumenti appallottolati nel sacchetto e mi sento trafiggere dai sensi di colpa. «Sono troppo piccoli. Mi dispiace», rispondo, prima di rendermi conto che mi sto scusando per il semplice fatto che i vestiti che Wayne mi ha comprato non mi entrano. Il che è ridicolo. Non li ho mica scelti io.

Il suo volto si intristisce. «Stai scherzando… Ma proprio tutti? Non ti va bene niente?»

«Be', forse potrei indossare qualche magliettina… dovrei solo smettere di respirare per il resto della giornata», scherzo, ma me ne pento subito quando mi accorgo che Wayne appare ancora più sconvolto.

«Mi dispiace tanto. Sono andato a occhio e ho preso quello che mi sembrava giusto».

Gli faccio cenno con la mano di non preoccuparsi. «Non fa niente. Potremmo tornare al negozio e cambiarli? Non ho tolto nessuno dei cartellini. E magari stavolta potrei scegliere tutto io, così tu non dovrai preoccuparti di nulla».

Wayne abbassa lo sguardo sulle sue braccia, ancora conserte davanti a sé. «Credo che tu abbia bisogno di un altro giorno di riposo. Forse anche un paio, in realtà. Ne hai passate davvero tante».

Mi butto l'asciugamano su una spalla e indico i vestiti che ho addosso e in cui al momento navigo. «Per favore? Vorrei indossare qualcosa che mi faccia sentire me stessa. Qualcosa che non sia… questo. E poi mi sento già molto meglio. Non mi serve un altro giorno di riposo, dico sul serio. E giuro che non guarderò più nemmeno da lontano nulla che sia stato fatto con le uova».

Mi fissa.

«Ti prego...». Giro dall'altra parte dell'isola. «Ci metterò pochissimo, te lo prometto. Dieci minuti al massimo».

Sospira. «Mary... Ho ancora paura che tu possa avere un'impennata di istamina, per non parlare degli strascichi della commozione cerebrale e del fatto che sembra che qualcuno ti abbia preso a pugni in faccia. Magari potremmo ordinare qualcosa online. Non ci metterà più di una settimana ad arrivare. Oltretutto, non c'è molta scelta in città. Il negozio dove ti ho comprato quei vestiti è più che altro una stazione di servizio che per puro caso aveva anche qualche capo d'abbigliamento sul retro. È già stato un miracolo che io abbia trovato quelle cose, a meno che tu non stia cercando una maglietta da uomo catarifrangente taglia XXXL...».

Pfff. So che è irragionevole, ma l'idea di aspettare un'intera settimana prima che eventuali pacchi vengano trasportati su per la montagna mi deprime. «Potremmo andare in un altro negozio? Vorrei davvero qualcosa che mi vada bene...».

Con un gran sospiro, Wayne si appoggia allo schienale dello sgabello. E mi osserva.

«Ti prego... Ti prego, ti prego, ti prego?».

Alza gli occhi al cielo. «E va bene. Hai vinto. C'è un piccolo negozietto dell'usato lungo la costa in cui potremmo andare. Di solito ci fermiamo lì ogni volta che siamo in zona. Se te la senti di affrontare il tragitto in macchina, avranno un assortimento molto più ampio, così ti risparmierai di dover fare ulteriori acquisti per un altro paio di mesi», commenta con una risata. «Non sarà nemmeno granché affollato in questo periodo dell'anno. Ma prima dovrai lavare i piatti della colazione».

Comincio a saltellare su e giù. «Affare fatto!».

«Ti supplico, smettila di saltare. Il tuo povero cervello...». Si alza dallo sgabello, finisce gli ultimi sorsi di caffè e porta la tazza al lavandino. Io per poco non gliela strappo dalle mani e inizio subito a strofinarla con una spugna insaponata.

«Mi sa che me ne pentirò», borbotta.

Io rido e sciacquo la tazza. Andare a fare compere insieme

a me non può mica essere così male. «Avanti, sono certa che sopravvivrai».

«Vedremo».

Un quarto d'ora più tardi, i piatti sono lavati e io indosso di nuovo gli stessi stivali di gomma di ieri. Wayne mi porge la giacca a fiori e un berretto nero. «Visto che hai ancora i capelli un po' bagnati», spiega. «Fa freddo fuori».

Mi attorciglio le punte ancora umide e le rimbocco sotto il berretto. «Grazie».

Lui toglie il chiavistello e mi tiene la porta aperta. «Figurati».

Proprio come ieri, l'aria frizzantina ha un effetto rinvigorente che mi rincuora. Faccio un respiro profondo e mi godo la sensazione del freddo che si deposita nelle parti più profonde dei miei polmoni. Wayne sblocca le portiere del furgone e io salgo a bordo, in preda a un entusiasmo che mi ribolle sotto la pelle. Stiamo per fare una semplice capatina in un negozio, ma per me ha il sapore di un'avventura e non vedo l'ora di viverla. Per poco non mi metto a ballonzolare sul sedile nell'attesa che salga anche Wayne.

Oggi ho occasione di osservare da vicino quanto caspita è pulito il suo furgone. I tappetini hanno quelle striscette a zig-zag tipiche di quando vi si è passato l'aspirapolvere di recente, e sui sedili ci sono una specie di fodere nere e immacolate che profumano di nuovo. Allo specchietto retrovisore è appeso un profumatore d'aria a forma di alberello verde, anche se credo che sia lì ormai da diverso tempo, perché non c'è alcun sentore di pino nell'abitacolo. C'è un odore di cuoio, una fragranza affumicata e legnosa.

Il profumo di Wayne.

Mi volto a guardare la parte posteriore. Il tappetino che riveste il pianale non è stato pulito con l'aspirapolvere altrettanto di recente. È cosparso di erba, fango e aghi di pino. Dietro il mio sedile ci sono due secchi di plastica pieni di attrezzi, con una pala incastrata nel mezzo.

Ieri, mentre eravamo al fiume, Wayne ha accennato di lavorare da casa, ma poi in realtà non gli ho più chiesto che lavoro facesse di preciso.

La portiera del lato guida si apre. Wayne si toglie la giacca e la sistema sul retro del sedile prima di salire. Mi becca mentre osservo l'interno del furgone e si ferma, con la mano sospesa sulla cintura di sicurezza. «Qualcosa non va?»

«No, stavo solo osservando gli attrezzi. Fai il falegname o qualcosa del genere?».

Lui si allaccia la cintura e mette in moto il furgone. «A volte. Sono un uomo dai mille talenti e mi annoio facilmente, per cui ogni tanto cambio lavoro. Ho giusto finito di imbiancare una casa poco tempo fa e adesso mi sono preso un po' di tempo libero per occuparmi di qualsiasi esigenza possa saltar fuori durante i lavori di ristrutturazione dell'altra casa».

«La baita è di tua proprietà?»

«Sì, era di mio padre».

«Dev'essere bello non dover pagare nello stesso momento né due case né i lavori di ristrutturazione».

Lui annuisce e ingrana la retromarcia, avviandosi verso la strada. «Già. Quegli stipetti nuovi mi stanno costando una fortuna».

Stipetti? Lo guardo sbattendo le palpebre, in attesa che si corregga, ma non lo fa. «Credevo avessi detto che stavano sostituendo i pavimenti».

Wayne frena di colpo e il furgone si ferma in modo brusco alla fine del vialetto. Per un attimo penso che sia per colpa di quello che ho detto, ma poi un'auto sfreccia a tutta birra sulla strada dietro di noi e lui borbotta qualcosa su quanto sia stupido guidare a velocità simili su strade sterrate come queste, dopodiché riprende a fare retromarcia. Una volta usciti del tutto dal vialetto, inserisce la prima e mi sorride. «Stanno installando sia i pavimenti nuovi che gli stipetti allo stesso tempo. Ho già saldato la fattura relativa ai pavimenti, adesso sto cominciando a pagare l'altra metà del progetto».

«Capisco».

Ma tutto questo lavoro non richiederebbe più di un paio di settimane?

«Be', allora mi sa che presto dovrai trovarti un'altra casa da tinteggiare», aggiungo per rompere il silenzio.

Lui ride. «Ebbene sì, lo penso anch'io».

Dagli altoparlanti risuona una delicata melodia jazz e Wayne alza il volume mentre scendiamo dalla montagna e ci immettiamo sull'autostrada 101. Dopo un po' l'autostrada curva e, oltre la barriera di pietra che delimita la carreggiata, si estende a perdita d'occhio l'oceano Pacifico.

Wayne si schiarisce la gola. «Sei sicura di voler proseguire? Il tragitto è un po' lungo, ci vuole circa un'ora e mezza. Ma è molto affascinante. È quasi tutta autostrada costiera, e tu adori guardare l'oceano».

Dovrò credergli sulla parola. Come per tutto il resto.

Faccio spallucce. «Sì, sono in vena di un'avventura con vista sull'oceano, se lo sei anche tu». Certo, in effetti un'ora e mezza di macchina mi sembra comunque un po' troppo per un semplice negozietto dell'usato. Com'è possibile che non ci sia qualcosa di più vicino?

«Sono sempre in vena di avventure con la mia piccolina».

Gli sorrido, poi guardo fuori dal finestrino per il resto del tragitto, ascoltando la musica mentre l'oceano fa capolino fra le chiome degli alberi, apparendo e scomparendo dalla mia vista. Di tanto in tanto Wayne mi indica un faro o una cittadina e mi racconta un piccolo ricordo. Apprezzo i suoi sforzi, ma nessuna delle sue storielle risveglia qualcosa dentro di me.

Dopo quasi un'ora e mezza esatta, il cartello che preannuncia la nostra uscita mi sfreccia via davanti al finestrino. Waybrooke. Un chilometro. Non vedo l'ora di scendere da questo maledetto furgone.

Mi accorgo che Wayne mi osserva il viso mentre imbocchiamo l'uscita. Sposta lo sguardo tra me e la strada un paio di volte, con aria inquieta.

«Tutto bene?», gli chiedo.

«Sì. Stavo giusto pensando che forse dovremmo fermarci un attimo a comprare qualche trucco, o qualcosa del genere. Non è il caso che qualcuno veda la tua faccia».

La mia faccia?

Scorgo il mio riflesso nello specchietto laterale. Alla luce del giorno, i lividi che ho sotto gli occhi appaiono ancora più evidenti.

Immagino che portarmi in giro in pubblico con il volto conciato così gli faccia fare una pessima figura. Però vorrei che non avesse usato un tono così… critico. Del resto, non ho mica chiesto io di avere un incontro ravvicinato con un volante.

Sorride. «Non preoccuparti. Non ti vedrà nessuno».

Non riesco a spiegare l'improvvisa fitta di disagio che mi provoca questa frase.

Capitolo 10
Mary

Giorno 3

Waybrooke assomiglia a tutte le altre cittadine costiere che abbiamo attraversato. Edifici ricoperti da tegole di legno, una piccola tavola calda con pittoresche boe rosse e nere appese alle grondaie, alcune casette riconvertite in agenzie immobiliari o studi medici, un ferramenta, un hotel sulla spiaggia, un ulteriore hotel sulla spiaggia, un negozietto di cristalli, uno di libri usati e infine una farmacia. Wayne insiste che io lo aspetti in macchina, così lo istruisco su cosa sia un correttore. Nonostante ciò, gli ci vogliono comunque tre viaggi prima di trovare il prodotto giusto. Quando finalmente riemerge dalla farmacia, trionfante, non riesco a trattenere una risata.

Mi tampono il correttore sotto gli occhi, applicandone un paio di strati. Il risultato è abbastanza lontano dall'apparire perfetto, ma di sicuro è molto meglio di prima. La ragazza nello specchietto della visiera parasole non sembra più una creatura ibrida tra un essere umano e un procione. E, anche se ho il naso ancora un po' gonfio, devo ammettere che si nota molto di meno senza gli occhi ad amplificarne l'effetto.

Il negozietto dell'usato si trova proprio alla fine della strada principale di Waybrooke.

Wayne parcheggia in una delle decine di posti vuoti e spegne il motore.

Questo posto non assomiglia affatto a quello che mi aspettavo. Anche qui è tutto un trionfo di tegole di legno consumate dalla salsedine; le vetrine sono fiancheggiate da vecchie persiane bianche e, in cima a una di loro, scorgo persino il nido di un uccello. Sopra la porta d'ingresso penzola una grande insegna bianca e rosa.

Le chicche di Nana
dal 1989

Oh, mamma.

Wayne salta giù dal furgone. «Vieni, andiamo a caccia di qualche sciccheria!».

Mi sforzo di stamparmi in faccia un sorriso e lo seguo verso la porta, ma già da fuori questo negozio non mi dà la sensazione di essere un posto in cui potrei voler ritornare più di una volta. Eppure, se Wayne dice che per noi è una tappa fissa, chissà… Magari una volta dentro mi farà un'impressione migliore?

La porta si apre con un tintinnio e, non appena varchiamo la soglia, una signora anziana con i capelli bianchi e un paio di occhiali da vista con una spessa montatura rosa alza lo sguardo da dietro il bancone. Ci sorride. Deve essere lei Nana.

«Benvenuti!».

Mi guardo intorno all'interno del negozio.

Ebbene. Mi sbagliavo. Dentro è addirittura peggio.

La moquette è scura, e non in senso positivo: sembra che potrebbe essere di un colore molto più chiaro, se solo qualcuno la pulisse. Le pareti sono tutte rivestite di pannelli in legno e c'è un vago odore di incenso che aleggia nell'aria. Gli espositori dei vestiti, in compenso, arrivano fino in fondo al negozio e sembrano puliti e organizzati. Di sicuro perché non verranno molti clienti in questo posto, quindi quella povera donna non avrà nient'altro da fare se non rassettare le grucce e assicurarsi che non ci sia nulla di sgualcito.

Wayne si avvicina alla signora sfoderando un sorriso gigantesco. Le racconta che questo è il *nostro* negozietto dell'usato preferito, al che io mi defilo per andare a dare un'occhiata in giro, onde evitare di essere tirata in ballo nella conversazione. Non voglio essere costretta a mentire, qualora la signora dovesse interpellarmi. Preferisco fingere di non sentirli.

Individuo la corsia con le taglie che a occhio e croce potrebbero andarmi bene e passo in rassegna i vestiti appesi alle grucce. Alla fine riesco davvero a scovare qualcosina di carino. Mi ritrovo a gravitare verso gli indumenti dalle tinte più scure: nero e tonalità sature e profonde.

Mi bastano pochi minuti per riempirmi le braccia di cose che mi piacciono. Un paio di magliettine nere, una camicia a maniche lunghe color melanzana, un maglione grigio oversize, una blusa nera morbida con righine orizzontali bianche e una camicia a scacchi bordeaux, oltre a diverse paia di leggings neri – stavolta della misura giusta – e due paia di jeans scuri che non so se potrebbero andarmi bene. Di tutto il resto invece sono abbastanza convinta.

Arrivata in fondo all'ultimo espositore di maglie della mia misura, scosto subito via una gruccia a cui è appesa una mostruosità rosa e paillettata e vedo un gatto soriano che mi fissa. Non è un gatto vero, però: è un'immagine plastificata, stampata su una felpa bianca. Solo che il gatto è così realistico, con quei grandi occhi gialli, che lo trovo a dir poco inquietante. Faccio per toglierla di mezzo, ma non riesco a smettere di fissarla.

All'improvviso vedo che il gatto si muove… ma non è più sulla felpa. È su un lungo divano rosso. Cammina su tutto il bracciolo, poi fa qualche giretto su sé stesso, si acciambella e per finire si addormenta.

Dopodiché sbatto le palpebre e mi ritrovo di nuovo nel negozietto dell'usato.

Faccio un respiro brusco e, per lo sconcerto, per poco non scaravento via quella benedetta felpa con il felino.

D'accordo… Va tutto bene…

Questa visione… mi è sembrata una specie di ricordo. O almeno credo. Chissà, magari abbiamo un divano rosso nella casa di McMinnville. Wayne non ha mai menzionato animali domestici, però.

Una scintilla di speranza mi fa venire le farfalle allo stomaco.

Wayne si materializza al mio fianco. «Che gatto terrificante».

Annuisco, però sono ancora troppo spaesata da quel potenziale ricordo. «Ma noi abbiamo animali domestici?».

Lui reagisce con un verso di disappunto. «No, per carità, proprio no. Sono allergico da morire. Sia ai cani che ai gatti».

«Capisco». *Puff*, addio scintilla di speranza. Allora non sarà stato il nostro gatto. Magari stavo ricordando la casa di qualcuno che conosco?

Wayne si sporge in avanti per esaminare la mia selezione di vestiti e aggrotta le sopracciglia. «Hai in programma di partecipare a un funerale? Che fine hanno fatto i colori?».

Guardo prima lui e poi gli indumenti tra le mie braccia. «Che vuoi dire?»

«Come mai tutto questo nero? Tu adori i colori, piccolina. Ti piacciono le tinte sgargianti, i fiori e… be', cose come questa», dice, prendendo un'altra gruccia dall'espositore. È una canottiera color pesca con una balza in pizzo.

Color pesca.

Santo Dio.

«Non sei costretta a vestirti come un vampiro solo perché siamo venuti a stare vicino ai boschi. Non siamo mica a Forks». Ride della sua stessa battuta e mi porge la gruccia con quella canottiera orripilante. «Su, provala».

Mi sforzo di trattenere una smorfia. «Ehm, fa un po' freddino per le canottiere. Magari in primavera?».

"O anche mai", penso.

Lui mi guarda dalla testa ai piedi e il suo cipiglio si fa più profondo, così allungo un braccio e prendo la gruccia. «Sai che ti dico? Può andar bene comunque. Tanto in casa fa caldo, quindi sono sicura di poterla indossare lo stesso».

Sotto qualcos'altro, s'intende.

La aggiungo alla mia pila di vestiti. Prima quella giacca a fiori… e adesso viene addirittura fuori che sono un'amante del color pesca?

Ci incamminiamo verso il reparto delle calzature, dove evito le opzioni nere a favore di un paio di scarpe da ginnastica bianche ancora in buone condizioni su cui lui non trova nulla da ridire. Dopo una rapida capatina nel camerino per provare i jeans, ho tutto quello che mi serve. A conti fatti, nel giro di venti minuti ho già finito. Fare acquisti con me è un gioco da ragazzi.

L'anziana signora mi rivolge un sorriso raggiante quando rovescio il bottino sul bancone. «Hai trovato tutto quello che ti serviva quest'oggi?»

«Quasi». Acchiappo un paio di confezioni di calzini alla caviglia vicino alla cassa e anche una scatolina qualsiasi di biancheria intima che fa arrossire Wayne come un peperone. All'ultimo minuto aggiungo pure un altro berretto. Questa volta bianco.

Lo tendo verso Wayne con un cenno che serve a chiedergli un permesso silenzioso e lui annuisce con un sorriso.

«Adesso ho proprio tutto, grazie».

La signora alla cassa sembra sul punto di scatenarsi in un balletto mentre batte i vari articoli. Mi accorgo che la sua targhetta con il nome, attaccata al golfino rosa lavorato a maglia, è un po' storta. Il nome è scritto a caratteri riccioluti che sembrano quasi impossibili da leggere, ma dopo qualche secondo il mio cervello riesce a decifrarli: Eloise.

Wayne sfoglia con il pollice le banconote nel portafoglio, contandole fino a raggiungere l'importo esatto, e nel frattempo io gli indico i vestiti. «Non è che potrei cambiarmi prima di andarcene? Il tragitto di ritorno ad Alton è lungo. Preferirei indossare qualcosa di comodo in macchina».

Eloise allora sorride ancora di più. «Siete di Alton? Mio fratello viveva lassù. Ci sono alberi bellissimi su quella montagna. Non ho mai visto nulla di simile. Ma d'altronde, è davvero difficile trovare un posto che non sia bello qui nell'Oregon».

La scruto con un'aria diffidente. A me sembra quel genere di donna che ha vissuto nella stessa cittadina per tutta la vita. Mi chiedo se sia mai andata da qualsiasi altra parte, perché finora, se devo essere sincera, Alton non mi ha colpito granché.

Wayne mi sorride. «Certo, dovresti stare comoda. Cambiati pure, indossa quello che vuoi. Io intanto finisco di pagare».

Anche se lancia un'occhiatina eloquente a quella mostruosità color pesca, io piuttosto prendo una maglietta nera, un paio di jeans, calzini, scarpe da ginnastica e il mio primo paio di mutande pulite da tre giorni a questa parte e mi infilo nel camerino. Quando ho finito di cambiarmi, mi guardo allo specchio e sospiro.

Ora sì che si ragiona. Vestiti e scarpe della taglia giusta sono ancora meglio di una colazione senza uova. Mi sembra di avere davanti una nuova me. O forse la vecchia me? Comunque sia, poco importa.

Mi sistemo i capelli corti dietro le orecchie, cercando di togliermeli da davanti alla faccia, e rimpiango di non aver aggiunto un mascara alla lista degli acquisti fatti da Wayne in farmacia. Ma tutto sommato non sembro una che si è risvegliata in un fosso due notti fa, e questo mi emoziona più di qualunque altra cosa. Mi do due pizzicotti per farmi tornare un velo di colore sulle guance e con un dito mi sfioro le lentiggini sul naso.

Forse resto nel camerino a fissarmi allo specchio per un po' troppo tempo, ma alla fine recupero i vestiti di Wayne e la mia giacca. Lo trovo ad aspettarmi vicino alla porta, con in mano un grande sacchetto rosa con la scritta "Nana" al centro.

Eloise mi osserva da capo a piedi dal suo sgabello dietro il bancone. «Molto meglio, cara!».

Una vampata di calore mi infiamma le guance per l'imbarazzo, ma le auguro comunque un buon pomeriggio.

«Altrettanto! Buon viaggio di rientro a casa e tornate a trovarci presto!».

«Be', non mi sembri molto entusiasta», commenta Wayne una volta usciti. Mi tiene aperto il sacchetto con gli acquisti in modo che possa buttarci dentro gli indumenti che indossavo prima.

«Oh, mio Dio, altroché se lo sono». Faccio una giravolta per mettere in risalto i vestiti nuovi. «Avevi ragione, questo posto è fantastico. Dobbiamo tornarci ancora, in futuro».

Mentre attraversiamo il parcheggio, un aroma di qualcosa di dolce si diffonde nell'aria e mi fa brontolare lo stomaco. All'improvviso vorrei aver mangiato qualcosa di più sostanzioso di una fettina di pane tostato alla cannella per colazione.

Intravedo la tavola calda in fondo alla strada. «Ti va di fermarci a mangiare qualcosa?».

Wayne però si blocca davanti al furgone. «Abbiamo cibo in abbondanza a casa».

«Sì, ma sono quasi le due. Non abbiamo ancora pranzato, e prima di arrivare si faranno almeno le tre e mezza. Quella tavola calda è proprio a due passi da qui… e non aspetta altro che di sfamarci. Ti prego, ti prego, ti prego… si sente un profumino così buono!».

Lui si sfrega la barbetta corta che gli ricopre il mento e si volta a osservare la strada, come se stesse cercando di prevedere la mole di traffico in cui potremmo imbatterci qualora decidessimo di temporeggiare. «E va bene. Ma che sia una sosta veloce. Voglio tornare a casa il prima possibile, così potrai riposarti. Se dovessi collassare di nuovo, preferirei che accadesse alla baita».

«Concordo in pieno».

Mi sorride e mi porge il sacchetto rosa acceso. «Mi sorprende che non sia *tu* quella impaziente di trascinarmi a casa».

Già, già, ancora con quella storia che, a quanto pare, sono una pantofolaia. Intanto per poco non mi metto a saltellare mentre raggiungo la portiera del lato passeggero. «Un paio di scarpe nuove fa miracoli per l'umore».

Lui alza gli occhi al cielo e io rido. Mi sento… felice? O quantomeno soddisfatta. Mi sembra quasi di essere tornata alla normalità, anche senza aver recuperato i miei ricordi, e questo sì che è un vero e proprio miracolo.

Il parcheggio della tavola calda è pressoché deserto, il che mi sembra assurdo perché, persino da fuori, si sente un profumino incredibile. Di sciroppo caldo, di caffè e di pane appena sfornato. Il mio stomaco brontola un'altra volta mentre mi infilo la giacca.

All'interno, l'arredamento è tutto bianco, nero e rosso. Il pavimento è a scacchi bianchi e neri, e anche le foto appese alle pareti sono in bianco e nero, circondate da cornici rosse. E poi ancora tende rosse. Saliere e pepiere rosse. Ventilatori da soffitto rossi.

Una donna rotondetta, con un viso splendido e le ciglia più belle che io abbia mai visto, ci accompagna a un tavolino con i divanetti.

Wayne si accomoda con lo sguardo rivolto verso la porta e io prendo posto sul divanetto di fronte a lui. Vedo un uomo con un grembiule da cucina bianco sfornare un intero vassoio di girelle alla cannella grandi quanto la mia faccia e trasportarle verso una vetrina accanto alla postazione della responsabile di sala. Penso che potrei morire se non assaggio una di quelle girelle prima di subito. Soprattutto quando mi accorgo che l'uomo le sta sistemando dietro un cartellino su cui è scritta una parolina molto importante.

Vegane.

Ergo, niente uova.

«Mi chiamo Sandra», esordisce la donna, inducendomi a riportare l'attenzione su quello che sta succedendo nelle mie immediate vicinanze. Dopodiché appoggia posate e tovaglioli sul ripiano in finto marmo del tavolino. «Sapete già cosa volete ordinare da bere o preferite che vi lasci qualche minuto?»

«Per me un caffè», risponde Wayne. «E un'acqua».

Lei sorride. «Benissimo. E per questa splendida signorina?».

Passo in rassegna la parte del menù dedicata alle bevande, ma non riesco a pensare ad altro che a quelle girelle alla cannella. «Ehm, sì, mi sa che prendo un'acqua anch'io». Poi però giro il menù dall'altra parte e mi salta all'occhio una sfilza di immagini gigantesche di frullati di frutta fresca. «Anzi, posso chiederle un frullato alla fragola?»

«Ma certo», risponde Sandra, annotando il tutto. «Piccolo o grande?»

«Grande, per favore», interviene Wayne facendomi l'occhiolino, dopodiché indica la vetrina. «Ci porterebbe anche un paio di quelle girelle alla cannella vegane?».

Lo guardo sbattendo le palpebre per la sorpresa, poi sfodero un sorriso che mi va da un orecchio all'altro. «Come facevi a sapere che…?».

Lui mi liquida con un cenno della mano. «Ah, ma figurati. Tu adori le girelle alla cannella».

Sandra annuisce con un sorriso smagliante e si dirige subito verso la vetrina. Nel giro di pochi istanti, uno di quei meravigliosi dolcetti ricoperti di quintali di glassa e cannella viene depositato sul tavolo di fronte a me e io mi trattengo a fatica dalla voglia di applaudire, perché da vicino questa prelibatezza è addirittura più grande della mia faccia: per poco non supera le dimensioni del piatto da insalata su cui è adagiata. Non so se sono mai stata così entusiasta all'idea di mangiare qualcosa in tutta la mia vita.

Non mi accorgo nemmeno di quando Sandra torna al nostro tavolo per portarci le bibite. O di quando Wayne ordina altra roba da mangiare. Divoro quella girella fino all'ultima briciola.

Una volta finito, mi appoggio allo schienale del divanetto e sospiro.

A dire il vero non ho più molta fame, ma spilucco comunque un pochino del toast al formaggio e delle patatine fritte che Wayne ha ordinato per me. Il salato però non regge il confronto con il dolce, e alla fine lascio il piatto pressoché intonso.

Wayne chiede il conto e, quando Sandra si allontana, intorno a noi cala il silenzio. Ora che non abbiamo le bocche piene, la situazione è un tantino imbarazzante.

Sono sul punto di fargli una domanda, che però mi muore in gola quando mi accorgo che mi sta fissando la maglietta con un'espressione quasi arrabbiata. «Cosa c'è che non va?».

Il suo sguardo si inasprisce, poi Wayne lancia qualche occhiata in giro per la tavola calda. «A quanto pare non ho prestato abbastanza attenzione quando eravamo al negozio dell'usato. Non avevo notato che la tua maglietta fosse così scollata».

Abbasso lo sguardo e mi do una controllata. In effetti lo scollo è a "V", ma non è poi così basso. Si ferma più o meno un paio di centimetri sotto la mia clavicola. «Non... non va bene?».

Lui scuote la testa. «È inappropriata. Ma possiamo sbarazzarcene una volta arrivati a casa, non preoccuparti. Farò più attenzione la prossima volta che andremo per negozi. Tu adesso non te lo ricordi. Non hai presente quali sono le regole».

Ma. Che. Cavolo...?

La sua attenzione si sposta fuori dalla finestra e rimane inchiodata lì.

"Tu adesso non te lo ricordi. Non hai presente quali sono le regole". Cioè, ci sono vestiti che non mi è consentito indossare? Oltre ai libri "decorosi" che leggo? Abbasso di nuovo lo sguardo sulla mia maglietta. Cosa c'è di male in uno scollo a "V"?

Il silenzio continua a prolungarsi, mettendomi a disagio. Cerco di farmi venire in mente un altro argomento di cui parlare, e alla fine è proprio l'assoluta mancanza di spunti a darmi un'idea. «Mentre aspettiamo il conto, che ne dici di raccontarmi ancora un po' di fatti e aneddoti sulla mia vita? Per passare un po' il tempo?».

Wayne sposta da parte il piatto con gli avanzi del suo hamburger con lattuga, pomodoro e bacon, ma ha ancora un'espressione un tantino irritata. «Che cosa vuoi sapere?».

Faccio spallucce. «Qualsiasi cosa ti venga in mente. Così, a bruciapelo. Argomento: Mary».

Lui sorride e un po' della mia tensione evapora. «D'accordo. Allora... il tuo colore preferito è il viola. Più o meno da quando avevi cinque anni».

Faccio una smorfia. Il viola? Sul serio? Anche se in fondo suppongo che non dovrei esserne così sorpresa, considerando che in questo momento ci saranno all'incirca una dozzina di sfumature di viola diverse sulle maniche della mia giacca.

Bene. È ora di aggiornare la lista.

Mary Ellen Boone. Diciassette anni. Studentessa modello. Ultimo anno. Fan di Lizzo. Allergica alle uova. Giacca fiorata. Orfana di madre. Pantofolaia. Ghiotta di girelle alla cannella. Amante del viola.

Non male, dopo soli due giorni nella vita di una sconosciuta.

«Continua», lo esorto, dopodiché bevo il primo sorso del mio frullato alla fragola, del quale mi ero del tutto dimenticata.

Lui sospira. «Dunque... ehm... Io e te ci siamo avvicinati molto dopo l'incidente di tua madre. E abbiamo legato ancora di più quando hai iniziato a studiare a casa. Fai parte di un intero gruppetto di ragazzi che studiano da privatisti a McMinnville: un'ottima compagnia, amici davvero in gamba. Niente combinaguai».

Mi ero dimenticata che studio da privatista.

Perché mi sembra così strano? In un angolino della mia mente mi sembra quasi di vedere in modo nitido l'androne di una scuola superiore. I banchi. La palestra. Mi sento camminare lungo un corridoio portando una tracolla stracolma di libri; chiacchierare con gli amici in una mensa. Forse sono reminiscenze del mio ultimo anno alle medie? Wayne aveva detto che fino ad allora avevo frequentato una scuola tradizionale.

«Perché studio a casa?», gli chiedo. «Voglio dire, come mai ho iniziato proprio durante il primo anno delle superiori? È stata una mia scelta?»

«In un certo senso. Stavi riscontrando qualche problemino. Non dal punto di vista scolastico, perché sei sempre stata molto brava negli studi, ma...». Si interrompe e beve un lungo sorso di caffè. Mi accorgo che le sue mani hanno stretto parecchio la presa intorno alla tazza, non appena la rimette di nuovo sul tavolo. «Sei finita in un giro di amicizie discutibili, e non posso certo dire che mi dispiaccia che tu non te ne ricordi. Ho rischiato di perderti, per qualche tempo, per colpa di persone che ti stavano trascinando su una brutta strada. Nessun rispetto per gli adulti. Per le regole. Feste e festini in continuazione. Abbigliamento inappropriato. Musica e programmi televisivi inappropriati. Nessun principio morale. Sono stato costretto a intervenire prima che ti spingessi troppo oltre. Studiare a casa però ti ha fatto davvero bene e, alla fine, tu stessa hai riconosciuto che è stato un provvedimento necessario. In questi ultimi anni siamo stati più uniti che mai».

Non so proprio cosa pensare di tutta questa storia.

Libri appropriati. Vestiti appropriati. Amici appropriati. Stile di vita appropriato.

Qui sta cominciando a ripetersi sempre lo stesso schema.

E poi, cosa voleva dire con quel "prima che ti spingessi troppo oltre"? In che senso "troppo oltre"? Intendeva che mi ero data alle droghe, o al taccheggio? O comunque a qualcosa di illegale? Apro la bocca per chiederglielo, ma la vista delle sue nocche sbiancate per via della stretta che ha sulla tazza di caffè mi fa cambiare idea. Qualunque cosa sia successa, qualunque cosa io abbia fatto, è già abbastanza grave che per lui sia ancora un tasto così dolente.

È possibile provare rimorso per qualcosa che non ci si ricorda di aver fatto? È giusto?

Bevo un altro po' di frullato, con gli occhi bassi sulla superficie del tavolo, e cerco di sciogliere il nodo che mi si sta formando nel petto. Questi particolari della mia vita mi stanno facendo venire un'ansia terribile. O un bruciore di stomaco. O entrambe le cose. Arrivata a questo punto, vorrei tanto poter ricordare. Ogni dettaglio. Tutto in una volta. Vorrei essere investita da uno tsunami di tutti i miei sbagli e tutti i miei successi, in modo da non dover fare affidamento sulla versione dei fatti di qualcun altro. Vorrei sapere cos'è successo davvero con i miei amici.

Sandra ci lascia il conto mentre porta un vassoio di cibo a un altro tavolo e io intanto riprendo in mano il frullato, sovrappensiero. Questa volta, però, sento che il mio sorso di frullato va giù in modo strano. Come se si trattasse di una fragola intera.

Rimango pietrificata.

Nella mia bocca sboccia un prurito familiare, che ancora una volta mi scende lungo la parete posteriore della gola per poi diffondersi in tutto il corpo. Mi tiro su le maniche, strattonandole, ma so già cosa troverò sotto il tessuto.

Puntini rossi e irritati. Cazzo. *Cazzo*, non di nuovo.

Non abbiamo ordinato niente che contenesse uova. Perché sta succedendo?

Alzo lo sguardo verso Wayne e mi stringo la gola, in preda a un prurito insopportabile. La mia è una richiesta d'aiuto silenziosa.

Lui scatta in piedi come una molla. «Andiamo, presto. La farmacia è dall'altra parte della strada. Coraggio». Schiaffa un paio di banconote da venti dollari sul tavolo e mi trascina via, tra il prurito e l'irritazione, fuori dalla porta del locale e verso il furgone.

Mi fermo accanto alla portiera del lato passeggero e lui nel frattempo sfreccia in farmacia. Mi gratto il collo, il petto. Mi mordicchio le pareti interne della bocca, cercando di distrarmi dal prurito che non accenna a diminuire. Dopo un lasso di tempo che mi sembra lunghissimo, Wayne riappare da dietro il furgone, già intento a versare una dose di Benadryl liquido nel tappino in dotazione. La bevo e lui me ne versa un'altra, spingendomela tra le labbra finché non deglutisco anche quella.

Chiudo gli occhi e attendo che arrivino i primi momenti di sollievo, ma ci vuole un sacco di tempo prima che accada. Wayne mi aiuta a sistemarmi sul sedile del passeggero e rimane in piedi accanto alla portiera aperta, scuotendo la testa mentre aspettiamo, aspettiamo e aspettiamo.

«Devono essere state le fragole del frullato», sbotta all'improvviso, appoggiandosi al lato interno della portiera. «Non le uova. Le fragole sono l'unica cosa che hai mangiato entrambe le volte».

Ripenso alla ciotolina di fragole fresche che c'era sul ripiano dell'isola quella mattina a colazione. Come sarebbe a dire "devono essere state" le fragole? Ma allora quella volta aveva tirato a indovinare?

Com'è possibile che il mio stesso padre non sappia a cosa sono allergica?

Dal mio volto deve trapelare tutta la mia confusione, perché subito Wayne aggiunge: «Mi dispiace tantissimo. Sono davvero desolato. Era tua madre quella allergica alle uova. Tu sei allergica alle fragole. Non riesco mai a tenere bene a mente queste cose. Di solito sei tu a ricordarmele, se non fosse che al momento non hai la più pallida idea di cosa puoi o non puoi mangiare…». Si sfrega il volto con entrambe le mani. «Dio, mi dispiace da morire. Sapevo che era troppo presto per andarcene a zonzo. Adesso… è meglio che ce ne torniamo a casa».

Chiude la portiera. Cerco di non accigliarmi mentre mi gratto la pelle a sangue per la seconda volta in due giorni. Prendo il sacchetto rosa acceso di Nana dallo spazio tra i miei piedi e lo butto sul retro del furgone, così posso sgranchirmi le gambe.

Wayne sale e mette in moto. Mi allungo di lato per prendere la cintura, senza smettere di grattarmi, e scorgo una donna che mi fissa dal marciapiede. Non la conosco, o perlomeno, non credo di conoscerla, ma lei mi fissa con gli occhi scuri e spalancati. È bassa e magrolina. Forse sulla quarantina? E poi ha i capelli biondo cenere, con alcuni colpi di sole palesemente fatti in casa.

Mi rivolge un cenno di saluto con la mano, che d'istinto io ricambio.

Il furgone si allontana e lei tira fuori il telefono con un'aria quasi frenetica, portandoselo subito all'orecchio.

«Non preoccuparti», afferma Wayne, riportando la mia attenzione all'interno dell'abitacolo. «Una volta arrivati a casa, non dovremo più uscire per molto tempo. Butterò via tutte le fragole che ci sono in giro. Farò di tutto per tenerti al sicuro. Lo sai, vero?».

Un'ondata di preoccupazione mi attanaglia lo stomaco. Finisco di agganciare la cintura di sicurezza. «Sì… lo so».

Capitolo 11
Drew

Roane mi passa davanti con la volante prima ancora che io abbia modo di uscire dal parcheggio, e già mi sento pieno di rimpianti. Certo, è stato un gesto fiero e tutto il resto piantare in asso lo sceriffo nel bel mezzo della sua perfida gitarella accusatoria, ma a ogni passo mi sento sempre più consapevole del fatto che è proprio qui che si trovava Lola cinque settimane fa. E così mi ritrovo a fare un tuffo nel passato.

Avrà girato a destra o a sinistra quando è andata via dal parcheggio?

Qualcuno le avrà offerto un passaggio?

Stava piangendo?

Sarà riuscita ad arrivare alla strada di casa sua?

E per finire, la domanda peggiore: sarebbe ancora qui, adesso, se io non avessi fatto quello che ho fatto?

Quando arrivo di nuovo a scuola, il parcheggio è vuoto e il passato ammutolisce. Lola non avrebbe potuto inoltrarsi così tanto in città senza che nessuno la vedesse. Per ora sono sfuggito al suo fantasma.

A circa un chilometro e mezzo di distanza da casa, il cielo si scatena e inizia a piovere a dirotto. Giusto perché l'universo non mi ha trattato abbastanza di merda negli ultimi tempi. Io però non accelero il passo. Anzi, in pratica mi trascino fino a casa.

"Lo so che è tutta colpa tua".

Il peso di queste ultime cinque settimane mi schiaccerà. Le nuove prove raccolte da Roane, di qualunque cosa si tratti, l'hanno già indotto a effettuare perquisizioni e a sequestrarmi l'auto, e chissà cos'altro deve ancora succedere.

Non smetterò mai di lottare per Lola, ma come posso combattere per lei e al contempo per me stesso? Roane ha detto che sono il loro ultimo sospettato rimasto. E, conoscendolo, non si fermerà fino a quando non avrà racimolato abbastanza prove che soddisfino la sua versione dei fatti. A quel punto mi arresteranno. E Lola sarà ancora sparita. Come potrò aiutarla da dietro le sbarre?

Mi strofino il volto per la frustrazione.

Non… non so cosa fare.

Quando apro la porta di casa, Papà si fionda giù per le scale e mi si lancia addosso. Io grugnisco all'impatto. Lui mi stringe le braccia intorno alle spalle e mi stritola fino a lasciarmi senza fiato.

«Drew, per l'amor del cielo. Dove sei stato? Ti ho chiamato un centinaio di volte», esclama. «E perché sei così fradicio?».

Cerco di rispondergli, ma non ho più aria nei polmoni. Il mio respiro stentato sembra coglierlo di sorpresa, perché a un certo punto molla la presa di colpo. «Scusa. Mi dispiace».

Gli faccio cenno con la mano di non preoccuparsi. «Non fa niente. Lo capisco. Non è il periodo ideale per non rispondere al cellulare». Che eufemismo. Per un attimo mi perdo tra i miei pensieri, immaginandolo seduto sulle scale, ad aspettarmi, mentre si tamburella le dita sulle ginocchia malandate chiedendosi se sia successo qualcosa anche a me. Il senso di colpa mi avvelena lo stomaco. «Mi dispiace tanto. Avevo il telefono silenzioso e ho avuto una discussione con Roane. Sono tornato a casa a piedi».

«Da scuola?».

Scuoto la testa. «No. Dall'imbarcadero».

Il suo volto si rabbuia. «Su, adesso entra. Scaldati. E raccontami cos'è successo. Io nel frattempo ti preparo qualcosa da mangiare. Tuo padre deve lavorare fino a tardi stasera, quindi siamo solo noi due».

Con una coperta avvolta intorno alle spalle e un piatto di *hilachas* avanzato dalla cena di famiglia, inizio a raccontargli ogni cosa mentre lui si siede sullo sgabello di fronte a me, dall'altra parte della penisola. Gli parlo del banco vuoto durante l'ora del professor Moore, di Autumn, dei volantini con scritto "assassino" sul mio armadietto, della mia decisione di boicottare il resto delle lezioni, della macchina sparita dal parcheggio e di tutto quello che Roane ha detto di Lola.

Papà, devo dargliene atto, è così bravo da non interrompermi neanche una volta, neppure quando ammetto di aver mandato a quel paese le lezioni. Le sue labbra si assottigliano in una smorfia di disapprovazione, della serie "non mi piace affatto quello che sto sentendo", però comunque non dice nulla finché non ho finito di mangiare e il mio racconto non è terminato.

Solo allora fa un respiro profondo. «Capisco».

Attendo che aggiunga qualcos'altro.

Lui però si gratta dietro l'orecchio e fissa il ripiano di granito nero fra di noi. Dopodiché prende il mio piatto vuoto, lo mette nel lavandino e sospira. «Sai già come la penso sul marinare la scuola, ma per questa volta ti concedo di passarla liscia, perché ritengo che quello che stai affrontando rappresenti una giustificazione valida. Tuttavia, da ora in avanti non voglio che tu perda altre lezioni. Non puoi rinunciare a vivere la tua vita, a prescindere da tutto il resto».

Annuisco. «Lo so».

«E sono contento che hai detto a Roane di smetterla di tormentarti. Non dovrebbe mettersi a pedinarti in giro per la città. Chiamerò l'avvocato, e magari denuncerò l'accaduto alla stazione di polizia. Sei pur sempre minorenne, non è che può venirti a prendere e interrogarti come se niente fosse. So che in questo momento ha molti occhi puntati addosso e che la pressione di scoprire cos'è successo a Lola comincia a pesargli, ma questo non gli dà il diritto di interpellarti senza che sia presente un genitore o un avvocato. Tuo padre andrà su tutte le furie».

«Dobbiamo proprio dirglielo?», chiedo con una smorfia.

Papà si mette a braccia conserte. «Drew».

«Va bene, va bene». Non è che voglia tenerlo all'oscuro, ma fra i miei genitori, Papito è sempre quello che si preoccupa di più. «È solo che non voglio che si allarmi. Tanto ormai è andata come è andata. Ma non dirò più neanche mezza parola a Roane senza che ci siate voi due».

«Gli spiegherò io cos'è successo, ma aspetterò fino a domani. D'accordo?»

«D'accordo».

«Ti serve un passaggio a scuola per domani mattina?».

Cavolo, non mi era passato nemmeno per l'anticamera del cervello. Roane si è impadronito del mio unico mezzo di trasporto e chissà per quanto cazzo di tempo se lo terrà. Non ho come andare da nessuna parte, almeno nel futuro più immediato. «No, tranquillo. Chiederò a Max».

«Sei sicuro? Guarda che non mi pesa».

Non escludo che magari dica così perché preferirebbe vedermi varcare il portone della scuola con i suoi stessi occhi, ma non dovrebbe essere costretto ad arrivare in ritardo al lavoro solo perché gli sbirri si sono presi la mia macchina. «No, davvero, non preoccuparti. A Max non dispiacerà, anche perché tanto dobbiamo comunque andare nello stesso posto».

Ha la pelle intorno agli occhi increspata da qualche rughetta di stanchezza. «Sono preoccupato per te, Drew. Credo che quello di stasera sia stato il primo pasto caldo che ti ho visto consumare da parecchio tempo a questa parte. Ti sento camminare avanti e indietro per la tua stanza nel cuore della notte. Max è l'unico amico con cui ti abbia visto nelle ultime settimane. Non hai proferito parola quando ti è stato chiesto di ritirarti dalla squadra di nuoto. Non ci sei mai alle cene di famiglia. Sei distaccato…».

"Distaccato" è un termine molto più carino per definirmi. Io avrei optato per "stufo marcio delle stronzate di tutti quanti", ma è anche vero che io sono molto meno educato di mio padre. «Sto bene. Insomma… sto metabolizzando».

Papà mi squadra dalla testa ai piedi.

«Sul serio», insisto, stravolgendo la mia espressione in una smorfia che spero riesca a passare per una manifestazione di sincerità. «È tutto a posto. Sono triste, certo, e non desidero altro che Lola torni a casa. E mi dà sui nervi che tutti quanti abbiano voltato le spalle sia a me che a lei, ma non posso controllare quello che fanno gli altri. Sto cercando di andare oltre, ma so che alla fine si sistemerà tutto».

Queste bugie mettono a dura prova il manzo e le patate che ho nello stomaco e all'improvviso vorrei aver mangiato di meno.

La verità è che a stento riesco a dormire, perché ogni volta che chiudo gli occhi sogno che il fiume si trasforma in un buco nero e la inghiotte. Non posso starmene con le mani in mano in attesa che la polizia scopra cosa è successo, perché non mi fido di loro.

Papà appoggia le braccia sulla penisola. «So che è una situazione difficile per te. È stata dura anche per noi. Lola è così importante per questa famiglia... voglio dire, durante l'estate in pratica ha vissuto qui, e finora è stato un vero e proprio incubo aspettare di ricevere notizie sul suo conto, perciò sappi che ti capisco...».

Non sono in grado di spiegare a parole quanto gli sia riconoscente per la costanza che ha nel parlare di lei al presente. Mi fa sentire meno solo in questa situazione. Come se non fossi l'unico a sperare ancora.

«Io e tuo padre capiamo anche che, per quanto possa essere stato devastante per noi, per te è ancora peggio», prosegue. «Questo però non significa che tu debba rinunciare alla tua vita. Puoi continuare a lottare per Lola e allo stesso tempo pensare a te stesso. Perché *tu* sei ancora qui».

Mi sforzo di annuire, nonostante avverta un improvviso bruciore in fondo alla gola. So quanto sia stata dura per loro, però c'è un particolare su cui mio padre si sbaglia.

Non credo di essere ancora qui. Non del tutto.

Mi sento come se una parte di me se ne fosse andata quando l'ha fatto lei.

«Lo so. Ti assicuro che sto bene». Allungo un braccio e appoggio la mano sulla sua, ancora sul ripiano. «Ora vado a mettermi qualcosa di asciutto e vedo se riesco a dormire. È stata una giornata stupida».

Lui si volta a guardare l'orologio sopra i fornelli. «Ma sono appena le sei».

«Lo so. Però prima di cambiarmi e di riuscire a rilassarmi passerà almeno un'altra ora. E hai ragione, negli ultimi tempi non ho dormito granché bene». Oltretutto, ho davvero bisogno di mettere una certa distanza tra me e quell'aria di preoccupazione sul suo volto.

Mi alzo e lui mi fa un cenno con la mano.

«Ah, aspetta. Quasi dimenticavo». Si avvicina al bancone, prende un sacchetto con il logo di un negozio di forniture per uffici e me lo lancia. All'interno ci sono due confezioni di cartucce per la stampante. «Per i tuoi volantini. Max ha detto di averti trovato davanti alla fotocopiatrice della biblioteca, quindi ho ipotizzato che la tua stampante fosse rimasta a corto di inchiostro. E così oggi mentre tornavo a casa ti ho preso un paio di cartucce».

Abbasso lo sguardo sul contenuto del sacchetto e mi sento gli occhi in fiamme. Il suo è stato un gesto così semplice, eppure lo percepisco come una mano gentile nell'oscurità. Il fatto che mi abbia comprato il necessario per portare avanti questa mia missione, soprattutto quando nessuno dei due crede che stia servendo a qualcosa, è il genere di sostegno incondizionato che sento di non meritare.

«Grazie», farfuglio, dopodiché lo abbraccio.

«Figurati». Mi stringe forte forte. «Ci manca, sai?», aggiunge. «Lola. Manca tanto anche a noi. Non sei da solo».

Lo abbraccio ancora un po' più stretto. Ho un nodo in gola che ormai sembra non volersi più schiodare da lì.

Dopo un minuto interminabile, Papà mi lascia andare. «Buonanotte, Drew».

«Notte, Papà». Giro i tacchi e salgo di corsa in camera mia.

"Lola manca tanto anche a noi…".

I miei genitori non si meritano un figlio così sconsiderato come me.

Se sapessero quello che ho fatto, non mi perdonerebbero mai.

Mi tiro via la coperta dalle spalle e chiudo la porta della camera da letto con un calcio, poi sospiro. Lascio cadere sul pavimento il sacchetto con le cartucce e scaravento la coperta verso il letto mentre accendo la luce.

Due cose avvengono nello stesso momento.

La luce illumina una figura seduta sul bordo del materasso.

E la coperta la colpisce in faccia.

Faccio un balzo all'indietro, lanciando un gridolino mezzo strozzato. La figura si toglie la coperta di dosso e io mi afflo-scio contro la porta. «Autumn?».

Lei si alza e scaglia la coperta sul pavimento, con le paillettes della felpa che attirano la luce e proiettano riflessi danzanti sul mio soffitto, dopodiché si mette le mani sui fianchi. «Non ti permettere di lanciarmi roba addosso!».

La fisso, con il cuore che mi martella in gola. Cioè, io per poco non me la facevo sotto dallo spavento... e lei è indignata perché è stata colpita da una coperta? Dopo che si è intrufo-lata in camera mia di nascosto?

«Che cazzo ci fai qui?», le chiedo, per metà gridando e per metà sussurrando.

«Sono a caccia di indizi», mi risponde, con un tono di voce un po' troppo alto.

Mi porto l'indice alla bocca. «Se non vuoi che mio padre ti becchi qua dentro, è meglio che abbassi il volume. Dubito che allo sceriffo farebbe piacere ricevere una sua telefonata».

Lei sussulta, poi abbassa la voce. «Come se te ne fregasse ancora qualcosa di quello che mi succede. Hai chiuso con me, ricordi?»

«Come sei entrata in camera mia?». Mi guardo intorno nella stanza. Tutto quello che c'era sulla mia scrivania è in completo disordine, la roba che tenevo sotto il letto è stata tirata fuori, le tasche di ogni mia singola felpa sono girate al rovescio e le ante della cabina armadio sono spalancate. Ci sono vestiti e scarpe sparpagliati ovunque. «E soprattutto, chi rimetterà a posto questo casino?».

Lei indica con il pollice la finestra alle sue spalle. «Mi sono arrampicata sull'albero qua fuori. Avevi lasciato la finestra soc-chiusa. E il casino è tutto tuo... puoi ritenerti fortunato che non mi sia portata anche un coltello per il materasso».

"Assassino".

Mi sento ribollire il sangue nelle vene. «Vattene fuori dalle palle».

Con estrema disinvoltura, Autumn stacca la mia lavagna dalla parete e la appoggia sulla sedia davanti alla scrivania, indicando gli indizi che ho raccolto nel corso della mia indagine come se fosse la presentatrice di un gioco a premi in televisione. I miei post-it sventolano per via della corrente d'aria che fuoriesce dalla griglia dell'impianto di climatizzazione, un po' come se mi stessero salutando. «Non finché non mi spieghi cosa cavolo è questa».

Merda.

Vedere le sue manacce sulla lavagna di Lola mi sembra una sorta di sopruso. Quella lavagna è mia. È il frutto di tutto il lavoro a cui mi sono dedicato mentre Autumn invece sprecava il suo tempo a lanciare accuse infondate.

Mi schiarisco la voce. «A te cosa sembra?»

«Mi sembra la bacheca raccapricciante di uno stalker».

Strappa dalla lavagna la foto di me e Lola al pontile e io mi fiondo in avanti per riprendermela. Ma lei la tiene lontana da me, verso la finestra. «È di quella sera? L'hai scattata tu? Prima di…». Si interrompe.

Le lancio un'occhiataccia. «Prima di cosa, Autumn?»

«Prima di fare quello che hai fatto».

«Ancora? Non ho fatto un bel niente a Lola!».

«Sei un bugiardo».

«E tu una criminale. E ora vattene da casa mia, prima che chiami tuo padre. Non sto scherzando».

Tutto il suo viso si colora di rosso. Solo che non è un rosso imbarazzato, bensì uno in pieno stile Autumn. Sintomo che sta letteralmente ribollendo di rabbia. «Ho anche le prove, quindi smettila di mentire».

«E allora dalle a tuo padre! E attenta a non inciampare giù per le scale, mentre te ne vai».

Lei sfodera un sorrisetto compiaciuto. «Gliele ho già date. Un paio di giorni fa, in effetti».

Sta dicendo una marea di stronzate. Non può che essere così. «Bella questa. Davvero. Peccato che, se avessi avuto qualcosa di utile, gliel'avresti già dato settimane fa».

«Vuoi che te lo dimostri?». Recupera il cellulare dalla tasca. Lo schermo si illumina e mi accorgo che stava registrando tutta la nostra conversazione. Ma non mi sorprende più di tanto. Con ogni probabilità, la piccola Sherlock qui presente pensava di indurmi a confessare per poi svignarsela dalla finestra con un triplo salto mortale all'indietro, o qualcosa del genere.

Scorre la lista dei messaggi vocali registrati sulla segreteria e preme il tasto "play" con il trasporto di una persona convinta di stare per rovinarmi la giornata.

Un singhiozzo familiare viene fuori dall'altoparlante. «Autumn?», esclama tra le lacrime Lola.

Una parte sostanziale di me si frantuma in mille pezzi.

«Questo è il momento peggiore per non rispondermi al telefono... Non crederai mai a quello che ha fatto Drew. Non posso... non ce la faccio nemmeno a... È uno stronzo. La persona peggiore del pianeta, cazzo. Non riesco a credere di aver passato così tanto tempo con lui. Non mi ha mai amata davvero. Non credo che sia capace di amare. È un maledetto mostro. Non riesco a credere che...». Un'altra ondata di singhiozzi riecheggia nella stanza. «Non ce la faccio più a sopportare tutta questa situazione. Tra lui e i miei genitori, io non... non ci riesco. Non ne posso più. Per favore, richiamami».

Il messaggio si interrompe e io mi accascio sulle ginocchia.

Cristo santo.

"Non credo che sia capace di amare".

Mi sa tanto che non riuscirò a tener giù la cena. Comincio ad avere dei conati di vomito, al che gli occhi di Autumn sembrano sul punto di schizzarle fuori dalle orbite, in netto contrasto con il faccino compiaciuto che ostentava pochi attimi fa. Dà un calcio al cestino accanto alla scrivania per avvicinarmelo e io me lo tengo davanti alla faccia per la seconda volta nel corso di questa settimana. Per fortuna, piano piano il mio stomaco si calma e alla fine il cibo decide di rimanere giù.

Ma allora è questa la loro nuova prova? È questo che ha permesso allo sceriffo di ottenere quel mandato di perquisizione per la mia auto? Che l'ha indotto a additarmi come ultimo sospettato plausibile? È questo messaggio il motivo per cui è convinto che l'abbia *uccisa*?

Indietreggio fino a quando le mie spalle non sbattono contro la porta, poi chino la testa. «Che cosa hai fatto?»

«Come sarebbe a dire che cosa ho fatto? Che cosa hai fatto *tu*, semmai!».

Il messaggio di Lola continua a riecheggiarmi senza sosta nel cervello. Non riesco a smettere di immaginarla mentre cammina lungo il ciglio della strada, singhiozzando al cellulare. La mia mente viene sopraffatta dal pensiero di tutti gli orrori che potrebbero esserle capitati. E tutto questo a causa mia.

«Non le ho fatto del male», ripeto.

«Non ti credo, cazzo. Hai sentito tu stesso cosa dice nel messaggio. Ti ha definito un mostro. Che cosa le hai fatto?».

Alzo lo sguardo, incrocio i suoi occhi azzurri indiavolati e le svelo la verità. «L'ho lasciata».

Autumn rimane a bocca aperta e io abbasso lo sguardo sulle mie mani. Un senso di vergogna invade ogni cellula del mio corpo.

L'ho lasciata. Ho lasciato Lola.

E questo potrebbe averla uccisa.

«Non è vero», mormora Autumn, così piano che a stento riesco a sentirla. «Non l'avresti fatto mai e poi mai».

La fulmino con lo sguardo. «Chiaro… però invece l'avrei uccisa?»

«Aspetta. Raccontami tutto».

È l'ultima cosa che vorrei fare, ma sono abbastanza certo che Autumn non se ne andrà finché non avrò vuotato il sacco, e ho tutte le intenzioni di essere da solo quando il dolore e i sensi di colpa per quel messaggio vocale mi mangeranno vivo.

Oltretutto, anche Autumn ha perso Lola. E mio padre aveva ragione, non sono da solo in questa situazione. Autumn sarà anche la persona che tollero di meno in questo momento, ma ha dovuto convivere con quel messaggio per settimane. I pedinamenti e le accuse hanno molto più senso adesso. Ciononostante, tappezzarmi l'armadietto di volantini con la scritta "assassino" è stato comunque un gesto da vera stronza.

Sospiro. «Aveva litigato…».

«Con i suoi genitori. Lo so già. Me l'aveva raccontato per messaggio mentre aspettava che tu la passassi a prendere», mi interrompe.

Annuisco. «Era ancora infuriata quando sono andato a prenderla. Voleva passare a comprare qualcosa da mangiare e poi andare al fiume. Perciò abbiamo preso un paio di hamburger e siamo andati al pontile. Una volta lì, prima si è sfogata per tutta la situazione con i suoi genitori, poi abbiamo riflettuto su come fare per racimolare i soldi che le servivano senza bisogno del loro aiuto. Mi ha detto che ero l'unico in grado di vedere le cose come le vedeva lei».

Ancora una volta il viso di Autumn diventa paonazzo e lei si lascia sprofondare sul bordo del mio letto. «Quindi, com'è logico, tu l'hai scaricata».

Mi merito tutto il sarcasmo che può scaraventarmi contro. «Non immaginavo che avrei finito per lasciarla, quando sono andato a prenderla. Ma poi lei per tutta la serata non ha fatto altro che uscirsene con piccoli commenti sul futuro. *Quando* andremo all'università insieme… *Quando* molleremo i nostri genitori e ci trasferiremo in una casa tutta nostra… *Quando* ci sposeremo… Sempre *quando*, come se fosse tutto già deciso. Come se io non avessi avuto alcuna possibilità di scelta. Mi sono sentito soffocare. Poi, al fiume, mi ha addirittura detto che non vedeva l'ora che diventassimo genitori, perché noi sì che avremmo aiutato i nostri figli a comprarsi la loro prima auto… e a quel punto sono andato nel panico più totale. Voglio dire, figli? I nostri figli? Ancora non ci siamo nemmeno diplomati… E, non lo so, ho solo avvertito il bisogno di un po' di spazio per respirare. Lei era lì che mi guardava con quei suoi occhioni grandi, e tuttora non so nemmeno cosa mi stesse dicendo di preciso, perché sentivo solo le orecchie che mi pulsavano. Finché di colpo non mi sono ritrovato a dirle che quella roba non era quello che volevo. E da lì tutto è degenerato in una litigata pazzesca. Io mi sono arrabbiato di brutto, le ho detto che non potevo più farle da cuscinetto per i suoi psicodrammi familiari. Che mi stava prosciugando fino all'ultima goccia di vitalità e che non ne potevo più».

Il volto di Autumn sbianca come un lenzuolo. «E lei allora è scesa dall'auto».

«Già, e lei allora è scesa dall'auto. L'ho pregata di lasciarsi accompagnare a casa, ma lei ha replicato dicendo che ormai non era più un mio problema, che se ne sarebbe tornata a piedi da sola. Poi mi ha accusato di essere alla ricerca di una scusa qualsiasi per mettere fine alla nostra relazione, ha aggiunto che di sicuro avevo già un'altra ragazza pronta a prendere il suo posto e se n'è andata come una furia».

«E tu ce l'avevi, quest'altra ragazza?»

«Certo che no!».

Autumn si massaggia la tempia. «Però l'hai lasciata andare via così».

Annuisco. «Ero fuori di me dalla rabbia. Non solo per il litigio, ma anche all'idea che mi ritenesse capace di tradirla. Me ne sono rimasto lì nel parcheggio per un po', a piangere e a prendermela con il volante. Ho provato a chiamarla tre o quattro volte, ma lei non mi ha mai risposto, e così dopo qualche tempo me ne sono tornato a casa. Non appena sono arrivato le ho telefonato di nuovo, poi ho controllato la sua posizione su Snapchat per vedere se era rientrata a casa sana e salva. Dall'applicazione risultava che era vicino a quel minimarket che c'è lungo la strada che costeggia il fiume. Ci è rimasta per tanto, tanto tempo, poi è sparita. Non ho chiuso occhio tutta la notte da quanto ero preoccupato per lei. Mi sono girato e rigirato tra le lenzuola senza sosta, ripensando a tutto: a come è iniziata la nostra storia, a quello che abbiamo passato... Mi sono reso conto che mi stavo comportando da vigliacco. Volevo rimediare. Ma non sapevo che ormai era troppo tardi. Il mattino dopo, quando ho telefonato a casa sua per sapere come stava, suo padre mi ha detto che la sua stanza era vuota».

«Oh, mio Dio». Autumn posa il cellulare sul letto, di fianco a sé. «È per questo che ti ha dato del mostro. È per questo che stava piangendo?»

«Sì».

«Se n'è andata via da sola, nel cuore della notte. Non le hai fatto del male».

La fisso.

«Va be', hai capito cosa intendo dire», aggiunge, alzando gli occhi al cielo. «Non le hai fatto del male dal punto di vista fisico».

«Certo che no. Non che tuo padre sia disposto a credermi, soprattutto ora, con quel messaggio in segreteria ad avvalorare la sua versione dei fatti».

Se non altro, Autumn ha la decenza di mostrare giusto un pochino di vergogna. «Mi dispiace. Quando mi ha detto che ormai avevano smesso di trattarlo come un caso di una persona scomparsa, non ce l'ho più fatta a tenermi dentro l'esistenza di quel messaggio».

«D'accordo, ma all'inizio perché l'avevi tenuto per te? Se pensavi che le avessi fatto del male, perché non hai raccontato a tuo padre del messaggio il giorno stesso in cui Lola è scomparsa? Perché hai aspettato?».

Lei alza le braccia al cielo. «Perché nel messaggio Lola diceva che non ce la faceva più. Tutti supponevano che fosse scappata, e io speravo davvero che fosse andata così. Ti odiavo per qualunque cosa le avessi fatto per sconvolgerla così tanto, ma non volevo credere che fossi davvero violento. Ero convinta che a un certo punto sarebbe ricomparsa con una storia incredibile, come se nulla fosse accaduto, che sarebbe stata messa di nuovo in punizione e la cosa sarebbe finita lì. Ma poi...».

«Non è tornata a casa».

«Esatto. Ho continuato a sperare, ma nel frattempo è passata una settimana. Poi due. Poi tre. Mi sentivo come se quel messaggio in segreteria potesse farmi scoppiare il telefono da un momento all'altro. Non riuscivo a smettere di pensarci. Ma ti conosco da una vita e, al contrario di quanto tu possa pensare, non volevo credere che tu avessi avuto qualcosa a che fare con la sua scomparsa. Oltretutto, confessare l'esistenza di quel messaggio sarebbe stato come ammettere che non sarebbe più tornata a casa, e io... non me la sono sentita di farlo. Poi però tu sei diventato così incline al conflitto, arrabbiato e distante, e mio padre ha pensato che stessi nascondendo qualcosa. Non lo so. Quando mi ha fatto sedere e mi ha detto chiaro e tondo che è raro che gli adolescenti scomparsi tornino a casa vivi a distanza di così tanto tempo, non potevo più giustificare il fatto di tenere quell'informazione per me».

Vorrei odiarla per non avermi parlato prima di tutto questo, ma non ci riesco. Si è ritrovata in una situazione impossibile, con prove di cui non sapeva cosa fare.

E detesto che sia rimasta da sola con questo fardello per così tanto tempo.

«Grazie», le dico a bassa voce. «Per il beneficio del dubbio. Lo apprezzo, anche se ormai è andato in fumo».

Autumn si alza e comincia a camminare avanti e indietro fra la finestra e la cabina armadio, passandosi le dita fra le ciocche rosse con aria frenetica. «Merda. Pensavo davvero... ero proprio convinta che tu sapessi più di quanto dicevi. Dove cazzo è, Drew?». Si gira verso di me, con le lacrime che le rigano il volto. «Che cosa le è successo?».

Mi si stringe il petto. «Non ne ho idea. Tutto quello che so è sul retro di quella lavagna, ma è davvero dura andare avanti con la consapevolezza di essere l'unico che ancora la sta cercando. Tutti quanti danno per scontato che sia scappata o che l'abbia uccisa io, cazzo».

Autumn fa una smorfia. «Se fosse scappata, a quest'ora si sarebbe fatta sentire. Almeno con me».

«Lo so. Ma se non è scappata e io non le ho fatto del male, allora non può che essere stata rapita da qualcuno. Qualcuno che le sta impedendo di telefonare a casa».

Lo sguardo di Autumn si perde nel vuoto e intuisco che sta immaginando il peggio. Dopo qualche attimo deglutisce a fatica, scrollandosi di dosso qualsiasi incubo le abbia sfiorato la mente. «D'accordo. Come posso aiutarti?».

Raddrizzo la schiena. «Che?»

«Dico sul serio. Dimmi cosa fare. Come facciamo a trovarla e allo stesso tempo a fare in modo che mio padre la smetta di starti con il fiato sul collo?».

Non so proprio cosa risponderle. Finora non ho fatto altro che affiggere volantini inconcludenti. Non sono certo quello che si potrebbe definire un esperto di "mosse successive".

All'improvviso il vetro della finestra si alza ed entrambi sussultiamo per la sorpresa. La testolina arruffata di Max fa capolino tra gli infissi, con un sorriso che va da un orecchio all'altro. «Ehilà!», esclama, dopo essersi intrufolato nella stanza.

Io scuoto la testa. «No, ma prego, entra pure. Unisciti alla festa».

Max sposta la lavagna sul pavimento e si accomoda sulla

sedia della mia scrivania. «Come va? Tuo padre mi ha detto che ti serve un passaggio domani mattina per andare a scuola. I poliziotti alla fine si sono presi la tua Trooper?»

«Sì, ma fammi capire… hai deciso di introdurti in casa mia per accertartene?».

Ride. «Ho provato a chiamarti, ma mi sa che hai il cellulare in modalità silenziosa, o qualcosa del genere».

«Quindi, a rigor di logica, il tuo passo successivo è stato quello di entrare dalla finestra?», chiede Autumn. «Non hai mai sentito parlare di una porta d'ingresso?»

«Il bue che dice cornuto all'asino», borbotto tra me e me.

Lei mi fulmina con lo sguardo. «Non ti permettere».

«Perché, sei entrata dalla finestra anche tu?», le domanda Max.

«Be', sì, ma non è mia abitudine».

«Davvero? Io invece lo facevo sempre. Allora, come siamo messi? Andiamo alla ricerca di Lola o cosa?».

Tiro su entrambe le mani per interromperli. Questa conversazione mi sta facendo girare la testa. «Un momento. Che?».

Max distende le lunghe gambe, incrocia le caviglie una sull'altra e si porta le mani dietro la nuca. «Ti ho sentito mentre ero ancora sull'albero. Hai detto di essere l'unico che sta ancora cercando Lola, giusto? Be', rimediamo. Io ci sto».

«Ci stai… a fare cosa?»

«Questo, scemo», mi risponde allora Autumn, riprendendo la lavagna con le mie indagini da terra e appoggiandola alla testiera del letto. «Ci sto anch'io. Troviamo Lola».

Mi passo le dita tra i capelli. «Cioè, cinque secondi fa mi ritenevi uno stronzo e un pezzo di merda e ora vuoi che uniamo le forze? Stamattina sei addirittura arrivata a scrivermi "assassino" sull'armadietto, che diamine».

Fa una smorfia. «Mi dispiace tanto. Ma fino a cinque minuti fa era molto probabile che fossi un mostro. Ora invece abbiamo appurato che sei solo un ex fidanzato di merda che sta cercando di rimediare ai suoi errori».

Sentire la parola "ex" in quella frase mi fa rabbrividire. Però è quello che sono, accidenti.

Scaccio dalla mia mente quel pensiero così sgradevole. «Va

bene… ma come facciamo a trovarla? Affiggiamo altri volantini?».

A Max sfugge una risata. «Certo, come no, perché finora è stato utilissimo».

«Non è che avessi molte altre opzioni. E poi, guardate che i volantini sarebbero stati utili eccome se qualcuno avesse chiamato per riferire informazioni sensate», replico, cercando di non brontolare troppo.

«E che mi dite delle registrazioni delle segnalazioni telefoniche inviate alla linea di emergenza ufficiale? Il numero appare ancora su tutti i telegiornali ogni volta che mostrano una sua foto», riprende Max, stringendo il pugno e usandolo a mo' di microfono immaginario. «Se vedete questa ragazza o avete qualsiasi informazione su dove possa trovarsi in questo momento, siete pregati di chiamare il 503 bla bla bla».

«Sì, certo, ma come dovremmo fare a consultare quelle registrazioni? Finiscono tutte dritte nell'ufficio di mio padre», ribatte Autumn, ficcandosi le mani nelle tasche della felpa sbrilluccicante. «E poi, che cosa potrebbero dirci? Lola è scomparsa da troppo tempo. Ormai sono tutte informazioni vecchie, e mio padre ha già parlato con tutti coloro che l'hanno vista quella notte».

«Le comunicazioni più recenti potrebbero comunque rivelarsi utili», replico io. «La linea di emergenza ufficiale avrà avuto maggiore visibilità nel frattempo grazie alla copertura mediatica, e sono sicuro che Roane non si starà tenendo al passo con le nuove segnalazioni, se adesso tutta la sua attenzione si è spostata solo su di me».

«E se chiedessimo a mio padre di riesaminare quelle più recenti?», chiede Autumn. «Posso dirgli che mi sono sbagliata riguardo al messaggio in segreteria».

Io alzo gli occhi al cielo. «Sì, giusto. Sono sicuro che un improvviso cambio di opinione da parte della figlia adolescente basterà a convincere un autorevole ufficiale delle forze dell'ordine a rivoluzionare del tutto la direzione delle proprie indagini. Magari puoi anche dirgli che sono della Bilancia e che il mio segno zodiacale è rinomato per la diplomazia, non per l'omicidio».

Mi lancia uno sguardo torvo. «Sei un idiota».
«Sono comunque meno idiota del tuo piano».
«Io ne avrei uno migliore», interviene Max, lasciandosi andare contro lo schienale. Le gambe anteriori della sedia si sollevano dal pavimento e lui per poco non ruzzola all'indietro prima di recuperare l'equilibrio. Poi riprende a parlare come se non fosse successo nulla. «Dovremmo scavalcare Roane e ascoltarle con le nostre orecchie».
«E come proporresti di fare?», domanda Autumn.
Max sogghigna, e già così capisco che non mi piacerà affatto la sua idea.
«Semplice: intrufolandoci nella stazione di polizia».

Capitolo 12
Drew

Ci siamo. Questa è la volta buona che mi faccio arrestare sul serio.

Mi guardo allo specchio del bagno e sospiro. Sono ridotto a uno straccio. Borse sotto gli occhi. La pelle di un colore che farebbe rabbrividire uno zombie. Striature di un rosso indiavolato che mi solcano il bianco degli occhi.

Ieri sera, alla fine, quei due svitati non se ne sono andati dalla mia stanza fino a quasi le undici. È un mezzo miracolo che i miei padri non li abbiano sentiti calarsi giù per il muro laterale della casa. Dopodiché non ho quasi chiuso occhio. Non riuscivo a smettere di ripensare al piano di Autumn.

Sembrava molto più solido ieri sera, quando c'erano ben ventiquattro – preziosissime – ore di margine prima di doverlo mettere in pratica. Per la sua esecuzione, è fondamentale che lo sceriffo sia di turno di notte, e stasera lo sarà. Adesso, però, sto mettendo in dubbio la nostra sanità mentale collettiva.

Stasera mi aspettano due risultati possibili: o farò un enorme passo avanti verso Lola, oppure mi farò sbattere in galera.

Tiro fuori il cellulare dalla tasca per controllare che ore sono. Quasi le dieci. Impreco sottovoce. Max dovrebbe venirmi a prendere all'inizio della strada tra circa cinque minuti. Mi sciacquo il viso con una bella spruzzata d'acqua fredda, poi sento bussare alla porta del bagno.

«Tutto bene lì dentro, *hijito*?», mi chiede Papito.

Merda. Mi strofino per bene la faccia con un asciugamano, sperando che l'attrito riesca a infondermi un po' di colore al volto prima che lui si preoccupi. «Sì, mi sto giusto preparando per andare a letto».

Apro la porta e lo trovo ad aspettare pazientemente nel corridoio. Mi sorride e io mi sforzo di ricambiare. «Ti serviva il bagno?».

Lui scuote la testa e si scompiglia i capelli scuri. «No, no. Volevo solo sapere come stavi. Non ci siamo visti molto in quest'ultimo paio di giorni. Anzi, in queste ultime settimane…».

«Lo so, è la stessa cosa che mi ha detto anche Papà. Ho solo bisogno di un po' di tempo».

«Prenditi tutto il tempo che ti serve. Ma sappi che io sono qui se hai bisogno di me, capito?». Il suo sguardo è triste, nervoso e determinato allo stesso tempo. Come se volesse dire molto di più e gli stesse costando un vero e proprio sforzo fisico trattenere le parole. Sostenermi senza farmi mille domande, darmi spazio anche se nel frattempo vuole assicurarsi che non svanisca anch'io.

Lo abbraccio. Lui mi stringe così forte da farmi male alle costole, ma non dico nulla. Lascio che rimanga aggrappato a me per tutto il tempo di cui ha bisogno e mi allontano solo quando lo fa anche lui.

«Non preoccuparti, Papito. Sto bene. Te lo giuro».

Le sue spalle si rilassano un po'. «Ti va di parlare?»

«Non ancora. Ma lo farò».

"Una volta finito di fare cose che tu disapproveresti", penso.

«Va bene. Però… non dimenticarti che sei fatto di speranze e di sogni, *hijito*. Ti abbiamo desiderato per tanto tempo. Io sono qui. Per qualsiasi cosa tu abbia bisogno».

Mi si stringe la gola in una morsa e non riesco a fare altro che annuire.

Lui mi dà una pacca sulla spalla e si avvia verso le scale mentre io mi infilo nella mia stanza.

«Buonanotte, tesoro mio», mi augura. Anche Papà mi grida la buonanotte dal piano di sotto.

«Buonanotte», rispondo io, sforzandomi di reprimere i sensi di colpa per tutto ciò che sto nascondendo ai miei genitori. Non posso rimuginarci adesso. Non ne ho proprio il tempo materiale.

Chiudo la porta della mia camera, mi tiro su il cappuccio e mi assicuro che il cumulo di cuscini sotto le coperte assomigli a una versione di me che dorme rannicchiata. Ho sempre pensato che fosse un cliché, questa storia dei cuscini che simulano una persona sotto le coperte. Ma se i miei dovessero sbirciare nella mia stanza, dev'esserci per forza qualcosa nel mio letto, altrimenti sono fottuto. Suppongo che ci sia un motivo valido, se questo stratagemma è diventato un classico.

Spengo la luce ed esco dalla finestra. Il freddo mi fa male ai polmoni e il mio respiro dà vita a una nuvoletta di condensa. Abbasso il vetro della finestra alle mie spalle e rimango in equilibrio sulla grondaia sopra la finestra della cucina. Mi scivolano un po' le scarpe sulle tegole ricoperte di brina, ma alla fine riesco a calarmi giù e ad atterrare nel giardino sul retro senza fare troppo rumore.

Quando giro l'angolo e proseguo lungo la fiancata della casa, scorgo Max nella sua Liberty, fermo all'incrocio, e mi chiedo se mi lascerà guidare. Poi, però, a mano a mano che mi avvicino, mi accorgo che il posto di guida è vuoto. Lui è sul sedile del lato passeggero, con i piedi appoggiati sul cruscotto.

Salgo e lo guardo con un sopracciglio inarcato.

Lui fa spallucce. «Sapevo che avresti voluto guidare, perciò mi sono spostato prima che tu potessi rompermi le scatole».

«Sapevi che avrei voluto guidare?»

«Certo. Già hai problemi a tenere a freno le tue manie di controllo in una giornata normale, figuriamoci quando stiamo per fare qualcosa di stupido».

Be', direi che non ha tutti i torti. «Però. È come se mi conoscessi, o qualcosa del genere».

Mio cugino si mette a ridere. «Già... "o qualcosa del genere"».

Solo Max poteva strapparmi un sorriso in una notte come questa.

Quando imbocco la via di casa di Autumn, ogni traccia di ilarità viene meno.

Cazzo. Non ci posso credere che stiamo per fare una cosa simile.

La casa di Autumn è un ranch verde scuro che si sviluppa tutto su un piano, con ampie finestre e un prato secco e incolto. La sua vecchia Volkswagen ammaccata è parcheggiata sul vialetto di ghiaia. Accosto dietro la sua macchina e intravedo lei che cammina avanti e indietro per il portico, nervosa, con la sua felpa sbrilluccicante.

Sale dietro senza dire una parola, prende posto sul sedile centrale e si allaccia la cintura. Parto prima che qualcuno di noi possa tirarsi indietro e rinunciare al nostro piano… me compreso.

Cerco di non voltarmi a guardare la casa di Lola quando arriviamo allo Stop, ma non riesco a trattenermi. Stasera tutte le luci sono spente, fatta eccezione per quella della sua camera.

«Non la spegneranno mai, quella luce», commenta Autumn. «Le lampadine si fulmineranno e loro continueranno a sostituirle ancora e ancora, finché non avranno cent'anni a testa».

La guardo dallo specchietto retrovisore e la vedo asciugarsi una lacrima dalla guancia.

L'atmosfera nell'auto cambia.

Max si siede più dritto. Io stringo la presa sul volante. Autumn si abbassa il cappuccio e la sua espressione diventa d'acciaio.

«La spegneranno quando la troveremo», afferma Max.

«Giusto», gli faccio eco io. «E ora ripassiamo il piano un'altra volta. Non possiamo permetterci di sbagliare».

«Okay. Fase uno. Sentiamo».

«Voi due mi lasciate al parco», comincia Max. «Io aspetto fino alle dieci e mezza, poi chiamo il 911 da una vecchia cabina telefonica. Avverto che c'è un tizio inquietante che insegue una donna nel parco, poi urlo come una fragile vecchietta e riattacco».

Cerco di non sorridere. La parte in cui Max "urla come una fragile vecchietta" è nuova.

Autumn alza gli occhi al cielo. «Trattandosi del turno di notte, la telefonata farà sì che i due agenti in servizio escano dalla stazione di polizia. Così, con meno occhi in giro, dovrebbe essere più facile spostarsi per l'ufficio. Max, quei due prenderanno la volante e gironzoleranno nei dintorni del parco per un po', quindi dovrai svignartela da lì».

Lui annuisce. «Ricevuto. Tornerò subito verso la macchina e me ne starò nascosto».

«Sappi che parcheggerò un isolato prima della stazione», lo informo.

«Io, invece, nel frattempo, entro e distraggo mio padre», interviene Autumn. «Quando è al lavoro non risponde mai al cellulare personale, e stasera l'ho già chiamato sei volte per dirgli che non mi ricordo la password del wi-fi, che il caricabatterie del portatile è scomparso e che mi si è bloccato Netflix. Lo trascinerò fuori dal suo ufficio e mi lamenterò fino a fargli cadere le orecchie, dando a Drew la possibilità di intrufolarsi senza farsi vedere».

Annuisco. «Io entro, scarico le registrazioni delle segnalazioni dal suo computer, sgattaiolo di nuovo fuori e poi ci rivediamo tutti alla Liberty».

Autumn si sporge in avanti, ficcando il nasino appuntito nello spazio tra i sedili anteriori. «L'ultima volta che sono stata nel suo ufficio, c'erano varie cartelle di casi ancora aperti nella parte alta del desktop. La cartella "Scott.L" era proprio al centro. Le segnalazioni registrate sulla linea di emergenza dovrebbero essere lì, ma gli arrivano pure via email, quindi potresti trovarle anche nella cartella dei download. La password del suo computer è la data di nascita di mia madre: ventotto, dodici, millenovecentosettantasei. Con un punto tra i vari numeri e senza spazi. Te l'ho già mandata via messaggi, così non te la dimentichi».

La fisso di nuovo dallo specchietto retrovisore, a bocca aperta. «Cavolo, Autumn, fai proprio sul serio».

Lei si stringe nelle spalle. «Sono della Vergine. Sono sempre pronta a tutto».

Non so se stia rincarando la dose per la battutina che avevo fatto sul segno della Bilancia o se ne sia davvero convinta.

Ci fermiamo a un semaforo rosso. Il parco è più avanti, sulla sinistra. La stazione di polizia è a quattrocento metri di distanza.

Max guarda fuori e si sgancia la cintura di sicurezza. «Io scendo qui. Tanto comunque siamo l'unica macchina in circolazione a quest'ora. Buona fortuna. Ci vediamo dopo».

Recupera qualche spicciolo tra le cianfrusaglie che riempiono il portabicchieri e poi sfreccia dall'altra parte della strada. Tutt'a un tratto, vederlo scappare via da solo mi fa pensare ancora una volta a quanto questa sia una pessima idea.

«Il semaforo è verde, Drew».

Premo sull'acceleratore. Non possiamo tirarci indietro adesso.

Sono le 22:25. Max telefonerà tra cinque minuti esatti.

Mi tremano le mani mentre accosto in uno dei tanti posti liberi che ci sono dietro l'angolo rispetto alla stazione di polizia e parcheggio la Liberty.

Autumn apre la portiera. «Aspetta di vedere la volante allontanarsi, prima di venire alla porta d'ingresso. Io mi metterò a braccia conserte quando avrai via libera per l'ufficio».

Detto ciò, sparisce anche lei.

Mi strattono il girocollo della felpa. Sta succedendo tutto così in fretta. Se mando tutto a rotoli, sia Max che Autumn potrebbero ritrovarsi invischiati nei miei casini, e sarebbe colpa mia al cento per cento.

Chiudo gli occhi.

Calmati, Drew.

Rilasso le mani e mi lascio andare contro lo schienale del sedile. Posso farcela. Non mi farò beccare. E nemmeno Max e Autumn. Siamo adolescenti furtivi e scaltri. Se c'è qualcuno che può farla franca, quelli siamo noi.

Un lampo di luci blu e rosse illumina l'incrocio davanti a me. Una volante della polizia esce con un sobbalzo dal parcheggio della centrale e scompare lungo la strada. Io salto fuori, chiudo a chiave la macchina e controllo il cellulare per vedere che ore sono.

Le 22:32.

I poliziotti se ne sono andati. Max starà tornando. Autumn è già dentro.

È ora di passare all'azione.

Le mie dita tastano la chiavetta USB che ho in tasca e la stringono forte. I bordi di plastica dura mi si conficcano nella mano. Senza questa, sono finito.

Ci sono giusto due auto nel parcheggio: la volante di Roane e un SUV bianco da cui, l'ultima volta che mi hanno portato qui, ho visto scendere una graziosa segretaria.

Merda. La segretaria. Perché è al lavoro a quest'ora?

Sbircio oltre la porta di vetro a due battenti ed esamino l'androne.

La sua postazione consiste in una grande scrivania semicircolare a non più di cinque metri dalla porta d'ingresso. Sulla sinistra ci sono i bagni e una nicchia con un paio di macchinette del caffè. Dietro ci sono soprattutto scrivanie, mentre lungo la parete in fondo e quella sulla destra si susseguono gli uffici speciali. Quello dello sceriffo Roane è il primo, quasi accanto alla postazione dell'accettazione.

Autumn è in piedi vicino alle macchinette del caffè con suo padre. Roane è girato di spalle, con una postura rigida che lascia intendere senza mezzi termini che l'ultima cosa che vorrebbe è sorbirsi la sceneggiata della figlia, e cavolo se capisco come si sente. Non che non si meriti qualsiasi critica Autumn gli stia scagliando contro. Le braccia le pendono lungo i fianchi e, qualsiasi cosa gli stia dicendo, viene fuori con un tono sommesso e arrabbiato. Non sento neanche una parola da dietro il vetro, ma il suo volto trasuda collera.

Devo aspettare.

La segretaria invece è seduta alla sua postazione, ma non mi ha ancora visto. È originaria dell'Alabama, o giù di lì. Non mi ricordo come si chiama. Forse non l'ho mai saputo. Credo che qualcuno mi abbia raccontato che aveva sposato un tizio di queste parti ai tempi dell'università.

Si scosta una ciocca dei lunghi capelli scuri dietro l'orecchio e, strizzando gli occhi, fissa lo schermo di fronte a sé. Qualcosa nel suo portamento mi fa pensare che non se ne starebbe con le mani in mano se le causassi qualche problema. Alla faccia della camicetta di pizzo.

All'improvviso si alza e io faccio un balzo indietro.

«Sceriffo Roane», chiede, «posso portarle un'altra tazza di caffè?».

Lui si volta e scuote la testa. «No, grazie, Savannah. Sono a posto così. I ragazzi però potrebbero volerne un po' quando rientreranno».

«Certo, in effetti fa proprio freddo fuori. Vado a mettere su un'altra caffettiera, allora», osserva lei, solo che invece di dirigersi verso Autumn e lo sceriffo, si incammina verso una delle porte in fondo. Devono avere un'altra saletta ristoro là dietro.

Ma la cosa più importante è che si è allontanata dalla sua scrivania.

Roane allora si volta di nuovo verso Autumn, mettendosi le mani sui fianchi. Lei invece si mette a braccia conserte. Ecco il mio segnale. Sguscio dentro e infine la loro conversazione giunge alle mie orecchie.

«Come sarebbe a dire che internet si è *rotto*?», domanda Roane. «Come può essersi *rotto*?»

«E io che cavolo ne so? Fatto sta che… ha smesso di funzionare. Lo sapresti, se avessi risposto anche solo a una delle mie chiamate».

«Autumn. Te l'ho già detto. Non posso rispondere a un mucchio di telefonate personali. Sono al lavoro».

«E io sono bloccata a casa senza connessione. Sto impazzendo».

Sgattaiolo attraverso l'androne il più in fretta possibile. Per fortuna la moquette vecchia e piatta attutisce i miei passi.

«Non ho tempo per queste sciocchezze», afferma Roane. «Ho un milione di cose da fare, tutte più importanti che stare qui a discutere con te di internet».

«Aspetta, vediamo se ho capito bene: quindi il tuo lavoro è più importante di tua figlia? Wow. Finalmente l'hai ammesso, se non altro».

«Santo Dio», borbotta lui.

E in effetti…

Non capisco se Autumn stia improvvisando, inventandosi tutto di sana pianta, o se invece stia dando sfogo a una vera e propria frustrazione repressa, tutta a nostro beneficio. Ma in ogni caso funziona, e così riesco a intrufolarmi nell'ufficio di Roane.

Questa stanza è composta al sessanta percento da legno dalle sfumature rossastre e al quaranta percento da pelle nera. Persino le pareti sono rivestite di pannelli in legno. Magari Roane aspirava a ottenere un'atmosfera sofisticata, che ricordasse un'aula di tribunale, ma a me sembra più il salotto di un nonno. Tra l'altro, c'è pure puzza di cibo cinese stantio, qui dentro.

Supero le poltrone nere di fronte alla sua imponente scrivania da grande capo e scosto la sedia da ufficio che c'è dietro. Accanto alla targhetta con il nome e a un migliaio di penne tutte diverse, ci sono foto di Autumn, di sua madre e di un animaletto domestico morto da tempo. Agito il mouse e lo schermo si illumina, propinandomi la casellina in cui inserire la password.

Tiro fuori il cellulare e apro la chat con Autumn.

Figlia di Satana: 28.12.1976.
Figlia di Satana: Niente spazi. Solo punti. In bocca al lupo!

Forse dovrei cambiare il nome con cui l'ho salvata in rubrica.

Digito la password e mi appare la schermata iniziale del desktop. Non senza difficoltà, recupero la chiavetta USB dalla tasca. Mi scivola tra le dita e si schianta sulla scrivania, sbattendo contro tre penne e un grosso fascicolo rosso prima che io la riprenda.

Rimango paralizzato e mi sento il cuore, già in fibrillazione, schizzarmi fino in gola. Mi aspetto quasi che Roane o Savannah arrivino di corsa per aver sentito il rumore, con le manette pronte. Ma la scrivania dell'accettazione è ancora deserta. Mezzo secondo dopo, Autumn sbraita: «Ho il ciclo, cazzo, che cosa vuoi da me?», per poi scoppiare a piangere.

Sono salvo ancora per qualche minuto.

Diamine, riuscirebbe a tenerlo impegnato fino alla fine del turno, se lo volesse davvero. Se non dovesse avere successo nel mondo della moda, dovrebbe darsi alla recitazione. Conquisterebbe Hollywood, un film tragicomico dopo l'altro.

Trovo la cartella di Lola nel bel mezzo del desktop, proprio dove aveva detto Autumn, e la apro con un clic. Lo schermo viene invaso da una miriade di informazioni. File con dichiarazioni, foto di dove hanno trovato il suo telefono, foto della mia Trooper… tutte le prove che hanno raccolto dal momento in cui è stata denunciata la sua scomparsa. C'è persino la denuncia originale, compilata dal padre la mattina dopo.

I miei occhi sfrecciano a leggere tutto, ma sono costretto

a ricordarmi che non è per questo che sono venuto fin qui. Scorro l'intero contenuto della cartella, ma non trovo neanche l'ombra di una registrazione, e comunque la maggior parte del materiale riguarda me. Il brutto fidanzato cattivo. Nessuna delle informazioni si spinge al di fuori di Washington City.

Quindi passo ad aprire la cartella dei download. Solo negli ultimi dieci giorni sono stati scaricati circa duecento elementi, e io sto cercando ben cinque settimane di registrazioni. Perciò potrei avere oltre un migliaio di download da passare al setaccio.

La pressione rischia di farmi scoppiare una vena nel collo, giuro.

Clicco sulla barra di ricerca e digito "Lola", ma Roane non ha salvato le registrazioni con questo nome. Riprovo con il nome della cartella, ma neanche così trovo qualcosa.

«Ho appena messo su un'altra caffettiera», esclama Savannah uscendo nella stanza principale. «Tu vuoi qualcosa, Autumn?».

Porca miseria, sto esaurendo il tempo a mia disposizione.

«Non è che ci sarebbe un po' di cioccolata calda?», risponde lei.

Sento i passi di Savannah che se ne torna verso la saletta ristoro.

Cazzo, mi sono salvato di nuovo. Se ne usciamo indenni, mi toccherà comprare una macchina a quella ragazza. Diamine, può prendersi la mia non appena me l'avranno ridata.

Mi concentro di nuovo sui file scaricati negli ultimi giorni: se ne trovo anche solo uno di quelli che mi servono, magari riuscirò a scovare pure gli altri usando quello stesso nome. Faccio scorrere il cursore del mouse sui risultati, cercando qualunque elemento classificato come MP4 o comunque riproducibile in qualsiasi altra modalità. Non ho idea di quale formato sto cercando.

Boom. Eccolo.

S.L.29.09E

Scott, Lola e la data in cui è scomparsa.

Faccio una ricerca per "S.L." e trovo cinque elementi in

totale: S.L.29.09A, S.L.29.09B, S.L.29.09C, S.L.29.09D e S.L.29.09E. Cinque file per cinque settimane.

Li seleziono e li trascino tutti sulla finestra della chiavetta USB aperta sul desktop, dopodiché attendo, senza la benché minima pazienza, che finiscano di essere copiati.

La finestra notifica con un sussulto il completamento dell'operazione. Rimuovo la chiavetta e mi disconnetto dall'account, rimettendomela in tasca. In pratica fremo dalla voglia di consultarne il contenuto. Qualcosa lì dentro potrebbe dirmi dov'è Lola.

Il monitor si spegne e io rimetto a posto la sedia della scrivania mentre Roane, nell'androne, alza le braccia al cielo. «No, Autumn, adesso basta. Devi tornartene a casa. Domani mattina darò un'occhiata al modem, e intanto per stasera ti ordino una pizza a domicilio, ma per il momento non posso starti dietro. Ho troppe cose per la testa».

Una serie di passi pesanti diretti verso l'ufficio mi costringe a nascondermi dietro la scrivania.

Cazzo... Cazzo, cazzo, cazzo.

«Che tipo di pizza?». La voce tutt'a un tratto incrinata di Autumn è il primo segno che ha perso le redini della situazione. Questa è la sua ultima spiaggia. Devo svignarmela da qui.

Sbircio oltre la scrivania, soppesando le possibili alternative. Roane è girato di spalle, ma si trova tra me e l'uscita.

Come cavolo dovrei fare a...

All'improvviso qualcosa si muove fuori dalla finestra e io per poco non me la faccio nei pantaloni, porca miseria. È Max che, in preda al panico, schiaccia il volto contro il vetro.

Tolgo il fermo alla finestra e cerco di tirare su il vetro con uno strattone, ma quello si blocca dopo qualche centimetro. Mi accovaccio. «Che cosa ci fai qui?», gli sussurro.

«Secondo te? Sono venuto a vedere se era tutto a posto! Anche perché hai chiuso la macchina a chiave, e qui fuori fa un freddo cane. Sbrigati, andiamo».

Peccato che non so proprio come fare. Roane è nel bel mezzo di un battibecco con Autumn a proposito dei condimenti della pizza. Non posso uscire da dove sono entrato senza essere visto. E, a meno che non voglia rischiare di fare un sacco di rumore, nemmeno la finestra è un'opzione di fuga percorribile.

Almeno per me.

Tiro fuori dalla tasca la chiavetta USB e la passo a Max, insieme alle chiavi della sua auto. Il minimo che possa fare è assicurarmi di non essere colto in flagrante con le prove. «Vai e aspettami in macchina. Se non sono fuori nel giro di dieci minuti, vattene senza di me».

«Ma che...».

Chiudo la finestra malgrado le sue proteste e gli indico la Liberty. Lui rimane immobile dietro il vetro per altri due secondi, poi borbotta qualcosa che ha tutta l'aria di essere un "ti odio", e per finire si allontana pestando i piedi.

Io rimetto a posto il fermo, scappo via dalla finestra e mi fiondo verso una delle poltrone di pelle di fronte alla scrivania, lasciandomi sprofondare sulla seduta come se fossi rimasto qui ad aspettare per ore. Sento il mio stesso battito cardiaco rimbombarmi nel collo, e così abbasso il mento per nasconderlo.

«E va bene, Autumn, d'accordo. Tutto quello che vuoi. Vada per una pizza con il salamino piccante vegano, ma sappi che io non la mangerò se avanza, quindi te ne ordino una piccola», brontola Roane mentre sta per rientrare nel suo ufficio. Poi mi vede e si ferma sulla soglia.

Gli sorrido. «Spero di non aver interrotto nulla, sceriffo».

Capitolo 13
Mary

Giorno 3

La doppia dose di Benadryl mi mette al tappeto ancora più in fretta stavolta. Mi sveglio con la fronte schiacciata contro il finestrino del lato passeggero e noto una nuvoletta di condensa che dalla mia bocca si espande sul vetro. Il furgone avanza, non senza qualche scossone, lungo una stradina sterrata e io osservo gli alberi che ci circondano, sbattendo le palpebre.

Siamo già di ritorno su per la montagna.

Mi strofino gli occhi per scacciare via la sonnolenza residua, poi mi gratto di nuovo il collo. La nuvoletta è svanita dal finestrino, ma con aria assente asciugo comunque la poca condensa rimasta sul vetro con il berretto, che mentre dormivo mi è scivolato giù dalla testa. Poi lo metto via nella tasca della giacca.

«Come ti senti?», mi chiede Wayne, senza distogliere l'attenzione dalla strada.

«Stanca. E ho prurito. Ma un po' meglio, credo».

Lui annuisce. «Mi dispiace davvero tanto. Non so proprio come scusarmi».

Gli sorrido, però non dico nulla in risposta, perché ancora non capisco come sia potuto accadere. Come ha fatto a dimenticarsi a cosa sono allergica? Come ha fatto a guardare il piatto che avevo davanti quella mattina a colazione, con le fragole e le uova fianco a fianco, e a non sapere subito quale delle due mi stava facendo sentire male?

Com'è possibile che un padre non si ricordi cosa potrebbe uccidere la propria figlia?

Ma soprattutto, anche ammesso che in quel momento si fosse confuso – e con lo stress di tutto quello che è successo nell'ultimo paio di giorni, suppongo che non sarebbe uno scenario così inimmaginabile – com'è possibile che non gli sia scattato in mente neanche mezzo campanello d'allarme quando mi ha sentito ordinare quel frullato alla fragola oggi pomeriggio?

Nulla di tutto questo ha un senso, e la trovo una conclusione disorientante a una giornata che, altrimenti, avrei definito positiva. Finalmente mi sembrava di essermi fatta un'idea più nitida di me stessa, e invece ora è di nuovo tutto confuso.

Lui si gira a guardarmi, con l'aria di uno che sta aspettando che io dica qualcosa.

«Sono cose che capitano, no?». Eppure, mi sa che lo sto dicendo più a me stessa che a lui.

Il suo volto si intristisce. «Penso di sì».

La strada davanti a noi torna rettilinea e, dopo un po', intravedo la baita che fa capolino fra le chiome degli alberi, apparendo e scomparendo dalla mia vista.

Wayne sospira. «Casa dolce casa».

Rallenta per imboccare il vialetto e nel frattempo, da dietro un angolo poco più avanti, sbuca fuori un tizio. Un vecchietto con un cappellino da baseball a scacchi e un gilet blu imbottito. Si dirige proprio verso di noi, con un sorriso smagliante che sembra quasi illuminare la strada. A un certo punto si sbraccia e Wayne borbotta qualcosa tra sé e sé, lanciando un'altra occhiataccia allo scollo a "V" che si intravede sotto la mia giacca.

Il furgone si ferma con uno stridore di pneumatici a neanche trenta centimetri di distanza dai gradini davanti alla porta della baita.

«Perché tu intanto non cominci a entrare?», mi suggerisce Wayne, sganciandomi la cintura di sicurezza con un movimento secco. «Io nel frattempo vado a vedere cosa vuole quel tizio».

Mi volto a guardare lo sconosciuto. È arrivato in fondo al vialetto e si è fermato lì ad aspettare, con le mani nelle tasche del gilet.

«Ma chi è?»

«Non lo so. Un vicino, forse? Sembra cordiale».

Allora perché devo entrare? Per evitare che mi veda la clavicola? Urca, che scandalo. E poi… in che senso *forse* potrebbe essere un vicino di casa? Se è vero che veniamo qui così spesso, Wayne non dovrebbe sapere chi abita nei dintorni e chi no?

Scendo dal furgone.

Non appena appoggio un piede a terra, il vecchietto incrocia il mio sguardo e tira fuori una mano dalla tasca per rivolgermi un piccolo cenno di saluto. «Buon pomeriggio».

Wayne chiude la portiera del lato guida e riappare dal retro del furgone qualche istante dopo, intento a infilarsi la giacca. I suoi passi pesanti rimbombano nella quiete. «Buon pomeriggio. Posso aiutarla?».

Il vecchietto sorride di nuovo. Ha alcuni ciuffetti di capelli grigi che gli fanno capolino da sotto il berretto e un paio di occhiali da vista appesi al taschino del gilet. Il suo volto è segnato da rughe profonde come canyon. Sono belle, però. Di quelle che lasciano immaginare che abbia trascorso decenni a sorridere.

«A dire il vero no, non mi serve nessun aiuto», risponde, tendendo una mano a Wayne. «Volevo solo presentarmi. Mi chiamo Ben Hooper e abito su questa stessa strada, più o meno quattrocento metri più su rispetto a voi».

Indica la direzione opposta rispetto a quella da cui siamo venuti.

Wayne si schiarisce la voce e gli stringe la mano. «Piacere, Ben. Io sono Wayne».

Ben allora sposta la sua attenzione verso di me. «E tu chi saresti, cara?».

Non ho bisogno di voltarmi verso Wayne per sapere che i suoi occhi si fissano su di me. Il suo sguardo è più pesante di quella coperta a maglia pruriginosa che tiene sul divano. «Lei è mia figlia, Mary».

«Tanto piacere di conoscerti», risponde Ben, con una dose di solarità ed entusiasmo che credo di non aver mai visto in nessun'altra persona al mondo. Emana una spensieratezza, una disinvoltura e una felicità tali che mi provocano una scarica di tristezza.

Io non saprei proprio come fare per essere… così, come lui. Sono mai stata in grado di sorridere con tanta naturalezza?

Perché mi piacerebbe.

«Altrettanto», farfuglio.

Lui sorride ancora, inclina la testa di lato e mi fissa, scrutandomi il volto con gli occhi ridotti a fessure. «Lo sai, c'è qualcosa che mi sembra davvero familiare in te. Ma non riesco a capire cosa, di preciso».

Io ricambio il suo sguardo indagatore. «Sul serio?»

«Già, è una cosa che le dicono spesso», interviene Wayne con un sorrisetto. «Ha uno di quei visi molto comuni».

Ah, sì?

«Oh. Capisco», replica Ben con un'alzata di spalle, dopodiché torna a rivolgere il suo sorriso verso Wayne. «Be', comunque sia, volevo solo dirvi che se mai doveste avere bisogno di qualcosa e non ve la sentiste di scendere giù per tutta la montagna, io ci sono. Non esitate a farmelo sapere. D'accordo?»

«Grazie», risponde Wayne. «È molto gentile da parte sua. Lo apprezziamo davvero tanto».

«Nah, non è niente. Del resto, a cosa servono i vicini? Di questi tempi ormai si è un po' perso quel senso di comunità, e io intendo fare del mio meglio per recuperarlo».

Mmh, in effetti è un pensiero piuttosto dolce. Credo che mi piaccia, il vecchio Ben.

«Dovremmo aiutarci l'un l'altro», riprende, «non isolarci con internet e tutti questi schermi. Basta iPhone. Bisogna tornare ai sani valori della famiglia».

Benissimo, come non detto. Con quest'ultima frase mi ha persa.

«Non potrei essere più d'accordo», dichiara Wayne. Si volta a guardarmi e aggrotta le sopracciglia. Poi lancia un'occhiatina eloquente verso la baita.

Io faccio spallucce e indico la porta dietro di me con il pollice. «È chiusa a chiave».

Lui si accorge dell'errore e si infila una mano in tasca. «Ops, giusto, hai ragione tu. Ecco qui».

Mi lancia le chiavi dal basso verso l'alto, tracciando una

specie di parabola piuttosto ripida, ma io allungo un braccio e con la mano libera le afferro al volo, senza nemmeno rifletterci due volte. Dopodiché apro il palmo e le fisso, sorpresa. Però. Che coordinazione! Aggiungo anche questo alla mia lista.

Mary Ellen Boone. Diciassette anni. Studentessa modello. Ultimo anno. Fan di Lizzo. Allergica alle fragole. Giacca fiorata. Orfana di madre. Pantofolaia. Ghiotta di girelle alla cannella. Amante del viola. Istruita a casa da privatista. Buona coordinazione.

«Ti raggiungo tra un minuto, Mary. Prima voglio prendere un altro po' di legna», aggiunge Wayne. «Tu intanto entra e scaldati».

Ben capisce l'antifona. «Bene, adesso vi lascio tornare alla vostra giornata, allora. È stato un vero piacere incrociarvi, finalmente». Mi lancia un'altra occhiata inquisitoria prima che io mi giri per aprire la porta.

Trovo alquanto ironico che ai suoi occhi io abbia un'aria familiare, considerando che io stessa non sarei in grado di riconoscere il mio volto in un labirinto di specchi.

«Anche per noi è stato un piacere conoscerla», risponde Wayne alle mie spalle. «E sa che le dico? Conti pure su di noi, se dovesse aver bisogno di qualcosa. Legna da ardere, materiale di primo soccorso, qualsiasi cosa. Siamo attrezzati per…».

Il cigolio della porta copre il resto delle sue parole, qualunque cosa abbia detto, e all'improvviso la vampata di aria calda proveniente dalla stufa a legna regala una sensazione così piacevole alla mia povera pelle irritata e pruriginosa che mi chiudo subito dentro e li lascio concludere la loro chiacchierata tra vicini in tutta tranquillità. Quindi mi dirigo verso il divano e mi siedo vicino al fuoco. Prima di questo preciso momento, non mi ero resa conto di quanto freddo stessi sentendo. Rimango seduta con le braccia tese verso la fiamma fino a quando le mie dita non si riscaldano e riprendono colore. Dopodiché, ecco che arriva un'altra ondata di stanchezza.

Poi sento un tonfo contro la parete laterale della casa. Mi concentro ad ascoltare e dopo qualche secondo ne sento un altro. Forse legna da ardere che ruzzola contro il muro esterno? In tutta onestà, però, sono troppo spossata per curarmene. Non riesco a pensare ad altro che a fare un pisolino.

E così mi tiro su dal divano, lancio la giacca sull'attaccapanni vicino alla porta e appendo le chiavi di Wayne al piccolo gancio accanto all'interruttore della luce. Le chiavi dondolano per qualche secondo e io mi blocco.

Di colpo, l'immagine di un'altra porta mi invade la mente. È bianca e stretta, con un portachiavi appeso accanto. Solo che non si tratta di un semplice gancio avvitato a un pezzo di legno, ma di una specie di targhetta con quattro ganci argentati e la scritta "Family Forever" bianca e in corsivo sulla parte superiore. Sbatto le palpebre e, all'improvviso, tra me e la porta appare una donna. È girata di spalle e ha appena allungato un braccio per appendere le chiavi al supporto. Indossa una divisa ospedaliera, credo. È verde petrolio e senza forma. I capelli scuri le ricadono sulla schiena, ma lei se li raccoglie in uno chignon. Poi lascia cadere la borsa sul divano rosso accanto alla porta.

Sbatto di nuovo le palpebre e mi ritrovo ancora una volta a fissare la parete della baita.

Porca miseria. Era un ricordo di mia madre?

La porta si apre e Wayne rientra in casa, facendomi trasalire. Lui però non se ne accorge. Rabbrividisce, sfregandosi i palmi delle mani sulle braccia nude, dopodiché mi porge il sacchetto rosa acceso che avevo dimenticato nel furgone. «Che razza di ficcanaso, certa gente. Insomma, se siamo venuti quassù è per non avere vicini di casa in mezzo ai piedi», commenta, irritato, prima di guardarmi in faccia. «Che c'è?».

Prendo il sacchetto come un automa, con la mente ancora focalizzata su quella donna con i capelli scuri, e sbotto: «Ma mia madre era un'infermiera? O un medico?».

Lui fa un passo indietro. «No. Faceva la casalinga, stava a casa con te. Perché?».

Una fitta di delusione mi attanaglia le viscere. Forse quella donna non era mia madre, in fin dei conti. «Ero solo curiosa di sapere che lavoro facesse. Per caso conosciamo qualcuno che fa l'infermiera o il medico? Gente che indosserebbe una divisa ospedaliera?».

Mi rivolge un'occhiatina perplessa. «No. Perché?».

Faccio spallucce. «Pensavo di essermi ricordata qualcosa, ma a quanto pare non è così».

La sua espressione si ammorbidisce. «Oggi è stata una giornata molto impegnativa per te».

«Sì, diciamo che il Benadryl ha stroncato quasi tutto il divertimento».

«No, intendevo l'intera giornata: la gente, lo shopping, l'andarcene a zonzo per il mondo...».

Lo guardo sbattendo le palpebre, stupita dal fatto che secondo lui il problema è stato uscire di casa e non la reazione allergica. Se quel frullato non mi avesse mandata al tappeto, gli avrei chiesto di fermarci in spiaggia da qualche parte, in modo da prolungare la nostra gita per quanto più tempo possibile. «Ah, già... anche quello».

Ancora una volta, mi ritorna in mente l'immagine di quella donna. Ne rivedo la sagoma in maniera così nitida. Deve trattarsi *per forza* di un ricordo. Deve essere la mamma di qualcuno dei miei amici, o qualcosa del genere. Se solo fossi riuscita a vederla in volto... magari mi avrebbe aiutato a riconoscerla. Ma ormai è sparita, proprio come ogni residuo delle mie energie.

Wayne allunga un braccio e mi scosta i capelli dal viso. I suoi polpastrelli sono freddi come il ghiaccio. «Ti senti bene? Hai bisogno di sdraiarti?»

«Credo di sì». Faccio per voltarmi, ma poi il mio sguardo si posa sul suo avambraccio scoperto e aggrotto le sopracciglia. «Dov'è finita la tua giacca?».

Lui abbassa lo sguardo sulla propria maglietta. «Oh. Devo averla lasciata in macchina. La prenderò più tardi».

Avrei giurato che la stesse indossando, quando è sceso dal furgone. Questo stupido Benadryl mi sta riducendo il cervello in pappa. «Mi svegli quando è pronta la cena?»

«Certo, piccolina», risponde lui, aggiungendo altra legna nella stufa.

Chiudo la porta della mia stanza per non sentire rumori e, quando arrivo accanto al letto, mi sfilo le scarpe nuove con un calcio. Le coperte pesanti mi chiamano a gran voce e, non appena finisco di rimboccarmele, lasciandomi sprofondare sul materasso, penso di non potermi sentire più appagata di così per il resto della giornata. Mi si chiudono gli occhi, ma il mio cervello non mi dà tregua.

"Hai mangiato le uova?", mi aveva chiesto Wayne, prima di comunicarmi che ero allergica all'alimento sbagliato.

"Grande, per favore", aveva detto poi, ordinandomi un'altra porzione di qualcosa che mi avrebbe scatenato un terribile sfogo cutaneo prima ancora che le ultime tracce del precedente fossero svanite del tutto.

Vorrei dormire, ma sono tormentata dalla confusione.

Io non avrei potuto fare nulla per scongiurare quello che è successo oggi, ma lui sì che avrebbe potuto. Voglio dire, a cos'altro potrei essere allergica? Come dovrei fare a tenere traccia delle mie allergie se non riesco a ricordarmi quali sono? E come posso fidarmi di lui se continua a dimostrare di non essere all'altezza del suo ruolo? Ho come la sensazione di essere abituata a dovermi difendere da sola quando sono con lui, cosa che però non potrò fare fino a quando non mi ricorderò da cosa dovrei difendermi.

Quanti colpi dovrò incassare nel frattempo? Quante giornate finirò per perdermi a causa della nube di torpore e della spossatezza indotta dai farmaci mentre cerco di capire quali cibi e quali bevande rappresentano una fonte di pericolo per me?

Alzo lo sguardo verso quel maledetto poster della spiaggia, così allegro da risultare irritante, e mi ritrovo a rimpiangere che Wayne non riesca a essere più bravo nelle sue vesti di padre. Ma i sensi di colpa sono immediati.

Ha fatto così tanto per me in questi ultimi giorni. E va bene, si è confuso riguardo a un'allergia. È una vera rottura di scatole, ma non è la fine del mondo. È molto probabile che non abbia dormito granché da quando ho avuto l'incidente d'auto. Non significa che non sia in grado di prendersi cura di me. Ci stiamo entrambi adattando a questa nuova normalità.

Faccio un respiro profondo e cerco di rilassarmi. Il mio sguardo vaga per la stanza per qualche istante e finisce per posarsi sul biglietto da visita stropicciato dell'agente Bowman. È ancora appoggiato alla base della lampada sul mio comodino.

«Sto bene», sussurro, chiudendo gli occhi. «È tutto a posto».

Sento la porta d'ingresso aprirsi e richiudersi, ma subito dopo il Benadryl mi fa sprofondare nell'oblio.

Capitolo 14
Mary

Giorno 4

Il mio respiro viene fuori sotto forma di sbuffi infastiditi mentre novembre cerca di affondare i suoi artigli dentro di me. Stringo forte l'insalatiera che contiene la mia cena e sollevo i piedi da terra, dandomi la spinta per far dondolare di nuovo l'altalena vicino al fiume. Presto sarà pieno inverno, o perlomeno, pieno inverno per gli standard dell'Oregon, che prevedono perlopiù fiumi di pioggia gelida e un freddo costante dovuto all'umidità dell'aria. Presto, perciò, avrò l'ennesimo motivo in più per starmene rinchiusa in quella baita.

Il solo pensiero mi incute così tanta angoscia che potrei strapparmi di dosso fino all'ultimo centimetro di pelle e gettarla nel fiume.

Sono passati quattro giorni da quando mi sono risvegliata in quel fosso, ma a me sembrano mesi. Non so se sia l'incertezza infinita, la nube di torpore causata dal Benadryl o il fatto che Wayne non mi perde di vista nemmeno per un secondo, ma è estenuante.

Il pisolino di ieri si è trasformato ben presto in una maratona di sonno di diciannove ore. Mi sono svegliata solo oggi, in tarda mattinata, con la pelle ancora infestata da un'ombra di eruzione cutanea e la mente in preda a una profonda riluttanza a mangiare.

Sapevo che il pane era un alimento sicuro, così per pranzo mi sono accontentata di un toast, ma adesso nulla di questa insalata messicana mi invoglia a sfidare la sorte. Mi concentro sul dondolio rilassante dell'altalena e non sul fatto che è da un'ora che studio ogni singolo ingrediente contenuto in questa ciotola chiedendomi se sono allergica anche ai pomodori, al formaggio o all'insalata romana…

L'ultima cosa di cui ho bisogno è subire tre crisi allergiche nel giro di soli quattro giorni, ma la cosa peggiore è che sembra non esserci nulla che io o Wayne possiamo fare per evitare che questo accada. A quanto pare, siamo entrambi in possesso della stessa quantità di informazioni in merito alle mie allergie. Che, in buona sostanza, ammonta al nulla più assoluto.

Guardo con aria severa il pomodoro all'estremità della mia forchetta, poi metto giù l'insalatiera al mio fianco. Quella sensazione di normalità adolescenziale che avevo provato a Waybrooke mi sembra così irraggiungibile che mi viene solo da ridere adesso, eppure vorrei ritrovarla più di ogni altra cosa. Perché in questo momento mi sembra tutto soffocante e sbagliato.

Il rumore di Wayne che taglia la legna riecheggia nel giardino alle mie spalle, ma non mi volto a guardarlo. So che mi sta tenendo d'occhio. Dio non voglia che io mi sieda a meno di due metri da uno specchio d'acqua che scorre alla stessa velocità di una lumaca. Potrei annegare già solo per la vicinanza. Alzo gli occhi al cielo e mi spingo un po' più in alto.

«Mary, fai attenzione con quell'altalena. Non è così stabile come sembra», mi grida lui dall'altro lato della catasta di legna.

Mary. Il mio stesso nome continua a farmi fischiare le orecchie, come se il mio cervello non si rassegnasse ad accettarlo.

Alzo un braccio e gli rivolgo un cenno per fargli capire che l'ho sentito.

Mi sa che mi restano giusto altri due o tre minuti tutti per me. Presto farà buio e mi toccherà tornare alla baita. Alla televisione e a questa vita tranquilla, confinata fra le quattro mura di casa. Fremo dalla voglia di fare qualcosa. Di muovermi. Di andare. Di vivere. Di avere uno scopo che vada al di là dello starmene seduta sul divano, avvolta in una coperta ruvida e pruriginosa, come una povera fanciulla malaticcia dell'epoca della Reggenza.

Mi sto davvero stufando di questa cavolo di baita.

Vorrei andare a correre, o a esplorare la costa, o a fare un'escursione in montagna. Qualunque cosa pur di dare sfogo alle mie energie. Ma non posso, perché l'unica attività che mi è concessa è guardare Netflix. Persino convincere Wayne a lasciarmi uscire qua fuori mentre lui tagliava la legna è stata un'impresa.

"Ma potrebbe piovere fra poco...".

"E la cena?"

"Guarda che possono esserci i coyote in giro per questi boschi, lo sai?"

"Ma tu odi stare all'aria aperta, che ti è preso?".

Sta proprio cercando di inculcarmelo a forza, questo fatto che sono una pantofolaia.

D'accordo, dovrei essere una sottospecie di reclusa, questo l'ho capito. *Mary* non esce mai di casa. Ma se le cose stanno davvero così, allora perché ho la sensazione che preferirei radere al suolo questa baita piuttosto che starmene seduta su quel divano a guardare ancora un'altra stagione di *Schitt's Creek*? Non ho nulla contro i Rose e darei la vita per Moira, ma a questo punto sarei persino capace di uccidere pur di andarmene da qui.

Comincio a grattare un minuscolo fiorellino di pervinca stampato sulla manica della mia giacca orrenda e sospiro. Questa baita sarà anche carina e tranquilla, ma allo stesso tempo è pure piena di spifferi, isolata e priva delle cose che voglio. Anche se al momento non mi ricordo quali siano.

Mi concentro sull'acqua e faccio un bel respiro, permettendo ancora una volta al freddo di depositarsi nelle parti più profonde dei miei polmoni.

Sto bene. È tutto a posto.

Sono solo turbata dai buchi della mia memoria, tutto qui. Forse andrà meglio quando torneremo nella nostra vera casa. Secondo Wayne, McMinnville non è enorme, ma è comunque più grande di questo microscopico paesino sperduto. Devo solo concedermi più tempo.

Lancio un'occhiata alla mia cena abbandonata.

"Sempre se non muoio di fame prima di allora", penso.

Magari potrei rifare le prove allergiche, oppure forse Wayne potrebbe telefonare al mio medico? Vorrei tanto poter mangiare in santa pace. Mi brontola lo stomaco e mi stringo le braccia intorno al corpo.

All'improvviso intravedo con la coda dell'occhio qualcosa che si muove e vengo scossa da un sussulto. È Wayne, che si è appena fermato all'altra estremità dell'altalena e ha inclinato la testa, con l'ascia appoggiata sulla spalla. «Ti ho spaventata?».

Il mio battito cardiaco in stile Lizzo mi rimbomba nel petto, ma io scuoto la testa. «No».

Lui sorride. «Hai un'aria un po' infreddolita. Ti va di entrare e bere una cioccolata calda? Ho qualche bustina di quella istantanea. E, se la vuoi, non farti problemi a consumare l'ultimo pochino di latte rimasto».

Addio, aria fresca. Ben trovato, Netflix.

«Sì, certo. Va bene». Eppure, persino mentre lo assecondo, mi chiedo se sono allergica al latte. O ai marshmallow.

Esistono persone allergiche ai marshmallow?

Lui intanto ferma il dondolio dell'altalena con la parte posteriore del braccio, dopodiché prende l'insalatiera. «Non hai mangiato granché».

Io mi stringo nella giacca, ma il freddo mi irrigidisce i muscoli fino a farmi rabbrividire. «Non avevo molta fame».

Wayne mi guarda come se sapesse che sto mentendo, ma non dice nulla. A malincuore, scendo dall'altalena e mi incammino attraverso il giardino.

A Mary Boone non dispiacerebbe starsene tutto il tempo dentro la baita. Netflix è il suo migliore amico.

Peccato che io non la capisca affatto, quella ragazza.

A mano a mano che mi avvicino alla porta d'ingresso, percepisco una bolla d'ansia che minaccia di scoppiare, ma alla fine varco comunque la soglia di casa. Non c'è motivo di farsi cogliere da un attacco di panico per il semplice fatto di rimanere a riposo per un paio di giorni. Non sono mica in pericolo. Insomma, sto solo per mettermi a guardare la televisione, per l'amor di Dio.

Devo darmi una regolata.

Un giorno ripenserò a tutte queste preoccupazioni e mi sentirò la regina del melodramma. I miei ricordi riaffioreranno da un momento all'altro, è solo questione di giorni ormai, e allora tutti i pezzi del puzzle combaceranno in un incastro perfetto. Mi sentirò di nuovo me stessa.

Appendo la giacca, mi affloscio sul divano e prendo il telecomando. Di nuovo.

«Cosa c'è in programma stasera?», mi chiede Wayne qualche minuto dopo, appoggiando una tazza di ceramica nera sul tavolino da caffè. I ciuffi di vapore aromatizzato al cacao mi riportano alla mente la cioccolata calda bevuta al distretto, e a questo punto mi sento travolgere da un'ondata di sollievo. Non corro nessun rischio a bere questa tazza di cioccolata calda, soprattutto dal momento che Wayne non ci ha nemmeno aggiunto i marshmallow. «Qualcosa di più interessante rispetto all'ultima volta, spero?».

La sua espressione è distesa e allegra, e mi dico che è perché anche lui è rilassato e contento. «Che vuoi dire? Io ho trovato divertente quel film sulla signora che vince il bed and breakfast in Nuova Zelanda. Soprattutto per quella capra».

Lui ride e si accomoda sulla sedia a dondolo accanto alla sua camera da letto. «La capra era l'unica parte decente di quel film».

«Non sono d'accordo. Ma ognuno ha la sua opinione, no?».

Premo il tasto con la freccetta che va verso il basso e passo in rassegna le descrizioni di vari film prima di soffermarmi sulla sezione dei classici. Qui la maggior parte delle locandine sono in bianco e nero, inframmezzate di tanto in tanto da qualche commedia romantica risalente agli anni Ottanta o Novanta. In alcuni casi mi tornano in mente vaghi accenni della trama, e di un paio di film riesco quasi a ricordarmi come finiscono, il che mi rincuora un po'.

Poi spunta *La leggenda di un amore – Cinderella* e mi sento attraversare da un brivido di emozione. Felicità? Nostalgia?

Mi giro di scatto. «Questo l'ho mai visto prima d'ora?».

Wayne si sporge in avanti e scruta lo schermo con gli occhi ridotti a due fessure. «È quello di Cenerentola? Con le ali da farfalla e i libri?»

«Credo di sì». Clicco sul riassunto e lo leggiamo.

Lui sorride. «Era uno dei preferiti di tua madre».

Questo spiega l'emozione, immagino. «Mi sa che forse questo me lo ricordo».

«Non ci vorrà ancora molto. Presto ricorderai ogni cosa».

«Non vedo l'ora, credimi». Premo il tasto "play". Questo film sembra in grado di offrirmi il genere di conforto di cui al momento sento un così disperato bisogno.

La stanza intorno a noi si oscura non appena il film va in onda. La povera ragazza sullo schermo passa dall'essere una bambina a diventare un'adulta maltrattata, dotata di una mira micidiale quando ha in mano una mela, e io mi perdo nelle varie vicissitudini della sceneggiatura. Comincio a recitare sottovoce ogni singola parola e, arrivati a metà film, le lacrime mi fanno bruciare gli occhi, perché finalmente ho la sensazione di essere tornata in me. Non ho dubbi. Questo film, in qualche piccola parte, mi appartiene.

Non mi rendo conto che sto piangendo davvero finché non arriva il finale. La musica si intensifica e anche la ragazza sullo schermo è in lacrime, solo che tutt'a un tratto io non sono più su questo divano. Sono al centro di un grande divano rosso, con all'incirca una decina di coperte soffici sulle ginocchia e una ciotola gigantesca di popcorn al burro incastrata tra me e qualcun altro. La stanza è buia, fatta eccezione per la luce emanata dal televisore, appoggiato su un piedistallo d'epoca. Sullo schermo si susseguono le immagini di *La leggenda di un amore – Cinderella*. C'è una donna dai lunghi capelli scuri seduta al mio fianco, intenta a rimproverare il principe, agitando un pugno a mezz'aria, per aver voltato le spalle alla ragazza che amava. Poi, la donna dai capelli scuri grida: «La detesto, questa parte!».

Eppure non sembra affatto che la detesti.

La guardo e le chiedo: «L'hai visto diecimila volte questo film, come fai ad arrabbiarti ancora così tanto per questa scena?»

«Smetterò di arrabbiarmi solo quando lui smetterà di farla piangere. Drew Barrymore è un dono del cielo».

«Ah, be', su questo non ci piove».

A questo punto mi tira addosso qualche popcorn. Io gliene lancio qualcun altro e lei mi guarda con la stessa indignazione di un tenero gattino. «Sei una piccola peste, lo sai? Smettila di seminare sporcizia in giro o ti farò pulire tutto il divano».

«Ma hai cominciato tu!».

«Bugiarda».

E... finisce lì. Mi ritrovo un'altra volta sul divano della baita. Stringo il bracciolo con una forza tale che le mie unghie si conficcano nell'imbottitura. Quello era senz'altro un ricordo. E ora so per certo di conoscere quella donna.

Riesco a vedere il suo volto con estrema chiarezza. Gli occhi affettuosi, le lentiggini sul naso, i capelli raccolti in uno chignon per il terzo giorno di fila. Riesco a sentire la sua voce in centinaia di conversazioni a proposito della scuola, dei ragazzi, dei miei amici. Quando mi sgridava perché uscivo di casa di nascosto. Quando mi veniva a prendere in piscina. Quando mi nascondeva il caffè freddo per evitare che mi trasformassi nella persona più iperattiva nella storia degli Stati Uniti. Quando mi ricordava degli appuntamenti dal dentista e persino mentre mi insegnava a guidare... strillando che ero troppo vicina al marciapiede.

Tutto questo racchiuso in quell'immagine di *lei*.

Adesso sì che sto piangendo a dirotto. Me ne resto seduta lì, a pensare e ripensare a ogni singolo dettaglio del suo volto per così tanto tempo che non mi rendo nemmeno conto che il film è finito fino a quando Wayne non si schiarisce la gola.

«Stai bene?», mi chiede, accendendo la lampada accanto alla sedia a dondolo. La stanza viene inondata da una luce calda e dorata. Poi lui viene a sedersi accanto a me. «Che cosa è successo? È stato il film a turbarti?».

Appoggio il telecomando sul bracciolo del divano per asciugarmi le lacrime dalla faccia, ma non riesco a trovare le parole. «No... è solo che... forse mi sono ricordata della mamma».

Tutto il suo corpo si immobilizza. «Davvero?».

Annuisco ed esalo un respiro affannoso. Non è che finalmente mi sta tornando in mente tutto?

Wayne rovista nella tasca posteriore dei pantaloni e tira fuori il portafoglio scolorito. Lo apre. Dentro c'è una di quelle minuscole foderine per le foto. Il primo scatto ritrae una neonata avvolta in una copertina verde: sono io, immagino. Lui però passa subito alla fotografia successiva, la estrae dalla custodia e me la porge con un sorriso. «È questa la persona di cui ti sei ricordata?».

Ha una foto di lei? Della madre di cui non avevo alcuna memoria? E ha aspettato fino a ora per mostrarmela? L'emozione che provo all'idea di aver recuperato un ricordo autentico e comprovabile mi mette lo stomaco sottosopra, sebbene sia perlopiù vuoto, e così mi asciugo le ultime lacrime nel tentativo di ricompormi. Mi avvicino la fotografia agli occhi e scruto con la massima attenzione le due persone ritratte in piedi, davanti a un camino gigantesco, in un salone lussuoso. La mensola sopra il focolare è ricoperta di fiori rossi e bianchi e la coppia sfoggia un paio di enormi sorrisi coordinati in quello che è, senza ombra di dubbio, il giorno del loro matrimonio.

Wayne si riconosce subito, anche se nella foto appare molto meno brizzolato. Ha gli stessi zigomi affilati e tra le braccia stringe una donna dalla carnagione pallida che indossa un abito di raso bianco e brillante con alcuni dettagli in pizzo.

Una donna… dai lunghi capelli biondo miele e dagli enormi occhi azzurri.

Continuo a studiare lo scatto sbattendo le palpebre, chiudendo prima un occhio e poi l'altro. Immagino il volto della sposa con una folta chioma castano scuro e lentiggini, ma è come se stessi cercando di incastrare due tasselli di un puzzle che non c'entrano niente l'uno con l'altro. Per quanto la mia mente possa stravolgere i suoi lineamenti delicati e sottili, non riesco a trasformarla nella donna sul divano rosso.

Devo essermi sbagliata.

«Allora? È lei? Te la ricordi?», mi chiede Wayne in tono fervido.

Io gli sorrido per nascondere il mio uragano di emozioni. Ha un'aria così speranzosa. Non ce la faccio a dirgli la verità. «Sì», rispondo. «Sì, è lei».

Lui mi rivolge un sorriso che gli va da un orecchio all'altro. «Hai visto? Che ti avevo detto? Sii paziente e vedrai che con il tempo tutto tornerà come deve essere. Dunque, avevo ragione o no?».

Io cemento il mio, di sorriso, ma continuo a rimanere immobile come un blocco di pietra. «Avevi ragione».

Lui annuisce tra sé e sé e si incammina di nuovo verso la sua sedia a dondolo, canticchiando una canzoncina sottovoce. Io faccio scivolare la mano sul telecomando e premo il tasto "play" per colmare il silenzio.

Ho bisogno di un minuto – o forse di novanta – per capire come mi sento. Triste per essermi sbagliata? Angosciata al pensiero che continuo solo a "ricordarmi male"? Ma allora perché provo più paura che delusione?

I particolari di questi ultimi quattro giorni si aggrovigliano nella mia mente: un miscuglio di gesti paterni confortanti e rassicuranti… e di errori. Wayne che svaligia la farmacia comprando tutti quei tamponi e quel materiale di primo soccorso per assicurarsi che io abbia tutto quello che mi serve. Wayne che sceglie quei vestiti della taglia sbagliata. Wayne che si presenta al distretto in preda al panico, cercandomi come un forsennato. Wayne che mi dice che sono allergica alle uova. Wayne che esibisce quel certificato di nascita con un sorriso sulle labbra. Wayne che mi ammonisce per aver indossato quella maglietta con lo scollo a "V", dicendomi: "Tu adesso non te lo ricordi. Non hai presente quali sono le regole". Wayne che mi lascia quei vestiti puliti e asciutti fuori dal bagno la prima notte trascorsa in questa baita. Quel: "Devono essere state le fragole…".

Ben presto i titoli di coda di questo secondo film a cui ho appena finito di assistere – senza neanche sapere quale fosse o averne seguito anche solo un minuto – invadono lo schermo e così, con aria distratta, ne faccio partire un altro.

Wayne ride. «*La rivincita delle bionde*? Stai cercando di torturarmi?».

Io fisso lo schermo sbattendo le palpebre, sorpresa di vedere Elle Woods che scoppia in singhiozzi mentre viene scaricata nel bel mezzo della cena. A questo punto lancio un'occhiata all'orologio sui fornelli. È quasi mezzanotte.

Non voglio più restare sveglia. O in questa stanza. O in balìa dei miei pensieri.

Metto in pausa il film numero tre e mi alzo. Mi sento come se fossi stata investita da un camion. Sono esausta; la sonnolenza causata dal Benadryl ormai non è che un lontano ricordo, e pure pieno di energia in confronto a come mi sento ora. «Ehm, no, per stasera ti sei salvato. Vado a letto».

Lui annuisce. «D'accordo. Dormi bene, mia piccola Mary».

Il mio nome mi fa fischiare le orecchie ancora una volta.

«Buonanotte», farfuglio, cercando di ignorare il modo in cui Wayne mi guarda mentre attraverso la stanza.

Cioè, non batte nemmeno ciglio finché non chiudo la porta. E, per un brevissimo istante, prendo in considerazione l'idea di chiuderla a chiave.

Devo proprio darmi una regolata.

Capitolo 15
Drew

«Che diamine ci fai tu qui?», ringhia Roane. Avanza a grandi passi verso la scrivania e spinge la sedia all'indietro. «E da quanto tempo è che sei nel mio ufficio?».

Si rilassa solo quando controlla il monitor del computer e lo trova bloccato sulla schermata che richiede la password.

Faccio spallucce. «Non lo so. Un paio di minuti, forse? Sono venuto per parlarle, ma dato che era impegnato con Autumn, ho pensato che magari era meglio aspettare qua dentro. O avrei dovuto assistere alla vostra conversazione, piuttosto?».

Si siede alla scrivania con uno sbuffo. «La prossima volta aspetta che ti venga dato il permesso, prima di entrare».

Gli rispondo con un sarcastico saluto militare. «Signorsì, signore».

Peccato che me ne penta all'istante. Lui si rialza in piedi e si sporge in avanti, appoggiando le braccia su quella scrivania ingiustificatamente grande, e allora l'atmosfera nella stanza diventa subito gelida e aspra. «Che cosa ci fai qui?», ripete, usando un tono molto più calmo e controllato, da degno ufficiale delle forze dell'ordine. «Non puoi riavere la tua auto, se è questo che speravi. Ne avremo ancora per un bel po' di tempo».

Su questo non avevo dubbi. Non mi sorprenderebbe se "per errore" la facesse saltare in aria durante un'esercitazione.

Scuoto la testa per scacciare via quell'immagine dalla mia mente. «Ehm, no. In realtà sono venuto per parlare di quello che mi ha detto all'imbarcadero. In effetti so davvero qualcos'altro sulla notte in cui Lola è scomparsa».

Lui allora si risiede, in preda a un'evidente sorpresa, e si mette a cercare il suo piccolo registratore argentato, perché a quanto pare siamo nel 1975 e non ha un'applicazione in grado di svolgere la stessa funzione. Preme il tasto "play" e, avvicinandosi al microfono, esordisce: «Andrew Carter-Diaz, dichiarazione aggiuntiva». Poi gira il dispositivo verso di me. «Hai altro da raccontarmi, dunque?».

Odio che mi stia registrando, ma sono stato io a ficcarmi in questa situazione con le mie stesse mani. Non è che ora posso dire di aver cambiato idea e andarmene. Lo farebbe solo insospettire, e questo posto è pieno di telecamere. Se dovesse pensare che mi stia comportando in modo strano, la prima cosa che farebbe sarebbe controllare i filmati, e allora mi coglierebbe in flagrante per aver smanettato con il suo computer. Finirei in manette molto prima di riuscire a passare al setaccio il contenuto di quella chiavetta USB.

Devo sembrare sincero, e l'unico modo per riuscirci è raccontargli qualcosa di vero.

«Sì, è così».

«E sei venuto qui da solo, senza la supervisione dei tuoi genitori, in assenza del tuo avvocato e di tua spontanea volontà?»

«Sissignore».

La sua sedia cigola quando lui si appoggia allo schienale. «Bene. Procedi pure».

Dio, quanto lo odio. Deve proprio essere un tale concentrato di cliché polizieschi tutti in una volta?

«Si ricorda l'altro giorno, al fiume, quando mi ha chiesto per quale motivo Lola era scesa dall'auto?»

«Certo».

Il dolore mi squarcia il petto mentre rivivo quel momento. Lo sguardo sul viso di Lola. Il rumore della portiera che sbatte. La vista di lei che si allontana da me…

Faccio un respiro profondo. «Ecco, io… l'avevo lasciata. È per questo che se n'era andata, ed è per questo che non le ero corso dietro».

Come un emerito coglione.

Roane si gratta la barbetta che ha sul mento. «Avevi rotto con Lola? E perché?».

Odio questa parte. «Perché sono un idiota. Perché lei parlava di volersi sposare, e quindi io mi ero fatto prendere dal panico. Lei allora mi aveva accusato di averla tradita e avevamo litigato. Dopodiché se n'era andata come una furia. E io me ne ero tornato a casa. Adesso sa tutta la storia».

«E tu l'avevi tradita davvero?».

Mi innervosisco. «Certo che no».

«Ma se l'avevi soltanto lasciata, perché tutta questa segretezza? Perché non me l'hai raccontato la prima volta che abbiamo parlato?»

«Perché mi odio per come sono andate le cose. La nostra ultima conversazione si è trasformata in un litigio e poi lei è sparita nel nulla. Non volevo che qualcuno sapesse che l'avevo ferita in quel modo».

«E perché me lo stai venendo a raccontare proprio ora?»

«Perché sono consapevole di aver fatto del male a Lola, ma non nel modo in cui credono tutti. E mentre io ho passato tutto questo tempo a rimproverarmi per averla lasciata, l'intera città invece si è convinta che io l'abbia uccisa. E… credevo solo che fosse arrivato il momento di raccontare tutta la verità. Perché ha ragione lei, sceriffo: è solo colpa mia. Se non avessi messo fine alla nostra relazione, Lola non se ne sarebbe andata via e tutto questo non sarebbe mai successo».

Pronunciare quest'ultima frase ad alta voce mi fa bruciare la gola.

Faccio per alzarmi, ma Roane solleva una mano. La sua espressione si trasforma, passando dal solito sguardo serissimo da poliziotto a una faccia triste, forse anche velata da qualche rimpianto? Mi risiedo.

«Fermo dove sei, aspetta un attimo. Voi due siete giovani, troppo giovani per pensare già al futuro, e questo genere di conversazione farebbe perdere il lume della ragione a molte persone, figuriamoci a ragazzi della vostra età. È comprensibile che Lola stesse cercando in te il sostegno che sentiva di non ricevere dai suoi genitori, ma non spettava certo a te prometterle una vita insieme a diciassette anni. Mi preoccuperebbe di più se tu *non* avessi dato un po' di matto, a essere sincero».

Scuoto la testa. «Sì, ma qui non stiamo parlando solo di una piccola crisi emotiva momentanea. Se il problema fosse stato soltanto che ho spezzato il cuore di Lola, allora certo. Ma le ho permesso di allontanarsi da sola. E per questo non ho scusanti».

«Questa però è una cittadina tranquilla. Non avrebbe dovuto riscontrare problemi nel tornare a casa dal fiume».

«Eppure non è andata così, dico bene?»

«Già. Non è andata affatto così». Roane mi squadra con gli occhi ridotti a fessure, e all'improvviso mi si accende una lampadina e capisco cos'è che intende dire in realtà. Lola non avrebbe dovuto riscontrare problemi nel tornare a casa sana e salva *se* mi avesse mollato lì e fosse andata via come sostengo abbia fatto. Perché Washington City è una cittadina idilliaca. Sicura. Quindi devo essere per forza io a mentire.

Quando non dico nulla, Roane mi spinge il registratore ancora più vicino. «Te lo chiedo un'altra volta, Drew. Cos'è successo a Lola dopo che tu l'hai lasciata?».

Mi pizzico l'attaccatura del naso, all'improvviso più esausto di quanto non mi sia mai sentito in tutta la mia vita, ma rispondo comunque alla domanda. «È scesa dall'auto ed è corsa via lungo la strada. Mentre io me ne sono tornato a casa».

«Ed è la verità? Tutta la verità?».

Lascio ricadere la mano. «Tutta la verità di cui sono a conoscenza».

Lui spegne il registratore con un gesto secco e sostenuto. «Sono contento che tu mi abbia rivelato questi dettagli. Li aggiungerò al verbale».

Mi alzo. «Grazie. E mi dispiace di essermi presentato senza preavviso».

«È tardi. Adesso fila subito a casa, intesi?»

«Certo».

Esco dal distretto e, non appena oltrepasso le vetrate della parte anteriore dell'edificio, faccio di corsa il giro dell'isolato. Autumn e Max sono in piedi, fianco a fianco, davanti alla Liberty. Le loro espressioni passano dal panico al sollievo.

«Porca miseria, Drew. Ti davo per spacciato», esclama Max.

Autumn indica la finestra dell'ufficio di suo padre. «Mi sono quasi cacata sotto quando l'ho visto entrare. Che è successo?»

«Sono riuscito a cavarmela con un discorsetto convincente».

«E come?», chiedono loro all'unisono.

«Non ha importanza. Per il momento dobbiamo solo svignarcela da qui e controllare cosa c'è in quelle registrazioni prima che qualcuno ci becchi con quella chiavetta USB».

«Andiamo a casa mia», propone Autumn, aprendo la portiera del lato passeggero. «Mio padre è di turno fino alle quattro, perciò la casa è vuota».

Annuisco e mi rimetto di nuovo al posto di guida. Max mi allunga le chiavi dal sedile posteriore, lamentandosi del fatto che dovrebbe perlomeno essergli concesso di sedersi davanti nella sua cavolo di macchina, ma noi lo ignoriamo.

Parcheggio a pochi passi da casa di Autumn, in un vicoletto dove la gente tiene i propri bidoni dell'immondizia, dopodiché ci affrettiamo a percorrere il marciapiede prima che qualcuno dei vicini possa vederci.

Lei ci fa strada all'interno e accende un interruttore, assestandogli una bella manata. Una serie di luci sopra le nostre teste illumina un ampio soggiorno con soffitti a volta, un divano ad angolo, due poltrone a sacco e un televisore installato sopra un caminetto. Non ero mai stato a casa di Autumn prima d'ora. Finivamo sempre a casa di Lola. L'ombra di una cucina si allunga sulla destra, ma lei ne lascia le luci spente e si affloscia sul divano. «Però, è stato davvero stressante».

Max invece si lascia sprofondare su una poltrona a sacco, che inghiotte almeno la metà del suo corpo allampanato. «Non riesco a credere che ce l'abbiamo fatta. Siamo come… un trio di agenti segreti. Cavolo, sono così gasato che potrei stare sveglio tutta la notte. Non sento neanche un briciolo di stanchezza».

«Ottimo, perché è molto probabile che ci vorrà tutta la notte per ascoltare queste registrazioni», replico. «Passami la chiavetta».

Lui rimane a bocca aperta. «Cosa? Ma io credevo che ce l'avessi tu!».

Mi sento sbiancare come un lenzuolo. «Non dirmi che l'hai persa…».

Lui scoppia a ridere. «Scherzetto!».

Immagino il respiro rantolante che emetterebbero i suoi

polmoni se in questo momento decidessi di placcarlo. «Avrei potuto ucciderti per una cosa del genere. Finalmente Roane avrebbe avuto un motivo valido per arrestarmi».

Autumn alza gli occhi al cielo e si rimette in piedi. «Siete proprio fastidiosi, voi due. Vado a prendere il portatile. Cercate di non imbrattarmi il divano di sangue».

Squadro Max dalla testa ai piedi. «Dammi quella chiavetta o ti prendo a pugni».

«Uffa, sappi che mi stai rovinando l'esperienza da agente segreto». Si rovista nella tasca e tira fuori il dispositivo, reggendolo fra due dita. «Ecco qua. Sei soddisfatto?».

Glielo strappo di mano. «Sarò molto più soddisfatto quando ci rivelerà qualcosa».

«Anch'io», afferma Autumn, riapparendo con un computer portatile con una cover sui toni del viola, del blu e del nero raffigurante una galassia. Sistema il laptop sul cuscino centrale della seduta del divano e io le passo la chiavetta USB. Non appena le registrazioni vengono caricate, lei preme "play".

Gli altoparlanti del computer diffondono nella stanza la vocina lamentosa di un'adolescente. «Ehm, sì, salve. È questa la linea ufficiale per le segnalazioni? Ho una dritta per voi. Controllate al centro commerciale. Quella ragazza è una snob di prima categoria. Spero tanto di non rivede…».

Autumn preme la freccetta laterale per saltare alla registrazione successiva.

«Grazie», farfuglio.

Ed ecco che risuona la segnalazione seguente.

«Pronto, buongiorno. Quella ragazza, Lola… è in Texas, sapete. Mia zia l'ha appena vista da quelle parti. È entrata nel giro dei rodei. Potete vederla sul sito del Rodeo di Austin…».

Andiamo avanti. Certo, come no. Lola in un rodeo. Preferirebbe morire, piuttosto.

Autumn lascia andare un lamento e mette in pausa. «Ma… che cosa prevede adesso il piano? Li ascoltiamo tutti? Ci vorrà un bel po' di tempo per smaltire cinque settimane di scherzi telefonici, e sono già le undici passate».

Tiro fuori il mio cellulare dalla tasca e glielo porgo. «Tieni. Potremmo scaricare le registrazioni sui nostri telefoni e dividercele. Se ognuno di noi se ne prende una serie, riusciremo a esaminarle tre volte più in fretta».

«Giusto. Acchiappate qua». Max lancia il suo cellulare dall'altra parte della stanza e Autumn lo afferra al volo appena un istante prima che mi colpisca in piena faccia.

Quindici minuti più tardi, lei ha ripreso la sua posizione sul divano, con un paio di auricolari nelle orecchie, intenta ad ascoltare le migliaia di registrazioni della cartella S.L.09.29A, ovvero quelle della prima settimana. Max invece è spaparanzato sulla sua poltrona a sacco ad ascoltare le segnalazioni delle cartelle S.L.09.29B e S.L.09.29C, mentre io sono seduto all'estremità opposta del divano a fissare le dozzine di registrazioni delle cartelle "D" ed "E", ora riunite in un'unica playlist. Ognuno di noi ha un blocchetto per gli appunti, ma ho come la sensazione che stasera passeremo molto più tempo a saltare di segnalazione in segnalazione piuttosto che a buttare giù annotazioni utili.

Ascolto la voce di svariate persone che insistono nel dire di aver visto Lola in giro per la città o a mangiare nella saletta interna del Dairy Queen. Un tizio avrà chiamato almeno sei volte sostenendo di averla avvistata mentre veniva rapita dagli alieni. Tre diverse signore anziane hanno telefonato solo per dire che sperano che venga ritrovata, e nessuna di loro si è risparmiata dal riservare qualche commento al vetriolo nei confronti di "quel perfido ragazzo" che l'ha abbandonata. Se non consideriamo la rapida interruzione rappresentata dalla consegna della pizza vegana per Autumn, in pratica non ci muoviamo per ore. Alcune persone forniscono il proprio nome, altre lasciano un numero di telefono, ma la maggior parte sputa solo stupidaggini a raffica e riattacca. È davvero frustrante, ma mi rendo conto che questo lavoro di ricerca di informazioni è una maratona, non una gara di velocità.

Verso le tre del mattino, il mio cervello è ridotto a un groviglio confuso di irritazione e voci di gente sconosciuta. Il signor "sono così gasato che potrei stare sveglio tutta la notte" sta russando come un camionista ormai, e anche Autumn ha rischiato di appisolarsi di tanto in tanto, finché poi non ha cominciato a cambiare posizione sul divano almeno ogni cinque minuti per tenersi sveglia. Decido di alzarmi in piedi e la mia schiena produce un migliaio di scricchiolii. «Direi di chiuderla qui, prima di addormentarci tutti nel tuo soggiorno».

Autumn alza lo sguardo su di me e si toglie un auricolare. «Eh?»

«Se i miei si svegliano e non mi trovano nel mio letto, sono fritto. E poi, ti immagini cosa succederebbe se tuo padre tornasse a casa dal lavoro e ci trovasse tutti qui?».

Lei rabbrividisce, e nel frattempo Max emette un altro rantolo gutturale e roboante che ci fa trasalire entrambi.

Autumn recupera il cellulare e il portatile. «Non hai tutti i torti, in effetti. Possiamo rimetterci all'opera domani, dopo la scuola. Tanto mio padre all'una rientra già in servizio».

La sua determinazione, come se fosse inammissibile mollare finché non verrà fuori qualcosa di utile, mi fa sorridere. «Però tienila tu la chiavetta. Non si sa mai. Del resto, questo è l'ultimo posto in cui Roane cercherebbe informazioni rubate al distretto».

«D'accordo, certo». Fa un cenno con la testa per indicare Max. «Da' uno strappo a casa anche a lui, per favore. L'ultima cosa di cui ho bisogno è che mio padre pensi che abbia una frequentazione clandestina con Max».

Annuisco, quindi gli do qualche piccolo calcio sul piede finché lui non si tira su con un grugnito.

«Dov'è il… cosa?», farfuglia.

Io rido. «Forza, signor Apnee Notturne. È ora di alzarsi».

«Eh?»

«Ora. Di. Andare. Alla. Tua. Macchina».

Gli ci vogliono cinque minuti buoni per rimettersi in piedi e altri tre per raggiungere la porta d'ingresso. Il freddo sì che lo sveglia, però, e quando arriviamo alla Liberty mi fa segno di cedergli le chiavi della macchina in modo da potermi accompagnare.

La città addormentata scorre via al nostro fianco. Centinaia di registrazioni mi risuonano nelle orecchie.

"Quel perfido ragazzo…".

Nessuno in questa città vede più un adolescente, quando mi guarda. Né tantomeno una persona. Vedono tutti una minaccia. Un pericolo. Un campanello d'allarme. Qualcuno che preferirebbero fosse scomparso al posto di Lola. Credo che l'unico modo che ho per provare a sentirmi di nuovo a mio agio a casa mia sia quello di ritrovarla. Devo trovare un rimedio a questa situazione.

Max accosta accanto al marciapiede a un paio di case di distanza dalla mia e io mi allungo verso la maniglia della portiera.

«Ehi, Drew?».

Mi volto a guardarlo. «Sì?».

Ha le palpebre appesantite dalla stanchezza, ma mi sorride. «Sei davvero una splendida persona per tutto quello che stai facendo, lo sai?»

«Sarebbe a dire?»

«Be', questo», spiega, indicando il telefono che ho sulle gambe. «Tutte le volte che sei stato al distretto, la lavagna, le registrazioni, i volantini... tutto quello che stai facendo per Lola».

«Sto solo facendo quello che chiunque altro farebbe per una persona a cui tiene».

«Forse. Ma non è da tutti tenerci così tanto».

Continuo a rimuginare sulle sue parole mentre scendo dall'auto e lo guardo allontanarsi.

Merda, spero proprio che si sbagli. Spero che si sbagli più di qualunque altra cosa, perché non riesco a immaginare di poter fare meno di così.

Sgattaiolo verso il retro di casa mia. Tutte le luci sono spente, quindi in teoria posso stare tranquillo. Sfrutto l'albero del giardino per arrampicarmi e sguscio di nuovo dentro dalla finestra della mia stanza. Nella mia camera è ancora tutto come l'ho lasciato. Il finto Drew fatto con i cuscini è ancora sotto le coperte e non c'è niente che suggerisca che i miei genitori possano essere entrati a dare un'occhiata. Abbasso il vetro della finestra alle mie spalle e lo chiudo con il fermo per evitare altre visite a sorpresa.

Il calore che fuoriesce dalla griglia dell'impianto di climatizzazione sotto la mia scrivania mi fa formicolare le mani mentre piano piano si riscaldano. Mi tolgo le scarpe con un calcio, mi sfilo i pantaloni e metto da parte i cuscini per infilarmi nel letto, appoggiando il telefono sul comodino con un sospiro di sollievo.

Non riesco ancora a credere che ce l'abbiamo fatta per davvero.

È tardissimo. Ho bisogno di dormire e di concedere un minimo di tregua al mio povero cervello, però quando chiudo gli occhi vedo soltanto Lola. Che non aspetta altro che io la ritrovi.

Riapro gli occhi e prendo le cuffie. La voce di un'altra interlocutrice mi invade le orecchie. Insiste di aver visto Lola volare a mezz'aria ieri mattina, dopodiché scoppia a ridere e riattacca.

So che devo dormire. Ma proprio non riesco a lasciar perdere.

Capitolo 16
Drew

Mi sveglio di soprassalto e per poco non sbatto la testa contro il comodino. I dettagli frammentati del sogno che stavo facendo sbiadiscono in fretta dalla mia mente: una distesa di terriccio sporco, unghie che raschiano la terra.

Un brivido mi fa rizzare tutti i peli delle braccia e mi costringo subito ad alzarmi a sedere.

Ho un filo aggrovigliato intorno a un braccio. Quando lo strattono, il mio telefono sbuca fuori da sotto le coperte. Lo guardo sbattendo le palpebre, sfregandomi gli occhi finché piano piano non mi ritorna in mente la notte scorsa. Devo essermi addormentato ascoltando le registrazioni.

Mi giro per recuperare l'estremità del cavo di ricarica rapida dal pavimento, sperando che la mia batteria morta e sepolta riesca a ricaricarsi quel tanto che basta, mentre mi preparo, da permettermi di superare la giornata. Appoggio il telefono sul comodino e sposto lo sguardo fuori dalla finestra. La luce del sole filtra attraverso il vetro. Un sacco di luce.

L'orologio sul mio comodino dice che è quasi mezzogiorno e mezzo.

Cazzo. Telefono scarico vuol dire niente sveglia. Quindi sono in ritardissimo per la scuola.

Mi premo i palmi delle mani sugli occhi e impreco. Parecchio.

Non so se ha senso a questo punto, visto che ormai i miei genitori avranno già ricevuto da un pezzo la solita comunicazione automatizzata da parte della segreteria didattica: "La presente per informarvi che in data odierna... vostro figlio, *Andrew Carter-Diaz*... risulta assente da scuola".

Per di più, mi sento proprio uno schifo. Mi fanno male gli occhi, mi fa male la testa, mi fanno male i muscoli. L'unica cosa che vorrei fare è mettermi le cuffie e non muovere un dito per tutto il giorno, diamine.

Ma poi mi balena in mente il volto di Roane. Al buon vecchio sceriffo non frega un accidente di quello che vorrei io. Se dovesse venire a sapere che non mi sono presentato a scuola, verrebbe a buttarmi giù la porta di casa pur di assicurarsi che non me la sia data a gambe da questa città. Perciò mi infilo un paio di jeans puliti, una maglietta blu scuro e la mia felpa nera dei Beastie Boys con il cappuccio e la scritta "*No Sleep Till Brooklyn*", un regalo che avevo ricevuto l'anno scorso da Lola per Natale. Le parole "*no sleep*" mi sembrano molto azzeccate per la giornata di oggi.

Sposto il cellulare e attacco il caricabatterie alla presa di corrente vicino al lavandino del bagno. È già al quindici percento. Se riesco a farlo arrivare al venticinque prima di uscire, potrebbe durare fino alla fine della giornata, anche se poi dovrò ricaricarlo di nuovo se vogliamo ascoltare il resto delle registrazioni dopo la scuola. Inserisco il codice di sblocco e lo schermo viene inondato da tutte le notifiche delle chiamate perse e dei messaggi ricevuti.

Trovo una chiamata e un messaggio in segreteria da parte di ciascuno dei miei padri, che mi chiedono perché non sono a scuola. Mi infilo lo spazzolino in bocca e nel frattempo digito un messaggio da inviare a entrambi in cui spiego che non mi è suonata la sveglia e che mi sto preparando adesso. Anche Max e Autumn mi hanno mandato messaggi simili. Il primo messaggio di Max è di stamattina: dice che è davanti a casa mia e mi chiede se ho ancora bisogno di un passaggio. A quanto pare è rimasto ad aspettarmi per circa un quarto d'ora, dopodiché si è arrampicato sull'albero per bussarmi alla finestra, ma alla fine si è arreso e se ne è andato a scuola.

Merda. Gli scrivo subito un rapido messaggio di scuse, aggiungendo una decina di emoji che si sbattono la mano sulla fronte per la disperazione, e quasi subito sullo schermo appaiono i soliti tre puntini.

MAX: Amico, eri in un sonno così profondo che sembravi morto
IO: Scusa. Non ti ho proprio sentito
MAX: L'ho notato. Ti capisco, però. Anch'io non riuscivo ad alzarmi stamattina. Ma quando ho premuto il tasto "posticipa sveglia" per la seconda volta, mia madre ha fatto irruzione nella mia stanza.

Per fortuna entrambi i miei padri sono già al lavoro molto prima che io debba uscire per andare a scuola, altrimenti avrei subìto la stessa sorte.

IO: Immagino
MAX: Se vuoi posso uscire durante la pausa pranzo e venire a prenderti. Oppure ormai hai deciso di boicottare le lezioni per oggi???
IO: Magari... ma non posso. Roane mi darebbe il tormento
MAX: Va bene, allora vengo a prenderti. Oggi ho la pausa pranzo durante il terzo turno.

Gli rispondo con un pollice in su, grato non solo per la sua inesauribile disponibilità ad aiutarmi, ma anche perché il fatto che abbia la pausa pranzo durante il terzo turno significa che avrò una mezz'ora aggiuntiva per ascoltare altre registrazioni e ricaricare il telefono. Lo appoggio di nuovo accanto al lavandino e finisco di lavarmi i denti.

Se non altro mi sono procurato un passaggio, perlomeno. La scuola dista quasi due chilometri da casa mia e ho a malapena l'energia per lavarmi la faccia, figuriamoci per andarci a piedi. Decido di ascoltare le registrazioni in vivavoce. Tanto vale fare un po' di multitasking. Faccio partire la prima mentre l'acqua si scalda.

«Salve, è questa la linea ufficiale per le segnalazioni?», chiede una donna. «Mi chiamo Diana e credo di aver visto quella ragazza a Eugene ieri. Era con un gruppo di studenti universitari, ma sembrava molto più grande e aveva i capelli arancioni, e...».

Passo alla successiva.

«Anonimo qui. Quella ragazza, Lola, è scappata. Smettetela di cercarla, è fastidioso continuare a vedere lei e quei depressi dei suoi genitori al telegiornale ogni santa volta...».

Salto a quella ancora dopo. Anche se... la voce di questo "anonimo" assomigliava in maniera sospetta a quella del capitano della squadra di golf, che frequenta il mio stesso corso di scienze politiche alla terza ora. Se dovessi scoprire che ha davvero chiamato il numero di emergenza ufficiale per lamentarsi di quanto la scomparsa di Lola sia una vera seccatura *per lui*, potrebbe ritrovarsi con le gomme della sua amata Jetta misteriosamente squarciate.

«Dovete credermi. È stata rapita dagli alie…».

Alzo gli occhi al cielo e mi sciacquo il viso con una bella spruzzata di acqua calda. Poi passo oltre.

«Salve. Mi chiamo Meredith Hoyt. Ho già chiamato il 911 e mi hanno detto che avrebbero girato le informazioni a chi di dovere, ma per sicurezza ho cercato anche questo numero su Google. Credo di aver visto quella ragazza scomparsa… Lola? È appena uscita da una tavola calda a Waybrooke con un signore, e non sono sicura al cento percento che fosse lei, ma…».

Allungo un dito per passare alla registrazione seguente quando sento: «…indossava lo stesso giubbino di jeans della foto trasmessa al telegiornale. Quello con le maniche a fiori».

Rimango pietrificato, con l'acqua che mi cola dal mento e lungo gli avambracci.

Ma non è che ho appena… avuto un'allucinazione? Sto ancora dormendo? Fisso il mio riflesso sbattendo le palpebre. Non è possibile. Devo aver sentito male.

Mi asciugo il viso e porto un po' indietro la registrazione.

La voce tremolante di Meredith Hoyt riecheggia di nuovo nel mio piccolo bagno. «…lo stesso giubbino di jeans della foto trasmessa al telegiornale. Quello con le maniche a fiori».

Metto in pausa, perché credo che il mio cuore abbia smesso di battere.

Mille ricordi di quella giacca mi affollano la mente. A scuola. In spiaggia. Al tavolo della cucina di casa mia. In piscina. Un tessuto di jeans sbiadito, con bottoni color oro rosa scelti proprio da Lola in una merceria locale. Maniche floreali personalizzate che Autumn, come parte del suo progetto finale per il corso di fashion design dell'anno scorso, aveva meticolosamente cucito a mano usando un filo color oro rosa abbinato ai bottoni.

L'aveva confezionata per Lola. Aveva persino ricamato le sue iniziali sulla targhetta.

E Lola la indossava ovunque, persino la notte in cui è scomparsa.

Premo di nuovo "play", bisognoso di sentire il resto.

«Aveva i capelli scuri, corti fino al mento, e indossava un paio di jeans e una maglietta nera sotto il giubbino. E poi aveva anche una specie di cappellino bianco», prosegue la donna, prendendosi un attimo di pausa per tossire. «È andata via insieme a quel tizio di cui vi parlavo. Un signore adulto. Sulla quarantina? Magari suo padre? Era abbastanza alto, con lineamenti affilati, e guidava un grosso furgone commerciale grigio con chiazze di vernice scrostata. Non sono riuscita a leggere la targa. È successo più o meno verso mezzogiorno. Anzi, un paio di minuti fa, a essere precisi. Giuro che sembrava proprio lei».

Ma porca miseria ladra. Controllo la data e l'ora della registrazione. La segnalazione è stata ricevuta poco più di ventiquattr'ore fa.

Lola era viva ieri. Era fuori da una tavola calda con uno sconosciuto, e io ne ho le prove proprio qui. Meredith Hoyt lascia i suoi recapiti e la registrazione si interrompe. Mi affanno a mettere in pausa prima che inizi quella successiva perché, qualunque cosa sia, non è importante. Non quanto questa telefonata.

Appoggio le mani sul bordo del lavandino e cerco di metabolizzare il tutto. Lola è sparita per settimane e ora se ne va in giro con un tizio in un furgone inquietante? Non può mai venire fuori nulla di buono da un furgone dall'aspetto poco raccomandabile con tanto di vernice scrostata. E quel tizio con cui era non è certo suo padre, quindi chi cazzo è?

E perché non è tornata a casa?

Mi si stringe lo stomaco. Forse non può. Forse è lui che non la lascia tornare a casa.

È con lei in questo momento? Che cosa è successo nelle ultime cinque settimane, mentre tutti noi ce ne stavamo con le mani in mano a chiederci dove fosse finita?

Lo specchio riflette la scintilla di disperazione nei miei occhi. Mi sa che sto per sentirmi di nuovo male.

Strappo il caricabatterie dalla presa e corro verso il computer per cercare Waybrooke. La mappa mi mostra una località lungo la costa, non lontano da Florence. È a poche ore da qui. Perlomeno è ancora nell'Oregon. O lo era ieri. E se è ancora così vicina dopo tutto questo tempo, allora è probabile che quel tizio non abbia intenzione di lasciare la zona o comunque lo Stato, almeno nel breve termine. Forse c'è ancora una speranza…

Ma io cosa dovrei fare adesso? Ho una pista, ma cosa diamine posso farci? Chiamo Autumn, ma non mi risponde. Evito di chiamare Max, perché non mette mai il telefono in modalità silenziosa e, se gli dovesse squillare in classe, glielo toglierebbero per il resto della giornata.

Fisso lo schermo del mio cellulare, fermo sulla segnalazione in pausa di Meredith. Un minuto e sette secondi hanno appena cambiato tutto. Non ho scelta. Ho bisogno dell'aiuto di Roane. Scoprirà che gli ho fregato questi dati dal computer, ma riconoscerà la descrizione della giacca di jeans e saprà cosa fare. Ha l'autorità per interpellare gli avventori e i dipendenti della tavola calda o per far intervenire la polizia. Può darsi che qualcun altro abbia visto il furgone e preso nota del numero di targa, o magari potrebbe essere stato ripreso da una telecamera di sicurezza. Roane può seguire la scia di briciole di pane fino a trovare Lola.

Può riportarla a casa.

Tutto questo può finire.

La speranza mi fa salire il cuore in gola. Devo fare in modo che lo sceriffo mi ascolti.

Apro il file dei volantini che avevo realizzato in occasione della scomparsa di Lola e modifico le informazioni riportate in fondo alla pagina. Le sottolineo. Le metto in grassetto. Ingrandisco il carattere.

Nome: Lola Elizabeth Scott
Età: 17 anni
Capelli: castano scuro
Occhi: verdi
Ultimo avvistamento: giorno 5 novembre, ore 12:17, nei pressi di una tavola calda a Waybrooke, Oregon, in compagnia di un uomo sulla quarantina. Alto, lineamenti affilati. Alla guida di un furgone commerciale grigio con chiazze di vernice scrostata.

Cancello la foto che c'era prima e la sostituisco con quella che ho come sfondo del desktop. Lo scatto di noi due in spiaggia. Lo ritaglio in modo che si veda solo lei. Con quella giacca di jeans in primo piano, chiara come il maledettissimo sole. Mando il file in stampa, ficco i piedi nelle scarpe e il caricabatterie del cellulare nello zaino. Afferro al volo il nuovo volantino dal vassoio della stampante ed esco di casa correndo.

Non mi fermo nemmeno per chiudere la porta a chiave. Corro e basta.

Per tutto il quartiere. Fino a quando non arrivo in centro.

Mi manca l'aria mentre schivo i pedoni sul marciapiede. La gente mi urla di rallentare, ma io non la smetto di correre finché non irrompo dalla porta del distretto, stringendo le bretelle dello zaino e il nuovo volantino come un animale imbizzarrito.

La povera Savannah balza giù dalla sedia per lo spavento e si porta una mano al cuore. «Ma che diamine...», grida, ma io sono già alla sua scrivania.

«È già qui lo sceriffo? È un'emergenza», dico, boccheggiante.

Roane appare sulla soglia del suo ufficio, ancora con la giacca indosso. Deve essere appena arrivato. «Drew? Che cosa ci fai qui? Perché non sei a scuola?»

«Non mi sono svegliato in tempo». Oltrepasso la scrivania di Savannah. «Devo farle vedere una cosa».

Lui mi lancia un'occhiatina perplessa. Un'occhiatina che sembra dire: "Ti stai comportando come un povero svitato". Poi però si fa da parte e mi fa cenno di entrare nel suo ufficio, chiudendo la porta alle nostre spalle con un calcio. «Accomodati».

Mi siedo sulla stessa poltrona di ieri sera, lasciando cadere lo zaino sul pavimento. La luce del sole che entra dalla finestra mi colpisce in pieno viso. Mi chino in avanti per evitare che mi vada proprio negli occhi e mi appoggio i gomiti sulle ginocchia.

Roane si toglie la giacca e ammassa in un mucchietto unico il disordine che regna sovrano sulla sua scrivania. «Cosa posso fare per te, Drew? Hai altro da aggiungere alla tua dichiarazione?».

Il mio petto continua ad ansimare, muovendosi su e giù. «No. Ma ho una pista su Lola».

Roane allora solleva le sopracciglia di scatto, poi si siede. «Ti ascolto».

«Bene. Continui a farlo». Mi tiro fuori il cellulare dalla tasca e riproduco la registrazione del messaggio di Meredith Hoyt. La voce della donna si diffonde nello spazio tra di noi e io tengo gli occhi fissi sullo sceriffo mentre lui ne ascolta il resoconto. Faccio scorrere il mio nuovo volantino sulla sua scrivania, indicando la data, l'ora e i particolari dell'uomo che lei descrive. Quando la registrazione finisce, la faccio ripartire daccapo per mettere ogni dettaglio in evidenza. Non appena Meredith menziona la giacca, metto in pausa.

«È questa. La descrizione coincide alla perfezione», affermo, allungando l'indice verso la giacca nella foto. «È proprio lei. È Lola».

Lui fissa la foto sul volantino per un minuto lunghissimo e silenziosissimo, poi alza lo sguardo su di me. «Me la ricordo, quella giacca. Autumn ci ha messo più di un mese a finirla». Scarabocchia qualche appunto su un taccuino accanto al suo gomito, ma si direbbe che stia copiando quasi alla lettera quello che ho stampato sul volantino. «Però… quante probabilità ci sono che si tratti proprio della stessa giacca? Un sacco di gente possiede giacche di jeans. Viviamo pur sempre negli Stati Uniti nord-occidentali».

«Un sacco di gente possiede giacche di jeans fatte a mano e personalizzate, con maniche floreali dai toni pastello e le iniziali di Lola ricamate sulla targhetta? E che diamine, sceriffo, scommetto che avrà ancora alcuni scampoli di stoffa a casa sua!».

Lui sbuffa, poi butta giù qualche altra annotazione. «Già, è probabile di sì».

«Queste informazioni dovrebbero bastare quantomeno ad autorizzare una spedizione da quelle parti, giusto? Certo, forse la giacca non è sufficiente da sola, ma magari la tavola calda avrà qualche filmato di lei che la indossa? O del veicolo? O del tizio che era con lei?».

Roane annuisce tra sé e sé, consultando i suoi appunti, poi però alza lo sguardo su di me con un'espressione accigliata.

«Ma tu come diavolo hai fatto a entrare in contatto con la donna che c'era fuori dalla tavola calda? Si è imbattuta in uno di questi?», mi chiede, indicando il volantino sulla scrivania con il cappuccio della penna.

Sì, certo, perché li ho spediti lungo tutta la costa usando un piccione viaggiatore. «No, ha chiamato la linea telefonica di…».

Il resto della frase mi muore sulle labbra e il peso del mio errore mi fa ripiombare dritto sulla poltrona, nel bel mezzo del fascio di luce accecante del sole. Cazzo, cazzo, cazzo.

Roane alza lo sguardo a rilento e mi fissa, con il volto sempre più arrossato a ogni secondo che passa. «La *cosa*?».

Cazzo. «Io…».

«Non puoi certo parlare della linea telefonica di emergenza, vero Drew? Delle segnalazioni *ufficiali*, registrate e monitorate dalla polizia? Perché altrimenti significherebbe che hai rubato delle prove, e non esiste al mondo che tu sia così stupido, dico bene?», sbotta, alzandosi così in fretta che la sua sedia da ufficio vola all'indietro e va a sbattere contro i pannelli di legno della parete alle sue spalle.

Mi nascondo la faccia tra le mani. Cazzo.

«Come diamine hai fatto ad accedere al mio computer?».

Devo riuscire a mettere una pezza su questa situazione. Roane mi stava ascoltando sul serio prima che aprissi la mia stupida boccaccia. «Sceriffo, lo so che è incavolato nero, ma ho bisogno che mi stia a sentire, d'accordo? Non importa come ho ottenuto queste informazioni. Ciò che conta è quello che ho scoperto…».

Mi fissa in malo modo. «Che cosa hai fatto, sei entrato dalla finestra? Lo sapevo che c'era sotto qualcosa di strano ieri sera. È da settimane che eviti me e questa indagine, nascondendoti dietro i tuoi padri e il tuo avvocato, e poi ieri all'improvviso ti sei presentato qui desideroso di esprimere i tuoi sentimenti? Stronzate. Sei stato beccato con le mani nel sacco e te ne sei tirato fuori a suon di menzogne, come fai per tutto il resto».

«No. Le ho detto la verità su Lola, ma *niente* di tutto questo ha importanza, sceriffo. L'unica cosa che conta è Lola. Ascolti di nuovo la registrazione. È la sua giac…».

«Maledetti adolescenti», borbotta tra sé e sé. «Controllerò le riprese delle telecamere di sicurezza e, non appena avrò beccato il filmato di te che vieni a rubare nel mio ufficio, sarai spacciato».

Accartoccia il volantino e me lo scaglia contro. Mi colpisce in pieno petto, al che io lo guardo con gli occhi sgranati. Cioè, io gli fornisco una pista e lui la butta via? Va bene, che si arrabbi pure per ieri sera. Non mi importa. Che mi arresti. Non mi interessa nemmeno quello. Ma non è certo il caso di buttare via informazioni rilevanti solo perché non gli piace la persona che gliele ha comunicate.

«Sceriffo Roane, la prego. Deve parlare con questa donna. La supplico».

Lui si sporge in avanti e, per una frazione di secondo, penso che stia per premere il tasto "play" sul mio cellulare per riascoltare il resoconto di Meredith. Purtroppo, però, mi sbaglio. Al contrario, prende il dispositivo e lo scaraventa dall'altro lato della stanza. Il telefono colpisce la porta e cade, atterrando sulla moquette con un tonfo sordo. «Sono io lo sceriffo. E di certo non prendo ordini dal sospettato numero uno nel caso di una persona scomparsa».

Mi si afflosciano le spalle. «Davvero ha intenzione di non fare nulla sulla base di quello che le ho fatto sentire?».

Lui si mette a braccia conserte. «Non me le bevo queste stronzate confezionate a tavolino per depistarmi. Sei stato tu l'ultimo a vederla, e adesso guarda caso ti presenti qui con tutte queste comode prove che suggeriscono che Lola si trova lungo la costa con uno strano tizio alla guida di un furgone inquietante? Non prendiamoci per il culo, ragazzino. Di solito la risposta più ovvia è anche quella giusta. Perciò ora dimmi, cosa ti sembra più plausibile? Che Lola abbia litigato con il suo ragazzo e che le cose si siano spinte troppo oltre, o che lei e la sua giacca così particolare siano state rapite da un estraneo che ha deciso di invitarle a pranzo in una tavola calda lungo la costa?»

«Sceriffo, io...».

«La mia squadra terminerà di esaminare le segnalazioni inviate alla linea di emergenza, prima o poi. Pertanto, se questa si rivelerà una pista veritiera e attendibile, ce ne occuperemo. Ma io sono convinto che sia solo un mucchio di stronzate.

Diamine, per quanto ne so, potresti benissimo averla orchestrata tu, quella chiamata da Waybrooke. Adesso stai cercando di farti passare per il fidanzatino preoccupato, ma non dimenticare che sei stato *tu* a metterla in pericolo fin dal primo istante».

Ogni briciolo di spirito combattivo mi abbandona. Lascio ricadere la testa all'indietro finché non mi ritrovo a fissare il soffitto. Non so perché sono venuto qui. Come ho potuto pensare che questa registrazione gli avrebbe fatto cambiare idea su quello che in cuor suo ha già deciso sia successo quella notte? Se è Roane che comanda, per Lola non c'è possibilità di salvezza.

Afferro lo zaino e recupero il cellulare da terra. Me lo rigiro nel palmo della mano, questo oggettino che è stato in grado di alimentare la prima scintilla di speranza che io abbia nutrito in queste settimane. «L'ha rapita qualcuno, sceriffo, e se lei non approfondisce questa pista e a un certo punto salta fuori che nel frattempo Lola è morta, nessuno glielo perdonerà mai».

«Adesso basta con i melodrammi, Drew. Non stiamo cercando una sottospecie di Ted Bundy mancato. Non c'è nessun serial killer misterioso che si aggira nei pressi del fiume. Cose del genere non capitano da queste parti».

«È disposto a scommetterci la vita di Lola?».

Lui esita, ma solo per un secondo.

Io giro i tacchi ed esco dal suo ufficio a passo di marcia. Tuttavia, com'è ovvio, Roane non può mica lasciarmi avere l'ultima parola.

«Di' ai tuoi genitori di scattare un sacco di foto di famiglia nei prossimi giorni, ragazzino», mi urla dietro, mentre gli sguardi di cinque o sei poliziotti e quello di Savannah mi seguono fuori dalla porta. «Potrebbe essere l'ultima volta che ti vedono fuori da una cella per molto, molto tempo».

Capitolo 17
Mary

Giorno 5

Mi trascino verso il letto e mi siedo accanto al cuscino. Infastidita dal peso colossale di tutto ciò che non so. Non so perché la donna sul divano rosso occupi così tanto spazio nella mia mente. Non so perché non ho ricordi della bionda raffigurata nella foto che Wayne tiene nel portafoglio. Non so perché continuo a ricordare i dettagli sbagliati, né come fare per smetterla.

Ho bisogno di qualcosa che sia chiaro, oltre che indiscutibilmente mio.

Ripasso ancora una volta la mia lista. Mary Ellen Boone. Diciassette anni. Studentessa modello. Ultimo anno. Fan di Lizzo. Allergica alle fragole. Giacca fiorata. Orfana di madre, che non faceva l'infermiera e non aveva i capelli scuri. Pantofolaia. Ghiotta di girelle alla cannella. Amante del viola. Istruita a casa da privatista. Buona coordinazione.

Ecco chi sono. Giusto?

Infilo le gambe sotto le coperte e mi rannicchio in posizione fetale. La donna dai capelli scuri continua a fluttuare nella mia mente come un miraggio. Mi aggrappo alla sua immagine, cercando di farla apparire in qualche film che ho visto, oppure a braccetto con la bionda, o ancora in una conversazione tra vicini su una staccionata condivisa. Qualsiasi cosa mi permetta di collocarla nella mia vita. Ma non c'è niente che funzioni, e il suo volto mi scatena un profondo dolore al petto.

Una lacrima mi riga la guancia.

Il sonno mi travolge come un fiume in piena, così rapido che non mi ricordo nemmeno di aver chiuso gli occhi.

Sono ai margini di un campo da softball, con indosso la mia uniforme, e non riesco proprio a stare ferma, impaziente che arrivi il mio turno. Giro il polso e faccio roteare la mazza che ho in mano. Oggi colpirò quella cavolo di palla con una forza tale da farla finire in orbita, e non vedo l'ora di cominciare. Fisso la schiena di Kelly, ancora al piatto, mentre colpisce la palla del terzo lancio e la fa schizzare verso la terza base. Riesce a raggiungere la prima base per un soffio, dopodiché arriva il mio momento. Sorrido. Adoro questo genere di cose. La pressione. Gli occhi puntati su di me. Tutte e tre le mie compagne di squadra sono sulle loro basi, tese e pronte a scattare. Sanno cosa sta per succedere.

Mi incammino verso la casa base, con l'allenatore che mi dà una pacca sulla spalla al mio passaggio, poi alzo lo sguardo verso le gradinate. Lei è proprio lì, in prima fila, come sempre. Ancora con i vestiti del lavoro, si scosta i capelli dal collo e, mentre se li raccoglie, mi fa l'occhiolino. Anche lei sa cosa sta per succedere, e ha già un'espressione orgogliosa dipinta sul volto.

Mi avvicino alla casa base… e il campo di gioco svanisce.

Sono in macchina con Wayne, di ritorno dalla nostra giornata a Waybrooke, con il finestrino che mi si appanna a causa dell'effetto del Benadryl. Gli alberi si stagliano minacciosi fuori dall'auto, facendosi sempre più vicini a ogni mio respiro, fino a sfiorare il tetto del furgone. Mi tiro su di scatto, allarmata, quando i rami raschiano via la vernice dal veicolo e si accaniscono contro i finestrini.

«Che succede?», chiedo a Wayne.

Lui mi sorride, ma i suoi denti diventano zanne. «Va tutto bene».

I rami sfondano il vetro. Io scompaio.

Sono seduta accanto a una ragazza che conosco, a un'assemblea. Lei appoggia i piedi accanto ai miei, sui sedili della gradinata di fronte a noi. Indossiamo le stesse Converse paillettate, anche se le sue sono argentate e le mie nere. La palestra è un'accozzaglia di rumori, con un migliaio di voci che gridano a squarciagola. Un insegnante al centro della palestra brandisce un microfono, cir-

condato da studenti animati da un forte spirito scolastico. Dietro di lui, in cima a un'altra tribuna gigantesca, c'è un cartellone lunghissimo con la scritta "Matricole" dipinta di rosso. Alla mia sinistra, i ragazzi del secondo anno ne hanno uno bordeaux con le lettere bianche, mentre quelli del terzo anno, alla mia destra, ne hanno uno nero e oro.

«Non vi sento, ultimo anno!», grida l'insegnante, alzando gli occhi verso il nostro settore.

Il mio lato della palestra erompe in un'esplosione di grida.

La ragazza con le scarpe uguali alle mie ride, poi dice: «Questa storia dello spirito scolastico è proprio una stupidaggine, ma porca miseria se è contagiosa».

Non potrei essere più d'accordo.

La palestra scompare, sostituita da una cucina poco illuminata.

Sono seduta a un'isola con sgabelli di metallo. La donna con i capelli scuri mi guarda, raggiante, e fa scorrere un piatto di plastica dorato verso di me. La massa informe sul piatto ha l'aria di essere, più o meno, una torta rivestita con una crema al caramello. Sulla sua sommità sfavillano due candeline nere glitterate che compongono il numero diciassette, solo che piano piano il dolce inizia a pendere di lato, come se fosse sul punto di sciogliersi, e io rido. Non è mai stata un granché come pasticcera – e nemmeno come cuoca in generale, a dire il vero – ma a ogni mio compleanno cerca sempre di fare del suo meglio. A prescindere da qualsiasi cosa stia accadendo nelle nostre vite o da quanto filo da torcere io abbia potuto darle.

Comincia a cantarmi Tanti auguri a te *con una voce dolce e sussurrata, ma cambia un bel po' di parole. Come sempre. «Tanti auguri a te, tanti auguri a te, sei stupenda e perfetta… e ti voglio troppo bene!».*

Spengo le candeline e con l'indice raccolgo un po' di crema al caramello dalla cima della torta. «La sai la versione originale, non è vero?».

Finge di offendersi e si porta una mano al petto. «La canto con le parole sbagliate dal giorno in cui sei nata, dolcezza. Non ho intenzione di cambiare adesso. Sono troppo vecchia. Troppo ancorata alle mie abitudini».

Mi infilo in bocca un bel pezzo di torta al cioccolato. «Hai trentanove anni. Non sei vecchia. E adesso, mi aiuti a far fuori questa mostruosità o no?»

«Temevo che non me l'avresti mai chiesto». Impugna una forchetta, al contrario della zotica che sono io, e ne assaggia un boccone. «Buon compleanno, bimba mia».

La sensazione di felicità che mi pervade il petto mi si propaga in tutto il resto del corpo e sorrido. «Ti voglio bene, mamma».

Non appena pronuncio queste parole, la cucina diventa più buia. Si offusca. Sprofonda in una scala di grigi.

La torta si sgonfia, accartocciandosi su sé stessa. Marcisce, dando origine a piccoli funghi neri e a uno stato di putrefazione che si diffonde su tutto il ripiano. Le lambisce le mani, trasformandole la pelle in muffa. Lei sorride, ma subito dopo gli occhi le vengono risucchiati via dal viso.

«Dove sei, bimba mia?».

Grido e la sua testa si spacca a metà, venendo via come una maschera da cui poi emerge Wayne.

Che mi fissa.

Che non mi toglie gli occhi di dosso nemmeno per un istante. Mai.

Mi alzo a sedere sul letto, ansimante. Ho i pugni stretti intorno al piumone e per poco non ne strappo la stoffa, lasciando uscire le piume. E, per quanto possa chiudere gli occhi e strizzarli forte, lei è ancora lì. La donna del mio sogno.

La rivedo in un'infinità di ricordi. Mentre mi sgridava per non aver rispettato il coprifuoco. Mentre faceva il tifo alle mie partite di softball. Mentre mi acconciava i capelli per il ballo di fine anno. Mentre litigavamo per il mio modo di guidare, o per i due telefoni che avevo perso nell'arco dello stesso mese. Mentre metteva a soqquadro la cucina, con la casa che si riempiva della puzza di burro e pollo bruciati, per poi decidersi a ordinare a domicilio da un ristorante thailandese, cena che avremmo consumato sul pavimento del soggiorno. Rivedo tutta la mia vita insieme a lei, seppure ancora un po' sfocata mentre cerco di collegare altre persone e altri luoghi che non riesco ancora a riconoscere. Lei, però... lei è chiara come il sole. E la sua immagine, così nitida e perfetta nella mia mente, mi fa venire le lacrime agli occhi. Lacrime calde e grosse che sembrano provenire dalle parti più profonde del mio essere.

Lacrime amare e persistenti, che sono per metà sintomo di dolore e per metà di paura. Perché adesso so due cose di un'importanza fondamentale.

La prima: mia madre non è morta.

La seconda: Wayne mi ha mentito.

Perché mi ha detto che è morta se non è così? Chi è la bionda della foto? Perché Wayne mi ha detto che è mia madre, quando sa benissimo che non è vero? Mi torna in mente la gioia sul suo volto quando ho fatto finta di ricordarmi di quella donna. Insomma, gli ho detto di essermi ricordata di qualcosa che non era altro che una bugia, eppure lui ha reagito con gioia. Perché? Per quale motivo vuole che io abbia ricordi sbagliati della mia vita?

E, forse, la domanda più preoccupante di tutte: se sta mentendo su mia madre, su cos'altro potrebbe mentire?

Ripenso all'assemblea del mio sogno. Studio davvero a casa da privatista? È possibile che si trattasse di un ricordo del mio primo anno di superiori, in cui mi sono solo immaginata dalla parte sbagliata della palestra? Oppure la realtà dei fatti è che sono una studentessa dell'ultimo anno regolarmente iscritta a una scuola superiore e Wayne non vuole che io lo sappia?

E ancora, perché dovrebbe essere così importante se frequento una scuola vera e propria o meno?

Un'idea folgorante mi induce a fissare con gli occhi sgranati il poster con la scritta "*Don't Worry, Be Happy*". E se… fossi finita nel bel mezzo di una specie di guerra per l'affidamento? L'assenza di un altro genitore, l'istruzione da privatista a casa, questi fantomatici lavori di ristrutturazione che ci costringono a vivere nel bel mezzo del nulla… sono tutti particolari che mi isolano dal resto del mondo. È possibile che Wayne abbia perso una battaglia legale in tribunale e… mi abbia rapita? Che mi abbia portata via da mia madre?

E cosa cavolo c'entra tutto questo con l'essermi risvegliata in quel fosso? Con la mia perdita di memoria?

Tutte le emozioni negative degli ultimi quattro giorni e mezzo sono come mostri in carne e ossa che incombono su di me, sussurrandomi: "Te l'avevo detto" e "Avresti dovuto ascoltarmi". Un dolore pulsante mi martella le tempie. Non so se sia dovuto alle lacrime, o al panico, oppure all'adrenalina, però mi fa molto male.

Mi alzo a sedere, asciugandomi le lacrime dal viso, poi mi costringo a inspirare ed espirare con calma. Lotto contro il panico, così da potermi mettere a ragionare per cercare di venire a capo di questa situazione. Devo concentrarmi sui fatti. A partire dal più semplice di tutti.

Ovvero: Wayne mi ha mentito a proposito di mia madre.

Non c'è modo di indorare la pillola, non è possibile girarci intorno. Ha mentito di sana pianta. Mia madre è un'infermiera. Mentre lui mi aveva detto che faceva la casalinga. Carriera sbagliata abbinata alla faccia sbagliata. Mi aveva spiegato che era morta, eppure io me lo sento nelle vene che non è così. Ma allora perché mi ha mentito? Per fare in modo che non gli chiedessi di vederla?

Fatto numero due: si è dimenticato della mia allergia alle fragole.

Un errore banale, certo, se non fosse che si è scordato persino dell'aspetto di sua moglie, il che rimette in discussione qualsiasi cosa mi abbia mai raccontato. Forse è un padre assente? O è stato lontano per qualche tempo? È possibile che mi abbia rapita per punire mia madre senza sapere che nel frattempo avevo iniziato a soffrire di questa allergia?

Fatto numero tre: mi aveva detto che studiavo da privatista, che ero un po' riservata e pantofolaia e che detestavo mettere il naso fuori di casa.

Io invece credo di essere un'atleta. E non una qualsiasi: credo di essere un'atleta tremendamente competitiva, che adora avere tutte le attenzioni puntate su di sé. Mi piacciono i raduni studenteschi e le manifestazioni in cui si celebra lo spirito scolastico. I buchi nella mia memoria piano piano si stanno riempiendo di immagini della scuola, degli amici, di risate e di divertimento. Altro che Netflix sul divano e lezioni al tavolo della cucina. Non è che questa storia degli studi da privatista sia una scusa per evitare di farmi tornare in una scuola vera e propria? Così mia madre non riuscirà a trovarmi?

Fatto numero quattro: Wayne è in possesso di documenti ufficiali che attestano la mia identità.

Ha il mio certificato di nascita. La mia tessera con il codice fiscale. Persino il mio vecchio tesserino scolastico. E un sacco di foto, da quando ero piccola fino a oggi. Aver perso il diritto alla custodia potrebbe spiegare perché tutte le foto di noi due insieme sembrano più vecchiotte, mentre quelle più recenti ritraggono solo me. Il resto, però, regge.

Mi lascio ricadere la testa tra le mani. Sto solo tirando a indovinare, e nessuna di queste ipotesi mi sta portando più vicino a qualche risposta concreta. Nel frattempo, mi affiorano alla mente anche altre immagini. L'espressione disperata di Wayne alla stazione di polizia. I vestiti puliti appesi dietro la porta del bagno quella prima notte. L'enorme sacchetto con le scorte di materiale di primo soccorso che aveva comprato per assicurarsi che disponessi di tutto ciò che poteva servirmi per riprendermi. La pazienza con cui mi aveva lasciato fare compere e il sorriso sul suo volto mentre mi ordinava quella girella alla cannella. Le battutine scherzose sulle mie scelte cinematografiche. Quando mi aveva portato le coperte. Quando era scattato a tutta velocità verso la farmacia dopo essersi accorto che stavo avendo un'altra crisi allergica. L'amore nei suoi occhi ogni volta che mi rassicurava sul fatto che avrei recuperato la memoria.

Non ha mai alzato la voce con me. Nemmeno una volta. Anzi, è sempre stato gentilissimo e mi ha accontentato in qualsiasi cosa io gli abbia chiesto, e anche di più. Si è fatto in quattro per assicurarsi che fossi sempre a mio agio. A volte si è preoccupato pure troppo, ma comunque si è preoccupato. Come farebbe un genitore amorevole, che ci tiene.

Non riesco a far coincidere il padre attento di quest'ultimo paio di giorni con il genere di uomo capace di rapirmi e di riempirmi la testa di bugie. Le brave persone non rapiscono gli adolescenti… nemmeno se si tratta dei propri figli. Perciò… cosa caspita sta succedendo?

Strizzo forte gli occhi, premendomi i palmi delle mani sulle palpebre finché i miei lividi non si mettono a protestare. Mi sto comportando in maniera ridicola. Sul serio, in tutta onestà, cos'è più probabile? Che io sia un'adolescente confusa, ancora in preda agli strascichi di una commozione cerebrale, e che quindi stia attribuendo troppa importanza a un paio di sogni... o che sia stata rapita da un sociopatico che intende riempirmi il cervello di ricordi falsi? Tutto quello che Wayne mi ha detto finora si è dimostrato vero, se non fosse per questi ricordi che mi sono apparsi in sogno e che contraddicono tutto. Fra l'altro, si trattava comunque di sogni che in realtà erano mezzi incubi. Quindi chi può dire con certezza che contenessero qualcosa di reale?

Oltretutto, sono stati i paramedici a diagnosticare la mia commozione cerebrale. E sono stati sempre loro a suggerire che potrei aver avuto un incidente d'auto. Non l'ha mica detto Wayne; lui l'ha solo confermato alla stazione di polizia.

Dopo tutto quello che ha fatto per me, mi sembra a dir poco ingiusto permettere che qualche pseudo-barlume di consapevolezza faccia deragliare tutto ciò di cui è fatta la nostra vita insieme. Sono davvero pronta ad accusare Wayne di aver commesso gesti orribili e inimmaginabili solo perché sono confusa?

Non ho una risposta a questa domanda. Non ho una risposta a nulla, in tutta questa storia.

Mi costringo a fare un respiro profondo. È probabile che quei sogni fossero soltanto un mucchio di cavolate. È che sono così impaziente di ricordarmi qualcosa, che forse sarei capace di etichettare qualsiasi cosa come un ricordo. Il fatto di aver subito una perdita di conoscenza tale, quattro giorni fa, da non riuscire a ricordare nemmeno il mio nome al mio risveglio, adesso mi rende ancora più difficile riporre fiducia in qualsiasi informazione il mio cervello mi fornisca. Potrei svegliarmi domani e sapere benissimo chi è quella donna bionda, e tutto quanto potrebbe finalmente avere molto più senso.

La verità è che sto attraversando una settimana davvero difficile, e in più questo rompicapo della mia memoria si sta rivelando molto più impegnativo di quanto pensassi. Tuttavia, non significa certo che il mondo sta per finire. E poi, anche ammesso che così non fosse...

Mi giro verso il comodino. Guardo il biglietto da visita dell'agente Bowman, rischiarato dalla luce della luna.

Non sono da sola.

“Va tutto bene”, penso. “Va tutto be…”.

Una serie di passi pesanti che riecheggiano per il soggiorno attira la mia attenzione, facendomi spostare lo sguardo verso la porta della mia stanza. Sono quasi le quattro del mattino. Perché Wayne è ancora sveglio?

I passi si fermano fuori dalla mia camera, e così scivolo subito sotto le coperte e mi copro il viso con il piumone. L'ultima cosa che desidero è rivangare tutto quanto con l'uomo al centro di questa situazione così ingarbugliata. Se sta mentendo, il dialogo non servirà a nulla. E se *non* sta mentendo, parlarne lo ferirà più di ogni altra cosa. E non è affatto quello che voglio.

Mi sforzo di rilassare il respiro e chiudo gli occhi.

La porta si apre con un cigolio. I cardini metallici stridono finché la maniglia non tocca il muro. Cerco di ignorare l'angoscia che mi incutono questi piccoli rumori, nonostante mi scatenino un brivido lungo tutta la schiena. Nella stanza, intanto, cala un silenzio assoluto.

Un altro paio di secondi e sento il rumore sordo di un paio di scarponi pesanti che avanzano con passi leggeri.

I piedi del letto scricchiolano per il peso di Wayne non appena si siede.

Stanno per scoppiarmi le vene, lacerandomi la pelle del collo. Che cavolo sta facendo?

Non parla. Non si muove. Se ne rimane soltanto seduto lì, in silenzio.

Ma… mi sta guardando dormire? Lo sa che sono sveglia? Per quale motivo è venuto a sedersi sul mio letto nel cuore della notte?

Il mio battito cardiaco è troppo rumoroso. Sono certa che riesca a sentirlo. Non respiro. Non mi muovo. L'ansia mi stringe in una morsa. Ha lei il coltello dalla parte del manico, perché al momento non ho la più pallida idea di quale Wayne ci sia in questa baita con me: il padre premuroso o il rapitore.

Dopo un lasso di tempo che mi sembra infinito, il letto scricchiola di nuovo. Wayne si alza con un sospiro ed esce dalla mia camera. La porta si richiude con un clic e, dopo alcuni lunghi istanti di silenzio, mi scosto il piumone dagli occhi per accertarmi che se ne sia andato davvero.

La stanza è vuota.

Lascio uscire tutta l'aria che avevo accumulato nei polmoni e mi abbandono alla sensazione di conforto offerta dal materasso.

Ma cosa diamine è appena successo?

Capitolo 18
Mary

Giorno 5

Non ho la più pallida idea di quando mi riaddormento. Un attimo prima ho gli occhi fissi sul muro, intenta ad ascoltare il silenzio che regna in casa e l'ululato occasionale di qualche coyote in lontananza, e un attimo dopo mi risveglio, distesa a pancia in su, e mi ritrovo a sbattere le palpebre davanti ai deboli spiragli di sole che filtrano dalla finestra, facendosi strada nella mia stanza.

Sono quasi le dieci del mattino.

Mi alzo a sedere di soprassalto e guardo fuori. Il cielo è costellato di nuvole spesse.

Deve esserci un temporale in arrivo.

Mi cade lo sguardo ai piedi del letto. Mi sento assalire dall'ansia e mi stringo le braccia intorno al corpo. La notte scorsa è stata stranissima. Anzi, la definirei addirittura inquietante. L'ho percepita come… un'invasione della mia stessa privacy. Wayne non si è nemmeno preso la briga di bussare. Oltretutto, non ha manifestato alcun segnale che suggerisse che aveva capito che ero sveglia, perciò significa che… Cosa? Che è entrato nella mia stanza per guardarmi dormire?

L'ha fatto ogni notte che abbiamo trascorso qui?

O magari si sta comportando in modo strano perché l'incidente l'ha spaventato?

Comunque sia, non mi fa sentire a mio agio.

All'improvviso, un brusio di voci provenienti da fuori attira la mia attenzione. Mi sa che vengono dal vialetto.

Recupero il sacchetto rosa del negozietto dell'usato e strappo via i cartellini dai primi indumenti su cui riesco a mettere le mani: un paio di leggings neri e la camicia a scacchi bordeaux. La indosso sopra la maglietta nera con lo scollo *non* a "V" che avevo già messo ieri sera per dormire e mi fermo dietro la porta della mia camera a origliare. Il soggiorno sembra silenzioso, perciò mi affaccio e do una sbirciatina. Wayne non c'è.

Mi incammino verso la porta d'ingresso e mi fermo di colpo non appena scorgo Wayne e l'agente Bowman fuori dalla finestra.

Bowman è in piedi accanto alla portiera aperta della volante e sorride. Wayne è proprio di fianco a lui, con un foglio di carta in mano. La porta d'ingresso è rimasta socchiusa, ma giusto di uno spiraglio, che tuttavia lascia filtrare le loro voci.

«Lo apprezzo molto, signor Boone. Dico davvero. Se dovesse vederlo o averne notizie, la prego di chiamare subito quel numero riportato sul volantino. La moglie è molto preoccupata, come potrà immaginare, e speriamo davvero che questa vicenda possa concludersi con un lieto fine».

Wayne annuisce, usando il volantino per fare un cenno in direzione dell'agente Bowman. «Certo, ci mancherebbe. Mi dispiace solo di non essere stato granché d'aiuto. Ancora non abbiamo neanche avuto modo di disfare per bene le valigie, figuriamoci di socializzare con i vicini».

«Apprezzo che abbia trovato il tempo per parlare con me. E porti i miei saluti a Mary, per favore. Tornerò presto a trovarla per vedere come sta. Tanto comunque è probabile che dovremo fare un'altra chiacchierata a proposito della sua auto. Non ne abbiamo ancora trovato traccia, e nemmeno del luogo dell'incidente. La mia speranza è che nel frattempo si sia ricordata qualcosina in più e che sia in grado di fornirci qualche altra indicazione».

L'esitazione di Wayne è così breve che per poco non mi sfugge. Però c'è. Un istante dopo, Wayne sorride e stringe la mano dell'agente. «Mi sembra un'ottima idea. Intanto le auguro una buona giornata».

«Altrettanto. Ci faremo sentire». Detto ciò, Bowman risale sulla volante e si allontana.

Faccio per afferrare la maniglia della porta d'ingresso per andare a chiedere a Wayne cosa stia succedendo, ma il suo volto si trasforma. Il suo sorriso disinvolto svanisce e lui fulmina con lo sguardo il foglietto che ha tra le mani. Lo appallottola con violenza e si incammina di nuovo verso casa a passo pesante, trasudando una collera micidiale.

Io resto pietrificata. Non so perché, ma è così. Non credo di averlo mai visto così infuriato prima d'ora. Non a questi livelli. E tutto per colpa di un misero foglio di carta?

Mi giro di scatto e me ne torno di corsa verso la mia camera. La mia porta si chiude con un clic mezzo secondo prima che si senta la zanzariera aprirsi e che Wayne faccia il suo ingresso in cucina.

Non mi rendo conto di quanto sia terrorizzata al pensiero che Wayne possa sorprendermi a spiarlo fino a quando non sento un tintinnio di padelle e il ticchettio di accensione di un fornello a gas. Un minuto dopo, qualcosa finisce in padella e sfrigola. Il profumo della salsiccia al finocchio si insinua nella mia stanza dalla fessura sotto la porta e la familiarità di questo odore mi spinge a rilassare le spalle.

Va tutto bene.

Per dimostrarlo, apro la porta ed entro in cucina come se nulla fosse. Come se Wayne non fosse venuto in camera mia a guardarmi dormire la notte scorsa. Come se il pensiero che l'abbia fatto non mi disturbasse.

Wayne mi sorride. È un sorriso luminoso, sereno, affabile, privo della benché minima traccia della rabbia che aveva manifestato fuori. «Buongiorno, raggio di sole, alla buon'ora. Pensavo di doverti venire a sventolare la colazione sotto il naso, per farti alzare dal letto».

Per un attimo lo fisso sbattendo le palpebre, sconcertata dall'improvvisa inversione di rotta delle sue emozioni, ma poi mi siedo al bancone dell'isola e mi costringo a ricambiare il sorriso. «Già, scusami tanto. È che non sono riuscita a prendere sonno molto facilmente. Non avevo intenzione di svegliarmi così tardi».

Mi fa cenno con la spatola di non preoccuparmi. «Ma no, tranquilla. Sono state giornate molto pesanti. Qualche ora di sonno in più non è certo la cosa peggiore del mondo. E poi, non appena ti sarai ripresa appieno, non permetteremo mica che questa pigrizia diventi un'abitudine. Del resto, parafrasando Buddha, l'ozio è la via più breve verso la morte».

Ma che cavolo...? Lo fisso con gli occhi sgranati e lui mi fa un occhiolino, voltandosi appena.

Oh. Doveva essere una specie di battuta? Perché in quest'ultimo periodo mi sembra che ogni istante della mia vita sia condannato a essere trascorso nell'ozio, ma ritengo che proprio lui non possa biasimarmi più di tanto per aver dormito fino a tardi, dato che non c'è molto altro da fare in questa baita dimenticata da Dio.

«Sto preparando qualche altra salsiccia di quelle che ti piacciono tanto», continua, dal momento che non rispondo.

Mi sforzo di sorridere di nuovo. «Lo so. Ne ho sentito il profumino fin dalla mia camera».

Lui allora si volta di nuovo verso i fornelli e i miei occhi vagano verso la porta. O, per essere più precisi, verso il vialetto deserto subito fuori. Inizia a tremolarmi la gamba, anche se ho il piede appoggiato sulla piccola asticella metallica dello sgabello. «Ma... può essere che ho sentito parlare qualcuno nel vialetto poco fa?», chiedo. In tono pacato, con cautela.

Mi rendo conto del fatto che lo sto mettendo alla prova, ma mi sembra di un'importanza tanto vitale quanto insolita che non sappia quello che ho visto. Se mi racconterà della visita di Bowman, mi mostrerà il volantino e mi spiegherà che sta succedendo, saprò di non avere nulla da temere. Potrò smetterla di preoccuparmi più del dovuto, e...

«Ah, quello?», esclama lui, girando un medaglione di salsiccia. «Era una mamma con un minivan che cercava di vendermi alcuni biscotti per una raccolta fondi scolastica. Le ho detto che non ce ne servivano, visto che a breve ce ne andremo via da qui».

La sua bugia mi colpisce come una mazzata. Lui si gira e, dopo avermi mentito in faccia, mi sorride. Mi sforzo di mantenere anch'io un sorriso stampato sul volto mentre ogni molecola del mio corpo suona campanelli d'allarme.

Per quale motivo mi sta mentendo? Perché non vuole che venga a sapere della visita dell'agente Bowman?

Rimpiango di non essere uscita nel vialetto. Vorrei che Bowman mi avesse vista e che avessimo parlato. Rimpiango di essere rimasta in casa a origliare da dietro la porta e di averlo lasciato andare via così.

Devo perdermi nei miei pensieri per qualche minuto, perché all'improvviso ecco che Wayne mi mette davanti un piatto pieno di salsicce e uova strapazzate accompagnato da una forchetta. Resto a fissare le uova sbattendo le palpebre per qualche secondo, sentendo riecheggiare nella mia mente la sua voce in preda al panico di tre giorni fa. "Ho preparato la colazione con il pilota automatico inserito. Le uova erano per me, non mi è saltato in mente nemmeno per un secondo che magari non ti saresti ricordata che non le puoi mangiare…".

Infilzo un medaglione di salsiccia. I dubbi che mi affollano la mente continuano a vorticare in un gigantesco tornado di preoccupazione finché la mia forchetta non raschia il piatto. Ho ingurgitato tutto.

Wayne, ancora in piedi dall'altro lato dell'isola, mi guarda con un sopracciglio inarcato. «Avevi proprio fame, eh?»

«Già. Mi sa tanto di sì».

Afferra il mio piatto senza neanche prendersi la briga di finire la sua colazione e lo mette nel lavandino insieme alla padella delle salsicce. Quando torna verso l'isola, continua a non toccare cibo. «Dunque, ho una notizia davvero fantastica».

"Stai per dirmi la verità, per una buona volta?", penso.

«Ovvero?», domando invece.

«Stamattina ho ricevuto una telefonata dalla ditta a cui ho commissionato i lavori. Mi hanno detto che per oggi pomeriggio avranno finito con i pavimenti. Adesso stanno giusto dando una ripulita, ma già verso l'ora di pranzo sembrerà che non ci siano mai stati».

Lo guardo.

Lui deve leggere la confusione sul mio volto, perché si sporge in avanti. «Possiamo tornare a casa».

Una scarica di paura per poco non mi fa precipitare giù dallo sgabello. Sono stati proprio i pavimenti a farci venire alla baita. E ora li hanno finiti. Il che significa che lui vuole andarsene.

È arrivato il momento che aspettavo. Posso andarmene da

questo buco infernale sperduto e isolato e tornare in mezzo alla gente. Alla mia vera casa. A luoghi che potrebbero giovare molto di più alla mia memoria rispetto a questa baita. Dovrei essere felice, eppure l'unica emozione che provo è un panico opprimente.

E se fossimo diretti verso un altro genere di isolamento? Studio a casa da privatista, quindi potrei essere destinata a non vedere un'altra anima viva per molto tempo. Almeno qui l'agente Bowman sa dove trovarmi. Nessuno che io ricordi saprà dove sono, non appena Wayne mi avrà riportata a casa.

A meno che non sia lui a decidere di volerlo.

Mi si raggela la punta delle dita. Sono fin troppo consapevole di avere il suo sguardo puntato addosso, quindi sorrido. Come la figlia allegra e accondiscendente che si aspetta che io sia. Mary sarebbe entusiasta di tornare a casa. «È una notizia meravigliosa».

Sorride anche lui. «Sapevo che saresti stata al settimo cielo. Possiamo fare i bagagli e partire tra un pochino. Forse riusciremmo persino a risparmiarci un po' di traffico pomeridiano, se ce la facessimo a partire entro le undici».

Cioè tra meno di un'ora.

Continuo a sforzarmi di sorridere, ma dentro di me non sento altro che l'eco delle parole dell'agente Bowman che promette di tornare per vedere come sto. Rivedo Wayne che sorride e acconsente. Come se fosse stato convinto che saremmo stati ancora qui. Solo che non ha risposto a nessuna telefonata tra quando era sul vialetto e quando è rientrato in casa, perciò è impossibile che la ditta l'abbia chiamato per dargli la notizia mentre era davanti alla porta d'ingresso. Doveva già essere al corrente del fatto che saremmo partiti a breve, eppure non ne ha fatto parola con l'agente Bowman.

Tra l'altro, come è possibile che quelli della ditta siano riusciti a sostituire i pavimenti di un'intera casa e pure gli armadietti della cucina in soli cinque giorni?

Qui sta succedendo qualcosa. Non so cosa sia, ma non mi piace affatto.

«Mary? Allora, che ne dici? Vogliamo andarcene?».

No.

«Sì, certo. Mi sembra una buona idea». Mi costringo a smettere di pensare a tutte le ansie e le preoccupazioni che mi frullano per la testa, così posso fingere di non essere sul punto di annegare tra i brutti presentimenti.

Va tutto bene.

È tutto a posto.

Stiamo tornando a casa.

Va tutto benissimo.

Wayne finisce di sparecchiare il resto delle stoviglie che ingombrano il bancone e poi si scola quel che resta della sua tazza di caffè prima di posarla nel lavandino. «Perché non cominci a prendere tutte le cose che hai in camera, così poi ci mettiamo in viaggio? Io ti procuro uno scatolone non appena finisco di lavare i piatti».

Annuisco e, mentre mi alzo dall'isola, mi cadono gli occhi sulla cesta accanto al caminetto, dove sono contenuti tutti i cartoni e gli altri materiali da bruciare che si sono accumulati in quest'ultimo paio di giorni: confezioni di salsicce surgelate… rotoli di carta assorbente ormai finita… un cartone delle uova… varie altre scatole di prodotti alimentari…

E, in cima, una pallina di carta bianca tutta accartocciata.

Mi giro di scatto. «Sai che ti dico? Con tutti i bagagli e i preparativi per tornare a casa, mi sembri già abbastanza indaffarato per oggi. Ci penso io a lavare i piatti».

Lui inclina la testa di lato. «È un pensiero molto premuroso da parte tua, Mary. Grazie».

Mi piazzo davanti al lavello al posto suo e lui si dirige subito verso la porta d'ingresso. «Vado a prenderti uno scatolone, allora. Non dovrebbe volerci molto per caricare tutto. Non abbiamo troppi bagagli, grazie al tuo piccolo imprevisto».

Mi fa l'occhiolino. Io cerco di non rabbrividire.

Nello stesso istante in cui sento lo scricchiolio della ghiaia sotto i suoi scarponi, mi precipito verso il mucchio di cartoni da bruciare e afferro il foglietto appallottolato. Devo capire cos'è che ha mandato Wayne su tutte le furie, perché di sicuro non ha niente a che vedere con una madre alla guida di un minivan o con una raccolta fondi a beneficio di una scuola. Mi nascondo il foglietto nel reggiseno e me ne torno di corsa al lavandino, insaponando ogni cosa il più in fretta possibile. Wayne riappare pochi secondi dopo, mentre sciacquo la padella delle salsicce, reggendo in mano uno scatolone delle dimensioni di un microonde. «Questo dovrebbe essere perfetto. Tanto non hai chissà quanta roba».

Mi asciugo le mani e me lo porto dritto in camera con un borbottio di ringraziamento, ma la mia mente è concentrata sulla carta grinzosa che mi preme sulla pelle e mi fa prudere il petto. Il mistero della visita dell'agente Bowman mi sta schiacciando nel vero e proprio senso della parola.

Lascio cadere lo scatolone sul letto, ci butto dentro tutti gli acquisti fatti da Nana e poi drizzo le orecchie. Sento Wayne che sposta qualcosa nella sua stanza. Forse le grucce nell'armadio? Do un leggero calcio alla porta per socchiuderla e nascondo la pallina di carta dietro lo scatolone, dopodiché la appiattisco sulla coperta.

Il volto gentile e amichevole di Ben Hooper mi fissa dal foglio, sotto nove grandi lettere rosse.

"SCOMPARSO".

È uno di quei soliti volantini con su scritto: "Avete visto questa persona?" riferito al vecchietto della porta accanto. Ne riporta il nome. La data di nascita. L'altezza, la corporatura, il colore degli occhi. Nonché l'ultima volta in cui è stato visto. Ovvero, durante una passeggiatina pomeridiana. Due giorni fa.

Il ritmo della mia respirazione diventa troppo veloce. L'aria entra ed esce dai miei polmoni con un sibilo affannoso.

Rivedo Bowman nel vialetto, mentre chiede a Wayne di telefonare se per caso dovesse vederlo.

Stava parlando del nostro vicino.

Respiro. Respiro. Respiro. Respiro.

Sento l'eco delle parole di Wayne che si scusa per non essere stato granché d'aiuto. Perché "ancora non abbiamo neanche avuto modo di disfare per bene le valigie, figuriamoci di socializzare con i vicini".

Respiro. Respiro. Respiro. Respiro.

Rivedo il volto di Ben, che sorride nel vialetto mentre mi fissa.

"Lo sai, c'è qualcosa che mi sembra davvero familiare in te. Ma non riesco a capire cosa, di preciso".

Respiro. Respiro. Respiro. Respiro. Respiro. Respiro.

E la risposta di Wayne…

"Ha uno di quei visi molto comuni".

Solo che, a questo punto, smetto di essere in grado di respirare.

Un simpatico vecchietto ci incontra sul ciglio della strada, mi guarda come se stesse cercando di inquadrarmi… e poi svanisce nel nulla prima di riuscire a tornare a casa? Il volantino indica che è scomparso durante la sua passeggiatina pomeridiana, non più tardi, quella sera stessa. *Durante*. Il che significa che è scomparso tra la fine della chiacchierata con noi e il breve tragitto di ritorno a casa sua, per nulla lontana da qui.

Ancora una volta, Wayne ha mentito. E subito dopo ha pianificato di dileguarsi…

Non avrei proprio dovuto lasciare che Bowman se ne andasse via così. D'istinto mi volto verso il mio comodino, alla ricerca del suo biglietto da visita. Non c'è più.

Forse non è tutto a posto.

Forse non lo è mai stato.

Capitolo 19
Drew

Le porte del distretto si chiudono alle mie spalle con la stessa fermezza e severità del martelletto di un giudice. Mi giro e vedo lo sceriffo Roane che mi fissa in cagnesco da dietro il vetro. Lo mando a quel paese, mostrandogli il dito medio, e me ne vado a passo furente.

Come ha potuto fare una cosa del genere a Lola? Come ha potuto metterla in pericolo in questo modo? Chi se ne frega di cosa ho rubato, se le prove dimostrano che è ancora viva? Per non parlare del fatto che se davvero Lola era a Waybrooke ventiquattr'ore fa mentre io ero qui, questo piccolo dettaglio non dovrebbe bastare a scagionarmi? Roane insiste nel sostenere che sono l'ultimo sospettato plausibile in questo caso. Eppure, questa registrazione non dimostra forse che le cose non stanno come crede lui?

"Diamine, per quanto ne so, potresti benissimo averla orchestrata tu, quella chiamata da Waybrooke".

Mi passo una mano sul viso. Ecco spiegato come fa a ignorarla con tanta facilità. Roane non ha mai voluto trovarsi nella posizione di dover indagare su un crimine grave; voleva solo trovare una ragazzina scappata di casa e, quando non ci è riuscito, la sua strategia di ripiego è stata subito quella di sbatterne il fidanzato dietro le sbarre. Questa registrazione non è compatibile con la sua versione dei fatti.

Il che significa che, quando infine qualcuno indagherà su quella pista, sarà ormai troppo tardi. Ma io non posso permettere che vada a finire così.

Mi fermo all'angolo della strada per lisciare il mio volantino e controllo il cellulare. È quasi l'una. Tra poco Max uscirà da scuola per venirmi a prendere, ma non riesco a pensare a una mossa successiva con il peso di questo fallimento che mi opprime.

Non riesco proprio a capacitarmi della mia stupidità. Ero riuscito a convincere Roane a darmi retta, prima di fare quello scivolone a proposito della registrazione. Forse sarebbe stato meglio lasciare la chiavetta USB nella cassetta della posta della stazione di polizia in forma anonima. Magari così sarebbero passati subito all'azione. O forse avrei dovuto darla a Autumn. Chissà, magari Roane ci avrebbe creduto, se l'informazione gli fosse arrivata da sua figlia. Mi volto e do un calcio al palo dello Stop.

Che si fotta Roane. Se non è disposto ad approfondire la faccenda, allora forse dovrebbe pensarci qualcun altro. Magari un trio di "qualcun altro".

Mi incammino lungo il marciapiede, ritrovando un nuovo senso di determinazione. Percorro gli ultimi cinque isolati di corsa, fino a quando non intravedo la scuola. Non appena arrivo al parcheggio, scorgo Max che esce dall'edificio. È impossibile non notare il giallo fluorescente della sua maglietta. Ha la testa bassa e il telefono in mano. Rallento e comincio a camminare in modo da riuscire a recuperare il mio cellulare dalla tasca ed ecco che, proprio come prevedevo, mi arriva un messaggio.

MAX: Ehi, amico. Sto arrivando.
IO: Guarda in alto.

Max fissa lo schermo con aria confusa per una frazione di secondo prima di vedermi. Poi alza le braccia al cielo. «Ma come sei arrivato fin qui?», mi urla, per farsi sentire tra le macchine che ci separano.

Ignoro la sua domanda e lo raggiungo vicino al cofano della Liberty, con il fiatone. «Dov'è Autumn? Ho trovato qualcosa».

Max non fa domande, si limita a girare i tacchi e a incamminarsi a passo svelto verso il portone principale della scuola. «Forse è ancora in mensa», risponde, voltandosi appena.

Dunque è lì che ci dirigiamo.

I corridoi sono pieni di ragazze e ragazzi. Mi sento i loro occhi addosso. Sguardi torvi. Occhiatine incredule. Gente con cui ho collaborato a progetti di gruppo in laboratorio, ex compagni di squadra, membri delle nostre vecchie cerchie di amici... si fermano tutti a fissarmi mentre passo. Oggi però è più facile ignorarli. Oggi troverò Lola e tutto tornerà alla normalità.

Passiamo davanti a file interminabili di armadietti blu inframmezzate da porte di aule aperte mentre proseguiamo verso l'estremità opposta della scuola. Raggiungiamo la porta a due battenti della mensa, ognuno dei quali è affiancato da un'enorme vetrata. Max si ferma davanti alla prima e schiaccia il naso contro il vetro di sicurezza a scacchi.

«Mi sembra di vederla là in fondo», esclama.

E, in effetti, la chioma rossa e voluminosa di Autumn attira subito la mia attenzione. Indossa un maglione bianco oversize e ha l'aria di non aver dormito granché.

Raggruppa la sua spazzatura e la butta nel bidone dell'immondizia alle sue spalle prima di mescolarsi alla folla di ragazzi e ragazze diretti verso l'uscita della mensa per andare alla lezione successiva. Quando arriva a circa sei metri dalla porta ci vede, e a quel punto le sue sopracciglia schizzano verso l'alto. Si toglie un auricolare bluetooth dall'orecchio e mi chiedo se per caso stesse ascoltando altre registrazioni.

Quando varca la soglia della mensa, mi porto l'indice alle labbra e faccio un cenno con la testa verso il corridoio dietro di noi. Questo non è il posto giusto per parlare di qualsiasi argomento vogliamo tenere segreto. Ci infiliamo nella prima aula vuota che riusciamo a trovare, che guarda caso è l'aula 12, quella di storia. Il signor Moore dev'essere a pranzo a quest'ora.,

Ancora una volta, il mio sguardo si fissa subito sul banco vuoto di Lola.

«Che succede?», chiede Autumn a mezza voce.

Io appiattisco il volantino stropicciato su uno dei banchi della prima fila e ci appoggio sopra il cellulare. «Ho trovato una testimone».

Entrambi mi guardano sbattendo le palpebre e Max rimane persino a bocca aperta.

Faccio partire la registrazione di Meredith Hoyt. Sia Autumn che Max fanno un passo avanti, quasi in sincronia, non appena la donna menziona la giacca.

Quando la registrazione finisce, do un colpetto al mio volantino. «Una ragazza che corrisponde alla perfezione alla descrizione di Lola… capelli corti e castani, occhi verdi, giacca di jeans a fiori… è stata avvistata ieri in una tavola calda».

Max si sfrega il volto con entrambe le mani. «Porca miseria, Drew. Voglio dire… È passato molto tempo e cominciavo a pensare…».

Che fosse morta.

Lo fisso negli occhi e lui distoglie lo sguardo, come se si vergognasse di averlo anche solo ipotizzato. «Credo che l'abbiano pensato tutti», commento, liberandolo dal peso del suo stesso imbarazzo.

Autumn invece non ha ancora schiodato lo sguardo dalla foto di Lola. Sembra terrorizzata. «Che cosa significa tutto questo? Insomma… è con un vecchio? Perché? È in pericolo?».

Mi si stringe lo stomaco al solo pensiero che qualcuno la stia tenendo prigioniera contro la sua volontà. «Lola non se ne sarebbe mai andata senza il suo cellulare, senza dire niente a nessuno».

«Perciò adesso che si fa? Lo raccontiamo a mio padre, giusto?», chiede Autumn, legandosi i folti capelli in una coda di cavallo con l'elastico che porta al polso.

Una scarica di rabbia mi fa contrarre la mascella. «No, sono già stato al distretto. È stato inutile, non ha voluto saperne nulla. Mi ha buttato fuori non appena si è reso conto che avevo rubato le registrazioni. È convinto che mi stia inventando tutto, che stia solo cercando di pararmi il culo».

«Ma che cazzo?», sbraita Max, poi si gira a guardare il corridoio ormai vuoto alle sue spalle e abbassa la voce. «Ma perché hai fatto una cosa del genere? Passargli informazioni che hai rubato dal suo ufficio non può che farti finire in un'altra valanga di guai».

Faccio spallucce. «Non vuole che questo caso si riveli più

grave di quello che crede lui. Mi ha proprio detto, testuali parole: "Non stiamo cercando una sottospecie di Ted Bundy", più qualche altra stronzata del genere».

«Tanto comunque qualcuno alla stazione di polizia ascolterà presto quelle segnalazioni, dico bene?», chiede Max. «Voglio dire, le hanno anche loro. Sentiranno questa registrazione e andranno subito a cercarla, no?».

Guardo Autumn. L'espressione cupa nei suoi occhi coincide con la sensazione che mi dilaga nel petto. Entrambi abbassiamo lo sguardo.

«Potrebbe essere troppo tardi per allora», rispondo. «Non abbiamo idea di chi sia questo tizio, di cosa stia facendo con lei o di quanto tempo rimarrà in zona. Voglio dire, è un miracolo che Lola sia ancora qui nell'Oregon dopo tutto questo tempo, ma questo non significa che resteranno ancora a lungo nei paraggi. Soprattutto se il tizio dovesse sospettare che qualcuno l'abbia avvistata. In più, se lo sceriffo mi arrestasse, quelle registrazioni non le ascolterebbe proprio nessuno».

«Merda», esclama allora Max. «E quindi che cosa facciamo? Chiamiamo il tuo avvocato? Contattiamo i media? Cerchiamo di scavalcare lo sceriffo? Insomma, che alternative abbiamo a questo punto? E che cavolo di problemi ha Roane?»

«Non vuole scompiglio. Una relazione adolescenziale che si conclude con un risvolto tragico è molto più semplice da gestire rispetto a un rapimento».

«Già, peccato che è proprio quello che è successo», replica Max, furioso. Guarda con aria di rimprovero tutto e niente allo stesso tempo. «Che carognata. Sta abbandonando Lola in una posizione vulnerabile solo perché è… cosa? Troppo pigro per fare il suo lavoro? Che se ne vada a fanculo, quello stronzo».

Autumn sussulta e fa un passo indietro.

Allungo un braccio verso di lei. «Mi dispiace. So che è tuo padre e…».

Ma lei alza una mano. «No. Non dovresti scusarti. Non riesco a credere che non stia facendo tutto il possibile per trovare Lola. La conosce da quando era neonata. Cavolo, da ragazzo è stato persino compagno di classe della signora Scott, proprio in questa scuola. Sentire che la figlia di una sua amica, nonché la mia migliore amica, sia stata avvistata in compagnia di un vecchio sconosciuto avrebbe dovuto spingerlo ad andare a Waybrooke di persona. C'è una potenziale testimone oculare in questa registrazione, e questo è un indizio molto più consistente di qualsiasi cosa abbia su di te. Anche ammesso che possa sembrargli un falso, dovrebbe comunque accertarsene».

«Ecco perché dobbiamo andare a Waybrooke», intervengo.

«Che cosa?», sbottano loro all'unisono.

Mi volto verso Autumn. «Se tuo padre non ha intenzione di andare a Waybrooke, dobbiamo farlo noi. Sappiamo che Lola è con un tizio adulto con un furgone commerciale grigio. Sappiamo che è andata in quella tavola calda. Andiamo a vedere se qualcun altro li ha visti uscire insieme. Se riusciamo a racimolare abbastanza informazioni, alla fine avremo così tante prove che la polizia non potrà più ignorarci e metterci da parte».

«Ora sì che si ragiona», afferma Max, dandomi una pacca sulla spalla. «Costringilo a prendere in mano la situazione».

«Potremmo partire adesso. Arriveremmo lì nel giro di un paio d'ore», aggiungo.

«Guido io», dichiara lui.

Autumn si torce le mani, riguardando ancora una volta la foto di Lola. Solo che non proferisce parola.

«Che c'è?»

«Come facciamo a gestire una cosa del genere da soli? Perché mai qualcuno dovrebbe accettare di parlare con noi? E la scuola? Non possiamo andarcene nel bel mezzo della giornata. Finiremo nei guai. Io sono già in ritardo per la mia prossima lezione. Tra l'altro, chi può dire con certezza che fosse proprio lei? Un sacco di persone hanno giacche di jeans…».

Deve accorgersi dell'incredulità sul mio volto, perché a quel punto si interrompe di colpo. Non so se stia solo cercando di trovare una scusa per non andare, o se l'idea che Lola sia stata rapita da uno sconosciuto l'abbia spaventata a tal punto da non farle desiderare altro che rintanarsi a casa con la sua pizza al salamino piccante vegano. Quello che so per certo, però, è che non abbiamo tempo per una discussione del genere.

«Cioè, fammi capire: io potrei aver trovato una pista sulla

tua migliore amica scomparsa e tu ti preoccupi di rovinare il tuo record di presenze a scuola? Quante giacche di jeans con maniche floreali e dettagli color oro rosa hai confezionato per tutte queste altre persone, Autumn?», le chiedo, puntando l'indice sul volantino. «Se non vuoi venire, allora non farlo. Nessuno ti costringe. Io andrò con o senza di te. Ma non venire qui a dirmi che questa non è una pista attendibile solo perché hai troppa paura per seguirla».

Per un breve istante sembra che sia pronta a mollarmi una sberla. Non so se è perché in pratica le ho dato della codarda o perché odia trovarsi nel torto, ma in ogni caso sono già fuori dall'aula, diretto verso il parcheggio, prima ancora che lei riesca a rimettere in ordine i pensieri per decidere come reagire.

Le gambe lunghe di Max, invece, mi raggiungono prima di arrivare alla fine del corridoio. «Per la cronaca, io di paura non ne ho neanche un briciolo. Anzi, se necessario, sono pronto a prendere il nostro Ted Bundy a pugni in faccia».

Mi premo le dita sulla tempia per scacciare un principio di mal di testa. «Non cominciare, Max. Non stiamo dando la caccia a un serial killer, stiamo solo andando in cerca di informazioni finché non riusciremo a costringere la polizia a subentrare al nostro posto. Tutto qui. Non sono previsti pugni».

«Uffaaa, e va bene. Ma che mi dici di Roane? Si incazzerà da morire quando scoprirà che hai lasciato la città, non è vero?»

«È molto probabile, ma con un po' di fortuna riusciremo ad arrivare a Waybrooke e a tornare prima che qualcuno si accorga che ce ne siamo andati», rispondo.

Controllo l'orologio mentre varchiamo il portone principale della scuola e ci dirigiamo verso il parcheggio. È quasi l'una e mezza. Mi sento come se non dormissi da giorni.

Max sblocca le portiere della Liberty e salta su al posto di guida, dopodiché mette in moto. Gli ultimi secondi di una canzone di Post Malone risuonano a tutto volume dagli altoparlanti e lui annaspa per spegnere la radio mentre anch'io faccio per salire in macchina. «Ops», esclama.

«Aspetta, brutto stronzo moralista che non sei altro!».

Autumn ci sta correndo incontro, rossa in viso e arrabbiata. Io mi metto a braccia conserte e mi appoggio alla portiera.

Lei si ferma a meno di un metro di distanza da noi. «Vengo anch'io».

La guardo con gli occhi ridotti a fessure. «E come pensi di fare con la scuola? Rovinerai il tuo prezioso record di presenze, se te ne vai nel bel mezzo della giornata. Quale orrore».

«Oh, ma chiudi il becco. Era palese che stavo solo dando di matto per giusto un secondo. Non c'è bisogno di fare lo stronzo».

Già. Forse non era necessario.

Faccio spallucce. «Va bene. Ma sappi che non sono ammessi ulteriori ripensamenti, una volta che saremo partiti. Devi essere convinta al cento percento di voler venire, altrimenti faresti meglio a restare qui. Ammesso che abbiamo ancora qualche possibilità di scoprire dove sia finita Lola, di sicuro non abbiamo tempo per dare di nuovo di matto o per fare marcia indietro. Intesi?».

Le tendo la mano.

Autumn me la afferra con forza e me la stringe. «Intesi. Andiamo e scopriamo dov'è finita Lola».

Max si sporge verso di noi dal sedile del lato guida. «Salite, sfigati, si parte per una caccia all'indizio!».

Io alzo gli occhi al cielo.

«No, sul serio», insiste lui, indicando la scuola con un cenno. «Salite, e sbrigatevi. Sta arrivando un addetto alla sicurezza».

Ci giriamo di scatto e, proprio come ha detto Max, vediamo uno degli addetti alla sicurezza dell'istituto venire verso il parcheggio scuotendo la testa.

Io salgo e chiudo la portiera mentre Autumn prende posto dietro e, ancora una volta, si aggancia la cintura di sicurezza del sedile centrale. Max intanto esce dal parcheggio in retromarcia.

A questo punto mi giro a guardare fuori dal lunotto posteriore e per fortuna vedo l'addetto alla sicurezza scomparire di nuovo all'interno della scuola. Magari la nostra fuga non gli interessa così tanto da andarla a riferire al personale della segreteria. Anche se, visti i miei trascorsi in questi ultimi tempi... be', mi sembra alquanto improbabile.

«I nostri cellulari cominceranno a esplodere di notifiche se quel tizio dovesse informare la segreteria didattica che ce la siamo svignata», borbotto, mettendo il mio telefono in modalità silenziosa per poterlo ignorare con maggiore facilità.

Autumn intanto appoggia il piede sul divisorio centrale per allacciarsi la scarpa. «Chi se ne frega. Abbiamo cose più importanti a cui pensare adesso. Come, per esempio, a cosa cavolo dovremmo fare dopo».

Max nel frattempo svolta su Main Street e tutti e tre ci giriamo a fissare la stazione di polizia mentre la superiamo per andare a prendere l'autostrada. «Che vuoi dire?».

Lei mette giù il piede e si sporge in avanti, nello spazio tra i due sedili anteriori. «Cosa facciamo una volta arrivati a Waybrooke? Andiamo alla tavola calda e chiediamo in giro? E se nessuno si ricorda di Lola? Cosa pensate di fare in quel caso?».

Non ho una risposta a nessuna di queste domande, e la concentrazione con cui Max fissa la strada mi dice che neanche lui ne ha la più pallida idea.

«Qual è il piano, nello specifico?», continua Autumn. «Perché se arriviamo lì a passo di carica senza avere la benché minima idea di quello che stiamo facendo…».

La frustrazione mi porta a stringere i pugni. «Non lo so! Va bene? È passata a malapena mezz'ora da quando mi è venuto in mente questo piano. Voglio solo arrivare nel posto in cui Lola è stata vista l'ultima volta. Non so cosa fare oltre questo. Magari la persona che li ha serviti alla tavola calda sarà di turno anche oggi e potremo partire da lì».

Autumn sbuffa. «Questo non si può definire un piano».

«Non mi sembra che a te sia venuto in mente qualcosa di meglio».

La sua mano spalancata si materializza nello spazio tra i sedili anteriori. «D'accordo, dammi il tuo telefono».

Le lancio un'occhiatina sbieca. «Perché?»

«Vuoi un piano migliore? Dammi il tuo stramaledetto telefono».

Alzo gli occhi al cielo, ma glielo passo.

Autumn se lo sistema in equilibrio su un ginocchio e riproduce ancora una volta la registrazione della linea telefonica di emergenza mentre rovista nel caos che regna sovrano tra i sedili posteriori dell'auto di Max. Dopo qualche secondo si tira di nuovo su, armata di un pennarello e di un foglio di carta che si liscia sull'altro ginocchio. Sembrano vecchi esercizi di spagnolo dimenticati. Procede a scarabocchiare il recapito telefonico di Meredith Hoyt indicato alla fine della registrazione e mi riconsegna il cellulare.

«Che cosa stai combinando tu lì dietro?», le domanda Max, sbirciando dallo specchietto retrovisore.

«Shhh», gli risponde lei, sollevando l'indice. Dopodiché prende il proprio cellulare, inserisce il codice necessario per rendere la chiamata anonima e compone il numero di telefono della donna. «Le chiamate del dipartimento di polizia risultano sempre anonime».

Porca miseria. Sta telefonando a quella Meredith? Fingendosi una poliziotta?

È una pessima idea.

«Può farla, una cosa del genere?», mi sussurra Max.

«Ci faremo arrestare per esserci spacciati per agenti di polizia», borbotto, coprendomi il volto.

Nel silenzio dell'abitacolo, non appena la donna risponde al telefono la sentiamo subito.

«Pronto?».

Autumn si schiarisce la voce ed esordisce: «Pronto, signora Hoyt? Sono Savannah Bateman, del dipartimento di polizia di Washington City», spiega, mettendo in scena un'imitazione impeccabile della segretaria dello sceriffo.

Max rimane a bocca aperta.

«Washington City?», ripete la donna.

«Sì, signora. La contatto in merito alla segnalazione che ha inviato alla linea telefonica di emergenza ufficiale istituita in seguito alla scomparsa di Lola Scott. I nostri agenti hanno esaminato le segnalazioni di ieri e riteniamo che la sua possa essere di fondamentale importanza. Abbiamo già incaricato un paio di nostri agenti di recarsi a Waybrooke in giornata. Sarebbe disposta a incontrarli per rilasciare una dichiarazione ufficiale?».

Silenzio.

Autumn si divincola sul sedile. «Signora Hoyt? È ancora in linea?»

«Io… sì. Era davvero lei? La ragazza che ho visto fuori da quella tavola calda?»

«Siamo convinti di sì. Sarebbe disposta a rilasciare una dichiarazione?».

Ancora silenzio. «Suppongo di sì. Quando arriverebbero i vostri agenti in città?».

Autumn mi guarda e schiocca le dita. Io tiro di nuovo fuori il mio cellulare e in fretta e furia digito un'altra volta "Waybrooke" nella casellina di ricerca del navigatore. Le mostro la dicitura sullo schermo che indica l'arrivo previsto alle 16:30.

«Direi verso le cinque, più o meno, ma dipende un po' dal traffico», risponde allora Autumn a Meredith Hoyt. «I nostri agenti sono già per strada mentre parliamo».

«Va bene», le dice la donna. «E dove dovrei incontrarli?»

«Che ne pensa della tavola calda, così può approfondire con loro quello che ha visto?»

«D'accordo, ci sarò».

La chiamata si interrompe e Autumn mi guarda con un'espressione raggiante. «Fatto».

Io scuoto la testa, incredulo. «Non ci posso credere che abbia funzionato davvero. Da dove cavolo l'hai tirato fuori, quell'accento del Sud?»

«Non è difficile da imparare, quando senti qualcuno parlare in questo modo per abbastanza tempo. Sai quanti pomeriggi ho trascorso in ufficio da mio padre a fare i compiti?».

Max scoppia in una risata fragorosa. «Sei fantastica».

Il calore che si sprigiona dalle guance rosse di Autumn invade l'intero abitacolo mentre lei abbassa gli occhi. Anche Max distoglie lo sguardo, concentrandosi solo ed esclusivamente sull'autostrada del tutto deserta davanti a noi.

Io mi schiarisco la gola, sentendomi super a disagio nel bel mezzo di qualsiasi cosa sia appena successa, perciò riporto la conversazione sulla missione in corso. «Quindi cosa accadrà quando Meredith arriverà alla tavola calda e si troverà davanti un branco di adolescenti, invece di un paio di agenti in uniforme?»

«E io che cavolo ne so», risponde Autumn. «Ma fare in

modo che la testimone venisse a parlare con noi mi sembrava un'idea di gran lunga migliore che andarcene in giro a chiedere se qualcuno avesse visto una ragazza in compagnia del finto padre».

Certo, va bene. Immagino che la cosa peggiore che Meredith possa fare sia rifiutarsi di parlare con noi. «Avanti tutta, Max».

Lui mi rivolge un saluto militare scherzoso e preme sull'acceleratore. «Agli ordini, capitano».

Sfrecciamo lungo l'autostrada in direzione della costa, e a ogni chilometro percorso mi sembra finalmente di essere sempre più vicino a Lola.

Capitolo 20
Drew

Faccio roteare una saliera di plastica rossa sul ripiano del tavolo che ho di fronte. Questo posto odora di girelle alla cannella, condito con un pizzico di nostalgia nei toni del rosso, del bianco e del nero. Vorrei spaccare ogni cosa a mani nude. Alzo di nuovo lo sguardo verso l'orologio appeso alla parete e mi acciglio.

Le 17:42.

Meredith Hoyt è in ritardo di quasi quarantacinque minuti.

Max è seduto accanto a me, praticamente stravaccato a ridosso dell'ampia vetrata di fianco al divanetto del nostro tavolo, mentre Autumn tamburella il pollice a un ritmo frenetico sulla superficie di finto marmo che abbiamo davanti. Una pila di menù plastificati giace inutilizzata accanto alla sua mano, e mi accorgo che la cameriera alla postazione di accoglienza ci sta lanciando l'ennesima occhiataccia. È passata almeno una dozzina di volte a chiederci se volevamo qualcosa, ma io non ho fatto altro che mandarla via dicendole che stiamo aspettando una persona. Sono abbastanza sicuro che sia convinta che stiamo mentendo oppure che stiamo per rapinare il locale. Ci guarda sbattendo le ciglia lunghissime mentre pulisce il bancone accanto all'ingresso, ormai quasi vuoto. Siamo uno degli unici tre tavoli ancora occupati.

La saliera si rovescia, spargendo piccoli cristalli bianchi su tutti i menù, e io ci passo subito una mano sopra per farli scivolare sul pavimento prima che la cameriera si accorga del macello che ho combinato e mi disintegri con lo sguardo.

Spingo di nuovo la saliera verso il centro del tavolo e mi

afferro le mani, appoggiandomele sulle gambe. Dov'è finita quella donna?

All'improvviso i campanelli sopra la porta d'ingresso suonano e tutti e tre ci voltiamo. Di nuovo. Come abbiamo fatto ogni santa volta che qualcuno ha messo piede in questo locale.

C'è una donna ferma sulla soglia. È bassa e magrolina, con i capelli biondo cenere pieni di colpi di sole dall'effetto un po' a strisce. Avrà più o meno la stessa età della mamma di Lola. Non c'è nessuno con lei. Sta passando in rassegna i vari tavoli, emanando un certo nervosismo.

Bingo.

Dico agli altri di aspettare e scendo giù dal divanetto. Quando mi vede avanzare verso di lei, a stento mi degna di uno sguardo.

«Meredith Hoyt?», le chiedo.

Lei si blocca e mi fissa con un paio di occhi scuri ridotti a fessure. «Sì?».

Tutt'a un tratto le sono molto riconoscente per essere arrivata così tardi, altrimenti non avrei avuto la benché minima idea di cosa dirle. Le parole mi escono di bocca con facilità, ora che ne sono sicuro.

«So che non siamo chi si aspettava di incontrare. Mi chiamo Drew, e siamo stati io e i miei amici a chiamarla riguardo a Lola. Pensiamo che lei possa essere la chiave per trovarla. Se ci concede un minuto del suo tempo, le spiegherò tutto». Indico con un gesto il tavolo dove Autumn e Max sono rimasti in attesa.

Lei li guarda e poi si mette a braccia conserte.

«Ci dispiace molto di averla attirata qui con l'inganno», aggiungo. «È solo che non credevamo che avrebbe accettato di incontrarci se le avessimo detto la verità, e questa potrebbe essere una situazione di vita o di morte».

Cerco di infondere una certa enfasi a queste ultime parole, sperando che la incuriosiscano abbastanza da chiedermi qualcos'altro in merito.

«Una situazione di vita o di morte?», ripete lei con un sopracciglio inarcato. Come se fosse infastidita dalla sua stessa curiosità. E da noi. Soprattutto da noi.

«Stiamo racimolando informazioni sulla scomparsa di Lola

per conto della polizia», spiego. «Facciamo parte di una sorta di… comitato di vigilanza di quartiere. Finora abbiamo affisso vari volantini che denunciano la sua scomparsa, fatto telefonate e cercato di individuare qualsiasi indizio che potesse aiutare le forze dell'ordine a ritrovarla».

«Dunque voi la conoscete, quella ragazza scomparsa?». Strascica un po' i piedi. Non se n'è ancora scappata via a gambe levate, quindi deve essere un buon segno. «È una vostra amica, o qualcosa del genere?»

«Sì, la conosciamo», rispondo, evitando accuratamente di dover confessare che Lola è soltanto una mia amica ormai, sempre ammesso che possa considerarla almeno quello. «Siamo cresciuti con lei, tutti e tre. Il padre di Autumn è lo sceriffo di Washington City e lei e Lola sono migliori amiche fin da quando…».

Gli occhi di Meredith si riducono ancora una volta a due fessure. «Aspetta un attimo. Quella ragazza laggiù è la figlia dello *sceriffo*? E perché è venuta lei qui al posto di suo padre?».

Ottima domanda, cazzo. È il caso di dare del coglione allo sceriffo di fronte a una perfetta sconosciuta? Direi proprio di no, se voglio risultare anche solo un minimo credibile.

«È una storia molto lunga e gliela racconteremo nei minimi dettagli, se è disposta a sedersi a quel tavolo con noi per qualche minuto. Per favore? Può sempre andarsene in qualsiasi momento. Non la biasimeremo. Sono successe tante cose durante le ricerche di Lola, e noi qui stiamo solo provando a mettere insieme i vari pezzi per agevolare le indagini. Ciò di cui lei è stata testimone fa parte di questo processo».

La donna lascia ricadere le braccia lungo i fianchi e si gira a guardare la porta. Ma vedo benissimo la curiosità che le fiammeggia sul viso.

Alla fine, dichiara: «E va bene, vi concedo cinque minuti. Ma non sono per niente contenta di questa situazione».

«Non lo sarei nemmeno io», replico in tutta sincerità, dopodiché le faccio strada verso il tavolo.

Lei si accomoda sulla parte esterna dell'altro divanetto, accanto a Autumn, e io scivolo di nuovo di fianco a Max. Nemmeno un istante dopo che ci siamo seduti, la cameriera torna al nostro tavolo. Rivolge un sorriso sincero a Meredith, ma guarda di traverso tutti noi. «Ciao, Meredith. Ma allora eri tu quella che questi tre stavano aspettando? Sono così felice di vederti».

Meredith ricambia il sorriso. «Ciao, Sandra. Come stai?»

«Eh, non mi lamento». Si guarda intorno, fissando me in particolare, anche se non ho idea di cosa abbia potuto farle proprio io per infastidirla più degli altri. «*Adesso* posso sapere cosa gradite ordinare da bere?».

Ordino un caffè per me e mi offro di pagare anche quello di Meredith. Lei mi ringrazia con un sorriso. Autumn fa cenno con la mano di non volere niente, accontentandosi del bicchiere d'acqua che ha già, mentre Max studia il menù come se fosse sul punto di prendere una decisione di vita importantissima. «Posso avere un paio di quelle girelle alla cannella giganti?».

Sandra storce il muso. «Quelle le abbiamo solo al mattino».

«E allora perché sono inserite nella parte del menù dedicata alle pietanze disponibili tutto il giorno?», replica lui, spiaccicando il dito su una foto che occupa quasi metà della pagina. Lei lo fulmina con lo sguardo e io gli strappo il menù dalle mani. «E va bene, va bene», afferma. «Allora vorrei una porzione maxi di patatine fritte».

Sandra si appunta l'ordinazione, prende i menù che le sto porgendo e si allontana dal tavolo in preda a un'ondata di irritazione.

Che comprendo benissimo. «Una porzione *maxi* di patatine fritte?».

Lui fa spallucce. «Che c'è? Sono persino disposto a condividerle. Abbiamo saltato il pranzo, ricordi? Sto morendo di fame».

Autumn alza gli occhi al cielo. Sandra torna con i nostri caffè in tempi record, poi se ne scappa di nuovo in cucina. Meredith stringe le mani intorno alla tazza rossa che ha davanti e fissa quel caffè come se potesse spiegarle per quale motivo ha accettato di sedersi con noi.

«Non ho tutto il giorno», commenta dopo qualche istante, guardando ognuno di noi, a quanto pare ignorando il fatto che avremmo avuto a disposizione ben tre quarti d'ora in più se solo si fosse degnata di presentarsi in orario. Il suo sguardo si sofferma su Autumn per qualche attimo supplementare, e a quel punto la sua espressione diventa triste e pensierosa. «Quella ragazza scomparsa era davvero la tua migliore amica?».

Il filo dei miei pensieri si impiglia su quella parolina minuscola: "era". Lola *era* la sua migliore amica. Questo brevissimo verbo coniugato al passato mi provoca una gigantesca fitta di dolore al petto.

Autumn sembra sorpresa, come se non si aspettasse che avessi già trovato il tempo di menzionare un dettaglio del genere, ma sorride comunque a Meredith. «Sì, conosco Lola da quando eravamo piccole».

Meredith ruota la tazza di caffè sul ripiano in finto marmo del tavolo. «E tu? Come la conoscevi, quella ragazza?», mi domanda.

Ancora una volta, il mio cervello non riesce a fare a meno di correggere il suo uso del passato: come la *conosco*, quella ragazza? Dopodiché mi chiedo perché si ostini a chiamarla "ragazza" invece di usare il suo nome. «È la mia fidanzata», rispondo infine.

Autumn si schiarisce la gola e, per un secondo, penso che stia per contraddirmi, però poi non lo fa.

Lo sguardo di Meredith si intenerisce, carico di compassione, ed è una sensazione che detesto. Ma è importante. «Stiamo cercando di ricostruire una linea cronologica degli eventi», spiego. «Sappiamo che Lola si trovava in questa tavola calda, ma qualsiasi altra cosa lei possa dirci su ciò che ha visto quel giorno potrebbe aiutarci a capire come proseguire».

«Mi dispiace. È solo che ancora non capisco per quale ragione ve ne stiate occupando voi». Si rivolge a Autumn. «Che genere di comitato di vigilanza di quartiere si mette a investigare sul caso di una ragazzina scomparsa? Perché non c'è tuo padre seduto qui? Perché non è venuto lui ad approfondire la questione?».

Vorrei rispondere io al suo posto, ma l'attenzione di Meredith è concentrata tutta su Autumn. Confessarle che sono stato additato come principale sospettato delle indagini sarebbe la fine per questa nostra missione. Meredith e qualsiasi informazione in suo possesso andrebbero in fumo se venisse a sapere la verità.

Autumn le rivolge un sorriso triste. «Mio padre, purtroppo, sta seguendo una pista sbagliata. È convinto che dietro la scomparsa di Lola ci sia lo zampino di qualcuno delle nostre parti e non è disposto a prendere in considerazione altre ipotesi. È troppo testardo, e noi non volevamo che fosse Lola a pagarne le conseguenze. E così abbiamo pensato che se fossimo venuti qui e ci fossimo procurati qualche indizio rilevante in autonomia, allora magari saremmo riusciti a convincerlo a darci retta».

«Perché, lui chi crede che possa essere stato?»

«Qualcuno di comodo. Per lui sarebbe una storiella molto facile da raccontare, perciò desidera con tutto sé stesso che sia vera. Noi però abbiamo bisogno di scoprire che cosa è successo in realtà. E lei può aiutarci, dico bene? È sicura di averla vista?». Quando Autumn arriva alla fine della frase, la sua voce ormai è così piena di speranza da trascinarla in avanti. È protesa verso Meredith come se quella donna avesse in mano le chiavi dell'universo.

Gli occhi di Meredith brillano. «Credo proprio di sì».

La cameriera lascia un piattone stracolmo di patatine sul nostro tavolo e Max lo fa scivolare verso di sé. «Può raccontarci come è andata?», chiede, dopodiché se ne ficca in bocca più o meno una decina in una volta sola.

All'inizio Meredith lo fissa come se si fosse dimenticata che c'era anche lui seduto lì. E, in sua difesa, c'è da dire che Max in pratica se ne è rimasto rannicchiato nell'angolino per quasi tutto il tempo. Poi però Meredith annuisce. «Vorrei tanto aiutarvi, ma non so se ho molto altro da aggiungere. Oltre a quanto ho già indicato nella segnalazione telefonica, intendo».

Mi metto a braccia conserte, appoggiandole sul tavolo. «Magari può raccontarci di nuovo tutta la storia dall'inizio, ripercorrendo quello che è accaduto? Potrebbe sapere più di quanto immagina».

«D'accordo. Be', avevo il pomeriggio libero, e così sono venuta per pranzare qui con una mia amica. Ero un po' in ritardo e mi stavo affrettando verso la porta, quando ho visto la vostra amica nel parcheggio».

Autumn indica oltre la vetrata. «Dove? Dov'erano? In quale punto?»

«Ehm, lì. In quel posto auto, proprio vicino all'ingresso», spiega Meredith, indicando con un cenno della mano uno stallo libero accanto all'auto di Max.

Il solo pensiero mi inchioda alla sedia. Lola era proprio lì, soltanto ieri.

«Era in piedi, accanto alla portiera del lato passeggero del furgone», continua Meredith, stringendo di nuovo entrambe le mani intorno alla tazza di caffè. «Non l'avrei notata, se non fosse che si stava grattando il collo come una matta. Aveva un'aria stordita e per un attimo ho pensato che fosse sotto l'effetto di droghe, ma poi mi sono accorta che era ricoperta di puntini rossi, come se stesse avendo uno sfogo cutaneo. Suo padre è corso...».

«Non era suo padre, quello», esclamiamo all'unisono io, Autumn e Max.

Lei ci guarda con tanto d'occhi. «Capisco... be', l'uomo che era con lei, allora. Comunque sia, è uscito di corsa dalla farmacia e le ha somministrato una dose di Benadryl, credo. Sembrava davvero sconvolto dal fatto che la ragazza si stesse sentendo poco bene, dopodiché l'ha aiutata a salire sul furgone. Quando ha visto che li guardavo, però, è salito in auto anche lui e se n'è andato piuttosto in fretta».

«E lei li ha lasciati andare via così? Perché non ha chiamato la polizia all'istante, se aveva riconosciuto Lola?», domando. La disperazione che permea la mia voce mi fa sembrare più arrabbiato di quanto vorrei. Lei si irrigidisce e io sollevo subito le mani a mezz'aria per scusarmi. «Mi dispiace. Non ce l'ho con lei. Sto solo cercando di capire».

Meredith mi guarda storto e beve un sorso di caffè. «L'avrei anche chiamata prima, la polizia, ma non sapevo che fosse lei. Non ne avevo la certezza. Ho soltanto visto una ragazza in difficoltà e sono rimasta a guardare per assicurarmi che stesse bene. C'era qualcosa di familiare nel suo viso, solo che non riuscivo a capire dove l'avessi già vista. Non sono riuscita a collegare le due cose fino a quando non mi ha sorriso mentre il furgone usciva dal parcheggio. In tutte le foto che mostrano di lei in televisione appare sempre sorridente. È stato in quel momento che ho capito con certezza che era lei».

«E dopo cos'è successo?», chiedo, a voce troppo alta. Con troppa foga. Di nuovo. Mi costringo ad appoggiarmi allo schienale del divanetto e mi infilo le mani sotto le gambe. «Dove sono andati?».

Meredith beve un altro lungo sorso di caffè, finendolo, poi indica la strada. «Hanno proseguito in quella direzione, attraverso la città, dopodiché hanno svoltato a nord, verso la costa».

«Ne è proprio sicura?», domanda Autumn.

«Sicurissima. Sono andati verso nord. È l'unica cosa che so».

All'improvviso cala un gran silenzio intorno al tavolo. Autumn ha lo sguardo fisso fuori dalla vetrata, nella direzione indicata da Meredith. Max si infila in bocca un'altra manciata di patatine.

Non è abbastanza. Non possiamo mica imboccare l'autostrada in direzione nord, alla cieca, alla disperata ricerca di un furgone. Ci sono centinaia di paesini e di strade che si diramano da quell'autostrada. Lola potrebbe trovarsi in qualsiasi località più a nord rispetto a qui e, considerando che siamo a metà dello Stato, c'è un sacco di terreno da coprire prima di arrivare di nuovo a Washington City. Oltretutto, potrebbero anche aver proseguito verso nord giusto il tempo necessario a raggiungere una stazione di servizio, dopodiché potrebbero aver fatto inversione di marcia e continuato in direzione sud fino ad arrivare in Messico.

"Nord" non è una pista percorribile.

«C'è qualcos'altro che può dirci su quel furgone?», tento. «Aveva qualche adesivo attaccato sopra, o un pass per un parcheggio? La targa era dell'Oregon? Si intravedeva qualcosa all'interno? Qualunque cosa che possa aiutarci a identificarlo?».

Meredith esita, fissando la sua tazza ormai vuota. Aggrotta le sopracciglia mentre riflette. «Non mi sembra di ricordare nessun adesivo. Credo che la targa fosse dell'Oregon, ma a essere sincera non me lo ricordo con assoluta certezza. Ricordo solo la ragazza. Non riesco a smettere di rivedere il suo volto».

«E non saprebbe dirci proprio nient'altro?», insiste Autumn. L'espressione disperata sul suo viso mi fa capire che sta soffrendo il peso di questo potenziale vicolo cieco tanto quanto me. «Niente di niente?».

Di colpo il volto di Meredith si illumina. «Oh, sì, in effetti un piccolo particolare ci sarebbe. Erano stati da Nana».

«Eh?», esclamiamo tutti in coro.

«Ma sì, da Nana. È un negozietto dell'usato non lontano da qui. In realtà si chiama "Le chicche di Nana", se vogliamo essere precisi. Un vero gioiellino. Si capisce sempre quando qualcuno è stato a fare compere da Nana, perché dà questi sacchetti di un rosa molto acceso con il suo logo stampato proprio al centro. E loro ne avevano uno nel furgone. Devono essere stati lì prima di venire alla tavola calda. Forse quest'informazione può esservi d'aiuto per ricostruire la vostra linea cronologica degli eventi?».

Io e Autumn ci scambiamo un'occhiatina, dopo la quale lei mi rivolge un sorrisino soddisfatto. «Sì, credo proprio che possa tornarci utile», dichiara.

La cameriera torna e chiede a Meredith se gradisce un altro po' di caffè, ma lei appoggia il palmo della mano sull'orlo della tazza e scuote la testa. «No, grazie. Anzi, a dire il vero, adesso dovrei proprio andare».

Sandra allora si dirige verso un altro tavolo e Meredith ci rivolge un sorriso triste. «Mi dispiace, ragazzi. Sono davvero desolata di non avere qualche altra risposta da darvi. Magari mi fosse venuto in mente di seguirli, o qualcosa del genere... Sapete, ero abbastanza convinta che fosse lei ieri, ma se devo essere del tutto onesta, non ne ho avuto la certezza matematica finché tutti e tre non vi siete presentati qui oggi».

«Non si preoccupi, ci è stata comunque di grande aiuto. Grazie», le rispondo con un sorriso. «Quelli che ci ha appena dato sono gli indizi più consistenti che siamo riusciti a racimolare da quando Lola è scomparsa».

Lei si alza dal divanetto, ma poi indugia qualche istante all'estremità del tavolo. «È evidente che tutti e tre ci teniate davvero tanto a ritrovare la vostra amica, se siete venuti fino a qui. Ma non voglio svegliarmi una mattina e sentire la notizia che siete scomparsi anche voi, quindi non comportatevi da sciocchi, intesi? Riferite queste informazioni a chi se ne occupa di mestiere e lasciate che siano loro a intervenire».

Noi, per tutta risposta, biascichiamo in coro un sommesso: «Sissignora».

Meredith Hoyt a questo punto rivolge un'occhiatina ammonitrice a ciascuno di noi, dopodiché si stringe la borsetta al petto ed esce dal locale.

Max tira una patatina fritta sul ripiano del tavolo. «Che sfiga, eh? Questa chiacchierata è stata del tutto inutile».

Autumn allora gli rilancia la patatina, che gli rimbalza sul petto. «Sveglia, scemo, ma stavi ascoltando? Quella tizia ci ha appena detto che potrebbe esserci qualcun altro in questa città che ha visto Lola. Come fa a sembrarti un'informazione inutile?».

Max quindi le scaglia ancora una volta la stessa patatina, che le rimane impigliata nei capelli. «Devi sempre essere una tale intelligentona in tutto, tu?».

Mi intrometto e strappo la patatina dalla mano di Autumn prima che possa lanciarla di nuovo. «Ehi, voi due, quella cameriera già ci odia a sufficienza. Non facciamoci sbattere fuori di qui. Siamo già abbastanza nei guai».

Si mettono entrambi a braccia conserte e mi guardano con aria imbronciata, ma almeno la smettono.

«Dobbiamo per forza fare un salto in quel negozio, ma prima ci serve qualcos'altro qui».

«Altre patatine?», domanda Max con un sorriso. Non ha lasciato neanche una briciola nel piatto.

«No, altre prove. Dobbiamo racimolare qualsiasi stralcio di informazione possibile, se vogliamo consegnare tutto a Roane e sommergerlo di nuovi indizi. Ma non possiamo fare niente del genere, se tutto ciò che abbiamo è un aneddoto raccontato da una signora in una tavola calda. Abbiamo bisogno di prove tangibili, altrimenti finiremo per avere una storiella qualsiasi, e non una vera ricostruzione cronologica degli eventi».

Autumn annuisce, abbassando lo sguardo sullo schermo del suo cellulare. «Hai ragione. Dobbiamo riuscire a dimostrare in maniera inequivocabile che Lola è stata qui prima di andarcene, ma quel negozio chiude alle sei e mezza».

Merda. Non rimane moltissimo tempo.

Mi guardo intorno nella sala. «Voi vedete telecamere qui dentro?»

«Lassù», risponde Autumn, indicando un punto sopra la mia spalla sinistra. Mi volto a guardare e vedo una minuscola telecamerina nera montata nel corridoio che va verso il bagno. «Ma come pensi di fare per procurarti le riprese?»

«Sfruttando il mio immenso fascino?».

Max mi ride in faccia. «Certo, come no. Buona fortuna. Io intanto vado a fare pipì».

Mi scavalca con un saltello e atterra sul linoleum come un maledetto ginnasta. Quella scontrosa della cameriera lo guarda dalla postazione di accoglienza e gli lancia un'occhiataccia fulminante che avrebbe fatto impallidire chiunque altro. Max però non batte ciglio e sparisce lungo il corridoio, dopodiché Sandra si avvicina a passo di carica verso me e Autumn. Strappa un foglietto di carta dal suo blocchetto delle ordinazioni e ce lo sbatte sul tavolo.

«Siete pronti per il conto?», chiede.

Come se avessimo altra scelta.

Tiro fuori il portafoglio. Non ho chissà quanti contanti dopo aver stampato quell'ultima serie di volantini, ma bastano per coprire il conto e lasciare anche una discreta mancia. Appoggio le banconote sul tavolo, sperando di riuscire a mitigare il malumore di Sandra. Autumn aggiunge un'ulteriore banconota da cinque dollari, incrociando il mio sguardo come per farmi capire che anche a lei era venuta in mente la stessa idea. Sandra porta tutto alla cassa senza dire una parola.

Quando torna con il resto, sfodero il mio sorriso più suadente. «Ma no, questi sono per lei».

Sandra abbassa lo sguardo su ciò che le è rimasto in mano e aggrotta le sopracciglia, come se ne fosse contenta, ma non entusiasta. «Grazie».

«Macché, grazie a lei», rispondo io, alzandomi. «Mi stavo giusto chiedendo se potesse darci una mano e risolverci un dubbio».

Lei si mette a braccia conserte. «Che cosa volete ancora?»

«Per caso ha visto una ragazza qui ieri? Verso l'ora di pranzo?

Più o meno della nostra età... con gli occhi verdi, le lentiggini e i capelli corti castano scuro?». Mi porto una mano appena sotto il mento per darle un riferimento più preciso in termini di lunghezza. «Dovrebbe essere stata qui in compagnia di un signore adulto. Se ne sono andati via in fretta...».

«E a voi che ve ne frega?», mi interrompe.

Qualcosa nel suo modo di porsi mi trasmette la sensazione di un atteggiamento protettivo. Come se avesse capito benissimo di chi sto parlando e non volesse scendere nei dettagli con due sconosciuti qualsiasi, il che è elettrizzante e frustrante allo stesso tempo. Era scontato che Lola, con il suo fascino, avesse fatto colpo sulla cameriera.

«È scomparsa, ma stiamo cercando di ritrovarla», spiega Autumn. «Ci chiedevamo se per caso il circuito di sicurezza del locale avesse ripreso qualche immagine di lei».

Sandra lancia una rapida occhiata alla telecamera, dopodiché ci guarda in malo modo. «Non so che razza di strane idee abbiate in testa voi ragazzi, però è da quando siete entrati che ho un brutto presentimento. Non vi dirò nulla di lei, né di suo padre...».

«Ma quello non era suo padre!», ripetiamo ancora una volta io e Autumn all'unisono, esasperati.

«Comunque sia, io non intendo farmi coinvolgere. Se davvero è scomparsa, può pensarci la polizia a procurarsi un mandato e a venire a consultare le riprese, ma potete stare certi che non farò vedere un bel niente a un paio di adolescenti a caso. Dovete andarvene».

«La prego», insiste Autumn, con il tono di voce più dolce e da principessa Disney che riesce a tirar fuori. «Potrebbe essere in grave peri...».

Sandra scuote la testa e interrompe Autumn a metà parola. «No, non ho intenzione di rimanere qui a discutere con voi un secondo di più. Andatevene. Subito. Non sto scherzando».

Cazzo.

Rassegnato, le auguro una buona giornata mentre Autumn la ringrazia, anche se non so per cosa. Sandra non è stata né cordiale né disponibile. E quella storia del brutto presentimento? Se proprio doveva farsi venire un brutto presentimento su qualcuno, forse quello che avrebbe dovuto scatenarglielo era il rapitore a cui ha servito il pranzo ieri.

Usciamo dalla tavola calda e ci dirigiamo verso la Liberty. Non mi viene in mente che Max non è insieme a noi finché non provo ad aprire la portiera del lato passeggero. È chiusa a chiave. E le chiavi ce le ha lui.

«Coraggio, ci resta ancora il negozio», osserva Autumn. «Se non altro, sappiamo qual è la nostra prossima mossa».

Vorrei tanto essere d'accordo con lei, ma se non saremo in grado di racimolare qualche prova concreta, Roane non si smuoverà. Se vogliamo forzargli la mano, dobbiamo fugare ogni dubbio. Il che significa che quasi di certo falliremo.

Aspettiamo nel parcheggio, al freddo, finché una decina di minuti dopo Max non esce dalla porta d'ingresso della tavola calda fischiettando tra sé e sé. Mentre cammina, rotea il cellulare nel palmo della mano. Sembra… allegro. E la cosa mi infastidisce da morire.

«Quanto mi vuoi bene?», mi chiede.

Peccato che io non veda altro che quel sorrisino idiota stampato sul suo volto. «Ce ne hai messo, di tempo. Siamo un po' di fretta, qui, ricordi? Quel negozio dell'usato chiude tra dieci minuti».

Lui si schiarisce la gola. «Ripeto: quanto mi vuoi bene?».

Lo fulmino con lo sguardo.

Lui borbotta qualcosa sul non essere apprezzato abbastanza e smanetta un attimo con il cellulare. Il mio inizia a vibrarmi nella tasca. «Ma mi stai chiamando?», gli chiedo, però poi quando guardo lo schermo vedo che non sono gli squilli di una telefonata. Sono notifiche di messaggi con immagini allegate. Un sacco di immagini allegate. Apro la prima e faccio un passo indietro per la sorpresa.

È Lola.

Sfoglio una dozzina di foto sgranate in bianco e nero. I capelli scuri tagliati all'altezza del mento, la giacca con le maniche floreali, un cappellino bianco e uno strano uomo seduto su un divanetto di fronte a lei. È lo stesso maledetto tavolo in cui siamo stati seduti anche noi fino a poco fa.

In alcune immagini lei sorride, ma il volto dell'uomo è

sempre girato da tutt'altra parte rispetto alla telecamera. E, anche ammesso che non fosse stato così, la risoluzione è pessima. Dubito che chiunque sarebbe in grado di riconoscerlo da queste foto. È come se qualcuno avesse piazzato questi scatti in bianco e nero sotto una lente d'ingrandimento unta e ricoperta di graffi. Riesco a malapena a distinguere un naso affilato, in un fotogramma in cui il tizio ha la testa girata nel verso giusto.

«Come... come diamine te le sei procurate? Sandra ti ha fatto vedere le riprese?», domando.

Max scoppia a ridere e apre la portiera per salire a bordo della Liberty, costringendo me e Autumn a fare altrettanto per sentire la sua risposta. Si tira fuori una banana dalla tasca posteriore dei pantaloni un attimo prima di sedersi e le dà un morso mentre chiude la portiera. «Stai scherzando, vero? Quella donna non ci avrebbe aiutato né ora né mai. Lo sapevo fin dall'inizio».

«E allora come hai fatto?»

«Mentre voi due la supplicavate come due teneri angioletti, io ho scovato il circuito di sicurezza nello sgabuzzino di fronte al bagno e ho portato indietro le riprese finché non ho trovato quelle di ieri all'ora di pranzo. Ho scattato qualche foto, sgraffignato uno spuntino dalla cucina e me ne sono andato. Ve l'avevo detto che stavamo partendo per una "caccia all'indizio"!».

Gli do una pacca sulla spalla. «Ti amo alla follia».

Lui mi guarda con un sorriso raggiante e, per un istante, mi ricorda tantissimo Papito. Una fitta di senso di colpa mi squarcia il petto e sono costretto a distogliere lo sguardo per scrollarmela di dosso.

La testa di Autumn fa capolino tra i sedili anteriori, in preda a un'euforia che le elettrizza tutto il corpo. «Voglio vedere anch'io».

Le passo il telefono e lei sfodera un sorriso a trentadue denti dal sedile posteriore. «Ce la faremo davvero. La troveremo».

Ricambio il sorriso. «Già. Ma prima, troviamo Nana».

Capitolo 21
Mary

Giorno 5

Mi rendo conto soltanto in maniera molto vaga di Wayne che entra nella mia stanza per aiutarmi a impacchettare il resto delle mie cose. Arrotola il poster con la scritta "*Don't Worry, Be Happy*" e lo infila in un angolo dello scatolone. Mi avvicina le scarpe con un calcio. Butta la coperta a maglia gialla in stile afgano in cima allo scatolone con la mia roba, mi lancia la giacca e subito dopo mi ritrovo fuori, a incespicare giù per i gradini in direzione del furgone. Mi sembra tutto lontano, lontanissimo, come se il mondo intero avesse fatto un enorme passo indietro, e non riesco più a trovare un senso a nulla.

Il mio corpo è come intorpidito. Non sento nemmeno il freddo pungente di novembre che si insinua sotto la mia maglietta.

Wayne sistema il mio scatolone nel retro del furgone. Il volantino con la faccia di Ben Hooper è nascosto al sicuro in un calzino sul fondo. Non so cosa stia succedendo. Wayne ha mentito a un poliziotto. Ha mentito a me. Mi ha sottratto il biglietto da visita dell'agente Bowman. Potrebbe aver "sottratto" persino me. E non so proprio cosa fare.

Non ho alternative, a parte salire sul furgone e lasciare che Wayne mi porti ovunque ci dirigeremo non appena ce ne andremo via da qui. Non ho nessun altro posto dove andare.

Eppure c'è una vocina nella mia testa che mi urla di non andare via con lui.

“Non bisogna mai lasciarsi portare in un luogo isolato”, mi avverte.

Il solo pensiero mi immobilizza. Quando mi fermo, Wayne mi sbatte addosso. Si gira di scatto e mi afferra per le spalle, sorpreso, ma le sue dita scavano un po’ troppo a fondo nelle mie braccia. «Mary, guarda dove vai, per favore».

Farfuglio qualche parola di scuse e mi sposto di lato per lasciarlo passare. Mentre lo guardo salire i gradini, sento il fantasma delle sue mani che danno origine a lividi a forma di impronte digitali. Lui riemerge pochi secondi dopo con un altro scatolone, stavolta pieno di pentole e padelle, e con un borsone che non avevo mai visto prima di questo istante. Scarica anche quelli sul retro del furgone e se ne torna in soggiorno, dove lo attendono un altro paio di scatoloni. Di colpo, però, il borsone si sposta e inizia a scivolare. Allungo una mano per afferrarlo al volo prima che cada, infilandomi nel portellone posteriore aperto, e all’improvviso un’ondata di ricordi gelidi mi colpisce in piena faccia.

Sono all’interno del furgone, nella parte più lontana del cassone, che per il resto è vuoto.

Sobbalziamo lungo una stradina sterrata.

Svoltiamo un angolo e io vado a schiantarmi contro la parete laterale.

Mi ritrovo con il volto schiacciato contro il tappetino che riveste il pianale, tra gli aghi di pino.

E poi ancora finestrini scuri.

E panico.

Vengo scossa da un sussulto e queste immagini vengono risucchiate via.

La mattinata prima della tempesta ritorna al suo posto, illuminando il furgone con raggi di debole luce solare, e proprio in questo preciso momento Wayne si ferma di fianco a me e sistema sul pianale, accanto al borsone, la scatola con tutti i miei documenti personali che aveva tirato fuori la nostra prima notte qui. «Tutto bene?», mi chiede.

Annuisco. Troppo in fretta. In maniera troppo marcata. Mi costringo a rivolgergli un sorriso. «Sì, certo, è solo che il borsone mi ha colta alla sprovvista. Stava quasi per cadere».

Lui abbassa lo sguardo e lo fissa. «Oh, non è niente di grave. Tanto dentro ci sono solo coperte e altre cianfrusaglie». Mi indica il lato passeggero. «Ora va' ad aspettarmi nell'abitacolo, va bene? E allacciati la cintura. Devo ancora fermarmi qualche attimo dall'altro lato della casa, davanti alla porta dello scantinato, per caricare alcune cosette che ci sono laggiù, ma poi ce ne possiamo andare. Ci vorranno giusto un paio di minuti».

Mi si stringe il petto in una morsa durissima, che mi stritola quasi fino a togliermi il respiro. Santo cielo, ho un disperato bisogno di prendere aria, e il pensiero di sedermi in quel furgone accanto a lui mi fa rizzare tutti i peli che ho sulla nuca.

Cerco di trovare le parole necessarie per elemosinare un'alternativa, anche se temporanea. «Non... non è che potrei aspettare vicino al fiume, invece?».

Wayne mi sorride. «Vuoi salutare la tua altalena preferita?».

Annuisco.

«Certo che ti piace proprio da morire, non è vero?». Guarda l'orologio. «E va bene, ma solo per qualche minuto. E solo se ti metti la giacca. Altrimenti rischi di prenderti un malanno, qui fuori».

Annuisco di nuovo, perché ormai è l'unica forma di comunicazione che riesco a gestire, e lui sparisce ancora una volta dentro casa prima ancora che io riesca a infilarmi le maniche della giacca. Giocherello con l'orlo e cerco di contare i respiri mentre cammino, ma non serve a nulla.

Non c'è niente che mi aiuti.

Perché Ben Hooper è scomparso. E Wayne mi ha mentito a proposito di mia madre. E anche sulla visita di Bowman. Vuole che ce ne andiamo via di corsa senza motivo, e sento ancora le sue dita che scavano nelle mie braccia e non riesco a scrollarmi di dosso la sensazione di non essere al sicuro con lui.

Ma non ho nessun altro posto dove andare. Non ho nessun altro da cui andare. Certo, posso anche ricordarmi che la donna con il divano rosso è mia madre, ma non so come trovarla. Non so nemmeno come diamine si chiama. Il vecchietto simpatico che avevamo come vicino di casa è scomparso. Bowman non c'è più. E ora sto per andarmene anch'io, con un uomo che a malapena mi lascia mettere il naso fuori di casa.

Mi siedo sul bordo dell'altalena, che scricchiola sotto il mio peso. Le immagini di tutto quello che è successo negli ultimi cinque giorni si susseguono senza sosta nella mia mente. Wayne che mi guarda in preda all'ansia dall'ingresso della stazione di polizia. Il sollievo sul suo volto quando ha constatato che ero al sicuro… ma anche il fatto che non mi ricordavo chi fosse. Il modo in cui ha perorato la sua causa pur di riportarmi su questa montagna. La sua esitazione nel tornare di nuovo in città. La sua insistenza nel voler affrontare un tragitto di più di due ore di macchina per andare a comprare dei leggings per me, quando quelli che mi aveva preso nel negozio qui vicino erano della taglia sbagliata.

Le fragole che mi ha affettato, per poi rimproverarmi di aver mangiato uova a cui non sono per niente allergica.

Il frullato alla fragola che mi ha ordinato alla tavola calda.

L'uscita precipitosa dal locale non appena abbiamo iniziato ad attirare l'attenzione.

I lavori di ristrutturazione a casa, che sono passati da una "semplice" sostituzione di tutti i pavimenti all'aggiunta di stipetti nuovi in cucina e che, in qualche modo, sono stati completati nel giro di soli cinque giorni.

La foto della perfetta sconosciuta che ha cercato di spacciare per mia madre.

Se non fosse per quel certificato di nascita e per tutte quelle foto che ci ritraggono insieme, mi verrebbe quasi da pensare che…

Di colpo, una scarica di paura mi fa esplodere le vene. Adesso non riesco proprio più a respirare.

Non respiro.

E non riesco nemmeno a muovermi.

Perché, nel frattempo, il pensiero che stavo elaborando si è completato da solo.

…mi verrebbe quasi da pensare che… Wayne abbia sbagliato tutto…

…perché si è ritrovato con la figlia sbagliata.

Mi sento sbiancare come un lenzuolo. La punta del mio naso

si trasforma in un blocco di ghiaccio e ho la sensazione di poter scivolare nel fiume da un momento all'altro per l'intensità con cui mi gira la testa.

Oh, mio Dio. E se…

E se Wayne non fosse mio padre? E se non fossi io, Mary?

E se non fosse questo il mio nome?

Mi lancio subito giù dall'altalena e comincio a camminare avanti e indietro lungo la riva, perché ogni centimetro del mio corpo freme dal bisogno di muoversi. Le mie scarpe bianche nuove si inzaccherano di fango, che si incrosta da tutti i lati. Il cielo si agita sopra l'acqua, rendendo il fiume grigio e ostile.

E se non fossi io, Mary?

E se non fossi io, Mary?

E se non fossi io, Mary?

Questa domanda mi rode il cervello come un tarlo. Mi stringo le tempie. Chi sono, se non Mary Boone?

Alzo lo sguardo verso la casa nel tentativo di scorgere Wayne, ma non lo vedo da nessuna parte. Il furgone è parcheggiato accanto alla porta dello scantinato, ma di lui non c'è neanche l'ombra.

Poi, all'improvviso, un ramo si spezza alla mia destra, da qualche parte tra la catasta di legna e la linea degli alberi. Mi giro di scatto verso il rumore, aspettandomi quasi di vedere Wayne lì, in piedi, a fissarmi. Ma non scorgo altro se non la catasta di legna riparata dal telone e la foresta.

Nel frattempo il vento cambia direzione, risalendo la corrente. Porta con sé l'aria fredda e umida del bosco, ma non solo: anche un odore a dir poco disgustoso. Come di carne andata a male o di uova marce, ma ancora peggio. È come se l'intera foresta fosse in stato di decomposizione, e d'istinto faccio un passo indietro, finendo con i piedi nell'acqua. Il rumore degli schizzi rompe il silenzio e qualcosa si muove non troppo lontano da me. Il mio sguardo si sposta verso l'altalena, verso gli alberi che le si ergono dietro, e a un certo punto i miei occhi incrociano quelli di un animale.

Un coyote.

È fermo a circa tre, quattro metri di distanza da me, ed è del tutto immobile. Così tanto da mimetizzarsi alla perfezione con i rami alle sue spalle. Ha il pelo intorno al muso macchiato di un color rosso sangue e stringe qualcosa tra le zanne.

Il mio cuore smette di battere. Lo fisso mentre anche lui fissa me, e a questo punto mi domando se tutto il mio panico riguardo a Wayne non stia per rivelarsi inutile, dal momento che sembro sul punto di essere sbranata e uccisa da una bestia selvaggia su una montagna che puzza di carne putrefatta.

Senza distogliere lo sguardo dall'animale, mi accovaccio fino a quando i miei polpastrelli non si immergono nell'acqua gelida accanto ai miei piedi, dopodiché continuo a muovere le dita lungo il fondale finché non mi imbatto in una pietra delle dimensioni di un grosso pugno, ma con un'estremità lunga e appuntita.

Mi rialzo a rilento, con l'acqua che mi gocciola giù dalla mano e la pietra pronta lungo il fianco. Non so cosa cavolo potrei farmene, qualora il coyote decidesse sul serio di attaccarmi, ma nell'istante in cui sono di nuovo in piedi, la bestia si dilegua tra gli alberi.

Lasciando cadere qualsiasi cosa stesse rosicchiando.

Il mio povero cuore ricomincia a battere non appena il coyote scompare, ma proprio allora il mio sguardo si concentra su ciò che l'animale ha lasciato cadere. Dall'altra parte della catasta di legna c'è solo fango, ma sembra che il coyote abbia scavato una grossa buca nel terreno. Tiro fuori i piedi dall'acqua e faccio un passo verso l'altalena, già consapevole di non voler scoprire cosa ci sia lì dietro persino mentre mi avvicino.

Fisso quello che c'è a terra, continuando a camminare lungo il perimetro dell'altalena. Sarà di sicuro uno scoiattolo morto o qualche altra cosa altrettanto disgustosa.

Le mie gambe mi pregano di correre via. Di stringere la mia pietra tra le mani e di andarmene da qui, ma non riesco proprio a smettere di avanzare verso quella maledetta buca. La puzza, il sangue… tutta la paura che ho in corpo sta cercando di capire cosa può esserci là dietro in modo da permettermi di reagire.

Mi fermo a neanche un metro di distanza. La buca mi chiama, implorandomi di guardarci dentro, e…

Lo vedo tutto in un colpo, nei minimi, raccapriccianti dettagli. Un secondo intero di immagini cruente impresse a fuoco nella mia mente, da qui all'eternità, come un tatuaggio spaventoso. Tracce di morsi di animali su un volto in parte ricoperto di terra. Sangue. Pelle dilaniata. Occhi spalancati e vitrei. Ferite gigantesche su un collo maciullato. Un cappellino da baseball a scacchi che fa capolino soltanto per metà. Un braccio che affiora dalla buca. Senza la mano.

Abbandonata dal coyote a poco più di due metri di distanza.

Una sensazione di acidità mi fa bruciare la gola, anche se poi mi rimane bloccata dietro i denti e alla fine ritorna giù mentre fisso quel volto familiare.

Il coyote ha dissotterrato il cadavere di Ben Hooper.

Capitolo 22
Drew

Non saprei dire cosa mi aspettassi di preciso da un negozio che si chiama "Le chicche di Nana", ma di certo non questo. Accostiamo di fronte a un edificio dalle dimensioni modeste, rivestito con le solite tegole di legno tipiche delle zone costiere e dotato di persiane bianche e sporche che, persino alla luce morente del tramonto, sembrano alquanto malridotte. Un uccello si alza in volo da dietro una di queste persiane e si dirige verso l'oceano, spaventando a morte Max, troppo concentrato a tirar fuori le lunghe gambe dal sedile del lato guida.

«Oh, merda», esclama mio cugino, abbassandosi, anche se ormai il volatile se n'è andato da un pezzo.

Max ha una vera e propria fobia degli uccelli.

Autumn scoppia a ridere, ma cerca subito di nasconderlo, trasformando la propria risata in un colpo di tosse. Nel frattempo, le luci all'interno del negozio si spengono e una signora anziana, con i capelli tutti bianchi e un paio di occhiali da vista rosa acceso, esce dalla porta con le chiavi in mano. Si blocca sulla soglia quando ci vede tutti e tre lì, in piedi, poi però sfodera un sorriso. «Ma ciao, ragazzi! Purtroppo, temo proprio che dovrete tornare domani. Il negozio ormai è chiuso per stasera, riaprirà domattina».

Si volta per chiudere la porta a chiave.

Io recupero dal sedile della Liberty il mio cellulare e il volantino sulla scomparsa di Lola con le informazioni aggiornate, dopodiché mi incammino verso di lei. «A dire il vero, non siamo venuti qui per fare acquisti. Speravamo che potesse aiutarci a trovare una persona».

Lei mi lancia un'occhiatina senza nemmeno voltarsi del tutto, con la chiave ancora inserita nella toppa. «Come, prego?».

Le dico i nostri nomi e le porgo il volantino. Lei lascia penzolare le chiavi nella serratura mentre si sistema una borsa a dir poco gigantesca sull'altra spalla e allunga una mano per prendere il foglio di carta. La borsa è dello stesso colore dei suoi occhiali. E lo stesso vale per i pantaloni della tuta. Rosa, rosa e ancora rosa: questa tizia dev'essere proprio fissata con questo colore.

A ogni modo, la signora guarda la foto strabuzzando gli occhi, dopodiché si porta una mano a coprirsi la bocca. «È scomparsa? Questa ragazza?».

Annuisco. «Da diverse settimane, ormai. Abbiamo appena parlato con una donna, alla tavola calda in fondo alla strada, che ci ha detto di averla vista in compagnia di un uomo adulto e con un sacchetto del suo negozio».

Autumn mi si affianca. «Allora? È stata davvero qui?».

La donna sposta lo sguardo tra me e Autumn, poi si gira a guardare anche Max, ancora teso a causa di quel maledetto uccello, e infine annuisce, indicando la foto con un cenno. «Sì, sono venuti qui ieri a comprare alcuni vestiti. Se ne sono andati con un bel po' di cosine, in effetti. Anche un paio di scarpe. Mi sono sembrati entrambi due brave persone».

Be', una delle due lo è di certo.

Apro le foto recuperate da Max dalle riprese di sicurezza della tavola calda e ruoto il cellulare verso di lei per fargliele vedere. «Sono queste le persone che sono venute qui nel suo negozio?».

La donna fissa lo schermo da dietro gli occhiali eccentrici dalla montatura spessa e annuisce in maniera decisa. «Sì. Stessi capelli, e mi ricordo benissimo quella giacca: aveva dei bottoni stupendi, ma questa foto non è certo il massimo. Dove l'avete presa?»

«Alla tavola calda», risponde Autumn, dopodiché cambia subito argomento. «Si ricorda qualcosa dell'uomo che era insieme alla nostra amica? O del veicolo che guidava?»

«Perché avete bisogno di sapere questo genere di informazioni?»

«Stiamo cercando di racimolare quanti più dettagli possibile per agevolare le ricerche», spiego. «Più particolari ci può raccontare, più ne potremo riferire alla polizia, nella speranza che la ritrovino più in fretta. La prego, la sua famiglia è preoccupatissima per lei, e sospettiamo che l'uomo con cui è possa essere pericoloso».

L'anziana signora fa un passo indietro e sbatte la schiena contro la porta chiusa. «Pensate che quell'uomo... quello che è venuto nel mio negozio... possa essere un pericolo per quella ragazza così dolce?».

Ha un'espressione talmente inorridita che mi sento travolgere da un'ondata di sensi di colpa al pensiero di quello che sto per aggiungere. «Crediamo che possa averla rapita. È per questo che siamo qui. Abbiamo bisogno di qualsiasi informazione sia in grado di darci».

«Ma erano così carini l'uno con l'altra», insiste. «Si sorridevano, scherzavano... la ragazza ha persino indossato i vestiti nuovi prima di andarsene. Sembrava tutto *normale*». Ogni sua parola viene fuori con un tono di voce un po' più stridulo e isterico della precedente. «Se avessi saputo che era in pericolo, non l'avrei mai e poi mai lasciata andare via dal mio negozio. Oh, mio Dio. E se non dovessero riuscire a ritrovarla...?».

Autumn le si avvicina e le appoggia una mano sulla spalla. «Aspetti un momento, con calma. Nessuno qui la sta biasimando, anche perché non avrebbe potuto sapere che la nostra amica era nei guai, soprattutto se non c'era niente di strano nel suo comportamento. Non è colpa sua».

«Ma era nel mio negozio...».

«Come si chiama, signora?», le chiede Autumn.

«Eloise. Mi chiamo Eloise».

«D'accordo, Eloise. Lei biasimerebbe mai la gente che si trovava alla tavola calda per non aver aiutato la nostra amica? Perché chiunque fosse lì presente l'ha vista con quello stesso tizio, e nessuno ha pensato che ci fosse qualcosa che non andava. Non è mica stata lei a rapirla, di certo non ha fatto nulla di male né tantomeno ha fatto finta di niente. È soltanto quell'uomo il cattivo in questa storia. Per questo abbiamo davvero bisogno che lei ci rifletta su un attimo e ci dica se ha visto o sentito qualcosa che possiamo riferire alla polizia».

Eloise annuisce, però sembra quasi come se il suo non fosse

altro che un riflesso, come se non ci stesse ascoltando davvero. Eppure, un secondo dopo, risponde: «Non ho visto in che genere di veicolo siano arrivati. Ho visto solo loro. La ragazza era giovane... della vostra età. Lui era... tranquillo. Serio. Aveva le borse sotto gli occhi, ma ce le aveva anche lei. Hanno fatto compere e lui l'ha aiutata con i sacchetti, dopodiché se ne sono andati. A essere sincera, non ho notato nulla che fosse fuori dall'ordinario».

Mi riprendo il volantino onde evitare che Eloise lo guardi di nuovo e vada ancora una volta in agitazione. «Sarebbe disposta a inviare una segnalazione telefonica alla linea di emergenza ufficiale? La polizia ne ha istituita una subito dopo la scomparsa di Lola per permettere alla gente di comunicare eventuali avvistamenti, e sarebbe molto utile se, oltre a ricevere queste informazioni da noi, gli agenti trovassero anche una sua chiamata a corroborare i dettagli».

Lei sgrana gli occhi. «Oh, ma certo. Chiamo subito. Farò tutto il possibile».

«Ha una penna?», le chiede Autumn. «Così le scrivo il numero».

Eloise si mette a rovistare nella sua borsa gigantesca fino a quando non ne tira fuori una penna e un blocchetto di post-it rosa. Autumn scarabocchia due numeri di telefono, dopodiché le restituisce tutto.

«La prima è la linea di emergenza ufficiale, mentre il secondo è il numero di cellulare personale dello sceriffo. È un po' lento a controllare le telefonate ricevute sulla linea di emergenza ufficiale, perciò, se per lei non è un problema chiamare direttamente lui, sarebbe ancora più d'aiuto».

Eloise guarda il secondo numero con aria accigliata. «Il numero personale dello sceriffo?»

«È suo padre», spiego, con un cenno verso Autumn. «Ed è anche un po' stronzo».

In realtà avrei voluto tenerla per me, questa seconda precisazione, ma non riesco a trattenermi e mi sfugge dalle labbra. Eloise, dal canto suo, scoppia in una risatina sorpresa. «Sarebbe un onore per me importunare il tuo papà, se servirà a riportare a casa quella ragazza così dolce».

La ringraziamo di cuore, dopodiché lei apre la porta del negozio per cominciare il suo giro di telefonate. All'improvviso mi sento pervadere da un desiderio molto particolare. Quello di avere molte più persone come lei al comando. Mi piacerebbe vedere Eloise nei panni di Roane e scoprire quanto in fretta Lola tornerebbe a casa. Aver assistito con i miei stessi occhi al suo interessamento immediato nonché alla sua assoluta disponibilità a contribuire alla nostra missione mi sta facendo sentire come se la nostra piccola scialuppa di salvataggio avesse qualche possibilità in più di rimanere a galla.

Ci stiamo giusto voltando per andarcene quando sentiamo Eloise strillare sulla soglia, terrorizzando un altro uccello accoccolato in un nido in cima a una persiana. Stavolta Max si fionda dentro la macchina in cerca di rifugio e ci rimane.

Io mi giro di scatto e vedo Eloise con gli occhi sgranati. «Sì che avevano detto qualcosa! Poco prima di andarsene, la ragazza... Lola... aveva detto di volersi cambiare e indossare i vestiti nuovi in vista del lungo tragitto di ritorno in macchina verso Alton!».

Avverto uno strano ronzio che mi fa fischiare le orecchie e mi rendo conto di aver smesso di respirare. «Aspetti, ha detto proprio Alton? Ne è sicura?»

«Sì! Al cento percento! Me lo ricordo perché ci viveva mio fratello, lassù, e quando ho sentito che era da lì che venivano, quella storia del lungo tragitto di ritorno ha avuto molto senso. Alton è nel bel mezzo del nulla, un posto davvero isolato. Mio fratello odiava quanto fosse lontano da tutto, perciò poi un paio di anni fa si è trasferito a Florence. Alton dista almeno due orette e mezza piene da qui in auto».

Agito le mani per interrompere le sue chiacchiere, riportando la conversazione su Lola. «Ma quindi Lola ha proprio specificato che sarebbero tornati lì in macchina?».

Eloise annuisce. «Eh, sì».

Autumn mi stringe il braccio in una morsa che è sintomo di pura adrenalina. «E sarebbe disposta a riferire anche questo particolare a mio padre e alla linea di emergenza?».

Eloise si mette una mano sul fianco e sorride. «Tesoro, adesso comincio a tempestare il tuo papà di telefonate finché non si deciderà a venire qui per verbalizzare la mia dichiarazione di persona», risponde, dopodiché se ne torna dentro il negozio.

Io avanzo verso l'auto di Max in uno stato confusionale.

Lola è ad Alton.

Porca miseria.

Max continua a stringere i pugni sul volante e a riaprirli. Rimaniamo tutti seduti nel silenzio dell'abitacolo, a guardare Eloise che, al di là della vetrina, tiene fede alla parola data e continua a bombardare Roane di chiamate.

A un certo punto, Autumn sfodera un sorriso enorme. «Cavolo, ragazzi. Vi rendete conto che sappiamo dove l'ha portata?»

«Già. Ad Alton», risponde Max.

Ebbene sì. Proprio ad Alton, cazzo.

«D'accordo, perciò adesso che si fa?», domanda Autumn. «Andiamo a casa? Abbiamo finito?».

Io guardo Max. Lui guarda me. Autumn tamburella il piede sul tappetino sotto le sue scarpe, impaziente. Solo che io non ho una risposta da darle. Dovremmo tornarcene a casa. D'altronde, abbiamo ottenuto quello per cui eravamo venuti e anche di più. Diamine, ci siamo addirittura procurati una testimone aggiuntiva e una possibile ubicazione. Se adesso ci avviamo verso casa, saremo di ritorno poco dopo le nove. Ma...

«Non mi sembra la scelta giusta», osserva Max. «Voglio dire, siamo a tanto così dal trovarla... e dovremmo tornarcene a casa proprio ora?».

Non avrei saputo dirlo meglio.

«E allora cosa volete fare?», chiede Autumn.

Mi sfrego la faccia con entrambe le mani e riapro i fotogrammi delle riprese della tavola calda. Li sfoglio, vedendo Lola con quell'uomo. Vorrei tanto che il volto di lui non fosse sfocato. Vorrei tanto che non lo fosse neanche quello di lei. Vorrei che fossero entrambi a fuoco, e che questa potesse essere la prova inequivocabile di cui abbiamo bisogno per dare una scossa alla città e a tutta l'indagine. Eppure, prima ancora di ottenere queste foto, ero convinto di avercela già, la mia prova inequivocabile: la segnalazione inviata alla linea di emergenza da Meredith Hoyt. «È solo che... e se tutto questo non fosse abbastanza per tuo padre?», chiedo. «E se desse giusto un'occhiata a tutta questa roba e poi decidesse di ignorarla soltanto perché sono stato io a voler venire fin qui per racimolare questi indizi? E se mi accusasse di aver manipolato una testimone, o qualcosa del genere?».

Autumn si divincola sul sedile posteriore, a disagio. «Io però non credo che arriverebbe a tanto… tu sì?»

«Sono andato a metterlo al corrente della telefonata di Meredith e lui mi ha solo accusato di aver orchestrato tutto per tirarmi fuori dai guai. Perché in questo caso dovrebbe pensare che la situazione sia diversa? Qualsiasi pista Roane possa spacciare per compromessa dal principale sospettato, possiamo stare certi al cento percento che lo farà. Lo ha già dimostrato».

«Su questo punto devo dare ragione a Drew», borbotta Max. «Mi dispiace, Autumn. Lo so che è tuo padre, ma non voglio tornare a casa dando per scontato che farà la cosa giusta… per poi rimanere fregato quando non la farà. Se torniamo indietro, i nostri genitori non ci toglieranno gli occhi di dosso per un sacco di tempo. E cosa succederà se tuo padre non porterà avanti le indagini come dovrebbe?».

Lei abbassa lo sguardo sulle sue ginocchia, con le lunghe ciocche di capelli rossi che le ricadono davanti al viso e, per un terribile istante, penso che stia piangendo. Poi però invece alza gli occhi, e mi accorgo che sono carichi di rabbia. «No, hai ragione. Lola si merita di più, non possiamo mollare tutto nelle mani di mio padre. Ma non possiamo nemmeno andarcene in giro a cercarla da soli. Meredith aveva ragione su questo: non possiamo indagare per conto nostro. È troppo pericoloso».

«L'ho già detto una volta e lo ripeto di nuovo: sono pronto a prendere il nostro Ted Bundy a pugni in faccia. Non ho paura». Max sferra un pugno a mezz'aria sopra il volante, e nel frattempo dal mio petto fuoriesce un sospiro che pesa almeno cento chili.

«Non ho nessuna intenzione di correre il rischio di farci ammazzare mentre cerchiamo di stanare un rapitore», replico. «No significa no, Max. Oggi non prenderai a pugni proprio nessuno».

«Uffaaa, e va bene».

«Mi sa che dobbiamo modificare il piano originale. Siamo venuti fin qui alla ricerca di prove che dimostrassero che Lola fosse passata da queste parti in modo da costringere Roane a indagare più a fondo, giusto? Ma... se invece lo scavalcassimo del tutto? Visto che sappiamo che Lola è ad Alton, per quale motivo non spostare il campo di battaglia proprio lì? Perché non so voi, ma io comincio a pensare che l'unico modo per convincere Roane a collaborare sia quello di privarlo di ogni possibilità di scelta. Perciò... portiamo le prove a un altro distretto. A qualcuno di imparziale, che possa esaminare ciò che abbiamo e procedere di conseguenza. A quel punto Roane non avrebbe alternativa se non quella di cooperare e di ascoltare tutto quello che i suoi colleghi avranno da dire, altrimenti farebbe la figura dell'incompetente».

«Be', o andrà come dici tu, oppure Roane convincerà il distretto di Alton che sei tu il colpevole, e a quel punto ti ritroverai con *due* stazioni di polizia alle calcagna», osserva Max.

Lo fulmino con lo sguardo. «Incoraggiante. Grazie».

«Quindi... in pratica vorresti far abboccare mio padre usando come esca il suo orgoglio e la sua reputazione professionale... aizzandogli contro il dipartimento di polizia di Alton?», domanda Autumn.

Mi volto per soppesare la sua reazione, ma non riesco a decifrare l'espressione sul suo volto. «Che dici, è un po' troppo?».

Lei sogghigna. «No. È un piano perfetto. Mi rode solo che non ci abbia pensato io per prima».

Mi scappa una risatina sorpresa.

«Ora sì che si ragiona», commenta Max. «La nostra "caccia" continua! Destinazione: Alton».

Autumn alza un dito mentre Max mette in moto l'auto. «C'è giusto un problemino minuscolo, ma proprio microscopico», puntualizza. «Eloise diceva che Alton dista all'incirca due ore e mezza di macchina da qui. Il che significa che non arriveremo prima delle nove di sera, e la maggior parte delle stazioni di polizia dei piccoli centri chiude dopo le cinque o le sei del pomeriggio. È probabile che abbiano comunque un paio di agenti in servizio, nel caso in cui dovessero verificarsi risse in qualche bar o altre stronzate simili, ma di sicuro non ci sarà nessuno provvisto dell'autorità necessaria per gestire il genere di informazioni che vogliamo segnalare noi. Ci toccherà aspettare fino a domattina. Almeno così non verremo derisi e buttati fuori a calci da qualche agente a caso, già scocciato dal dover fare il turno di notte».

Questo ragionamento… ha senso. Ma non voglio ammetterlo.

Prendo il cellulare per cercare la stazione di polizia di Alton su internet e, come volevasi dimostrare, leggo che ha chiuso un'ora fa. «Cazzo. Allora dobbiamo fermarci a dormire da qualche parte, stanotte».

Max fa spallucce. «Tanto scommetto che siamo già nei guai per essercela svignata da scuola e per aver lasciato la città senza chiedere il permesso. Perciò ormai meglio risolvere la questione, prima di tornare a casa e fare i conti con le conseguenze delle nostre azioni, no?»

«Sì, ma dobbiamo trovare un posto decente in cui stare», risponde Autumn. «Perché io di certo non ci dormo, in questa macchina di merda».

«Ehi!», protesta Max.

«Va bene, troveremo qualcosa ad Alton», propongo io. «Così almeno siamo già sul posto e possiamo passare il resto della serata a rivedere tutte le informazioni in nostro possesso, oltre a escogitare un modo per convincerli ad ascoltarci. E domani mattina, appena apre, andiamo subito al distretto».

«Incrociamo le dita e speriamo che siano più competenti di Roane, come poliziotti», borbotta Max tra sé e sé. «E per inciso, la mia non è affatto una macchina di merda, brutta antipatica che non sei altro».

Nonostante Max abbia usato un tono di voce molto sommesso, sono sicuro che Autumn l'abbia sentito, perché la vedo serrare le labbra in una linea sottile. «Non ci dormo nello stesso letto con voi due sfigati. Va oltre ogni mio limite».

Be', chiaro, non fa una piega. Svignarsela da scuola, spacciarsi per la segretaria di una stazione di polizia, tendere un'imboscata a una testimone, farsi cacciare da una tavola calda, rubare le immagini di alcune riprese di sicurezza, sottoporre un'anziana signora a un trauma emotivo, trascorrere tutta la notte fuori... fin qui tutto bene. Però dormire nello stesso letto con un ragazzo... quello sì che è un limite non oltrepassabile.

Max esce in retromarcia dal parcheggio e ha a malapena il tempo di immettersi sulla strada principale quando, dal sedile posteriore, il cellulare di Autumn inizia a squillare con una suoneria così stridente che ci fa trasalire tutti. Lei trattiene il respiro.

«Che succede?», chiedo.

Il suo viso è rischiarato dalla luce dello schermo. Che le mette in risalto ogni lentiggine sul naso e il solco preoccupato tra le sopracciglia. «È mio padre».

«Che?». Max emette un suono simile a quello di un topolino che viene strozzato.

Autumn mi guarda digrignando i denti. Poi preme il tasto per rispondere e attiva il vivavoce. «Pronto?»

«Dove. Diavolo. Sei?», sbraita Roane.

Accidenti, se mi fa sobbalzare.

«Impegnata».

«Autumn! Non ci provare nemmeno, guarda. So che te ne sei andata via prima da scuola con Max e Drew». È la mia immaginazione, o ha pronunciato il mio nome con lo stesso disgusto con cui avrebbe sputato un pezzo di pane ammuffito? «L'addetto alla sicurezza ha raccontato al preside di avervi visti uscire, tutti e tre, e per di più adesso sto ricevendo una montagna di telefonate, una dietro l'altra, da una tizia sconosciuta di Waybrooke che pretende che io vada fin laggiù per verbalizzare una dichiarazione in cui lei testimonierebbe di aver visto Lola Scott, ieri, nel suo negozio? Sostiene che è stata mia figlia a darle il mio numero. Cosa cavolo stai combinando?».

Lei fissa lo schermo con uno sguardo torvo. «Sono impegnata a fare il tuo lavoro. Forse, se tu cominciassi davvero a darti da fare per cercare Lola, non sarei costretta a pensarci io».

E con ciò... riattacca. «Sarebbe meglio spegnere tutti i cellulari, così non può localizzarli».

Rimango a bocca aperta.

«Che c'è?», replica lei. «Ormai siamo in ballo e dobbiamo ballare. Gli passerà, prima o poi».

«Oh, merda», mormora Max. «Merda, merda, merda».

Incrocio lo sguardo di mio cugino. "Oh, merda" mi sembra proprio l'esclamazione giusta.

Quando tutto questo sarà finito, dovrò guardarmi le spalle per anni per evitare che Roane trasformi una semplice multa per eccesso di velocità in una cavolo di notte in cella, eppure mi viene difficile preoccuparmene quanto dovrei. Non c'è niente di peggio che aver perso Lola e svegliarmi ogni singolo giorno senza sapere se è viva o morta. Rivivere ogni parola che ci siamo urlati contro in quell'auto. Affannarmi a cercare il telefono ogni volta che squilla, senza mai vedere che è lei.

In confronto a tutto questo, Roane è un tenero gattino con un coltello da burro.

Max imbocca l'autostrada in direzione nord. «Credo già di sentire Roane che telefona a mia madre persino da qui. Mi ucciderà».

«Vuol dire che moriremo insieme, allora».

Mi rivolge un'occhiatina riconoscente e spegne il cellulare, lasciandolo cadere nel vano portabicchieri come il mattone inutile che è diventato per il momento. Io sono sul punto di fare lo stesso, ma poi le parole di mio cugino mi fanno riflettere. Magari i miei padri non mi uccideranno, ma non sapere dove sono in questo preciso frangente starà senz'altro uccidendo loro. Sarei dovuto tornare a casa da scuola tre ore fa. Immagino Papà seduto di nuovo sulle scale, a guardare una porta che per stasera non si aprirà più.

Perlomeno Roane sa che Autumn è al sicuro. Per quanto sia possibile. Voglio dire, ci stiamo pur sempre mettendo sulle tracce di un rapitore.

Apro la chat di gruppo con i miei genitori e passo in rassegna tutte le loro domande e le loro richieste impellenti di sapere dove sono, e nel frattempo cerco di formulare una risposta. I loro ultimi messaggi mi implorano di chiamarli, e mi fa male leggere tutto il loro dolore tra le righe. Non mi azzardo nemmeno ad ascoltare i messaggi vocali, altrimenti perderò la determinazione necessaria per portare a termine questa missione.

Però non voglio che si preoccupino. Meritano di sapere cosa sta succedendo.

IO: Mi dispiace. Lo so che siete in pensiero, non l'avrei fatto se avessi avuto altra scelta. Tornerò a casa presto, ma non stasera. Sono al sicuro, e lo stesso vale per Max e Autumn.

IO: Abbiamo trovato una cosa importante.

Invio anche a loro, nel gruppo, l'immagine sfocata di Lola alla tavola calda con quello stronzo dal naso affilato.

IO: I genitori di Lola devono vedere questa foto. È viva, era a Waybrooke appena ieri.

IO: È stata vista da due testimoni, e una le ha pure parlato. Roane si rifiuta di approfondire, quindi stiamo cercando qualcuno che sia disposto a indagare come si deve. Siamo a un passo dal riuscirci, me lo sento. Dite al signor Scott che Roane sta combinando un casino. Ditegli di andare al distretto e di chiedere un aggiornamento. Ditegli che la stiamo cercando.

IO: Mi dispiace, ma devo farlo. Devo trovarla, o questa situazione mi ucciderà.

IO: Sto facendo attenzione, ve lo giuro, sarò prudente. Vi voglio un mondo di bene.

IO: Ci vediamo domani.

Spengo il telefono, consapevole che questa è, con assoluta certezza, la cosa peggiore che io abbia mai fatto ai miei genitori. I sensi di colpa mi perseguitano lungo tutta l'autostrada.

Capitolo 23
Mary

Giorno 5

Comincia a piovere molto forte dalla fitta coltre di nubi grigio ardesia proprio mentre io vomito sul terriccio. È come se la tempesta volesse provare a lavare via quello che è successo qui, ma invano.

Niente può spazzare via l'accaduto.

Wayne ha ucciso Ben Hooper.

Mi ha spedita dentro casa e l'ha ucciso.

Wayne è un assassino.

Non riesco a vedere altro che il volto sorridente del nostro malcapitato ex vicino. Immagino la sua povera famiglia, intenta ad affiggere in giro volantini uguali a quello che Bowman si era preso la briga di consegnare all'uomo responsabile della sua morte appena un'ora fa.

Oh, mio Dio.

È per questo che Wayne non aveva più la giacca ieri quando è rientrato in casa? Se l'era sporcata di sangue mentre massacrava questo pover'uomo? L'avrà nascosta da qualche parte nel bosco, così da poter tornare a giocare al padre affettuoso come se nulla fosse mai accaduto? E poi? Cosa? Ha aspettato che andassi a fare un pisolino per sgattaiolare di nuovo fuori e scavare questa fossa?

Cioè, io me ne stavo qui a cercare di autoconvincermi che non era possibile che Wayne mi avesse portato via da mia madre perché non ha mai alzato la voce con me… e intanto lui nascondeva cadaveri in giardino. Sono proprio un'idiota colossale.

Guardo la fossa nel terreno. Gli occhi di Ben Hooper sono fissi sulla tempesta, spalancati, come se nemmeno lui riuscisse a capacitarsi di quello che gli è successo, proprio come non ci riesco io. Se Wayne è stato in grado di fare una cosa del genere, per poi rientrare in casa e sorridere come se nulla fosse successo, di cos'altro è capace?

E cosa ha intenzione di fare a me?

Mi sento assalire dalla rabbia. Una rabbia violenta e accecante. No. Non esiste. Non riuscirà a far sparire anche me.

La tempesta si inasprisce, abbattendosi sul terreno, e alle mie spalle si spezza un altro ramo. Mi giro di scatto e questa volta ho ragione. Wayne è in piedi dietro di me.

Guarda prima la buca nel terreno, poi me, mentre piano piano entrambi veniamo inzuppati dalla pioggia scrosciante. Ha un'aria… annoiata, e mi fissa scuotendo la testa, emettendo un verso di disapprovazione. «Oh, Mary. Riesci sempre a rovinare tutto».

Fisso quella maledetta faccia da psicopatico che si ritrova e gli schianto la pietra sulla tempia, sbilanciandogli la testa di lato. Lui si accascia sul ginocchio destro, con lo sguardo disorientato, mentre un rivolo di sangue gli scorre lungo la guancia.

E a quel punto inizio a correre.

Il suo ruggito di dolore serpeggia tra gli alberi alle mie spalle. Scappo attraverso il bosco, alla massima velocità che le mie gambe sono in grado di sopportare. I rami mi graffiano il viso. I sassi sul terreno mi fanno male ai piedi per via delle suole troppo sottili di queste scarpe. I rovi mi si impigliano nella giacca, strattonandomi, tirandomi, lacerandomi.

Non ho idea di dove sia Wayne. Se è stordito, o sanguinante, o morente… oppure se è già partito all'inseguimento dietro di me. Non oso guardare e non sento nulla all'infuori del battito martellante che mi rimbomba nelle orecchie. Corro come se ne andasse della mia vita, perché in effetti sono del tutto certa che sia proprio così.

All'inizio non so neanch'io dove sono diretta, visto e considerato che mi sono appena imbattuta nel cadavere del vicino. Ma poi mi ricordo che Bowman aveva menzionato la moglie del vicino. Se c'è ancora un po' di giustizia in questo cavolo di mondo, la signora Hooper sarà in casa, perché se Wayne non è morto, dubito che riuscirò a spingermi oltre l'abitazione accanto.

La pioggia penetra tra le chiome degli alberi, inzuppandomi i vestiti e i capelli fino a farmi sentire come se fossi appena riemersa dalle acque del fiume. Sbuco fuori dalla distesa di alberi e per un attimo penso di essere arrivata nel giardino dei vicini, ma invece si tratta soltanto di una radura con erba alta fino alle ginocchia, per di più costellata di rocce enormi, grandi quanto tavoli da picnic. Il cielo grigio e arrabbiato si estende a perdita d'occhio davanti a me e, all'improvviso, un rombo di tuono scuote le fronde.

Mi lancio attraverso la radura, diretta verso la macchia di alberi più vicina, in modo da mettermi al riparo il più in fretta possibile. Con un sussulto, mi accorgo che c'è un pennacchio di fumo che si leva nell'aria oltre quegli alberi.

È il fumo di un camino.

La moglie di Ben dev'essere in casa.

Le mie gambe iniziano a muoversi più svelte. I miei polmoni prendono fuoco. Ci siamo. Posso farcela.

Qualcosa irrompe dagli alberi alle mie spalle e io mi giro giusto un pochino per vedere cos'è stato, sentendomi invadere lo stomaco dal terrore non appena Wayne sbuca fuori dalla vegetazione e si addentra nella piccola radura. Si guarda intorno come un ossesso prima di scorgermi. Il sangue gli è colato lungo tutto il collo e sulla parte superiore della camicia. Mi inchioda con uno sguardo gelido e io mi rituffo tra gli alberi.

Non mi volterò più a guardare indietro.

«Ti troverò…», mi avverte.

Solo che c'è silenzio. Non l'ha detto davvero. Non questa volta.

All'improvviso, mi ricordo tutto quello che è successo. Ricordo che mi è piombato alle spalle mentre controllavo la posta a casa. Che mi ha trascinata via, portandomi in questa vita, in questo posto. Ricordo di essermi risvegliata nel furgone, mentre il veicolo si inerpicava tra i sobbalzi su per la montagna, al buio. Ricordo di essermi sdraiata su un fianco, spaventata a morte, mentre cercavo di capire cosa stesse succedendo. Ricordo di aver messo in pratica un trucchetto visto su YouTube per riuscire a rompere la fascetta che mi legava i polsi. Ricordo di aver fatto finta di dormire quando il furgone si è fermato davanti alla baita, e poi ancora di essermi alzata in piedi di scatto prima che Wayne potesse aprire il portellone posteriore. Ricordo di essermi avventata su di lui non appena il portellone si è aperto di uno spiraglio, di averlo fatto finire al tappeto nel bel mezzo del vialetto e subito dopo di essermene scappata correndo verso la strada, nel cuore della notte, invocando l'aiuto di mia madre.

Ricordo gli alberi, i rami che sembravano dita.

Ricordo l'aria fredda della notte sulle mie braccia nude.

Ricordo la sua voce dietro di me, come se avesse preferito sapermi *consapevole* che lui era lì. Che era vicino. Che non sarei riuscita a scappare.

«Torna subito qui, signorina».

Questa volta non è un avvertimento. Mi sta proprio dando la caccia.

I miei ricordi cominciano a mescolarsi alle immagini degli alberi che ho davanti, e passo dal vedere la tempesta che in questo momento infuria tutt'intorno a me a sprazzi di quanto è successo cinque sere fa. Non c'è stato nessun incidente d'auto, nessun trasferimento da McMinnville, nessun lavoro di ristrutturazione in un'altra casa. Solo Wayne che mi inseguiva per i boschi fino a quando, in qualche modo, non mi ero ritrovata su quella strada.

Non riesco a respirare.

Scorgo una casa tra gli alberi. Sono quasi arrivata. Intravedo scorci di vernice azzurra e avverto qualche zaffata di fumo legnoso che fuoriesce dalla canna fumaria di mattoni. La sagoma di una finestra a golfo, con una luce accesa all'interno, mi chiama come un faro.

La mia salvezza.

Sono così vicina che penso che quella donna potrebbe sentirmi, se solo riuscissi a racimolare abbastanza fiato per gridare. Sono boccheggiante. Mi sento bruciare. Ho perso ogni sensibilità alle gambe, alle mani, al volto.

Ancora un paio di metri e sarò fuori dagli alberi. Vedo il prato, marroncino e smorto.

Un metro e mezzo.

La porta a zanzariera si apre. Ho urlato? Qualcuno mi ha sentito?

Mi lancio in uno scatto per superare gli ultimi alberi e irrompere in quel prato esanime, quando una signora anziana si affaccia sul piccolo portico. Prendo una boccata d'aria, pronta a gridare...

...e, proprio in quell'istante, una mano che viene da dietro mi afferra la gola. Un'altra mi tappa la bocca, soffocando qualsiasi suono con una pressione straziante. Gli alberi mi inghiottono di nuovo mentre Wayne mi trascina all'indietro con sé, al riparo delle fronde. Gli graffio le mani, ma quelle non fanno altro che stringere la presa fino a farmi sentire come se mi stessero per spezzare la gola a metà. Alcune macchioline nere cominciano a offuscarmi la vista mentre lui lascia andare piccoli respiri affannati ma silenziosi contro la mia guancia. Sempre senza allentare la presa sulla mia gola.

«Oh, Mary», mi sussurra all'orecchio, con la barbetta che mi raschia la pelle mentre mi divincolo e cerco di rimanere cosciente. «La pagherai per questo».

Le macchioline nere continuano a offuscarmi la vista fino a spegnermela del tutto.

Capitolo 24
Drew

Scosto la tenda della nostra camera del motel e guardo in strada per quella che deve essere la cinquecentesima volta. Le vie di Alton sono rimaste tranquille e immobili da quando siamo arrivati in città. Le attività commerciali chiuse lungo la strada principale se ne stanno ancora lì in silenzio, buie. La luce tremolante del lampione del parcheggio deserto del motel è stata l'unica fonte di movimento, fino a quando non si è spenta al sorgere del sole.

Questo posto sembra una specie di cimitero in cui i sogni vanno a morire.

Non riesco proprio a immaginarmi Lola qui.

Max russa alle mie spalle, perciò lascio che la tenda mi scivoli tra le dita, oscurando la luce del mattino. È spaparanzato in uno dei due letti singoli, con la testa che gli penzola di lato, fuori dal materasso, a bocca aperta. Sembra una di quelle stelle marine con gli arti sottili. L'ennesimo rantolo baritonale gli riecheggia in gola, facendo quasi tremare i dozzinali quadri astratti appesi alle pareti della stanza.

Autumn dorme di fianco sull'altro letto, la cui trapunta più vecchia di un dinosauro giace per terra perché, a detta di sua maestà, "quelle trapunte lì non le lavano mai". È sdraiata sotto le lenzuola, raggomitolata stretta stretta, e non si è mossa di un millimetro per tutta la notte.

Mi volto di nuovo verso la finestra. Le otto meno dieci, l'orario di apertura ufficiale del distretto. Mi costringo a essere paziente, anche se già mi ritrovo a guardare fuori dalla finestra un'altra volta.

Dovrei essere stanco, visto che la scorsa notte non ho quasi chiuso occhio, ma non lo sono. C'è qualcosa in questa città, nel sapere che Lola era diretta proprio qui appena due giorni fa... La sua ombra aleggia ancora da queste parti. Non so spiegarlo, ma in questo posto mi sento più vicino a lei.

Lascio ricadere la tenda per l'ennesima volta e mi avvicino alla pila ordinata di documenti appoggiata sulla cassettiera. Ho trascorso la maggior parte della nottata a preparare tutta la documentazione. Per fortuna l'ufficio del motel aveva una stampante e alla ragazza dietro il banco della reception non sembrava dare fastidio che avessi bisogno di usarla.

Ho stampato una copia di tutte le foto della tavola calda, una foto più nitida di Lola con indosso quella giacca presa dal suo profilo Instagram, un nuovo volantino sulla sua scomparsa con tutte le informazioni aggiornate e ho ricostruito una vera e propria linea di successione degli eventi che illustra, in ordine cronologico, tutto ciò che sappiamo essere accaduto dalla notte in cui Lola è scomparsa fino ai suoi recenti avvistamenti a Waybrooke.

Sarà molto lontano dall'essere un verbale di polizia perfetto, ma racconta la storia di una ragazza splendida, audace, a tratti complessa, ma nell'insieme così perfetta da poter risultare persino fastidiosa certe volte, completo di quello che pensiamo le sia successo.

Rimescolo i fogli per la milionesima volta, cercando di decidere quale sia l'ordine giusto in cui presentarli alla polizia di Alton, ma continuo a bloccarmi sulle foto della tavola calda. La giacca è il particolare più identificabile di tutte queste foto, ed è questo che mi preoccupa di più. I volti sono sempre sgranati, indistinti. Spero che la giacca sia sufficiente, però. Quante ragazze così simili a Lola potrebbero andarsene in giro con una giacca che sappiamo essere un pezzo unico?

No. Basterà. Deve bastare per forza.

I rantoli frastornanti di Max si interrompono non appena lui si gira a pancia in giù. Sono stato abbastanza paziente. Mi infilo la felpa e do un calcio al suo materasso.

Lui si alza a sedere di soprassalto. «Ma che cavolo?»

«Sveglia, belli addormentati, è ora di alzarsi», esclamo, dirigendomi verso il letto di Autumn. So benissimo che non è il caso di prendere a calci il suo, di materasso, se voglio che le mie palle rimangano intatte e al loro posto, perciò piuttosto la afferro per la spalla e la scuoto con delicatezza fino a quando lei non inizia a stropicciarsi gli occhi. «Forza, dobbiamo andare alla stazione di polizia».

Lei geme, ma si scosta le lenzuola di dosso e si alza in piedi.

Li lascio lì a finire di svegliarsi mentre recupero le tre tesserine che fungono da chiave elettronica e mi dirigo verso la reception per fare il check-out. Mi accorgo che il parabrezza della Liberty è ricoperto di brina scintillante quando passo davanti all'auto per entrare nella hall.

Al banco della reception c'è ancora la stessa ragazza di ieri sera. Ha i capelli tinti di nero, un sacco di eyeliner e il genere di occhi rossi e iniettati di sangue che suggeriscono che deve aver dormito tanto quanto me. Si appoggia il mento sulla mano e mi fa l'occhiolino appena mi vede spuntare.

«Ma ciao. Hai ancora bisogno della stampante?», mi chiede.

Io scuoto la testa e schiaffo le chiavi magnetiche sul bancone nero e lucido. «No».

Lei sorride e prende le tesserine. «Mi piace la tua aria strafottente».

La ignoro e lascio vagare lo sguardo per la piccola hall. Non è molto più ampia della nostra stanzetta microscopica. C'è giusto un tavolinetto apparecchiato per la "colazione", sebbene in realtà l'offerta consista soltanto in una caraffa di caffè, qualche banana e alcune scatole di cereali formato bambino. Alla parete accanto è appesa una bacheca di sughero, e intorno al tavolo ci sono solo due sedie, identiche a quelle della nostra stanza.

«Bene», dichiara la ragazza, porgendomi una ricevuta. «Check-out fatto. E mi raccomando… torna presto a trovarci».

I suoi occhi mi scrutano dalla testa ai piedi, chiarendo in maniera inequivocabile che le sue ultime parole non sono affatto semplici convenevoli. Io però mi giro dall'altra parte per evitare che veda il mio cipiglio perplesso. Non perché non sia carina, sia chiaro, l'eyeliner le sta anche molto bene. Ma solo perché… non è Lola.

Mi fermo per versarmi un po' di caffè in un bicchiere di carta usa e getta. Lo mescolo con una di quelle bacchettine di legno nel tentativo di farlo raffreddare più in fretta, ma poi mi blocco a metà del gesto quando vedo cosa c'è su quella bacheca di sughero. È tappezzata di volantini di persone scomparse. Anzi, della stessa persona scomparsa.

Mi sento sprofondare lo stomaco.

Il volto sorridente di un signore piuttosto anziano di nome Ben Hooper mi fissa, stampato in bianco e nero. Il volantino annuncia che l'ultima volta che è stato avvistato risale a due giorni fa, durante una passeggiata. C'è il numero del dipartimento di polizia di Alton riportato in basso, ma il volto dell'uomo occupa la maggior parte della pagina. Il suo sorriso mi trafigge l'anima mentre sorseggio il caffè. Sa di acqua sporca, ma lo mando giù lo stesso.

«Non ricordo di aver visto questi volantini, qui, ieri sera», dico alla ragazza della reception.

Lei alza gli occhi al cielo. «Non c'erano, infatti. La moglie del tizio sta continuando ad affiggerli su qualsiasi superficie riesca a trovare in città. È arrivata prestissimo e si è impadronita di tutta quanta la bacheca. Non c'è da stupirsi che il marito se la sia data a gambe. La moglie mi è sembrata un po' andata di testa».

So benissimo come ci si sente, ad andarsene in giro ad affiggere volantini nel tentativo di sentirsi più o meno utili, in qualche modo. Ma la superficialità con cui questa ragazza parla dell'accaduto mi fa rivoltare lo stomaco. Come se non avesse la benché minima importanza. Come se la moglie del tizio, nella sua frenesia, fosse strana per essersi messa a cercarlo.

O forse è solo il mio bagaglio emotivo che si intromette nella vita di qualcun altro.

Rimando giù la bile al sapore di caffè che mi è appena salita in gola e distolgo lo sguardo dal volto del vecchietto scomparso. Prendo un paio di banane per Autumn e Max. «Grazie», dico solo, incamminandomi verso la porta.

«Di niente, ma...».

La porta che si chiude smorza il suono della sua voce appena esco.

Max e Autumn mi raggiungono alla Liberty e Max mi lancia le chiavi dell'auto mentre io gli tiro le banane. Autumn sale in macchina tenendosi stretta al petto la mia piccola pila di "prove", anche se questa volta si siede davanti. Max non protesta. Si accomoda sul sedile posteriore e divora la banana numero uno. Offre l'altra a Autumn, ma siccome lei reagisce con una smorfia, alla fine lui mangia anche la banana numero due.

Il tragitto in auto fino al distretto è breve e avvolto in un silenzio opprimente. I nervi mi stanno mettendo sottosopra lo stomaco, già alquanto provato di suo. Non ho idea di come andrà a finire. Durante la nostra riunione strategica di ieri sera, Autumn ha insistito che il collegamento tra la giacca e la tavola calda basterà a convincere la polizia a parlare con Meredith ed Eloise. Spero che abbia ragione, perché non abbiamo un piano di riserva.

Arrivati a due isolati di distanza, intravediamo il distretto. È un edificio piccolo, sviluppato su un solo piano, con un parcheggio minuscolo davanti. Ci sono soltanto due volanti e due berline posteggiate. L'insegna con la scritta "Dipartimento di Polizia di Alton", accompagnata da uno stemmino dorato, si trova accanto alla porta, e all'improvviso mi sembra quasi di essere di nuovo a Washington City e di risentire le porte del distretto di Roane chiudersi sbattendo alle mie spalle mentre tutti i poliziotti all'interno mi riempiono di occhiatacce.

Tutto il mio corpo inizia a sudare freddo.

Cazzo. Non voglio diventare un sospettato anche in un'altra contea.

Rallento e mi fermo a un semaforo rosso.

Se la situazione dovesse degenerare, mi piacerebbe ritenermi capace di continuare ad andare avanti, di trovare qualcun altro che mi ascolti. Ma se nessuno vedesse le cose per come le vedo io? E se non potessi fare nulla per riportare Lola a casa e stessi soltanto peggiorando le cose? E se Roane mi stesse aspettando al varco con un paio di manette sguainate e non avessi altre possibilità di seguire le tracce che abbiamo trovato? E se…

«Ehi, amico. Vedi che il semaforo è verde», mi avvisa Max dal sedile posteriore.

Sbatto le palpebre per costringermi a uscire da quella spirale di pensieri e tolgo il piede dal freno. Accelero piano, sterzando verso quella stazione di polizia che, a ogni secondo che passa, assomiglia sempre di più a un buco nero. Accosto nel parcheggio, il più lontano possibile dalla porta d'ingresso, e Autumn inarca un sopracciglio notando tutti i posti auto vuoti accanto a noi.

«Stai bene?», mi chiede.

«No».

«Drew», afferma, sollevando la pila di fogli per ricordarmi della loro esistenza. «Non è più soltanto la tua parola. Hai noi, e abbiamo anche altre due testimoni che l'hanno vista. La polizia non ha motivo di ignorare la cosa, e ha ancora meno motivo di indirizzare i suoi sospetti su di te».

«A meno che Roane non si presenti e li convinca che sei un sociopatico», puntualizza Max dal sedile posteriore.

Autumn si gira di scatto e lo fulmina con lo sguardo. «Taci, per cortesia».

Lui si ridimensiona e scende dall'auto.

«Non dare retta alle stupidaggini che dice Max», riprende Autumn. «Possiamo farcela. Basta che tu tenga a mente il discorsetto che abbiamo concordato: "Siamo venuti qui perché abbiamo alcune informazioni su una ragazza scomparsa". Consegniamo le foto e raccontiamo di Meredith ed Eloise. Dopodiché, da lì in poi se ne occuperanno loro».

Faccio un bel respiro profondo e la seguo fuori dall'auto, ma mi trascino. È facile per lei sentirsi così sicura di sé: ha molto meno da perdere. Se non le credono, alla peggio verrà rimandata a casa e messa in punizione. Io invece rischio di essere arrestato.

Una volta attraversato il parcheggio, esito davanti alla porta.

Max mi dà una pacca sulla spalla. «Coraggio, è il nostro momento».

Appena entriamo, ci ritroviamo circondati da un turbinio di attività. Nonostante il parcheggio quasi deserto, l'ufficio è pieno di gente. Ci sono poliziotti in divisa dappertutto, indaffarati a passarsi fascicoli, a rispondere al telefono e ad appuntare cose su una grande bacheca di sughero a ridosso della parete in fondo. Tra di loro, circolano anche alcuni agenti in giacca e cravatta, con il distintivo alla cintura. Parlano tutti all'unisono, e al centro della bacheca scorgo il volantino della scomparsa di Ben Hooper.

«Che succede?», sussurra Autumn accanto a me.

«È scomparso un vecchietto», spiego. «Ho visto un volantino stamattina al motel quando ho riconsegnato le chiavi elettroniche. Mi sa che stanno formando una squadra di ricerca».

«Visto?», interviene Max. «Questa è la prova che alcuni poliziotti sanno come condurre un'indagine vera e propria».

Sì, be'. Questo è ancora tutto da vedere. Ma l'evidente aria di urgenza che si respira qui dentro mi fa sentire un po' meglio. Forse non sarà un disastro, in fin dei conti.

Uno dei poliziotti in uniforme, vedendoci in piedi vicino alla porta, ci si avvicina. Si ferma alla scrivania dell'accettazione e vi si appoggia. È alto, ha i capelli corti e rossicci e un paio di baffi in tinta. «Posso aiutarvi in qualche modo, ragazzi?».

Io vado in blocco totale. Lui mi guarda, forse perché sono al centro fra Max e Autumn, oltre che mezzo passo più avanti rispetto a loro, ma io ho solo la sensazione che mi stia fissando dall'alto in basso come farebbe con un sospettato. Come se avessi fatto qualcosa di male già solo per essere entrato in questa stazione di polizia. Come se sapesse chi sono. Come se fosse certo della mia colpevolezza. Avrà parlato con Roane? I nostri cellulari sono ancora spenti, quindi come poteva sapere che saremmo finiti in questo...?

«Salve», esordisce Autumn, avvicinandosi alla scrivania quando si rende conto che non ero sul punto di proferire parola. «Avremmo bisogno di parlare con qualcuno in merito a una persona scomparsa».

«Una persona scomparsa?», ripete lui. «Parlate di Ben Hooper?».

Lei scuote la testa e appoggia il volantino con la foto di Lola sul ripiano della scrivania. «No, della nostra amica Lola. Abbiamo motivo di credere che sia qui ad Alton e abbiamo bisogno di parlarne con qualcuno».

L'agente Pel di carota si lancia una rapida occhiata alle spalle e si sfrega il viso con entrambe le mani. «Capisco. Purtroppo, come potete vedere, la situazione è un po' caotica al momento. Di solito non c'è molto da fare qui, ma oggi siamo più indaffarati che mai, visto che è scomparso anche un abitante del posto. Perché intanto non vi accomodate? Saremo da voi appena possibile».

Ci indica con un cenno una panca a destra della porta. È una lunga seduta di legno a ridosso della parete, grande abbastanza da permettere a tutti e tre di sederci. Fatto ciò, l'agente Pel di carota se ne torna verso il gruppetto che si sta addensando intorno alla bacheca mentre noi ci prepariamo ad aspettare.

Non appena il sedere di Max sfiora la panca, il suo ginocchio comincia a oscillare su e giù. «Va tutto bene, no? Voglio dire, non ci hanno mica chiesto di andarcene, quindi siamo ancora sulla strada giusta, vero?».

In teoria.

Autumn mi guarda. «Stai bene?»

«Sì, sì».

«Quanto tempo pensate che ci toccherà aspettare?», domanda Max.

Alla fine, scopriamo che la risposta esatta è "più di un'ora". Perdo il conto di quante volte alzo lo sguardo verso l'orologio sulla parete, eppure continuo imperterrito a fissare la lancetta dei minuti che gira lenta e inesorabile, finché non si fanno le nove passate e non mi ritrovo con il sedere intorpidito per colpa di questa panchina impietosa.

Max è afflosciato contro il muro. E dorme. Giuro che quel ragazzo è in grado di crollare ovunque e da un momento all'altro, in maniera del tutto inaspettata.

Se non altro non sta russando.

Autumn invece ha mandato la panchina a quel paese, preferendo camminare avanti e indietro per il piccolo ingresso a un ritmo di mille passi al minuto. Si sta comportando in maniera sempre più ansiosa, il che è buffo, perché su di me invece l'attesa sta sortendo l'effetto opposto. Piano piano i miei nervi si stanno calmando.

Dopo un bel pezzo, il gruppetto intorno alla bacheca si scioglie e tutti si dirigono verso la porta. Autumn si appiattisce contro la parete opposta mentre più o meno una dozzina di poliziotti escono dall'edificio in contemporanea, e solo allora mi accorgo che sui loro distintivi sono indicate città diverse.

Il che significa che gli agenti di questo distretto hanno coinvolto colleghi di altre città per agevolare le ricerche di Ben Hooper.

Roane non ha mai chiamato nessuno al di fuori del suo distretto per fare un cavolo di niente, a meno che non gli venisse imposto da qualcuno. Preferiva tenere tutto "vicino casa". Che, a quanto ho avuto modo di constatare, per lui era solo un altro modo di dire "sotto il mio controllo".

L'agente Pel di carota è una delle poche persone rimaste all'interno della stazione di polizia.

Ci si avvicina di nuovo per appoggiare sul ripiano della scrivania dell'ingresso una pila di volantini identici a quelli del motel. «Ancora qui, ragazzi?».

Rispondo con una smorfia. «Non se lo aspettava? Ci ha detto lei di aspettare».

«Sì, è vero. Ma non avete scuola?».

Dico di no proprio mentre Autumn dice di sì.

Lui guarda prima lei e poi me. «D'accordo, da dove venite, voi tre? Non mi sembrate ragazzi del posto».

«Da Washington City», risponde Autumn.

Lui allora reagisce con un fischio sommesso. «Siete un po' lontani da casa, ragazzi, non vi pare?».

Ecco di nuovo quella parolina: "ragazzi". Il modo in cui la dice ha un che di sprezzante. Come se non potessimo avere nulla di importante da dire solo perché siamo semplici "ragazzi". E tre ragazzi non dovrebbero essere in una stazione di polizia alle nove e un quarto del mattino di un giorno di scuola qualsiasi, tantomeno una che si trova a più di ottanta chilometri da casa.

Autumn si ferma davanti alla scrivania e gli porge una seconda volta il volantino con la foto di Lola. «Ha visto questa ragazza?».

Io mi alzo e la affianco. Le do manforte. Nessuno di noi due si scomoda a svegliare Max.

Il poliziotto ci squadra dalla testa ai piedi, ma poi prende il volantino. Per assecondarci, forse. Lo osserva e sembra soffermarsi a leggere le informazioni riportate in fondo alla pagina prima di spostare lo sguardo di nuovo sulla foto. «Questa ragazza assomiglia a moltissime altre. È scomparsa da Washington City?».

Autumn annuisce.

«E voi chi sareste? Suoi amici?».

Annuiamo di nuovo, dopodiché Autumn ci presenta. Tutti e tre.

Lui non sembra entusiasta del fatto che siamo venuti fin qui in macchina da soli e in un giorno di scuola soltanto per mostrargli un volantino. Ma Autumn non si lascia intimorire. Come sempre.

«Abbiamo informazioni sulla sua scomparsa e abbiamo bisogno di qualcuno che metta a verbale la nostra dichiarazione. In via ufficiale. Mio padre fa lo sceriffo, perciò so come funziona. E se non vuole occuparsene lei, allora deve indirizzarmi verso un suo collega che sia disposto a farlo, perché non ce ne andremo da qui finché *qualcuno* non avrà verbalizzato la nostra dichiarazione».

L'agente Pel di carota sospira. «Venite, su».

Anche se l'esito è quello che speravo, rimango impalato lì come un idiota per almeno due secondi pieni prima che il mio corpo si decida a muoversi. Quindi mi affretto a raggiungere, tallonando Autumn, una delle due scrivanie al centro dell'ambiente principale. Pel di carota si accomoda sulla sedia da ufficio davanti al computer mentre noi ci sistemiamo sulle due sedie di metallo dall'altra parte della scrivania.

Il poliziotto preme qualche tasto sulla tastiera, poi prende un taccuino e una penna e ci rivolge la sua completa attenzione. «D'accordo. Spiegatemi cosa sta succedendo».

Questa volta, faccio quello che avrei dovuto fare fin dall'inizio. Dico la verità. Tutta la verità, anche le parti più spiacevoli.

Comincio dall'imbarcadero e racconto ogni singolo dettaglio proprio come è accaduto. Il litigio, la rottura, l'averla lasciata lì. Il momento in cui ci siamo resi conto che era scomparsa. Le settimane successive, le nostre ricerche, le indagini pasticciate e malriuscite di Roane, il furto delle segnalazioni inviate alla linea telefonica ufficiale. La storia di quella giacca di jeans e cosa ha significato per noi sentirla nominare nella segnalazione. L'incontro con Meredith a Waybrooke. Le informazioni che abbiamo scoperto grazie a Eloise.

A ogni particolare che aggiungo, il mio timore che possa decidere di liquidarci e cacciarci via aumenta sempre di più. Soprattutto quando arrivo alla parte in cui ci siamo intrufolati in una stazione di polizia e abbiamo rubato delle prove. Ma, al di là di un'espressione molto corrucciata e di una mano che ci fa cenno di andare avanti, lui non reagisce affatto, il che mi sembra stranissimo. È un poliziotto. Gli abbiamo appena confessato di aver rubato delle prove ad altri suoi colleghi. Questa nostra bravata non avrebbe giustificato almeno una pausa da dedicare a una ramanzina?

E invece l'agente Pel di carota non fa altro che scrivere.

Sta. Annotando. Proprio. Tutto.

Anzi, più noi parliamo, più lui china la schiena in avanti. Ascoltandoci ancora con più attenzione, se possibile. Facendoci domande. Quando accede al fascicolo del caso di Lola dal suo computer e accosta le nostre foto sgranate della tavola calda a quella del verbale, gran parte del colore sul suo viso sbiadisce. Pretende di sapere di più sul furgone. Sulla giacca. Su Lola.

A un certo punto alzo lo sguardo e vedo Max in piedi dietro la sedia di Autumn. Da quanto tempo è lì? A giudicare dal sorrisino sul suo volto, direi che la risposta è che è stato lì abbastanza a lungo da capire che le cose stanno andando piuttosto bene.

L'agente Pel di carota procede persino a telefonare a Eloise di persona. Lei non risponde, ma lui le lascia un messaggio dai toni molto ufficiali in segreteria, chiedendole di richiamarlo, e io non ho dubbi che Eloise si metterà subito in contatto con lui non appena lo sentirà. Dopodiché, Pel di carota fa una telefonata molto meno piacevole.

A Roane.

È abbastanza intelligente da andarlo a chiamare da un'altra stanza. Qualche minuto dopo, fa ritorno con un'aria arrabbiata, ma determinata, il che mi sembra un buon segno. Manda Autumn a parlare con il padre e riprende a scrivere sulla tastiera del computer. Poi accenna alla possibilità di dividere la squadra di ricerca in due gruppi distinti in modo da pensare sia a Ben che a Lola.

E io mi sento al settimo cielo.

Non ho mai nutrito così tanta speranza in tutta la mia vita. In ogni minuto di preoccupazione delle ultime ventiquattro ore, mentre mi arrovellavo per capire come chiedere aiuto e come raccontare questa storia, non ho mai osato immaginare che potessimo fare davvero la differenza. Eppure sta succedendo.

Autumn torna un minuto dopo, rossa in viso ma sorridente.

«Gli ho chiuso il telefono in faccia», annuncia. «Era già in autostrada. Abbiamo all'incirca tre quarti d'ora prima che arrivi qui e cominci a urlare. Preparatevi».

Guardo l'orologio. Le 10:05.

Sapere che Roane è sempre più vicino dovrebbe farmi sudare le mani, ma l'agente Pel di carota – ehm, l'agente McCurry, visto che in effetti ha un nome – ha ancora un sacco di domande. E noi siamo venuti qui proprio per questo, quindi per me Roane può benissimo attaccarsi al tram. Qualsiasi palla curva mi tirerà, la affronterò.

Ci impieghiamo un bel po' di tempo a rispondere a tutte le domande, poi ripercorriamo la linea cronologica degli eventi altre due volte per assicurarci che McCurry abbia scritto ogni cosa nella dichiarazione, ma alla fine lui riguarda le pagine di appunti che ha preso e si lascia andare contro lo schienale della sedia, sfregandosi il viso. «Porca miseria. Certo che è una cosa grossa».

Noi annuiamo. Come tre matti.

Lui lascia cadere le mani e poi incrocia ognuno dei nostri sguardi. «Non fingerò che quello che avete fatto per arrivare fin qui sia accettabile, né ho intenzione di giustificare le modalità con cui avete raccolto ognuna di queste informazioni. Sono certo che vi toccherà affrontarne le conseguenze, una volta tornati a casa, e non c'è molto che io possa fare al riguardo, ma comprendo perché avete agito in questo modo. Tuttavia, da ora in poi ho bisogno che lasciate fare a noi, va bene? Niente più furti, sotterfugi o cacce all'indizio».

Max sfodera un sorriso che gli va da un orecchio all'altro e io capisco subito che è perché anche McCurry ha usato l'espressione "caccia all'indizio".

Autumn fa spallucce. «Noi siamo venuti qui solo perché nessun altro stava facendo nulla. Se subentrate voi, a noi non resta alcun motivo per continuare a immischiarci».

Io però non dico niente, perché non mi fermerò finché Lola non sarà tornata a casa. L'agente McCurry mi guarda dritto negli occhi, come se sapesse cosa sto pensando, ma prima di riuscire a strapparmi di bocca una promessa in tal senso, le porte del distretto si aprono di nuovo.

Entra un altro poliziotto, molto più giovane del nostro Pel di carota. A dire il vero, sembra giusto un paio d'anni più grande di noi. Sarà per gli enormi occhioni azzurri. Ha i capelli castani un po' arruffati, così come la divisa. Ha tutta l'aria di aver dormito in ufficio, o qualcosa del genere. «Ehi, McCurry. Ho finito i volantini. Ne abbiamo un'altra risma pronta?».

L'agente McCurry si alza di scatto e con un cenno della mano invita il collega ad avvicinarsi. «Bowman, ho bisogno di te per un secondo».

Il poliziotto più giovane si avvicina e si ferma di fianco alla scrivania. «Che succede?»

«Loro sono Drew, Autumn e Max, e stanno cercando una loro amica scomparsa. Hanno motivo di credere che sia ad Alton, perciò ho appena verbalizzato la loro dichiarazione. Il loro racconto però mi ha fatto tornare in mente quel tuo strano turno di notte di qualche giorno fa. Non avevi trovato una ragazza più o meno della loro età in mezzo alla strada?».

Autumn mi guarda con gli occhi più spalancati che io abbia mai visto, ma immagino che i miei non siano da meno. Hanno trovato una ragazza della nostra età? È qui? Sanno già dove si trova?

Il poliziotto più giovane prende il volantino con la foto di Lola e si acciglia. «Sì, ma non era una persona scomparsa. Aveva avuto un incidente d'auto. È venuto suo padre a prenderla e l'ha riportata a casa. Sono appena tornato da una breve visita da loro, a dire il vero».

Inclina la testa, continuando a osservare la foto. «Capisco il motivo della vostra confusione, però. Hanno la stessa età. La stessa giacca. Tuttavia, quella in questa foto non è la ragazza che ho trovato io l'altro giorno».

Non posso... non ci riesco a metabolizzare le sue parole.

Autumn invece reagisce con la rapidità di un fulmine. «Ma se aveva la stessa giacca, è molto probabile che fosse lei», ribatte. «Quella giacca è un pezzo unico. L'ho confezionata io».

«Ne sei proprio sicuro, Bowman?», gli chiede McCurry, porgendogli le foto della tavola calda e anche il resto dei suoi appunti.

Bowman guarda di nuovo. Sfoglia tutte le foto, scruta quella sul volantino con la massima concentrazione, ma alla fine scuote la testa. «Sentite, ragazzi, mi dispiace per quello che avete passato», esordisce, come se non fosse più grande di noi di mezzo minuto. «Ma credo che purtroppo abbiate commesso un piccolo errore di identificazione alla tavola calda, che vi ha condotti fin qui. Mi sono accertato personalmente dell'identità di questa ragazza, ho visto tutti i suoi documenti e ho ricontrollato tutto, persino l'annuncio della sua nascita sul giornale di McMinnville. Vorrei tanto avere notizie migliori da darvi, credetemi. Ma mi dispiace, non è lei».

Autumn emette un suono che è in parte un respiro e in parte un singhiozzo. Max le appoggia una mano sulla spalla e lei non se la scrolla di dosso.

Io, invece? Sto per perdere le staffe. «Ma... Ma ha detto che sono identiche! Quante probabilità ci sono che due ragazze che sembrano due gocce d'acqua, con la stessa giacca, finiscano in questa stessa cittadina... e che non si tratti della stessa persona?».

Sento la mia voce salire di tono di un'ottava per il panico, ma non riesco a trattenermi.

Bowman posa i fogli, con uno sguardo triste. «Ho solo detto che si assomigliano *un po'*. Ma stiamo sempre parlando di due ragazze diverse. Mi dispiace. Avete sbagliato persona».

Capitolo 25
Mary

Giorno 5

Sento di essere in movimento, ma sbatto le palpebre e non vedo nulla.

Sbatto di nuovo le palpebre e vedo la schiena di qualcuno e un paio di scarponi da lavoro massicci che calpestano il terreno.

Sbatto le palpebre una terza volta… e torno a non vedere più nulla.

Mi sto ancora muovendo, ma non capisco.

Che cosa sta succedendo? Qualcuno mi sta trasportando?

Il terreno sotto di me torna a essere visibile. Mi concentro su quegli scarponi, che calpestano rovi ed erba morta, e all'improvviso il mio cervello ricostruisce tutti i dettagli. Sono sulla spalla di qualcuno. Che mi sta portando di peso, come se fossi un borsone. Le mie dita si distendono in cerca di un appiglio: devo trovare un modo per scappare. Vedo una parte del vialetto. Alzo la testa e un gomito mi colpisce in piena faccia. So che fa male, ma non lo sento.

Ancora una volta, non vedo più nulla.

Non riesco più a sbattere le palpebre. Non mi funzionano, ma in compenso ora sento qualcosa di freddo sulla parte laterale del mio viso.

Penso che sia passato un po' di tempo, perché adesso è diventato tutto freddo. Ho qualcosa di umido sul naso, e sento che mi sta gocciolando lungo la guancia.

Poi mi ricordo.

Come un'alluvione improvvisa. Una diga che esplode.

Dopo quella gomitata, ogni singolo pezzo è tornato al suo posto.

Mi ricordo casa mia. Mi ricordo la mia famiglia. Mi ricordo di essermi fatta strada tra gli alberi, dopo essere fuggita dal furgone, e di aver corso giù per la montagna in preda al desiderio disperato di tornare dalla mia mamma. Dai miei amici.

Alla vita che *lui* aveva cercato di rubarmi.

Mi ricordo che mi aveva raggiunta. Che mi aveva afferrata per la nuca e mi aveva sbattuto la faccia contro il tronco di un albero. Mi ricordo il dolore che mi era riverberato in tutto il cervello mentre dal naso mi sgorgava un corposo rivolo di sangue. Nella frenesia, ero riuscita ad assestargli un colpo deciso e violento ai testicoli. E lui mi aveva lasciata andare. Mi ricordo i rami che mi graffiavano la faccia mentre sfrecciavo alla cieca tra gli alberi, fino a quando non mi era venuto a mancare il terreno sotto i piedi ed ero ruzzolata.

Giù.

Giù.

Lungo un ripido pendio, urtando qualsiasi cosa ci fosse lungo il mio percorso: alberi, rocce, rami.

Tuttora non ho idea di come avessi fatto a finire in quel fosso, né di quanto siano lontani questi ricordi l'uno dall'altro. Forse lui non era più riuscito a trovarmi, dopo aver recuperato i suoi gioielli di famiglia dal suolo della foresta. O forse non era disposto a saltare dalla stessa sporgenza da cui ero caduta io. A ogni modo, dovevo essermi trascinata fuori dal bosco nel tentativo di trovare la strada e di chiedere aiuto. Nel tentativo di fuggire da Wayne.

Un uomo che di sicuro non è mio padre.

Bensì l'estraneo che mi ha strappata via dalla mia famiglia.

Wayne Boone è il mio rapitore.

Un lungo scricchiolio squarcia l'oscurità, e con estrema fatica riesco ad aprire una palpebra quel tanto che basta da riuscire a scorgere una lampadina solitaria che penzola da un filo elettrico. Sono sdraiata su qualcosa che sorregge il mio peso, anche se a malapena, e sento qualcos'altro di freddo che mi avvolge la caviglia e mi affonda nella pelle.

Il panico si fa strada nell'ombra e mi ammanta come una coperta fatta di sassi.

Non posso rimanere qui.

Devo scappare.

Devo fuggire da Wayne. Uno come lui non lascia testimoni. Ma non so come fare per costringere il mio corpo a muoversi. Le mie membra mi sembrano troppo pesanti. Troppo inutili. E la sensazione di freddo e di bagnato che avverto sul viso è, senza alcun dubbio, sangue.

Non riesco a far funzionare il mio corpo... e non sento altro che la sua voce.

"Davvero non ti ricordi di me?".

"Mary?".

"Ci vediamo tra poco, piccolina".

"Mary".

"Una volta arrivati a casa, non dovremo più uscire per molto tempo".

"Mary".

"Dormi bene, mia piccola Mary".

"Mary. Mary. Mary".

"Riesci. Sempre. A. Rovinare. Tutto".

Al di là del bagliore rosato delle mie palpebre, l'oscurità torna a insinuarsi con prepotenza e non c'è nulla che io possa fare per fermarla, per quanto provi con tutte le mie forze a reagire e a tornare in me. Ma non ci riesco. Non ho più neanche un briciolo di spirito combattivo.

Ripenso alla mia famiglia, a casa mia, a quanto i miei cari debbano essere desiderosi di rivedermi. Li sento chiamarmi per nome, cercarmi. E così, in questo preciso momento, un ultimo tassello si incastra al suo posto.

So come mi chiamo.

Capitolo 26
Drew

"Mi dispiace. Avete sbagliato persona".

Le parole dell'agente Bowman continuano a riecheggiarmi nel cervello, ma invano. Perché non capisco. Com'è possibile che una ragazza che assomiglia così tanto a Lola – stessa età, stessi capelli, stesso colore degli occhi, stessa giacca unica al mondo – in qualche modo *non* sia lei? Insomma, ha per caso una sosia che se ne va in giro a destra e a manca?

Quante probabilità ci sono che anche soltanto tre di queste coincidenze si siano verificate nello stesso momento?

L'agente McCurry sembra pensarla come me, perché non passano nemmeno due secondi pieni prima che si alzi in piedi. «Aspettatemi qui», dice. «Ci parlo io con lui». Segue l'agente Bowman in una stanzetta con una fotocopiatrice sul retro.

Io lo guardo dalla grande vetrata interna. I due poliziotti sono fermi accanto alla fotocopiatrice e parlano a bassa voce. Tutti e tre ci sporgiamo in avanti, pervasi dallo stesso bisogno disperato di sentire cosa si stanno dicendo, ma l'unica cosa che abbiamo modo di vedere è un gran agitarsi di braccia, da parte di McCurry, e parecchi sguardi rassegnati da parte dell'altro poliziotto.

Ogni volta che le labbra di McCurry si muovono, Bowman scuote la testa.

«Non mi sembra che il nostro caro agente Pel di carota la stia spuntando, questa volta», borbotta Max.

Io mi alzo e mi guardo intorno nel distretto, ma nessuno degli altri agenti è ancora tornato. Devo fare in modo di avvicinarmi, altrimenti non saprò mai cosa sta succedendo. Perciò sguscio verso la parete in fondo, tenendomi alla larga dalla vetrata, e proseguo fino a trovarmi proprio fuori dalla porta della sala fotocopie, schiacciato contro il muro.

«Per me c'è qualcosa che non quadra», asserisce McCurry. «Quante probabilità c'erano che tu ti imbattessi proprio in una ragazza così somigliante a questa, cinque sere fa? E se la ragazza che hai trovato per strada fosse Lola Scott?».

Ogni fibra del mio corpo si irrigidisce.

Sento un fruscio di fogli, dopodiché l'agente Bowman sospira mentre smanetta con i tasti della fotocopiatrice. «La ragazza che ho trovato per strada si chiama Mary Boone. È una diciassettenne di McMinnville, e suo padre mi ha fornito come minimo una mezza dozzina di documenti che comprovavano la sua identità. Senza lamentele. È uno che viene spesso da queste parti, perché è il proprietario di una di quelle baite che ci sono su in montagna, vicino al fiume. Me ne sono accertato io stesso».

«E quanto sei sicuro di tutto questo?», gli domanda McCurry. «Abbastanza da escludere quello che sospettano questi ragazzi?».

Accidenti, è davvero bello avere dalla propria parte una persona provvista di un'autorità tale da permetterle di dire tutto quello che vorresti replicare anche tu.

«No, suppongo di no», risponde Bowman con un sospiro. «Ma credi sul serio che avrei permesso a un'adolescente di andarsene da qui, se avessi nutrito qualche dubbio sulla persona alla quale la stavo affidando in custodia? Quell'incidente le aveva scombussolato il cervello. Avresti dovuto vederla. Non si ricordava nemmeno come si chiamava. Credi che rilascerei una persona in un simile stato di vulnerabilità nelle mani di chiunque si presenti a questa porta sostenendo di essere un suo familiare? Credi davvero che potrei essere così negligente?».

McCurry rimane in silenzio per qualche istante. «Certo che no. Credimi, non sto cercando di insinuare nulla del genere. È solo che... questi ragazzi... la storia che mi hanno raccontato è davvero allucinante, cavolo, e ci sono troppi particolari che quadrano alla perfezione, capisci? Ci sono troppe somiglianze, e persino testimoni oculari. Non posso ignorare tutto solo perché tu non sei d'accordo».

«E infatti non ti sto chiedendo di farlo. Verifica tu stesso, se vuoi. Sono persino disposto a portarti lassù. Ho promesso alla moglie di Ben Hooper che avrei fatto una capatina da lei per darle qualche aggiornamento entro la fine della giornata, e i Boone abitano proprio lì accanto. Puoi venire con me e possiamo passare a trovare Mary e suo padre».

«Sì... va bene. Mi sembra ragionevole».

«Mi dispiace davvero tanto di non avere notizie migliori da darti. E da dare a loro. Ma Lola Scott e Mary Boone *non* sono la stessa persona».

L'assoluta certezza con cui pronuncia quell'affermazione di colpo fa sembrare tutte le nostre prove più inconsistenti, più deboli. "Lola Scott e Mary Boone non sono la stessa persona". Lo dice come se fosse un dato di fatto. Come se non ci fossero altre possibilità, e anzi, gli stesse costando una fatica immane portare McCurry alla stessa conclusione.

«Nel frattempo», continua l'agente Bowman, rimescolando altri fogli, «quei ragazzi devono proprio tornare a casa. Non sai quanto vorrei che potessimo fare di più, ma devono capire che continuare a mettersi in mezzo di sicuro non è il modo giusto per aiutare la loro amica. Fatti dare i loro numeri di telefono, così non appena avrai finito di verificare ogni cosa potrai aggiornarli, però non è il caso che restino qui».

Cazzo. Mi afferro la testa con entrambe le mani, ma non riesco a fermare il circolo vizioso in cui è precipitato il mio cervello.

"Lola Scott e Mary Boone non sono la stessa persona".

"È una diciassettenne di McMinnville".

"Quell'incidente le aveva scombussolato il cervello".

"Non si ricordava nemmeno come si chiamava".

Dunque, ricapitolando: avevano trovato una ragazza identica a Lola, con i suoi effetti personali, che non si ricordava chi fosse... e alla fine si è rivelato lo stesso un vicolo cieco? Ma come è possibile? Dopo tutto quello che abbiamo fatto, questa vicenda è destinata comunque a concludersi qui, con l'ennesimo buco nell'acqua?

Una mano mi tocca la spalla e vengo scosso da un sussulto. È Autumn, in piedi accanto a me, con le lacrime che le rigano entrambe le guance. Se le asciuga, ma vengono presto rimpiazzate da altre.

«Davvero non è lei?», mi sussurra.

All'improvviso, non ce la faccio più a stare qui. La disperazione sul suo volto è lo specchio della mia. Non resisto più. Mi allontano dal muro e mi dirigo verso la porta d'ingresso. Mi appoggio ai mattoni freddi all'esterno dell'edificio.

È troppo. Tutta questa storia.

Non riesco proprio a concepire uno scenario in grado di spiegare come sia possibile che la giacca di Lola sia stata indossata da una sconosciuta identica a lei, a prescindere da quanto l'agente Bowman si ritenga sicuro del fatto suo. Una sconosciuta così identica, tra l'altro, da essere scambiata per Lola da ben tre persone cresciute insieme a lei, oltre che dalla testimone della tavola calda e dalla signora del negozietto dell'usato.

Quel poliziotto però è irremovibile. Non è lei la ragazza sulla montagna. È Mary Boone.

E se Bowman si sbagliasse?

Non ho nessun cavolo di modo per scoprirlo. Non mi faranno mica vedere una foto di Mary Boone così, tanto per passare il tempo. È pur sempre una ragazzina, no? Proprio come noi. Perciò, tranne forse se decido di accamparmi su quella montagna per mettermi alla ricerca dell'inquietante furgone del fantomatico signor Boone per ventiquattro ore al giorno, non ho più alternative.

Devo tornare a casa. Non c'è più nulla che io possa fare per Lola qui.

Il che mi fa venire voglia di vomitare sulla volante più vicina. E invece eccomi qui, in preda a un crollo mentale fuori dalla stazione di polizia in cui avrebbero dovuto aiutarci.

Non so di preciso per quanto tempo me ne rimango impalato qui, ma comunque direi un bel po'. Abbastanza da permettere al freddo di insinuarsi sotto il tessuto della mia felpa, penetrandomi nelle ossa, e alle lacrime di farmi sentire gli occhi in fiamme.

Dopo un po' la porta si apre e vedo uscire Autumn. Anche lei ha gli occhi gonfi e arrossati. Si ferma accanto a me, appoggiando una spalla al muro. Non mi chiede se sto bene, cosa che apprezzo. Piuttosto, si tira fuori dalla tasca un foglietto di carta piegato e me lo porge.

Sembra uno dei volantini di Ben Hooper. Lo giro e, sul retro, vedo alcune parole scritte a mano, con un pennarello nero, nella grafia ricciolata di Autumn.

"93 Ridge Road. Alton, Oregon".

«Che cos'è?».

Lei fa spallucce. «Ti conosco. So che non riuscirai a lasciar perdere senza prima aver ottenuto una qualche forma di certezza assoluta. Senza prima aver visto questa Mary con i tuoi stessi occhi. Perciò, quello che trovi scritto lì è l'indirizzo di casa di Ben Hooper».

Per poco il foglietto non mi cade dalle mani. «Come, scusa?»

«Quel poliziotto ha detto che erano vicini di casa, giusto? Mary e Ben? Allora va' a vedere tu stesso».

«Ma come hai fatto a...?».

Lei indica con il pollice la porta alle sue spalle. «Quando l'agente Pel di carota si è alzato per andare a parlare con quell'altro, Bowman, si è dimenticato di bloccare lo schermo. C'era il fascicolo di Ben Hooper ancora aperto sul desktop. E così ho ricopiato l'indirizzo prima che tornasse».

Dunque... questo è l'indirizzo di Ben Hooper.

"I Boone abitano proprio lì accanto", mi riecheggia in mente la voce di Bowman.

Mary Boone – o meglio, forse Lola – è a una casa di distanza dall'indirizzo che ho in mano.

«Vai, Drew. Per tutti noi. Vai a vedere se è lei».

«Voi non venite?», chiedo, già incamminandomi verso la Liberty.

Lei scuote la testa. «Mio padre dovrebbe arrivare tra una decina di minuti. La scelta è solo tua. Max ha appena rovesciato la caraffa di caffè che avevano là dietro per darti qualche minuto in cui sgattaiolare via senza che nessuno se ne accorga».

Che grande, mio cugino.

La abbraccio. Lei ride. «Sbrigati, prima che mio padre

piombi in questo parcheggio con una sgommata in stile *Fast & Furious*».

«Grazie, Autumn. Grazie davvero».

«Trovala, Drew».

Corro verso la Liberty ed esco dal parcheggio in fretta e furia; poi, mentre sono fermo al semaforo rosso, inserisco nel navigatore del mio cellulare l'indirizzo di casa di Ben Hooper. Ogni cellula del mio corpo è elettrizzata dall'avere di nuovo un obiettivo.

Ho un piano. E tra – guardo l'ora di arrivo prevista indicata dal navigatore – undici minuti, mi ritroverò faccia a faccia con questa ragazza e avrò la mia risposta.

Lola, o la sua sosia.

Ma sarà Lola. Deve essere lei. Nient'altro avrebbe senso.

Ai margini della cittadina, svolto a destra per imboccare una strada che si inerpica tra gli alberi. Neanche il tempo di finire di percorrere la curva che, sulla strada principale, una volante della polizia sfreccia a tutta velocità nella direzione opposta rispetto a quella da cui arrivavo io. Con le sirene spiegate. E lo stemma di Washington City sulla fiancata.

«Be', c'è mancato poco», borbotto.

E se per caso Roane dovesse aver fatto qualche telefonata prima di mettersi in strada, è molto probabile che proprio dietro di lui ci siano anche i miei padri e mia zia. Me la sono svignata da lì appena in tempo.

La strada continua a risalire lungo tutta la montagna, diramandosi ogni paio di minuti in altre stradine strette e vialetti privati. A un certo punto il sentiero sterrato torna rettilineo, delimitato da fitti sempreverdi su entrambi i lati, solo che lì il navigatore comincia a perdere colpi. Per fortuna però sono già su Ridge Road, e così procedo a rilento tra i civici 85 e 88.

Gli alberi piano piano si assottigliano alla mia destra, e così rallento ancora di più per trovare il numero civico successivo. Poco più avanti, vedo una vecchia cassetta delle lettere arrugginita con su scritto 91. La baita di legno alle sue spalle se ne sta lì, immobile e silenziosa.

All'improvviso mi rendo conto che non so quale sia di preciso il vicino che sto cercando. Da che parte sarà? Rallento fin quasi a fermarmi e fisso la baita per un secondo lunghissimo, poi premo di nuovo l'acceleratore. La casa sembra chiusa, forse persino disabitata. Non credo che possa esserci qualcuno.

Proseguo e, sempre su quella stessa strada, circa quattrocento metri più su, scorgo la casa degli Hooper. È una costruzione di piccole dimensioni, in stile ranch, con il loro cognome dipinto a lettere gialle e sgargianti su un'insegna vicino al portico.

A quel punto il rettilineo finisce e mi ritrovo a girare in tondo per i boschi, alla ricerca dei vicini più prossimi. Alla fine li trovo a circa un chilometro e mezzo di distanza, dall'altro lato della strada. Intravedo due signore anziane nel giardino, indaffarate a rastrellare le foglie. La loro cassetta della posta, decorata da un arcobaleno dipinto a mano, riporta il numero civico 128. E il cognome sulla cassetta è Brown, non Boone.

Merda. Doveva essere la baita di legno, allora. Sono andato troppo oltre.

Faccio inversione di marcia alla fine del vialetto delle due signore, con il mio stesso battito cardiaco che mi rimbomba nelle orecchie come un martello pneumatico. Dopodiché mi fiondo di nuovo tra le curve, dirigendomi verso la baita.

Non so proprio come procedere una volta che sarò arrivato lì. Mi fermo nel vialetto vuoto e mi siedo sui gradini davanti alla porta, aspettando che torni qualcuno? Oppure busso con tutta la forza che ho, nella speranza che ci sia qualcuno in casa? E se dovesse venire proprio *lei* ad aprirmi e fosse la persona sbagliata? E se l'agente Bowman non avesse commesso alcun errore?

Forse non dovrei bussare affatto. Essere qui è più che sufficiente. Potrei accostare dall'altra parte della strada e fingere di aver avuto un guasto alla macchina. Magari aprire il cofano? Mettermi a smanettare con i tubi o con i cavi della batteria come se ne sapessi qualcosa di motori, fino a quando non la intravedo anche solo di sfuggita?

Quando scorgo la baita che fa capolino tra gli alberi, mi fermo a circa quattro, cinque metri dal vialetto e spengo il motore. Iniziano a sudarmi i palmi delle mani.

Cristo, e se non fosse Lola?

E se lo fosse?
Mi assale un senso di nausea.
Decido di optare per la strategia del finto guasto alla macchina quando lo vedo. Un furgone, parcheggiato in fondo a una discesa, sulla sinistra della baita, accanto alla porta di uno scantinato. Nascosto tra la casa e gli alberi. Un furgone grigio con chiazze di vernice scrostata.
Mi accorgo con la coda dell'occhio di un ramo che si muove e resto pietrificato.
Un uomo emerge dagli alberi e attraversa il giardino, a una quindicina di metri da me, dandomi le spalle. Si dirige verso la porta dello scantinato.
Portando in spalla qualcosa.
Tutto il mio corpo si trasforma in un blocco di ghiaccio mentre osservo la sagoma inanimata che penzola a faccia in giù dalla schiena di quell'uomo. Una ragazza. Con i capelli corti e castani. E una giacca di jeans con maniche floreali dai toni pastello.
Lola.

Capitolo 27
Mary

Giorno 5

Credo che forse potrei essere morta.

Di nuovo.

Mi sento avvolgere dalla stessa oscurità impenetrabile, e così aspetto che passi. Aspetto anche un'altra ondata di dolore, o… qualcos'altro. Qualcosa di più permanente, forse. Ma il limbo si trascina. Il buio preme su di me, tenendomi ferma.

Poi, un dolore pulsante al viso reclama la mia attenzione. La mia mano si sposta verso il mio naso e se ne allontana bagnata. Di colpo, mi rendo conto di una serie di cose. La prima: nel limbo non ci sono né sangue né nasi pulsanti. La seconda: non sono morta. Non sono nemmeno svenuta. Sono solo sdraiata in un posto estremamente buio. La terza: credo che il mio naso si sia proprio rotto, stavolta. E, infine, la quarta: sto congelando, diamine.

Allargo le braccia per cercare di orientarmi e sbatto contro qualcosa non lontano dalla mia guancia. Allungo le dita e avverto il freddo poroso di un muro di cemento. I miei respiri raschianti sono così superficiali che mi provocano un dolore tremendo ai muscoli presenti tutt'intorno ai miei polmoni, e in più mi sento la testa leggera leggera. Mi sa che rischio di svenire di nuovo. Ma non posso farlo. Devo riuscire a fuggire da…

Wayne.

Il terrore mi provoca un brivido che mi scende lungo tutta la schiena e che non ha nulla da invidiare a quelli causati dal freddo. Cerco di rigirarmi su me stessa. Non sono a terra. Allungo una mano verso il basso e, sotto di me, percepisco qualcosa di simile a una tela. La seguo finché non finisce, e a quel punto i miei polpastrelli si stringono intorno a qualcosa di simile a un tubo. Una struttura metallica. Sono distesa su una di quelle brandine da campeggio. Di quelle che si usano in tenda, per non dormire proprio a terra.

Dove cavolo mi trovo?

Mi sforzo di alzarmi un po' di più a sedere e, a mano a mano che i miei occhi si abituano all'oscurità, alcuni frammenti di luce attirano la mia attenzione. Fasci sottilissimi di luce diurna che formano un rettangolo.

È una porta. Incastonata nella parete alla mia destra. Sento la pioggia, fuori, scrosciare contro il lato esterno del muro. Mi volto dalla parte opposta della stanza e scorgo la sagoma di una serie di gradini che salgono fino a dissolversi nell'ombra, e a questo punto capisco benissimo dove mi trovo.

Non sono più *nella* baita.

Ma *sotto*. Mi ha rinchiusa nello scantinato.

Il mio respiro si fa sempre più affannoso. Devo andarmene da qui prima che Wayne torni per finire quello che ha iniziato. Mi riporto la mano al naso e una fitta di dolore mi squarcia il viso. Mi fa malissimo il collo nel punto in cui lui mi ha afferrata e strangolata fino a farmi perdere i sensi.

Non posso permettergli di mettermi di nuovo le mani addosso.

Faccio per tirare giù le gambe dalla brandina, ricostruendo mentalmente il punto in cui si trova la baita e cercando di capire quale direzione mi porterebbe al riparo della foresta più in fretta possibile – ovvero, la direzione in cui Wayne si aspetterà che io vada – quando qualcosa mi affonda nella pelle della caviglia. Non appena mi muovo, sento riecheggiare uno sferragliare metallico. Mi chino in avanti e, grazie ai miseri spiragli di luce che filtrano dalla porta, scorgo una spessa catena argentata che striscia per terra. Un'estremità scompare nell'ombra, mentre l'altra è agganciata a un paio di manette, una delle quali è fissata alla mia caviglia.

Il panico mi inonda lo stomaco. Credo di essere sul punto di vomitare. Strattono la catena con entrambe le mani, disperata, ma quella si tende, ben ancorata a qualcosa che si trova in fondo alla stanza. Per quanto io possa sforzarmi, non si allenta. Sono intrappolata qui dentro.

Lacrime calde mi bagnano il viso. Lascio andare la catena e con un calcio faccio ricadere gli anelli giù dalla brandina. Vorrei urlare. Vorrei demolire queste pareti a mani nude. Vorrei spaccargli questa brandina sulla testa.

Di colpo sopra di me si accende una luce e io sussulto, sbattendo la schiena contro il muro di cemento. La lampadina solitaria che penzola dal filo elettrico oscilla sopra la mia testa, illuminando il resto dello scantinato. Pareti di cemento crepate. Suolo non pavimentato, di terra battuta. Un lungo banco da lavoro, proprio di fronte a me, del tutto sgombero se non per un paio di scatole impilate l'una sull'altra. La catena argentata agganciata alla mia caviglia si snoda per terra e si avvolge intorno a un pilastro metallico vicino alle scale, uno di quelli delle fondamenta. Mi si spezza il cuore. Non riuscirò mai a romperla.

All'improvviso le scale scricchiolano e così mi giro da quella parte. Wayne è seduto in fondo ai gradini. Vedo l'interruttore della luce proprio vicino al suo volto. Solo che finora io non ho sentito scendere nessuno. Perciò vuol dire che è stato qui per tutto questo tempo.

A fissarmi.

Lui sospira e si prende la testa fra le mani. Come se nemmeno lui riuscisse a credere a tutto quello che sta succedendo.

«Sono davvero deluso da te», esclama, dopo un minuto interminabile di silenzio. «Credevo che stessimo facendo così tanti progressi. Ero finalmente riuscito a riportarti sulla retta via, e tu mi stavi dando ascolto. Le cose stavano tornando alla normalità, come prima, quando eri piccola. Ma poi hai dovuto rovinare di nuovo tutto, come sempre. Qual è il tuo problema?».

Non dico nulla, perché ho la mente in subbuglio. Come sarebbe a dire "quando ero piccola"? Ormai mi ricordo ogni cosa del mio passato, eppure di lui non ho alcuna memoria. Prima che mi rapisse, non avevo mai visto quest'uomo in vita mia.

«Non so proprio cosa fare con te», continua. «Come posso fidarmi, se sei così determinata a ricadere in tutti i tuoi errori?».

Mi fissa con uno sguardo truce, come se stesse aspettando una risposta, perciò dico la prima cosa che mi viene in mente. «A cosa ti riferisci?»

«Mi riferisco alle sgualdrine delle tue amiche, ai loro disgustosi festini e ai loro comportamenti inappropriati. Mi riferisco alla tua musica ripugnante, ai tuoi vestiti da prostituta e al tuo sgattaiolare fuori casa di nascosto. Al bere. Ai ragazzi. A tutto questo peccare. Perché non vuoi lasciarti tutto questo alle spalle? Perché? Perché devo prendere misure così drastiche per salvarti?».

Musica, bere e sgattaiolare fuori casa di nascosto?

Ma di che diavolo sta parlando?

«Non ignorarmi, Mary!».

Rabbrividisco. «Ma io non sono Mary».

Non volevo dirlo. Le parole mi sono sfuggite dalle labbra da sole.

Ed è stato un errore.

Wayne si lancia giù dai gradini e sbraita: «Sì che lo sei! Adesso sto cominciando a stufarmi di questo giochetto del cazzo. Ogni volta che ti ritrovo è sempre la stessa storia! Devi smetterla, prima di spingerti di nuovo troppo oltre. Lo sai benissimo chi sei! Tu. Sei. Mary. Boone».

"Ogni volta che ti ritrovo"...

Oh, mio Dio. E con questo cosa caspita vorrebbe dire?

«Dillo!», grida lui. «Ammetti di essere Mary!».

Ho la bocca così secca che le mie parole vengono fuori come un lamento rauco e spettrale. «Sono Mary».

Lui allora si risiede sull'ultimo gradino e si prende ancora una volta la testa tra le mani. Gli sfugge un singhiozzo che gli fa tremare tutto il corpo.

E, a questo punto, una nuova consapevolezza mi colpisce come un pugno scagliato con la massima violenza.

Wayne è davvero convinto che io sia Mary Boone. Ha *bisogno* che io sia Mary Boone.

Quando insisteva sul fatto che fossi una ragazza tranquilla, che non metteva il naso fuori di casa e che adorava suo padre; che non guardava, leggeva o ascoltava nulla di inappropriato... stava solo cercando di plasmarmi in lei.

Il che rende tutto questo mille volte più terrificante. Come faccio a sfuggire a un uomo così folle da credere che io sia sua figlia? Quando invece è stato lui a rapirmi? Non è soltanto pericoloso... è anche un completo squilibrato.

E poi... cosa è successo alla vera Mary Boone?

«Non so proprio cosa fare con te, Mary», mormora. «Perché ti ostini a portare avanti questo giochetto assurdo? A fingere di non essere mia figlia, nella speranza che io ti lasci andare via per sempre? Insomma, insisti e insisti fino a quando non mi rimane altra scelta se non quella di farti del male. Non lo capisci? Ti voglio troppo bene per permetterti di rovinarti la vita».

Di nuovo, non dico nulla. Sono troppo piena di rabbia. "Fino a quando non gli rimane altra scelta se non quella di farmi del male"? Come se la colpa fosse mia?

«Oh, lo sciopero del silenzio, una reazione molto matura da parte tua», borbotta.

Mi asciugo dal viso le lacrime e il sangue. «Non sto fingendo. Voglio solo tornarmene a casa mia».

«Ma tu *sei* a casa tua!», ruggisce lui. «Perché continui a farmi questo?».

Indietreggio così tanto che sbatto la parte posteriore della testa contro il muro. «Non sto facendo proprio un bel niente, *io*!».

Lui balza di nuovo in piedi. In un batter d'occhio ha attraversato la stanza, in tre lunghe falcate, e mi ha assestato un manrovescio così forte da farmi cadere per terra dalla brandina. Mi scosto i capelli dal viso e mi porto una mano sullo zigomo in fiamme.

«Non ti azzardare ad alzare la voce con me, stronzetta. Non ti permetto di mancarmi di rispetto». Arretra fino ad appoggiare la schiena contro il banco da lavoro. «Credevo che l'avessimo superata. Ma è evidente che non sei capace di rimanere sulla retta via. Forse tutti i miei sforzi sono stati inutili. Forse è impossibile salvarti».

Ho troppa paura per emettere qualsiasi suono. Non so cos'altro rischi di farlo infuriare. Ma di sicuro anche non dire nulla...

«Non ignorarmi!», sbraita, infatti.

Sussulto, con le lacrime che mi colano lungo le guance. «Scusa...». Mi si spezza la voce. «Mi dispiace tanto».

Le sue mani stringono la presa sul banco da lavoro, dopodiché lo vedo avanzare di nuovo verso di me. Mi prende il braccio e mi sfiora la pelle con una delicatezza tale che per poco non le sento nemmeno, le sue dita. Mi aiuta a rialzarmi da terra e a sedermi di nuovo sulla brandina.

Poi, però, quando mi guarda, mi accorgo che la sua espressione è diventata così gelida e dissociata che mi spaventa a morte. «So bene quanto ti dispiace. Ma forse è colpa mia. Non avrei dovuto essere così indulgente. Avrei dovuto risolvere il problema la prima volta, invece di venirti a cercare, ancora e ancora, per provare a estirpare il male che c'è in te. Ma non temere, Mary, riuscirò a preservarti pura e buona, fosse anche l'ultima cosa che faccio. Te lo giuro. Lo faremo insieme, questa volta».

Si alza e sale le scale a passo di marcia. Io trattengo il fiato fino a quando le suole dei suoi scarponi non scompaiono, la porta non si chiude e nello scantinato non cala di nuovo il silenzio.

Le sue parole mi trasmettono un che di letale. Mi sento invadere da un panico paralizzante, ma non ho il tempo di soccombervi. Mi affanno ad alzarmi dalla brandina e afferro subito la catena, cercando di strapparla via dal pilastro, anche se so benissimo che non si smuoverà di un millimetro. Continuo a tirare fino a quando gli anelli di metallo non mi lacerano la pelle e le mie mani non iniziano a sanguinare, poi strattono ancora, finché non rimango senza fiato e non mi fanno male le braccia.

Ho bisogno di qualcosa per rompere queste cavolo di manette. Mi allungo verso il banco da lavoro, ma le mie dita si fermano a pochi centimetri di distanza dalle scatole. Merda, non ci arrivo. Mi volto di nuovo verso la brandina. Forse avrà le gambe removibili, o magari riuscirò a romperne una. Almeno così avrei qualcosa con cui difendermi, quando Wayne tornerà, anche se non servirebbe a liberarmi.

Trascino via la brandina dalla parete e qualcosa cade a terra con un tintinnio. Vedo una vite in mezzo al terriccio e alla polvere, con la punta graffiata e quasi del tutto appiattita. Il motivo mi è subito chiaro. Rimango immobile come un cadavere non appena scorgo alcuni nomi scalfiti nel cemento.

Alison
Krissy
Courtney
Arely
Bekah
Carly
Sheena
Ashley

Sono tutti incisi a mano, ognuno con una grafia diversa. Alcuni sono più scuri di altri, più sbiaditi dal tempo, più deteriorati dall'umidità che filtra dal muro. Altri però sembrano così nuovi che potrebbero benissimo essere stati incisi oggi.

Abbasso lo sguardo sulla vite. Tremo così tanto che per poco non la faccio cadere due volte, prima di riuscire a stringerla nel palmo della mano. Il mio respiro, affannoso e irregolare, mi strazia i polmoni.

Non sono la prima.

Ha già rapito anche altre ragazze in passato.

Porca merda.

Porca merda, porca merda, porca merda.

Sono tutte... morte? Ci sono altri corpi sepolti in giardino? Quante altre finte Mary sono state incatenate a questa brandina? Hanno inciso tutte il loro nome sulla parete, così un giorno qualcuno avrebbe saputo che erano state qui? Prima che Wayne le...?

Oh, cazzo, mi sa che sto per andare in iperventilazione.

I miei occhi si posano sul nome più recente. Scorgo ancora un residuo di polvere di cemento nelle lettere che lo compongono.

Poi, all'improvviso, la porta dello scantinato che dà verso l'esterno si apre alle mie spalle e io vengo scossa da un sussulto così potente che per poco non inciampo sulla brandina. Mi giro di scatto, pronta a usare questa minuscola vite per cavare gli occhi a Wayne, solo che quello sulla soglia davanti a me non è affatto Wayne.

Ma un ragazzo, più o meno della mia età.

Con il petto ansimante. E uno sguardo indiavolato.

Un ragazzo che indossa una felpa dei Beastie Boys.

Capitolo 28
Drew

La fisso. Lei mi fissa. Nessuno dei due batte ciglio.

Per cinque secondi abbondanti.

La mia mente non riesce a elaborare quello che sto vedendo in questo piccolo scantinato umido. Né la ragazza che se ne sta lì in piedi, a fissarmi come se fossi una minaccia. I suoi occhi verdi sono contornati da lividi. Ha i capelli corti e castani. Una giacca di jeans con le maniche floreali. Le lentiggini. Il naso insanguinato. Una guancia spaccata.

Non è… non è…

Ogni parte di me si sgretola, come se mi fossi sforzato di trattenere una valanga di emozioni che alla fine è diventata troppo grande per essere contrastata. Il dolore mi sotterra e sprofondo sulle ginocchia.

«Tu non sei Lola», sussurro.

La completa estranea che ho di fronte abbassa gli occhi verso un muro. Seguo il suo sguardo finché non mi imbatto in una serie di nomi scalfiti nel cemento. Il più recente è come un pugno in pieno petto.

"Lola".

La ragazza scuote la testa, e la paura nei suoi occhi si trasforma in tristezza.

«No… non lo sono».

Capitolo 29
Madison

Giorno 5

Il ragazzo mi fissa come se stesse per andare in pezzi. Le lacrime gli riempiono gli occhi, ma lui se le asciuga subito con il dorso della mano. Prima che possa chiedergli chi è, si rimette in piedi.

«Dobbiamo portarti via da qui», dichiara. «E alla svelta. Prima che torni quel tizio».

A questo punto, lo strano ragazzo sconosciuto comincia a rovistare tra le scatole impilate sul banco da lavoro. Lo guardo a bocca aperta, cercando di raccapezzarmi. Deve essere venuto in cerca di quella Lola, e invece ha trovato me.

È arrivato una ragazza troppo tardi.

Tira fuori da una scatola un paio di cesoie da giardino con i bracci lunghi. «Con queste di sicuro non riusciremo a spezzare la catena grande, però quella piccola delle manette forse sì». Ha una voce roca, sofferente.

Vorrei ringraziarlo. Vorrei dirgli che mi dispiace di non essere Lola. Vorrei dirgli quanto gli sono grata per il fatto che sta mettendo a rischio la sua stessa vita per salvare un'estranea, ma non riesco a trovare le parole, così mi limito ad annuire.

«Andrà tutto bene», aggiunge, appoggiando a terra un braccio delle cesoie, dopodiché lo tiene fermo con un piede e sistema la catenella delle manette tra le lame. «Ti tirerò fuori di qui. Avevo già provato a chiamare il 911 quando ho visto quel tizio trasportarti di peso, prima, qua fuori, ma siccome quassù non c'è campo, sono corso dalla vicina e le ho detto di chiamare la polizia. Per fortuna aveva uno di quei telefoni fissi vecchio stile. Perciò tranquilla, stanno arrivando i rinforzi».

«Intendi la signora Hooper?», sussurro.

Lui mi guarda, con gli occhi sgranati. «La conosci?»

«No. Ma l'uomo al piano di sopra ha ucciso suo marito».

Il volto del ragazzo si incupisce e lui inizia a muoversi più in fretta, stringendo il braccio delle cesoie con tutta la sua forza. Le lame affondano nel metallo, graffiandolo, ma non lo spezzano. Lui però si intestardisce, e a ogni stretta la catenella cede un po' di più.

«C'è qualche altra ragazza qui?», mi domanda, ma dal suo tono di voce capisco che sa già quale sia la risposta.

«No. Solo io».

Lui allora annuisce e dà un'altra stretta.

«Magari Lola è riuscita a fuggire», suggerisco, cercando di restituirgli a mia volta un briciolo di speranza. «Potrebbe darsi che sia…».

«Quella giacca ha le iniziali "L.E.S." ricamate sulla targhetta laterale, all'altezza dei fianchi?», mi chiede.

Io la afferro dall'orlo inferiore e controllo.

Spunta fuori una targhetta.

Con le iniziali "L.E.S.", ricamate con un filo color oro rosa.

«È sua», spiega. «Lola Elizabeth Scott. Se fosse riuscita a fuggire, a quest'ora sarebbe già tornata a casa. E se lo avesse fatto, io non sarei qui. Perciò, se non è qui e non è a casa… vuol dire che non ha mai lasciato questo posto».

All'improvviso il tessuto sembra bruciarmi la pelle. Wayne mi ha dato la giacca di una ragazza morta?

Sapevo che con ogni probabilità i nomi sul muro erano quelli di altre vittime, ma la concretezza di Lola rende anche tutte le altre ragazze più reali. Rende il loro destino più tragico. Più atroce. I loro nomi sono la prova di quello che è successo qui. E lo sguardo di questo ragazzo mentre giunge alla mia stessa conclusione è un'immagine che non riuscirò mai a togliermi dalla testa, finché sarò ancora in vita.

«Sei identica a lei», osserva.

«Che vuoi dire?»

«Che le assomigli tantissimo. Stessi capelli. Stessi occhi. Stessa altezza. Stesse lentiggini. Solo il tuo volto è un po' diverso, però». Gli si spezza la voce su quell'ultima considerazione.

Io mi porto le mani al viso.

Eravamo tutte simili? È possibile che Wayne stia perseguitando sempre la stessa tipologia di ragazza?

Assomiglio anche a Mary Boone?

«Quando l'ho visto portarti qua dentro con quella giacca addosso...», riprende il ragazzo, dando un'altra stretta alle cesoie. Dopodiché alza lo sguardo su di me.

«Pensavi di averla trovata».

Un'altra lacrima gli riga la guancia e lui se la asciuga sulla spalla, con la felpa. Poi preme il braccio delle cesoie con più forza. La manetta mi lacera la pelle della caviglia, ma non dico nulla.

Di colpo, un rumore di scarponi risuona sul pavimento sopra le nostre teste ed entrambi ci immobilizziamo.

«Vai», gli dico, afferrando il braccio delle cesoie. «Vattene da qui. Ci penso io adesso».

Lui mi guarda come se fossi pazza.

«Non capisci. Se ti trova qui dentro, sei morto. E non dovresti morire nel tentativo di salvare una completa sconosciuta. Racconta tutto alla polizia. Qualcuno deve sapere cosa è successo», lo supplico, fremendo per convincerlo ad andarsene prima che anche lui finisca sepolto in una fossa scavata nel terreno dietro la catasta di legna. «Avvisali che mi chiamo Madison Perkins. E di' a mia madre...». Non riesco a finire la frase, perché mi si stringe la gola in una morsa.

Il ragazzo prova a dare un altro colpo di cesoie alle manette. Il metallo ormai è tagliato quasi a metà. «Io invece mi chiamo Drew».

«Che?»

«Mi hai detto che ti chiami Madison. Io invece sono Drew. Adesso non siamo più due completi sconosciuti. E me ne andrò da questo posto soltanto quando lo farai anche tu. Non gli permetteremo di fare niente del genere a nessun altro, mai più. Capito?». Alza lo sguardo e mi fissa con un paio di occhi azzurri carichi di collera, al che ogni obiezione mi muore in gola.

«Va bene».

Il metallo cigola e Drew mette giù le cesoie. Si appoggia al muro di cemento per fare leva e strattona la catena delle manette. Con forza. Così tanta che sono costretta a spostare tutto il peso del corpo sull'altra gamba per evitare di essere trascinata. Ma il metallo si piega sempre di più, fino a quando non sembra sul punto di spezzarsi.

Drew ha intenzione di farlo davvero.

Mi tirerà fuori di qui.

Proprio allora, un'ombra cala su di noi. La sagoma di Wayne si staglia sulla soglia della porta che dà sul giardino. Apro la bocca per urlare, ma nel frattempo lui è già entrato. Drew si gira di scatto per fronteggiare il suo attacco, ma ormai è troppo tardi.

Wayne si avventa su di lui con un urlo e i due si schiantano a terra in un groviglio di pugni.

Rotolano, si contorcono e si colpiscono a vicenda. Si fermano solo sulla distesa di terra polverosa in fondo alle scale. Wayne sferra un pugno e colpisce Drew dritto alla tempia. La testa di Drew si sbilancia di lato, ma lui riesce comunque a rigirarsi su sé stesso e a scrollarsi Wayne di dosso. Dopo un rapidissimo susseguirsi di movimenti, Drew riesce a prendere il sopravvento. Si mette a cavalcioni sopra Wayne e gli sferra un pugno deciso sulla ferita che gli avevo inflitto io al cranio, e a quel punto Wayne lascia andare un grido stridulo.

Drew gli assesta un altro pugno sullo zigomo e Wayne sputacchia qualche goccia di sangue per terra. Dopodiché Drew lo colpisce di nuovo, con una forza incredibile. Ma nemmeno il pugno più potente del mondo può pareggiare le carte in tavola nello scontro con un assassino.

Devo trovare un modo per aiutarlo.

Pianto i piedi contro il muro di cemento come aveva fatto lui e strattono le manette, cercando di portare a termine l'opera che aveva iniziato. Con la coda dell'occhio vedo Wayne sferrargli una gomitata, bloccare con l'avambraccio il suo colpo successivo e rifilargli un pugno in piena faccia. Sento un rumore come di due pietre sbattute l'una contro l'altra e Drew indietreggia, portandosi una mano al naso, tutt'a un tratto grondante di sangue.

Wayne allora si sposta verso destra, disarcionando Drew e facendolo atterrare sulla schiena vicino al banco da lavoro. Dopodiché si scaglia sul suo petto e gli stringe le dita intorno al collo, e a quel punto io urlo così forte che mi sento come se mi si stesse per squarciare la gola.

Non posso vedere questo ragazzo morire. Non dopo che si è lanciato nel covo di un serial killer per salvarmi.

Perciò balzo in piedi, sollevo l'intera brandina e la schianto contro la schiena di Wayne.

Lui grugnisce. «Non ci provare, cazzo!».

Ma io lo colpisco ancora. E ancora. Quindi lui toglie una mano dalla gola di Drew e afferra il bordo del telaio metallico della brandina, strappandolo dalla mia presa, approfittando della catena che mi impedisce di avvicinarmi ulteriormente. Poi scaraventa la brandina verso le scale, fuori dai piedi.

Drew nel frattempo artiglia le dita di Wayne, ma il suo volto sta diventando sempre più rosso. Wayne si gira, gli mette un ginocchio sul petto e insiste a fare pressione fino a quando le costole di Drew non hanno più modo di espandersi.

Sta cercando di ucciderlo più in fretta.

No, no, no…

Gli occhi di Drew, traboccanti di panico, si spostano su di me. Io mi affanno alla disperata ricerca di qualsiasi cosa che possa aiutarlo, ma Wayne è stato molto attento con la disposizione della brandina e con la lunghezza della catena. Non c'è nulla in questo angolo della stanza.

Tranne le cesoie.

Le vedo lì, per terra, seminascoste sotto la brandina, e le afferro. Drew emette un gorgoglio. Agita la testa da una parte e dall'altra mentre io sferro un colpo di cesoie contro la nuca di Wayne, che ulula di dolore. Neanche Drew ha ancora finito. La sua mano si chiude a pugno e assesta un bel cazzotto alla base della gabbia toracica di Wayne, che lascia andare un rantolo.

I nostri colpi gli hanno fatto perdere l'equilibrio, e così Drew ha il tempo di riprendere fiato. Dopodiché pianta i piedi sul petto di Wayne e lo spinge via.

Wayne finisce giù *di brutto*. Sbatte la schiena contro l'angolo del banco da lavoro, rovesciando a terra una delle scatole di cartone, che come lui atterra tra me e la porta. Il contenuto della scatola si sparpaglia su di lui e sulle mie gambe. Lui fa per aggrapparsi alla mia caviglia, ma io indietreggio.

«Mary», geme.

Urlando, afferro la prima cosa pesante che mi capita sottomano. Gliela scaravento addosso con tutte le mie forze, accorgendomi soltanto che è qualcosa di nero, massiccio e squadrato. L'oggetto lo centra dritto alla tempia per poi ruzzolare verso il banco da lavoro.

Di colpo, Wayne Boone diventa immobile.

Drew rotola su un fianco e cerca di alzarsi a sedere, ancora ansimante. Mi tende una mano e io la afferro. Ci aiutiamo ad alzarci e ci allontaniamo da Wayne indietreggiando, finché... la catena non si tende, costringendomi a fermarmi. Allora mi allungo per prendere le cesoie, posiziono il metallo tra le lame e faccio pressione, torcendo e strattonando le manette con tutta la forza che ho nella gamba, fino a quando... *snap*.

La catenella si spezza e la mia caviglia si libera.

Wayne, in tutto questo, ancora non si muove. Guardo oltre il suo corpo per capire che cosa gli ho lanciato.

«Ma è una batteria per auto, quella?», mi sussurra Drew, con la voce roca e raschiante per via delle lesioni che Wayne gli ha inflitto al collo.

«Eh, già». Gli do una spintarella sulla spalla, indicandogli di dirigersi verso il fondo delle scale. «Andiamo. Di sopra».

Drew invece mi fa un cenno verso la porta che dà all'esterno.

«Certo, come no, cazzo. Io non ho nessuna intenzione di passargli vicino, e tu?»

«Ottima osservazione».

Lo prendo per un braccio, scavalchiamo la brandina e iniziamo a salire i gradini. Sono arrivata a malapena a metà della scala quando sento il braccio di Drew che viene strappato dalla mia presa.

Wayne, con la faccia rossa, imbrattata di sangue e furiosa,

l'ha appena strattonato all'indietro, afferrandolo per la felpa. Io lo vedo cadere quasi al rallentatore. Le sue spalle si schiantano contro la brandina, che cede sotto il suo peso. E la sua nuca sbatte con estrema violenza contro il pavimento di terra battuta.

Il suo sguardo diventa vuoto e inespressivo.

Wayne si accanisce su di lui, calpestandolo con il tacco di uno scarpone.

«No!».

Ma Drew non si muove.

Wayne allora alza lo sguardo su di me, come una bestia selvaggia. La batteria dell'auto ha raddoppiato le dimensioni dello squarcio sul suo viso, facendogli scorrere fiumi di sangue sul mento e sul collo. Ansima, stringendo i pugni lungo i fianchi. Pugni che, con tutta probabilità, userà per picchiarmi a morte.

Incrocio il suo sguardo e... scappo.

«Brutta stronzetta», urla lui, lanciandosi all'inseguimento.

Mi mancano giusto tre gradini quando mi sento afferrare la caviglia e strappare via il terreno da sotto i piedi. Cado, e con il mento colpisco l'angolo di uno scalino. Avverto un rivolo di sangue che mi defluisce fra i denti e non percepisco altro che un sapore metallico. La stanza comincia a ruotare su sé stessa, eppure cerco con tutte le mie forze di rimettermi in piedi.

Ma, prima che possa riuscirci, Wayne mi gira a pancia in su. Le sue dita si stringono intorno alla mia gola.

Peccato però che io non abbia la benché minima intenzione di arrendermi: e così racimolo tutto il sangue che ho in bocca e glielo sputo in faccia.

Lui indietreggia, e a questo punto io seguo l'esempio di Drew, portandomi le ginocchia al petto per piantargli i piedi in pieno torace, dopodiché spingo più forte che posso. Wayne allarga le braccia per non perdere l'equilibrio, ma non ha nessun appiglio intorno.

Non gli do nemmeno il tempo di finire per terra. Nello stesso istante in cui il peso del suo corpo si allontana da me, rotolo di fianco e mi tiro su. Lo sento atterrare con uno scricchiolio che mi riecheggia nelle ossa mentre mi fiondo in cucina.

Lì, un fetore acre, come di uova marce, mi invade le narici.

Tutte e quattro le manopole dei fornelli sono ruotate al massimo, ma non ci sono fiamme accese.

Sta facendo riempire la casa di gas.

E il camino è acceso.

"Riuscirò a preservarti pura e buona, fosse anche l'ultima cosa che faccio".

"Lo faremo insieme, questa volta".

Ma porca, porca di quella merda. Vuole far saltare in aria la casa con tutti noi dentro. Cazzo, cazzo, cazzo. Faccio il giro dell'isola e spengo ogni singolo fornello, però ormai l'aria è intrisa di gas e non riesco a smettere di tossire. Devo andarmene da qui, cazzo. E devo tirar fuori anche Drew.

Trattengo il respiro e sfreccio verso la porta d'ingresso, dove armeggio con il chiavistello. Riesco a toglierlo, eppure la porta non si smuove comunque. Il panico mi attanaglia la gola. Non riesco a respirare. Comincio a picchiare i pugni sulla superficie di legno, ma poi mi rendo conto di aver dimenticato di ruotare il pomello di sblocco della serratura.

Lo faccio, e così alla fine la porta si apre. Ansimante, riesco a prendere a stento una boccata d'aria fresca quando una mano mi afferra per i capelli.

«No!».

La presa di Wayne si stringe e vengo trascinata di nuovo dentro. Il dolore mi squarcia il cuoio capelluto e sento intere ciocche che mi vengono strappate via. Wayne mi immobilizza contro la parete tra la sua stanza e la mia, ergendosi su di me con aria minacciosa.

E... be', di sicuro non è un bello spettacolo da vedere. Ha il volto tutto imbrattato di sangue. L'ho conciato proprio per le feste.

«Smettila di ribellarti, Mary», sbraita, sputandomi in faccia. «Questo è ciò di cui hai bisogno!».

«Ma vaffanculo!». Alzo un ginocchio di scatto, mirando ai suoi testicoli.

Solo che lui si sposta di lato e io lo manco. A quel punto Wayne mi afferra dalla parte anteriore della giacca e mi scaraventa sul divano. Io però colpisco il tavolino, che si rompe all'impatto.

Mi fa male qualunque cosa.
Rotolo di fianco, con la guancia appoggiata sul pavimento di legno, e annaspo tra i batuffoli di polvere e il tanfo di zolfo.
«Brutta stronza ingrata», esclama Wayne da dietro il divano. «Dopo tutto quello che ho fatto per te, è così che mi ringrazi? Guarda che lo sto facendo per te! Per tutti e due!».
Io faccio strisciare il braccio lungo il pavimento, cercando di portarmelo sotto il petto. «Dovrei ringraziarti per aver cercato di uccidermi?», gracchio. «Questa sì che è bella».
«Guarda che sto cercando di salvarti!», sbraita ancora lui.
Mi alzo sulle ginocchia. Uno dei suoi scarponi si sposta all'indietro per sferrare un calcio che, come minimo, mi spezzerà le costole. Io mi tuffo in avanti e mi giro su me stessa, appoggiando la schiena contro la parete accanto alla stufa a legna. Lui mi manca, incespica e ci riprova.
Afferro la paletta di metallo dal porta attrezzi del camino e gliela conficco dritta nella gamba. Lui ruggisce di dolore e indietreggia. Un rivolo di sangue gli inzuppa subito il davanti dei jeans e, non appena muove il primo passo indietro, la paletta mi viene strappata dalle mani e resta *a lui*, ancora piantata nella sua gamba. La forza con cui ha sferrato quel secondo calcio deve aver fatto sì che la paletta gli trapassasse la carne fino ad arrivare all'osso.
Wayne si china per estrarla, ma io ho già preso l'attizzatoio. Mi aggrappo al bordo del davanzale della finestra e mi rimetto in piedi. Un'ondata di dolore mi scende lungo le gambe, ma non posso degnarla della minima considerazione. Non adesso.
Impugno l'attizzatoio come se fosse una mazza, come mi sono allenata a fare in questi ultimi sei anni, e me lo sistemo sopra la spalla. Dopodiché lo abbatto con tutta la forza che ho, colpendogli l'avambraccio. La botta gli fa mollare la paletta, e così mi preparo subito a sferrare un altro colpo.
Lo prendo in faccia. Il metallo mi riverbera tra le mani non appena si schianta contro un osso. Continuo a respingere Wayne verso l'estremità opposta della stanza. Lui va a sbattere contro il bracciolo del divano, poi ci gira intorno. Io continuo a colpirlo, ricacciandolo verso la porta dello scantinato.
Mi sento le braccia molli come spaghetti, ma non posso fer-

marmi, perché se Wayne riesce a riprendere il sopravvento, sono morta. E non "in un secondo momento". Non "prima o poi". Ma *adesso.*

C'è solo una possibilità: o lui o me.

Aggiro il divano e sferro un altro colpo. La sua mano però si allunga di scatto e stringe nel pugno l'estremità dell'attizzatoio. Il suo sguardo è assatanato, ma allo stesso tempo disorientato. Lo vedo sbattere le palpebre tre o quattro volte, in fretta e furia, come se stesse cercando di mettere bene a fuoco e non ci riuscisse.

«Mary...», farfuglia, sputacchiando qualche goccia di sangue che gli cola sul mento.

All'improvviso, tutta la rabbia, l'odio e il terrore che hanno permeato queste ultime giornate inimmaginabili mi esplodono dentro in contemporanea, scatenando un maremoto di pura collera.

«Non mi chiamo così, maledetto bastardo!», grido, dopodiché gli assesto un calcio che lo fa precipitare giù per le scale.

Resto a guardarlo cadere e atterrare con un tonfo sordo in fondo ai gradini. Proprio dove prima c'era Drew.

Solo che adesso non è più lì.

Rimango qualche attimo ferma in cima alle scale per assicurarmi che Wayne non si rialzi. Un rivolo di sangue gli sgorga dall'orecchio, scendendo lungo l'angolazione innaturale che ha assunto il suo collo. Non si muove. Il suo petto non fa più alcun su e giù.

E allora sorrido.

Poi la zanzariera si apre di botto e io mi giro di scatto, in preda al panico, ma è soltanto Drew, ansimante. «È morto?».

Annuisco.

Anche lui sorride, ma il suo sorriso si sgretola nel giro di pochi istanti non appena mi guarda in faccia. Perché comunque non sono Lola.

Mi si spezza il cuore, per lui e per tutte le altre ragazze che non sono riuscite a scappare.

In lontananza si sente un ululare di sirene e lui mi tende una mano. «Vieni, su. Sbrigati».

Lo raggiungo, zoppicando, e gliela afferro. Usciamo all'aria aperta e Drew si accascia contro di me, così lo stringo più forte e anche lui fa altrettanto. Insieme, scendiamo i gradini davanti alla porta d'ingresso e ci allontaniamo da questa baita da incubo. Arrivati all'estremità del vialetto, ci lasciamo sprofondare per terra, esausti, dopodiché io mi volto a guardare la casa. Tutti quei nomi incisi nello scantinato sono rimasti impressi a fuoco nella mia mente.

Alison.

Krissy.

Courtney.

Arely.

Bekah.

Carly.

Sheena.

Ashley.

Lola.

Guardo Drew mentre alcune volanti della polizia avanzano come razzi lungo la strada. Sta fissando la porta dello scantinato. Io sto tremando. Con ogni briciolo del mio corpo. E anche lui. Qualcuno mi chiama, solo che usa il nome Mary e io rabbrividisco, anche se sono consapevole che non è lui. Che non è Wayne.

Perché Wayne Boone è morto.

L'agente Bowman mi corre incontro a tutta velocità, senza nemmeno prendersi la briga di chiudere lo sportello della sua vettura. Altri cinque agenti lo seguono.

«State bene, voi due?», mi chiede, accovacciandosi al mio fianco.

«No. Ma siamo vivi».

12 GENNAIO
THE WILLAMETTE TIMES

È ufficiale. CrimeFix produrrà una delle docuserie più attese del decennio, incentrata sulla storia dell'ultimissimo serial killer più famigerato dell'Oregon: Wayne Boone.

CrimeFix, una nuova piattaforma di streaming dedicata al genere *true crime*, si è aggiudicata i diritti per la produzione della miniserie televisiva, che sarà composta da cinque episodi e conterrà interviste esclusive non solo ai familiari delle numerose vittime di Boone, ma anche agli agenti delle forze dell'ordine che alla fine sono riusciti a stanarlo e a porre fine al suo regno di terrore.

Boone, un "tuttofare autodidatta" originario di McMinnville, è stato rinvenuto senza vita dalla polizia lo scorso autunno, nella sua baita in montagna ad Alton, nell'Oregon, dopo essere caduto da una rampa di scale ed essersi rotto l'osso del collo. Durante le indagini sulla sua morte sono stati rinvenuti, all'interno e nei dintorni della proprietà, anche i resti di un anziano vicino di casa e di ben nove ragazze adolescenti. Fin dall'inizio è risultato abbastanza chiaro che Boone avesse seguito criteri molto precisi nella scelta delle sue vittime, considerando che quasi tutte le ragazzine avevano i capelli corti e castani, gli occhi verdi e le lentiggini. Ma un'analisi più approfondita del suo passato ha rivelato un collegamento molto più oscuro. Una perquisizione approfondita dell'abitazione di Boone a McMinnville ha portato alla scoperta di ulteriori resti seppelliti sotto una lastra di cemento situata nel giardino sul retro: quelli della figlia, Mary Boone, un'adolescente con i capelli corti e castani, gli occhi verdi e le lentiggini.

Dalle dichiarazioni dei conoscenti della famiglia è emerso il quadro di un nucleo familiare piuttosto difficile, con un Wayne Boone molto dispotico al timone. Un amico di famiglia ha raccontato agli inquirenti che la moglie di Boone era morta in un incidente d'auto quando Mary aveva solo nove anni e che, in seguito alla sua morte, Boone era diventato sempre più protettivo e autoritario nei confronti della figlia. L'aveva addirittura ritirata dalla scuola pubblica, durante il primo anno di liceo, a seguito di un episodio legato ai contenuti del corso di educazione sessuale previsto dall'istituto, in ragione dei quali Boone aveva aggredito verbalmente il preside della scuola criticando "l'assoluta mancanza di decenza" dell'istruzione pubblica.

Da allora, Boone aveva stabilito nuove regole. Solo programmi televisivi "decorosi". Niente libri "indecenti". Niente amicizie "impure". Niente alcol. Vietato guidare. Vietato rimanere svegli fino a tardi. E, di lì a poco, vietato persino uscire di casa. Queste regole avevano cominciato a destare una preoccupazione sempre maggiore nei familiari e negli amici. E così, quando Wayne e la figlia erano scomparsi, non avevano fatto altro che lasciarsi una lunga scia di interrogativi alle spalle... fino a quando la morte dell'uomo ad Alton non ha portato a una riapertura delle indagini.

Il dipartimento di medicina legale di McMinnville ha dichiarato che la causa del decesso di Mary Boone è stata una frattura dell'osso del collo. All'epoca la ragazzina aveva quindici anni. Le autorità ritengono che Wayne Boone abbia ucciso la figlia in un impeto di rabbia dopo che Mary era sgattaiolata fuori casa di nascosto per presenziare a una festa di Halloween, l'ultima occasione in cui era stata vista viva. Incapace di scendere a patti con ciò che aveva fatto, Boone aveva dunque deciso di lanciarsi in una missione per "ritrovarla" e "riportarla a casa". E così, meno di un mese dopo la morte della figlia, avevano avuto inizio i rapimenti.

Boone si avvaleva dei social media per le sue ricerche. Dalla cronologia delle pagine consultate estrapolata dal suo computer, si evince che trascorreva centinaia di ore ogni settimana a spulciare i profili pubblici di ragazzine che potevano coincidere con la sua "Mary". Quindi pedinava le sue vittime, a volte per settimane, fino a quando non si presentava l'occasione perfetta per rapirle e portarle nella sua baita, un luogo molto più remoto della sua abitazione di McMinnville. Lì, tuttavia, prima o poi finiva solo per infuriarsi per l'incapacità di ognuna delle ragazzine di trasformarsi nella figlia che aveva perso. A quel punto si spingeva sempre troppo oltre e il suo circolo vizioso ricominciava daccapo. Boone aveva persino iniziato a calibrare l'età delle sue vittime in modo che corrispondesse a quella che avrebbe avuto Mary se fosse sopravvissuta, e avrebbe proseguito indisturbato con i suoi rapimenti se non fosse stato per un errore cruciale nella scelta della Mary numero nove.

Boone era solito oltrepassare i confini dello Stato per trovare le sue vittime, arrivando addirittura a collezionarne da ben cinque Stati diversi, cosa che l'aveva aiutato a evitare di essere scoperto. Lola Scott, invece, viveva un po' troppo vicino a casa. L'ultima volta che la ragazza era stata avvistata, mentre usciva da un minimarket della sua città natale, Washington City, risaliva a poco prima della mezzanotte dello scorso 29 settembre. Il problema, però, era che Washington City distava appena un'ora di auto dalla sua baita di Alton.

Il fidanzato di Lola, in un primo momento sospettato del suo omicidio, ha continuato a cercarla senza sosta per settimane, seguendo ogni indizio, fino a ritrovarsi sulla soglia della baita di Boone. E, nonostante sia arrivato ormai troppo tardi per salvare Lola, è comunque intervenuto appena in tempo per contribuire a liberare la ragazza scelta da Boone come "Mary" successiva: una certa Madison Perkins, diciassettenne originaria di Bellevue, Washington. Insieme, i due adolescenti sono riusciti in quello che nessun'altra vittima ha avuto modo di fare, ovvero, sfuggire a Wayne Boone, ormai tristemente noto anche con il soprannome di "killer delle figliolette", sancendo così la fine del suo regno di terrore.

I cinque episodi della docuserie ripercorreranno la loro straziante storia di sopravvivenza e si prevede che, quando faranno il loro debutto sulla piattaforma quest'estate, batteranno ogni record di streaming. Gli spettatori potranno contare sulla presenza di riprese inedite dell'ormai famigerata baita e assistere, tra le altre, a un'intervista a Mark Roane, ex sceriffo di Washington City nonché l'uomo che molti considerano il vero artefice della risoluzione del caso. Roane ha lavorato fino allo stremo delle forze per il ritrovamento di Lola Scott, e a tal proposito ha dichiarato: «Ho capito fin dall'inizio che si trattava di una situazione molto critica e delicata. Una ragazza come lei non poteva semplicemente essere sparita nel nulla. Mi sono reso conto all'istante che dietro questa vicenda doveva esserci lo zampino di un delinquente del calibro di Ted Bundy».

I numerosi volti di Mary Boone, in uscita quest'estate su CrimeFix. Abbonamenti in streaming a partire da 11,99 dollari al mese.

Epilogo
Drew

Quattro mesi dopo

È uscito il sole per il compleanno di Lola.

In pratica è da quasi un mese di fila che piove, perciò la semplice vista del sole, in questo pomeriggio di febbraio, mi fa sentire come se l'universo mi stesse porgendo un ramoscello d'ulivo. Forse persino Madre Natura sa che quella di oggi è una giornata già abbastanza dura, anche senza aggiungerci un acquazzone.

La Trooper è ferma nel parcheggio dell'imbarcadero, ma non nel nostro solito posto. Ormai non ce la faccio più a parcheggiare lì. Quindi, piuttosto, mi sono fermato nello stallo che prima ospitava l'altarino commemorativo di Lola. È stato sgomberato da tempo.

Ormai non vengo quasi più qui. Questo posto è infestato. Forse non nel senso tradizionale del termine, ma è qui che è iniziato il nostro incubo. I titoli di testa di un film dell'orrore a cui ho assistito fin troppo da vicino. Lola può anche non essere morta in questo punto esatto, eppure per lei ha rappresentato l'inizio della fine. L'intero parcheggio e il fiume poco più in là mi suscitano un brivido inquietante.

Ed è per questo che, come è ovvio, sono seduto qui da ore: nella speranza che quest'oscurità porti via anche me.

Il fiume scorre impetuoso oltre il parabrezza. Cime bianche e spumose turbinano nella corrente scura. Tengo gli occhi puntati sull'acqua infuriata e *non* sul cupcake appoggiato sul cruscotto.

Stringo il volante con entrambe le mani finché non mi fanno male i muscoli degli avambracci.

Era da mesi che temevo questo giorno. Sapevo che sarebbe stato un vero e proprio incubo diventato realtà, eppure stamattina mi sono ritrovato comunque vestito e diretto in città ancora prima che la pasticceria aprisse i battenti. Perché è questo che faccio sempre il giorno del compleanno di Lola. Vado in pasticceria. Le compro un cupcake al gusto red velvet, decorato con un enorme sbuffo di crema al formaggio spalmabile e cosparso di zuccherini dorati. Lo completiamo con una candelina rosa e lei esprime un desiderio esagerato.

Come la pace nel mondo.

O che tutte le malattie cessino di esistere.

O che nessuno soffra mai per un cuore spezzato.

O che la vita sia perfetta.

Poi scoppiamo a ridere e lei dà un morso al cupcake, cominciando prima dallo sbuffo di crema che lo ricopre. Dopodiché arriva Autumn, ovunque ci troviamo, e anche lei porta un cupcake per Lola. La quale si finge sempre sorpresa dal fatto che ciascuno di noi gliene abbia comprato uno, anche se lo facciamo ogni volta.

Non potevo… non andare. Non potevo svegliarmi il giorno del suo compleanno e non comprare un cupcake. Mi sarei sentito come se la stessi ignorando, il che è ad appena un pericoloso passo di distanza dal dimenticarla del tutto.

E questo non lo farò mai.

Perciò me ne sto seduto qui, nella mia stupida macchina, a guardare quello stupido fiume, fingendo di non essere tormentato da un misero agglomerato di zucchero. Fingendo che non mi stia devastando, vederlo appoggiato lì sul cruscotto, con tanto di candelina solitaria e tutto il resto, sapendo che lei non potrà mai più esprimere un altro desiderio.

Perdo la sensibilità alle dita.

Non potrà *mai più* esprimere un altro desiderio di compleanno.

Non compirà mai diciotto anni.

Non aprirà mai più un altro regalo.

Non avrà mai un'auto tutta sua, non spegnerà mai la luce

nella sua cameretta, non farà mai un viaggio in macchina, non andrà mai all'università, non vedrà mai com'è fatto il mondo... e, soprattutto, non vivrà. Non avrà mai la possibilità di vivere per davvero.

Ed è tutta colpa mia.

Mi bruciano gli occhi per tutte le lacrime che non ho versato, ma la verità è che proprio non vogliono uscire. Lascio andare il volante e mi premo le dita sulle palpebre. Gli interni dell'auto mi sembrano diventare sempre più piccoli, sempre più angusti.

Questo doveva essere il suo giorno.

Il ricordo di quello scantinato umido e desolato si insinua nella mia mente.

"Tu non sei Lola".

"No... non lo sono".

Qualcosa mi comprime i polmoni e tutt'a un tratto mi manca l'aria. Spengo l'auto, lascio le chiavi che penzolano dal quadro dell'accensione e mi avventuro nel freddo di febbraio. Chiudo la portiera con un colpo secco e attraverso il parcheggio, dirigendomi verso il pontile alla disperata ricerca di spazio, di pace o di qualcos'altro su cui, a quanto pare, non sono in grado di mettere le mani. Mi fermo appena prima del punto in cui l'acqua lambisce il cemento e mi appoggio le mani sulle ginocchia, sforzandomi di far arrivare l'aria fresca fino ai polmoni.

Non sto affatto bene. È evidente.

Sono passati quattro mesi, eppure ancora non riesco a tenere la testa fuori dall'acqua.

Sono come una versione zombie di me stesso. Il massimo che riesco a fare è vivere per un paio di giorni nel torpore più assoluto prima che dal nulla sbuchi fuori un altro ricordo e mi mandi al tappeto. Oggi è una giornata di sofferenza implacabile, ed è per questo che sono venuto qui invece di farmi coraggio e andare al cimitero con tutti gli altri.

Preferisco che non ci sia un pubblico ad assistere ai miei crolli mentali.

È da mesi che i miei padri mi implorano di parlarne con qualcuno, ma non riesco a trovare le forze per farlo. Oltretutto, non dovrei avere la possibilità di sentirmi meglio. Non quando sono la causa di tanto dolore.

Wayne potrà anche averla uccisa, ma sono stato io ad abbandonarla in uno stato di completa vulnerabilità la notte in cui lui era a caccia della sua Mary successiva. È colpa mia se i suoi genitori hanno visto quella foto estrapolata dalle riprese delle telecamere di sorveglianza della tavola calda di Waybrooke e si sono precipitati ad Alton, solo per poi ritrovarsi faccia a faccia con Madison, proprio come è successo a me. È tutta colpa mia. Sono stato io a illuderli in questo modo.

Non merito di sentirmi meglio.

Mi squilla il cellulare e lo tiro fuori dalla tasca della giacca solo per silenziarlo, senza nemmeno guardare chi è. Mi sdraio sul cemento come un angelo della neve. I miei padri di sicuro non mi chiamerebbero oggi. E, con ogni probabilità, Max e Autumn si presenterebbero subito qui, se avessero bisogno di qualcosa. Non mi interessa sentire nulla da nessun altro.

Soprattutto dai giornalisti.

Da quando è uscita la notizia della docuserie, mi chiamano cinquanta volte al giorno nel tentativo di farsi rilasciare un commento. Ma io non ho nulla da dire a nessuno di loro, proprio come non avevo nulla da dire a tutti quelli che lavoravano alla produzione della docuserie.

E, a quanto pare, anche l'intera popolazione di Washington City la pensa come me.

Quando si è diffusa la notizia, la città è andata su tutte le furie. In altre circostanze la situazione mi avrebbe fatto ridere, perché la collera di tutta la popolazione si è riversata su Roane, l'ormai ex sceriffo di Washington City. Gli spezzoni dei video promozionali lo mostrano mentre si vanta delle proprie capacità investigative, raccontando di aver capito fin dal primo giorno che era tutta opera di un serial killer.

I furgoncini dei vari notiziari sono stati scacciati via dalla città dalle grida di protesta degli abitanti. E chiunque si è assicurato di fermarmi, in qualsiasi angolo della città, per condividere la propria indignazione.

"Roane è un egoista e un pezzo di merda!".

"Credo che sia l'uomo più odiato di tutta la contea".

"Ma non si vergogna?"

"Riesci a credere che si sia dimesso? E nemmeno per colpa

del caso! Ha firmato un contratto come consulente per la casa di produzione. Che stronzo!".

E, per finire, la mia frase preferita in assoluto: "Che faccia tosta, quell'uomo. Non solo per aver finto di non aver combinato un pasticcio con questa indagine fin dall'inizio, ma anche per aver cercato di fare ricadere ogni colpa su di te. Mi dispiace davvero tanto che tu debba rivivere tutto questo, Drew".

Come se non fossi stato io, appena pochi mesi fa, il destinatario del loro odio. Come se non fossero stati pronti a scacciare via anche me dalla città, se i miei padri non fossero intervenuti mettendoci di mezzo un avvocato per farli smettere.

Sono passato dall'essere "quel perfido pezzo di merda che ha ucciso Lola" al sentirmi definire come "l'eroe che si è lanciato nel covo di un serial killer per salvare una sconosciuta". Non ho mai visto così tante persone fare inversione di rotta in così poco tempo. Adesso sono un vero tesoro. Adesso sono tutti addolorati per la mia perdita. Adesso mi proteggono dai media e mi coprono le spalle. Adesso vogliono che impugni il mio forcone contro l'ultima persona appena insignita del titolo di "più odiata della contea", come se io stesso non l'avessi sperimentato sulla mia pelle, cosa significhi detenere quel titolo.

Il loro sostegno è quasi peggio del loro odio. Perché non è altro che un prodotto dei loro sensi di colpa, e a me dei loro sensi di colpa non frega un accidente. Ne ho già abbastanza per conto mio.

Il mio cellulare squilla di nuovo. Lo metto a tacere una seconda volta.

Faccio un respiro profondo e ascolto lo scroscio dell'acqua. Non vedo l'ora che arrivi il giorno del diploma. Tra pochi mesi potrò andarmene da Washington City e non guardarmi mai più indietro. Non posso essere ancora qui quando uscirà la serie. Basterà soltanto che un appassionato del genere *true crime* mi chieda un selfie, e allora sì che finirò sul serio per farmi sbattere in prigione.

Spero che anche Madison riesca a scappare prima della data del debutto. Che cambi nome. Che si trasferisca in una nuova città dove non sarà costretta a essere per sempre "la ragazza che è sfuggita a Wayne Boone".

Il suo volto mi affiora alla mente, come una vecchia abitudine. La rivedo, piena di lividi e spaventata, con indosso la giacca di Lola e una caviglia incatenata a un pilastro, mentre mi dice quello che già so. Che non è Lola. Che Lola non c'è più. Mentre mi implora di lasciarla lì a morire in modo che Wayne non uccida anche me.

Nessuno dovrebbe portarle via nient'altro. Mai più. Ha già perso abbastanza.

Diamine, tutti noi abbiamo perso parecchio. Ma lei in particolare.

Chiudo gli occhi e me la immagino, in piedi accanto a me, mentre guardavamo le forze dell'ordine che trasportavano Wayne Boone fuori da quello scantinato, su una barella, con un lenzuolo disteso sopra a coprirne il cadavere. Madison mi aveva afferrato il braccio con entrambe le mani, come se temesse che lui potesse alzarsi e trascinarla di nuovo in quello scantinato per un secondo round. Perché era quello il livello di malvagità che si annidava in lui. Quello che sembra sopravvivere in eterno. Quello che ti inganna, facendoti credere che sarà sempre lui a vincere.

Solo che alla fine non ha vinto affatto.

L'uomo che ha ucciso così tante ragazzine indifese è stato sconfitto, nella sua stessa casa, da una diciassettenne stella del softball nonché aspirante campionessa di livello nazionale. Mi si solleva un angolino della bocca in un sorriso al solo pensiero. Ho sentito dire in giro che è stato cremato e che qualcuno ha gettato le sue ceneri nella spazzatura. Spero con tutto il cuore che sia vero.

Il mio cellulare squilla una terza volta e allora lo tiro fuori dalla tasca con uno sbuffo. Il volto di Autumn mi guarda raggiante dallo schermo. Mi alzo a sedere e premo il tasto per rispondere. «Che c'è?»

«Cos'è questo atteggiamento, amico?».

No. Non è Autumn. «Max?».

Lui ride. «Il mio telefono era morto, così ho preso in prestito il suo».

Dio, quanto le odio, le coppiette. «Che cosa vuoi?»

«Sei ancora al pontile dell'imbarcadero?».

Esito. «E tu come fai a sapere che sono all'imbarcadero?»
«Ehm... io non... non lo so, infatti. Comunque, chiedevo tanto per. Non preoccuparti».
«Max».
Sento Autumn in sottofondo: «Non dirgli niente».
«Cos'è che non mi devi dire?», replico io.
Entrambi esclamano: «Merda», nello stesso momento, dopodiché la telefonata si interrompe. Io resto a fissare la schermata iniziale per qualche secondo. Non so cosa stia succedendo, ma so con assoluta certezza che non ho nessuna voglia di preoccuparmene oggi.
Mi rimetto in piedi. Farei meglio a svignarmela da qui, prima che arrivino quei due. Dovrei andarmene in un posto tranquillo, dove posso continuare ad autopunirmi in pace. Ma non voglio. Per quanto terribile e infestato, questo è pur sempre il *nostro* posto. Non posso lasciarla qui da sola il giorno del suo compleanno.
Comincio a percorrere il pontile a ritroso, dirigendomi verso la macchina, quando in fondo vedo apparire qualcuno. Mi schermo gli occhi dal sole per cercare di capire chi è, ma la sorpresa che provo nel trovarmi davanti il volto della persona che mi sta fissando mi colpisce come un attizzatoio nelle viscere.
Madison.
Si è fermata proprio all'inizio della distesa di cemento. Indossa una felpa nera con il cappuccio, con larghe strisce bianche sulle maniche, e un paio di jeans aderenti e strappati. Ha qualcosa di... diverso, ora. Ha i capelli più lunghi e si è tinta le punte di un bel blu acceso. Ma assomiglia ancora tantissimo a Lola. Soprattutto nella zona degli occhi.
La guardo sbattendo le palpebre, con il cervello che tutt'a un tratto se n'è andato in tilt.
«Ciao, Drew», esordisce.
Se non altro, almeno la sua voce non assomiglia affatto a quella di Lola, grazie a Dio. Ingoio il groppo che mi attanaglia la gola e gracchio un saluto.
«Sono stati Max e Autumn a dirmi dove trovarti».
Continuo a camminare lungo il pontile, ma non riesco a guardarla negli occhi. Non ci sentiamo da mesi. Lei aveva

trovato il mio profilo Instagram qualche settimana dopo essere stati dimessi dall'ospedale e mi aveva mandato un paio di messaggi, così, tanto per farsi sentire e per chiedermi come stavo. Per ringraziarmi. Ma io a un certo punto avevo smesso di risponderle.

Perché sono un emerito stronzo.

Avevo deciso che non volevo più scambiare neanche mezza parola con la ragazza che mi aveva salvato la vita solo perché assomigliava un po' troppo alla ragazza che avevo gettato in pasto ai lupi.

Questo è l'ultimo posto in cui mi aspettavo di vederla.

«Ehm… che ci fai qui?», le chiedo.

Le lancio un'occhiatina veloce, di nascosto, ma per fortuna lei non mi sta guardando. I suoi occhi verdi, per me così spaventosamente familiari, sono fissi sul fiume, e così mi volto a guardarlo pure io. «Sono solo venuta a salutarti. È passato un bel po' di tempo».

«Hai un'aria diversa».

Le si arrossano le guance e Madison si passa una mano tra i capelli. «Sì, ho dovuto cambiare qualcosa. Ogni volta che mi guardavo allo specchio non vedevo altro che Mary, capisci? La sua faccia è su tutti i notiziari. Avevo bisogno di allontanarmi da quello squallido elenco di caratteristiche fisiche».

«Capelli castani lunghi fino al mento, occhi verdi, lentiggini», recito sottovoce.

«Esatto. Sentivo l'esigenza di sembrare una persona nuova. Di prendere un po' le distanze».

«Ti stanno molto bene, questi nuovi capelli».

Lei sorride. «Grazie. Tu invece hai un aspetto orribile».

La sua risposta mi fa ridere. «Ti ringrazio per averlo notato. Adesso mi dici che cosa ci fai davvero qui? Perché non credo che tu sia venuta fin quaggiù soltanto per parlarmi dei tuoi nuovi capelli».

Lei si gira ancora una volta verso l'acqua. «Volevo solo sapere come stavi. In uno degli articoli menzionavano la data del suo compleanno. E così ho chiesto a mia madre di accompagnarmi da queste parti. Io non… non sapevo come altro rintracciarti».

La sua ultima affermazione mi fa trasalire. «Mi dispiace tanto. Non avevo intenzione di sparire, di ignorarti. È solo che...».

«Era troppo per te».

«Già».

«Non devi dispiacerti per esserti preso cura di te stesso. Oltretutto, se avessi avuto qualcosa di davvero importante da comunicarti, avrei chiesto a Autumn di riferire il messaggio».

La sfilza di aggiornamenti sulle indagini che ho continuato a ricevere da Autumn negli ultimi mesi all'improvviso assume un significato del tutto nuovo. Avevo dato per scontato che si trattasse di pettegolezzi che giravano all'interno del corpo di polizia di Washington City, ma in effetti ora mi rendo conto che la mia ipotesi non aveva molto senso, visto che Autumn non parla con suo padre da Natale. Roane ha cambiato città per poter lavorare come consulente per la docuserie. E, perlomeno fino al diploma, è venuta la nonna di Autumn a vivere con lei.

Perciò... la fonte di tutti questi aggiornamenti deve essere stata Madison.

Percepisco l'espressione di sorpresa sul mio stesso volto, e così cambio argomento. «Ti rendi conto di quanto sia assurdo, vero? Che sia tu a passare a vedere come sto? Sei tu quella che è stata rapita. Sei tu quella che ha perso la memoria e ha dovuto affrontare... Io non ho fatto altro che sbucare fuori dal nulla e...».

«...e salvarmi la vita».

«Ti sbagli, non ho salvato proprio nessuno. Ho solo trovato un paio di cesoie e sono caduto giù da una rampa di scale».

Lei si gira verso di me, mettendosi a braccia conserte. «Questa è una stronzata bella e buona, Drew. E lo sai benissimo anche tu. Se non fossi mai venuto a cercare Lola, io di sicuro non sarei qui in questo momento. Se sono viva, è solo grazie a te e a Lola».

Adesso sì che sta dicendo un mucchio di fesserie. Wayne non cercava mai nuove vittime mentre ancora ne aveva una in casa. Ogni volta che trovava "sua figlia", la "riportava" alla baita con sé e, quando la convivenza non funzionava, la uccideva e si rimetteva a cercare. Lola non può aver contribuito alla sopravvivenza di Madison, perché era già morta molto tempo prima che Wayne scovasse i profili social della sua "Mary" successiva. «Questi sentimentalismi vuoti non aiuteranno né me né nessun altro».

Madison si scosta una ciocca di capelli dietro l'orecchio e fa un respiro profondo. «Non sono sentimentalismi vuoti. È la verità. Io sono sopravvissuta solo perché tu amavi così tanto Lola da metterti a cercarla per mari e per monti. Se non ci fosse stata Lola, non sarebbe arrivato nessuno in quello scantinato. E senza di te, a quest'ora sarei morta laggiù. Non mi convincerai mai del contrario».

Io le volto le spalle. Stringendo i pugni lungo i fianchi.

«Sei arrabbiato».

Annuisco. «Sì. Ma non con te».

«Per Lola?»

«No. Per tutto il resto. Sono felice che tu stia bene, ma non mi va di sentire che il mio amore per Lola ti ha salvata, perché non ha salvato lei. Era lei la ragione per cui sono salito in macchina e ho fatto quello che ho fatto, e non è servito a niente, perché era già morta prima ancora che lasciassi questa città. E chissà, magari se fossi partito prima per cercarla, avrei potuto salvarla ed evitare che anche tu affrontassi questo inferno».

Per la prima volta dopo settimane, il bruciore che mi infiamma gli occhi si trasforma in lacrime vere e proprie. Me le asciugo con le maniche della felpa e faccio un bel respiro. «Non sono in grado di funzionare come dovrei, Madison. Non ce la faccio ad andare a scuola. Non riesco a dormire. Mangio a malapena. Ovunque guardo, finisco per imbattermi in un ricordo di lei, in un promemoria del fatto che l'ho delusa».

Il dolore mi spacca la gabbia toracica a metà e non so come gestirlo. Sferro un calcio a una pietra e la guardo rimbalzare lungo il pontile per poi precipitare in acqua con un tonfo.

«Mi dispiace», risponde lei. «Non volevo turbarti o renderti questa giornata ancora più difficile. Se preferisci stare da solo, lo rispetto, e comunicherò anche a Autumn di lasciarti un po' di spazio. Non so quanto bene possa farti, ma glielo dirò comunque».

Alzo gli occhi al cielo.

«E, se vuoi, posso anche tornarmene subito in macchina da mia madre, e da questo momento in poi non avrai più mie notizie. Ma sappi che ci sei riuscito eccome, a fare quello che ti eri prefissato. L'hai riportata a casa. Sei partito per cercarla e sei tornato con delle risposte. Hai aiutato la sua famiglia a mettersi il cuore in pace. Non è una cosa da poco. Se hai bisogno di elaborare il lutto, fallo in qualsiasi maniera ritieni necessaria, ma sappi che andare ad Alton non è stato affatto inutile. Hai salvato me, hai salvato innumerevoli altre ragazze che assomigliano a me e a Lola e hai salvato ben nove famiglie da una vita intera di interrogativi senza risposta».

«No, non voglio proprio sentirlo, questo discorso. Non ce la faccio. Io volevo salvare *lei*».

Madison mi afferra le mani e mi costringe a guardarla. «Lo sai che la polizia ha trovato due computer portatili nascosti in un borsone all'interno del suo furgone? Hanno esaminato tutto quello che c'era dentro e hanno raccontato a mia madre che Wayne aveva cominciato a cercarmi il giorno dopo la scomparsa di Lola. Il giorno dopo, Drew. Perciò vuol dire che Lola era già morta prima ancora che qualcuno potesse accorgersi della sua scomparsa».

Mi sento come se mi avesse mollato uno schiaffo in piena faccia. Strappo via le mani dalla sua presa.

«Nessuno avrebbe potuto salvarla. Nessuno. E non è colpa tua, ma di Wayne, e adesso che è morto anche lui, il mondo è un posto migliore, più luminoso. Non hai affatto deluso Lola».

Scuoto la testa, perché non riesco a vedere altro che Lola che sbatte la portiera della Trooper con un'espressione infuriata per poi allontanarsi a passo pesante nell'oscurità. Finendo dritta tra le mani impazienti di Wayne. «Se non fosse stato per me, non sarebbe mai stata rapita», sussurro.

«Che stronzate! Wayne ci ha pedinate per giorni, anzi, per settimane intere prima di rapirci. Era parte del suo modus operandi, perché era un pezzo di merda che faceva cose orribili. Lo sai che hanno trovato alcuni filmati di diverse telecamere di sicurezza in cui si vede lui che mi tiene d'occhio per almeno due settimane, prima di rapirmi davanti al casellario postale fuori dal mio condominio? Se non l'avesse rapita quella sera, l'avrebbe fatto quella successiva. O la settimana ancora dopo».

"Se non l'avesse rapita quella sera, l'avrebbe fatto quella successiva".

Tutt'a un tratto non riesco più a smettere di piangere. Madison mi abbraccia e mi tiene stretto per molto tempo. E io la lascio fare.

L'idea che Lola fosse condannata a prescindere è atroce e terrificante, eppure in qualche modo mi offre una specie di sollievo che proprio non mi aspettavo. Finora sono stato così iperconcentrato su quanto avrebbero potuto essere diverse le nostre vite se solo non avessi rotto con lei. Se solo l'avessi accompagnata e mi fossi assicurato di vederla rientrare in casa sana e salva, quella sera. Come se fossero state soltanto le mie azioni a far sì che Lola finisse sepolta in un bosco, senza mai soffermarmi a pensare che magari Wayne avrebbe potuto rapirla da scuola il giorno dopo, o persino mentre era indaffarata a rastrellare le foglie nel giardino di casa sua. E invece Madison con queste parole mi ha appena strappato di dosso ogni colpa per riversarla soltanto su Wayne.

«Madison?».

Lei mi lascia andare e io mi volto a guardare la berlina argentata parcheggiata accanto alla Trooper. La signora Perkins, ansiosa, se ne sta in piedi davanti alla portiera del lato guida. Non che la biasimi. Mi sorprende persino che abbia permesso alla figlia di avvicinarsi a meno di ottanta chilometri da questo luogo maledetto.

Madison le rivolge un pollice in su. «È ancora un po' iperprotettiva», spiega, lanciandomi un'occhiatina.

La signora Perkins sfodera un sorriso così luminoso che mi sento quasi come se qualcuno mi stesse conficcando un coltello in pieno petto. Mi torna in mente la sua voce, all'ospedale, il giorno in cui siamo stati salvati; le sue grida e le sue lacrime quando infine ha potuto riabbracciare sua figlia. Ore dopo, era arrivata di corsa nella stanza in cui aspettavo di essere visitato, si era fatta largo tra i miei padri e mi aveva abbracciato con una foga impressionante, ringraziandomi tra i singhiozzi mentre ancora indossavo la camicia da notte ospedaliera.

Devo costringermi a distogliere lo sguardo da lei, prima di perdere di nuovo il controllo. Perciò mi schiarisco la gola e, piuttosto, incrocio lo sguardo di Madison. A mano a mano sta diventando sempre più facile guardarla. «È giusto così, fa bene. E tu, invece, per cortesia: non uscire mai più a prendere la posta».

Le sfugge una risata. «Mai. Mai più».

Persino la sua risata è diversa.

"Tu non sei Lola".

"No... non lo sono".

«Mi faresti un favore?», le domando. Le parole mi sfuggono dalla bocca nello stesso istante in cui l'idea prende forma.

Lei annuisce. «Certo. Qualsiasi cosa».

Sollevo un dito come per chiederle di aspettare e mi dirigo verso la Trooper. Prendo il cupcake e un accendino e li riporto al pontile. «Questo cupcake è sul mio cruscotto da ore, e non sono ancora riuscito a trovare le forze per accenderne la candelina. Volevo fare qualcosa per lei. Qualcosa di speciale, che fosse ricco di significato. Ma non so come fare».

Il volto di Madison allora si illumina. «Posso darti una mano io».

Si incammina verso sua madre.

Sono troppo lontano per sentire cosa si dicono, ma poi vedo la signora Perkins rovistare tra i sedili posteriori. Porge qualcosa a Madison e, quando capisco cos'è, mi sento sprofondare lo stomaco sottoterra.

Madison torna indietro con una corsetta e mi trascina vicino all'acqua. Stende la giacca di jeans di Lola sul cemento, mantenendola a distanza di sicurezza dallo sciabordio delle onde. Si siede da un lato e io dall'altro, dopodiché sistema con cura il cupcake nel bel mezzo del tessuto. Io allungo un braccio e accendo la candelina. La brezza proveniente dal fiume cerca di spegnerla, ma io la proteggo, chiudendo le mani a coppetta intorno alla fiammella.

«Buon compleanno, Lola», sussurra Madison.

All'improvviso, ecco che mi bruciano di nuovo gli occhi. Scruto la fiamma, sapendo con precisione assoluta quale sarebbe stato il desiderio di Lola se fosse stata qui e avesse potuto esprimerne un altro. Sarebbe stato un desiderio grandioso, che avrebbe dedicato a tutti i suoi cari. Così lo esprimo per lei.

Ovvero, che tutte le persone a cui voleva bene potessero essere felici. Per sempre.

La brezza spegne la candelina e io faccio finta che sia stata lei.

Per quanto mi riguarda, sono ancora molto lontano dall'essere felice, ma perlomeno sopravvivrò alla giornata di oggi. Sopravvivrò alle giornate a venire. In un modo o nell'altro.

La scomparsa di Lola mi aveva lasciato in bilico sull'orlo di un precipizio buio e terrificante. La sua morte, invece, mi aveva proprio buttato giù. E adesso non so bene cosa dovrei fare in questa fase successiva. In qualche modo, devo riuscire a vivere una vita anche dopo Lola.

Non ho altra scelta. Perché sono ancora qui. E lei vorrebbe che me la godessi al massimo.

La madre di Madison la chiama un'altra volta e lei sospira. «Mi dispiace. Adesso dobbiamo proprio andare. Domani mattina ho i provini per il campo estivo di softball, e dobbiamo fare un salto al negozio di articoli sportivi prima che chiuda, altrimenti mi fermerei più a lungo…».

La liquido con un cenno della mano. «Ma no, hai fatto più che abbastanza. Più di quanto tu possa mai immaginare».

Lei sorride e io la riaccompagno verso il parcheggio. Mi stringe forte il braccio, come quando eravamo appena usciti dalla baita, e mentre le dico: «Sii prudente, d'accordo? Ho davvero bisogno che tu stia bene», lo penso con tutto me stesso.

Lei mi risponde con un sorriso commosso. «Anche io ho bisogno che tu stia bene».

«Farò del mio meglio».

Annuisce e sale in macchina con sua mamma. Le saluto entrambe mentre la signora Perkins si allontana in retromarcia.

Non rimango affatto sorpreso nel vedere Autumn e Max parcheggiati a qualche stallo di distanza non appena l'auto della signora Perkins scompare. Hanno uno sguardo un po' colpevole, ma faccio cenno a entrambi di avvicinarsi.

Ci sediamo tutti e tre accanto all'acqua, con la giacca di Lola distesa sulle gambe di Autumn, e rimaniamo lì a raccontarci storie e aneddoti su di lei fino a quando il sole non si inabissa dietro gli alberi. Festeggiamo la ragazza che non smetterà mai di mancarci.

È buio quando decidiamo di tornarcene verso le nostre auto. Max e Autumn ridono e si tengono per mano mentre camminano verso la Liberty. Io mi attardo qualche attimo all'inizio del pontile e li guardo allontanarsi insieme, immaginando cosa direbbe Lola in questo momento. Qualcosa sul fatto che sono la coppietta più carina dell'universo. Su quanto sembrano felici. Su quanto saranno belle le nostre vite.

Mi giro a guardare l'acqua un'ultima volta. Il cupcake di Lola è ancora lì, sul pontile, al chiaro di luna. Il peso che mi opprimeva le spalle scivola via, anche se soltanto un pochino. Quanto basta per permettermi di ricominciare a respirare.

«Buon compleanno, Lola», sussurro.

Ringraziamenti

Mentre scrivo questi ringraziamenti, mancano ancora poco più di otto mesi alla data prevista per la pubblicazione, e ancora non riesco a credere che questa sia la mia vita. Scrivo da molto tempo, quasi un decennio, e ci sono stati moltissimi giorni in cui ho dubitato che questo sogno si sarebbe mai realizzato, e invece adesso non solo il mio sogno si è avverato, ma lo state reggendo tra le mani. Quindi i primi che vorrei ringraziare siete voi. Grazie per aver letto il mio libro. Grazie per aver dato una possibilità alla mia storiella da brividi e grazie per aver contribuito a rendere possibile questo sogno. Per me significa tantissimo.

Un grazie di cuore alla mia agente, Mandy Hubbard. È da tantissimo che aspetto di poterti dedicare questa sezione dei miei ringraziamenti. Sei stata al mio fianco per un sacco di tempo e non ti sei mai arresa, nemmeno nei momenti in cui avrei voluto farlo io. Durante ogni crisi di panico, ogni email, ogni messaggio, ogni telefonata, mi hai sempre fatta sentire come se avessi avuto una vera e propria alleata in tutto ciò che facevo, perciò credimi quando ti dico che non sarei riuscita a fare niente di tutto questo senza di te. Quando ti dico che sei una supereroina, sappi che lo penso con tutto il cuore. Grazie, ma proprio di tutto.

Alla mia editor, Annette Pollert-Morgan, grazie infinite per aver visto il potenziale di questa storia. Per aver creduto, fin dal primo giorno, nell'anima sanguinosa di questo racconto agghiacciante. Per aver capito tutti gli aspetti che mi stavano più a cuore e per avermi aiutata a trasformarli nella loro versione migliore. Lavorare con qualcuno che mi capisce in maniera così assoluta come scrittrice è stato un vero e proprio sogno. Non ce l'avrei mai fatta senza di te e non vedo l'ora di scoprire cos'altro ci riserverà il futuro!

Un altro ringraziamento gigantesco va a Dominique Raccah e Todd Stocke. Senza il vostro entusiasmo, questo romanzo non avrebbe mai visto la luce. Erin Fitzsimmons, Kelly Lawler, Liz Dresner e Laura

Boren, avete fatto brillare il mio libro in maniera davvero incredibile. E a Karen Masnica, Rebecca Atkinson, Michelle Lecumberry, Beth Oleniczak, Jenny Lopez, Thea Voutiritsas, Jessica Thelander, April Willis e all'intero team di Sourcebooks per tutto il lavoro che svolgete dietro le quinte, che per me è sempre fonte di immenso stupore: grazie per tutto quello che fate.

Courtney Gould: sei una scialuppa di salvataggio in un mare di ansia. Incontrarti nel periodo intercorso tra la firma del contratto di pubblicazione e l'annuncio del libro è stata una vera e propria manna dal cielo. Sono così felice di averti costretta a diventare mia amica. Sei un autentico gioiello di persona, una complice pronta a tutto, una bulletta quando non scrivo e un'amica incredibile. Sono davvero felicissima di conoscerti. Un augurio per il futuro: spero di vedere molti altri libri scritti da noi, sistemati vicini sugli stessi scaffali, e che i tuoi anni nel "Culto di Megan" siano piacevoli e brillanti.

Rachel Lynn Solomon: il tuo sostegno e i tuoi consigli mi hanno aiutata ad andare avanti, persino mentre zoppicavo, per tanto, ma tanto tempo. Ahah. Grazie per esserci sempre. Per la TBT silk sheet fan fiction (che conservo ancora gelosamente). Per avermi convinta a inviare quella proposta tanti anni fa. Sei una tale luce, e la tua disponibilità ad aiutare gli altri nei momenti di difficoltà è un qualcosa di davvero meraviglioso. Ti stimo e ti apprezzo molto per tutto quello che sei, che hai fatto e che continui a fare, dolce amica mia.

Sheena Boekweg: non so come ringraziarti, e non so nemmeno se esistono abbastanza parole in questo mondo per dirti quanto ti voglio bene e ti ammiro per tutto. Sei sempre una presenza così forte e costante, lo sei da tantissimi anni, sempre pronta a mandare un messaggio rassicurante o a offrire una mano per risollevare chi ti sta vicino quando inciampa (e io, maldestra per come sono, inciampo parecchio). Sei una delle persone più gentili e più buone di questo mondo, e mi ritengo estremamente fortunata a conoscerti e a potermi definire tua amica.

Jessie Weaver: la mia anima gemella amante dei thriller! Sei straordinaria. Grazie mille per tutto il tuo supporto e per le splendide parole che hai scritto a proposito del mio libro. L'editoria è un settore strano a volte, ma è un po' più facile da affrontare quando si hanno a portata di mano persone esilaranti a cui raccontare tutto ciò che accade lungo il percorso.

Alla mia *critique partner* di questo libro, Kate: quando ci siamo perse nel folto dei boschi del Texas e abbiamo riso come due pazze isteriche al pensiero di assassini armati di asce, ho capito che io e te saremmo rimaste unite per il resto della nostra vita. Hai letto più parole scritte da me di chiunque altro su questo pianeta e hai creduto in ognuna di loro. Ho sempre sostenuto con convinzione che i *critique partner* sono figure preziose, ma il vero tesoro è quando si trasformano in qualcosa di più. Qualcosa di molto più simile a una famiglia. Qualcosa di simile a te.

Isabel, grazie per aver sempre trattato questo progetto come un'opera importante e degna di nota, anche quando ancora non era altro che un'idea accennata di sfuggita in un messaggio. Le tue osservazioni iniziali hanno permesso a quest'idea minuscola di trasformarsi in libro in carne e ossa, e non avrei mai potuto riuscirci senza di te.

Dawn, il fatto di scambiarci le pagine dei nostri rispettivi libri e, nello specifico, il peso di questa responsabilità, mi ha permesso di portare a termine il mio primo romanzo da cinque anni a questa parte. Non so se sarei riuscita a completarlo senza di te. Grazie mille, davvero.

Ash, non smetterò mai di apprezzarti e di ringraziarti per tutte le ore che hai passato a mandarmi messaggi (tutti in lettere maiuscole) a proposito di questo libro. Tutto il tuo incoraggiamento, il brainstorming e le ore passate a confrontarci sui vari punti della trama hanno fatto la differenza. D&H per sempre. (Chi sa, sa).

Hartlee, il tuo costante entusiasmo per questa storia e questo progetto mi ha aiutato a tirar fuori le parole da dentro di me, anche quando in realtà non me la sentivo. Grazie. Non lo dimenticherò mai.

Ai colleghi che, come me, esordiscono nel 2024: nutro nei vostri confronti una gratitudine sconfinata. Mi sarei sentita persa senza il vostro sostegno; il nostro gruppo su Slack è stato una fonte inesauribile di "NON SONO DA SOLA" quando a volte mi sentivo proprio all'esatto contrario. Grazie per la solidarietà e per i momenti di festeggiamento, siete tutti fantastici e vi stimo tantissimo!

Un'infinità di amore e gratitudine ad Alison, Bekah, Carly, Arely, Jena, Ashley, Holly, Ryan, Krissy, Karen, Matt, Kelly, Katie B, Katie D, Brittney, Jade, Kate C, Rachael, Kylee, Terri, alla mia mamma e a tutte le altre persone che negli ultimi dieci anni mi hanno ascoltata sproloquiare sui tempi di attesa dell'editoria, o parlare ininterrottamente di nuove idee per i miei libri, o farfugliare di omicidi. Vi ringrazio. Davvero. È grazie a voi che sono arrivata qui.

Bekah, sono convinta che tu sia l'unica persona al mondo in grado di scattare foto di me che mi piacciano davvero. Senza di te, con ogni probabilità la mia foto professionale come autrice sarebbe stata un fiore, o un muro di mattoni, o qualcos'altro del genere. Hai un talento straordinario e sei un'amica fantastica. Grazie mille per ogni centimetro di spazio che occupi nella mia vita. Ti adoro.

Ai miei figli, L e P. Ho sempre scritto, fin da quando siete nati, e sapere che siete cresciuti vedendomi lottare per il mio sogno è qualcosa di fondamentale per me. Vi auguro di trovare sempre la forza di lottare per ciò che desiderate di più. Spero che riceviate tutto il sostegno che avete dato a me. Siete le personcine più gentili del mondo e la vostra gioia è la mia gioia. Vi voglio bene. Siete il mio primo e il mio più grande sogno.

Al mio papà: mi dicevi sempre che potevo fare qualsiasi cosa, persino quando ero piccola e dichiaravo di voler intraprendere un percorso di vita diverso un giorno sì e l'altro pure. Non hai battuto ciglio quando ti ho comunicato che sarei voluta diventare una scienziata esperta di risorse idriche e sono rimasta a fissare alcuni barattoli pieni d'acqua di rubinetto per due giorni di fila. O una settimana dopo, quando ho cambiato idea e sono passata al voler scrivere canzoni. O la settimana dopo ancora, quando, colpita dai poteri magici di J.Lo, ho deciso che il mio sogno era organizzare matrimoni. Hai sempre saputo che avrei fatto qualcosa di grande nella mia vita, e questa tua consapevolezza mi ha fatto sentire più a mio agio con il mio essere diversa in una città che invece mi faceva sentire come se essere diversi non fosse permesso. Mi manchi ogni santo giorno. Mi mancherai sempre.

E, per finire, a Brady. Mi sproni a dedicare il mio tempo a questa attività che amo, e senza mai farmelo pesare. Mi sostieni in ogni modo possibile, che sia ascoltandomi quando vaneggio, festeggiando insieme a me quando sono elettrizzata o fantasticando sui miei sogni insieme a me. Mi aiuti a fare spazio in questa nostra vita piena di impegni per questa mia passione, e sei un campione nel tenere la casa pulita quando si avvicinano le scadenze da rispettare, mantenendomi al tempo stesso sana di mente. Non potrei farcela senza di te. Fai sembrare le mie vittorie come se fossero anche le tue, e non potrò mai ringraziarti abbastanza per questo. Ti amo con tutta me stessa. Grazie per avermi sposato due volte. Mille baci.

Indice